KB270961

그녀는 챔피언

그녀는 챔피언

초판 1쇄 찍은 날 § 2007년 10월 12일
초판 1쇄 펴낸 날 § 2007년 10월 22일

지은이 § 리연
펴낸이 § 서경석

편집장 § 문혜영
편집책임 § 이종민
편집 § 한지윤

펴낸곳 § 도서출판 청어람
등록번호 § 제1081-1-89호
등록일자 § 1999. 5. 31
어람번호 § 제5-0165호

주소 § 경기도 부천시 원미구 심곡1동 350-1 남성B/D 3F (우) 420-011
전화 § 032-656-4452 팩스 § 032-656-4453
http://www.chungeoram.com
E-mail § eoram99@chollian.net

ⓒ 리연, 2007

ISBN 978-89-251-0948-0 03810

Champion

그녀는
챔피언

리연 지음

도서출판
청어람

Champion

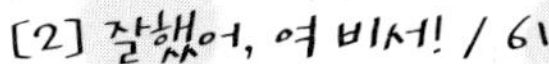

휘 엔터테인먼트.

사장인 황보휘의 이름을 따서 지은 회사 이름이다.

시작은 중학교 동창 남자 두 명으로 된 소규모 회사였지만, 설립 팔 년이 지난 현재 대한민국 연예계에서 가장 영향력이 큰 엔터테인먼트 회사답게 내로라하는 연예인들은 대부분 휘 엔터테인먼트 소속이거나 발 한번 담갔다가 나간 사람들이었다. 그런 굉장한 영향력에 비해 회사 규모는 크게 커지지 않았지만, 스타를 꿈꾸며 휘 엔터테인먼트를 찾아오는 연예인 지망생들과 스타를 보러 찾아오는 팬들로 이곳 정문은 언제나 부산하다.

원하고 갈망하고, 그런 순수한 열정의 집합체였다. 회사라기보다는 탐하고 싶은 것들이 가득 들어 있는 선물상자 같은 곳이었다.

휘 엔터테인먼트에서 오디션이 한번 열리면 한 번에 몇 천 명의 인원이 이곳으로 몰려온다. 하지만 그중에서 휘 엔터테인먼트 사장 황보휘의 선택을 받는 사람은 일 년에 고작해야 한두 명이다. 황보휘 사장은 평소엔 넘칠 정도로 다정한 성격이었으나 인재를 고르는 일에서는 넘칠 정도로 까다로운 사람이었다. 그래서 사람들은 황보휘의 선택을 받은 사람들을 가리켜 하늘의 행운을 타고난 사람, 즉 '별'이라고 한다.

그리고 오늘, 조금 방향이 다르기는 하지만, 황보휘의 선택을 바라며 많은 여성들이 휘 엔터테인먼트 회사로 몰려들었다.

황보휘 사장 직속 비서를 뽑는 면접이 있는 날이었다. 황태자의 간택을 받기 위해 모인 여인들처럼 면접 대기실에 모인 여자들이 하나같이 곱고 기품이 흘렀다.

잔뜩 긴장감이 흐르는 면접 대기실과는 달리 면접실 안에서는 작은 언쟁이 오가고 있었다.

"난 비서 필요없다니까!"

스타 지망생을 뽑는 오디션 자리에서와는 다르게 사장 자리를 맡고 있는 휘는 지루하다는 얼굴로 앉아서 투덜거리며 필요없다고만 말해댔다.

"넌 필요없을지 몰라도 회사에서는 필요해."

면접이 시작되기 전 서류전형 합격자들의 이력서를 검토하며 웅이 냉정하게 휘의 말을 잘라 말했다.

서웅.

황보휘와는 중학교 때부터의 악연으로 지금까지 친구로 지내고 있으며, 휘 엔터테인먼트 창단 멤버이자 최고주주 중 한 명이었다. 현재는 휘 엔터테인먼트에서 엔터테인먼트 마케팅을 전담하고 있는 실장일 뿐이지만, 실질적으로는 사장인 휘가 해야 되는 모든 업무적인 일을 뒤에서 보좌하고 있다. 그래서 사원들 사이에서는 우스갯소리로 이런 말이 오가기도 했다.

우리 회사는 사장도 미모 순위로 뽑는다고.

그만큼 사장인 휘는 전혀 사장스럽지 않았고, 실장인 웅은 너무 사장스러웠다. 하지만 그건 어디까지나 표면적인 모습일 뿐이었다. 휘만이 사장을 맡을 수 있었기에 그 자리에 앉아 있는 것이었다.

하지만 지금 이 순간만은 맞선 보기 싫은데 억지로 선 자리에 끌려 나온 막내아들처럼 산만할 뿐이다. 옆에 앉아 있던 웅이 까다로운 어머니처럼 잔소리를 했다.

똑바로 앉아. 당장 양복으로 갈아입고 와. 합격자들 이력서 읽어봐.

그 모든 명령에 휘는 계속해서 건성으로 네네거릴 뿐이었다. 그런 모습에 익숙한 직원들은 그저 못 본 척 면접관에게 필요한 준비만 열심히 하였다.

한 시 면접이 시작되고, 첫 번째 면접자가 들어왔다. 늘씬한 키에 단정한 용모, 거기다 우수한 학력, 딱 비서 자리에 적합한 조건이었다.

이제 면접관 자리에 앉아 있던 모두의 시선이 휘에게 몰렸다.

가장 먼저 질문 자격이 있는 사람은 비서의 직속상관이 될 사장 휘였다. 휘의 옆 자리에 앉아 있던 웅이 휘에게 질문해 보라고 눈짓했다. 휘는 여자의 이력서를 대충 훑어보다 탁 덮어버리고는 여자를 똑바로 쳐다보았다.

투명하리만치 하얀 피부, 깊은 눈매 속에 매혹적인 흑요석의 눈동자, 고운 턱 선, 꽃처럼 붉은 입술, 클레오파트라도 시샘할 높고 반듯한 콧날. 꼭 별나라 왕자처럼 생긴 휘의 노골적인 시선에 면접을 보러 온 여자의 얼굴이 점점 붉어지기 시작했다. 말없는 휘의 시선이 길어질수록 면접장의 분위기는 조금씩 이상해져 갔다. 꼭 바닷가에 소풍 나온 민물고기들의 한때처럼.

"질문을 하라고! 질문을!"

면접 보러 온 여자가 자신들을 도매급으로 판단해 휘와 같은 인종으로 보기 전에 옆에 있던 웅이 낮고 강하게 말했다. 그제야 휘가 진하게 질문을 던졌다.

"내가 호텔 가서 같이 자자고 하면 어떻게 하겠습니까?"

퍽!

웅이 참지 못하고 긴 다리를 뻗어 휘가 앉아 있는 의자를 걷어차 버렸다. 그리고 황보 사장님은 서 실장님의 명령에 가차없이 면접장에서 쫓겨나야 했다. 결국 사장 황보휘가 면접장에서 추방된 뒤 면접이 다시 진행되었다.

"참 재미있는 회사네요."

휘가 나가고 면접 보러 온 여자가 처음 꺼낸 말이었다. 덕분에 남아 있는 면접관들의 기분이 떨떠름해졌다. 꼭 바닷가에 소풍 나온 민물고기들 단체로 일사병에 걸린 것처럼.

　오후 세 시, 휘 엔터테인먼트 회사 안으로 헐레벌떡 뛰어들어오는 여자가 있었다. 앳된 얼굴이 이제 막 스무 살을 갓 넘은 듯 보이는 여자였다. 여자가 회사 안으로 뛰어들어 가려고 하자, 경비원이 그녀를 붙잡았다.
　"이봐요! 어딜 함부로 들어가요!"
　"아! 아저씨! 저 오늘 면접 보러 와신디."
　면접 보러 왔다는 여자의 말에 경비원은 기가 막혔다. 촌티가 줄줄 흐르는, 거기다 사투리까지. 척 봐도 휘 엔터테인먼트 사장 비서로는 아니올시다였다. 그래도 면접 보러 왔다는 여자를 그냥 쫓아낼 수는 없었기에 경비는 순서에 맞게 손을 내밀며 면접증을 요구했다.
　"그럼 면접증 보여봐요."
　면접증이라는 소리에 여자는 가지고 온 가방을 탈탈 털기 시작했다. 하지만 한참이 지나도 여자는 면접증을 찾아내지 못했다. 점점 여자의 얼굴에 난처함이 깊게 배어나오며 행동이 부산스러워졌다.
　"안 되는디! 내 면접증! 분명 챙긴 거 같은디!"
　"아니, 면접 보러 왔다면서 면접증도 안 챙긴 거예요?"
　"아저씨! 한 번만 들여보내 줍써! 저 이번 면접 꼭 봐야 하우당."
　경상도도 아니고, 충청도도 아니고, 그렇다고 이북 말도 아닌,

참으로 요상한 말투였다.

"아! 안 돼요. 들어가고 싶으면 면접증을 꺼내요."

"면접증 가지러 집에 다녀오면 면접 떨어진단 말이우다. 들여보내 줍써!"

"아! 척 봐도 떨어졌네. 사투리 쓰는 비서를 누가 뽑아줘? 아가씨, 내가 조카 같아서 하는 말인데, 그냥 집으로 돌아가요!"

경비 아저씨가 억지로 내보내려고 하자, 여자는 있는 힘을 다해 버텼다. 필사적인 게 안타까워 보일 만큼 제발 한 번만 들여보내 달라고 계속해서 애걸했다. 하지만 그녀는 점점 정문 밖으로 밀려나고 있었다. 여자는 마지막 악을 쓰듯이 외쳤다.

"안 돼요! 내가 육지 나오려고 얼마나 단식 투쟁을 했는데, 이렇게 돌아갈 수는 없수다!"

"육지에 나와? 그럼 전에 살던 데는 바다 속이었어요?"

갑자기 금모래 뿌려놓은 듯한 남자의 목소리가 끼어들었다. 실랑이를 벌이던 여자와 경비원은 그대로 정지 자세로 남자를 쳐다보았다. 뚜벅뚜벅, 경쾌한 남자의 구둣발 소리가 여자의 바로 앞에서 멈추었다. 남자가 재미있는 걸 발견했다는 눈으로 그녀를 내려다보며 웃음기 가득한 목소리로 물었다.

"그럼 그대의 이름은 인어공주?"

여자에게 막 대하던 경비원이 남자에게 꾸벅 고개를 숙이며 정중하게 인사했다.

"아이고! 사장님, 나가십니까?"

전혀 사장같이 안 생긴 남자가 사장이란 말에 여자는 놀란 붕어 눈을 하고 휘를 멍하니 쳐다보았다. 그녀는 휘가 당연히 연예인인 줄 알았다. 단 한 번의 시선으로 눈 안에 새겨지는 그의 아름다운 인상은 분명 텔레비전에서 많이 보던 인종에 속했으니까. 엔터테인먼트 사는 직원들까지 연예인 같구나 생각하며 감탄을 했다. 그런 생각이 들면서 연예인같이 안 생기면 떨어지는 건가 하는 불안감도 같이 들었다.

경비원에게 자초지종을 들은 휘가 웃으면서 여자에게 물었다.

"면접 보러 왔어요?"

여자는 그렇다고 고개를 끄덕였다.

"그럼 나랑 보면 되겠네."

면접장에서 쫓겨난 사장, 새장 밖으로 뛰쳐나가던 길에 면접 보러 왔다는 제주도 처녀를 만났다.

휘는 면접을 보러 왔다는 승은을 사장실로 데리고 올라갔다. 승은은 넓고 잘 꾸며진 사장실 안을 놀란 시선으로 두리번거리다 휘가 소파에 앉으라고 하자 그제야 자리에 앉았다.

"이름이 뭐예요?"

승은에 대한 기록을 가지고 있는 게 아무것도 없어서 휘는 먼저 이름부터 물었다. 승은이 작은 목소리로 말했다.

"여승은요."

이름을 듣는 순간 휘는 느꼈다. 이 여자는 비서를 하기 위해 태어났다는 걸. 여승은, 여비서. 완전 딱이었다.

휘는 혼자만 재미있어하며 웃다 영문을 모른 채 그를 이상하다는 듯이 쳐다보고 있는 승은의 시선을 느끼고 싱긋 웃어준 뒤 다음 질문을 하였다.

"고향은?"

"제주도요."

"아! 고향이 제주도예요?"

휘의 질문에 승은은 힘차게 고개를 끄덕였다.

"제주도에서는 서울을 육지라고 하나?"

이번에도 역시 승은은 힘차게 고개를 끄덕였다.

"재밌네. 난 정말 바다 속에서 왔는 줄 알았잖아요. 뭐, 인어치고는 조금 촌티가 나기는 하지만."

그러면서 승은의 모습을 위에서부터 아래로 쭉 훑었다. 그리고 또 혼자 웃는다. 아마도 촌티나는 모습이 웃겼나 보다.

승은은 면접 자리에서 사장님을 웃기고 싶지는 않았기에, 입고 온 블라우스 단추를 단단히 여몄다. 그래도 가지고 있는 옷 중 제일 비싼 옷이었다. 휘는 곧 승은의 패션에 관심을 거두고, 다른 질문을 하였다.

"그래서 왜 이 일을 지원한 거예요?"

"사람을 뽑기에."

"우와! 진짜 면접 보러 온 거 맞아요?"

"네?"

"대답이 왜 그렇게 다 짧아요? 웅이 봤으면 당장 나가라고 소리쳤을걸요."

갑자기 튀어나온 낯선 이름에 승은은 고개를 갸웃했다.

"웅이요?"

방금 전에 웅에게 얻어맞고 쫓겨난 휘는 한숨을 내쉬며 웅에 대해 말했다.

"네, 웅. 이름처럼 정말 곰 같은 녀석이에요. 힘도 무지하게 세고, 성격도 굉장히 포악해요."

그러면서 콧잔등에 주름을 만들며 인상을 쓰는데, 그 모습이 남자로서는 희귀할 정도로 귀엽다. 하지만 면접장에서 사장님을 감히 귀엽다고 생각하는 건 어쩐지 불경 같았기에 승은은 애써 마음을 다잡았다.

하나도 안 귀엽습니다.

그런 승은의 생각을 모르는지 휘는 이제 손으로 턱을 괴고 나름 진지한 표정으로 혼자서 열심히 떠들었다. 그래서 승은은 사장님이 참 귀엽다 라는 생각을 지우기 위해 부단히도 노력해야만 했다.

"내가 그 자식 처음 봤을 때 나보다 무려 20㎝나 더 컸다니까요. 그래서 내가 그 녀석한테 그랬죠. 자네 탐나는 기럭지를 가졌군. 그러니까 그 자식이 나한테 뭐라고 한 줄 알아요?"

승은은 세차게 고개를 가로저었다. 왜 면접에서 이런 이야기가 나오는지 영문도 모른 채.

휘가 승은에게 가까이 다가와서 웅처럼 얼굴에 힘을 주며 말했다.

"꺼져."

물론 웅이라는 사람이 휘에게 했다는 말이지만, 승은은 마치 휘가 자신에게 말하는 것처럼 느껴져 움츠러들었다.

"오늘도 나한테 꺼져 그러더라고요. 무섭죠?"

면접에서는 무조건 웃으라고 하는데, 도대체 이게 웃을 타이밍인지 아닌지 알 수가 없었다. 그래서 승은은 어색하게 입술을 말아 올리며 작게 고개만 끄덕였다.

"그러니까 웅과 마주치면 뒤도 돌아보지 말고 도망가요. 아니면 죽은 척을 하든지."

"주, 죽은 척이요?"

승은이 자신의 농담 같은 말에 놀라든 말든 휘는 다음 질문으로 넘어갔다.

"흠! 좋아요. 마지막 질문을 할게요."

어쩐지 휘만 잔뜩 떠들다 면접이 끝나는 분위기였다. 면접자보다 면접관이 더 말을 많이 한 경우, 성공한 면접인가? 아닌가?

휘가 몸을 숙이고 승은에게 가까이 다가왔다. 갑자기 너무 다가온 휘의 얼굴에 승은이 놀라서 몸을 뒤로 뺐다. 겁먹어서 주춤하는 승은에게 휘가 면접장에서 그랬던 것처럼 진지하게 물었다.

"내가 호텔방 같이 가서 자자고 하면 어떻게 할 거예요?"

"주, 죽은 척이요."

휘는 놀란 왕자님 눈을 하고 승은을 쳐다보았다. 승은 역시 놀란 붕어눈을 하고 휘를 쳐다보았다. 어딘가에서 재깍재깍 시계 소리가 들려오는 듯한 착각이 인다.

웅이 사장실로 오는 중이었다.

면접에서 선별한 합격자 서류를 가지고 말이다. 결국 휘가 전혀 도움이 안 되었기에 평범한 비서의 기준에 맞추어 적합한 인물을 뽑았다. 이 비서가 과연 휘의 성격을 이겨낼 수 있을지 걱정이지만, 지금으로서는 최선의 대안이었다.

뚜벅뚜벅, 190㎝에 육박하는 그가 발걸음을 뗄 때마다 세상이 그의 발끝에서 무너져 내리는 듯했다.

"하하하하하!"

막 사장실 문을 열려던 웅은 안에서 들려오는 휘의 시원한 웃음소리에 눈살을 찌푸렸다.

뭐야? 사장실에서 DVD라도 보고 있는 거야?

웅이 사장실 문을 열고 들어갔을 때, 웅의 예상과는 달리 휘는 웬 여자와 같이 있었다. 처음 보는 여자였다. 작은 키가 잔뜩 웅크린 어깨 때문에 더 왜소해 보였고, 양 갈래로 꽉 묶은 머리, 하얀 블라우스에 체크무늬 치마, 게다가 새까만 스타킹에 구두가 아니라 단화.

한마디로 좀 촌스러웠다. 아니, 좀 많이 촌스러웠다.

"아! 쟤가 웅이에요."

휘가 갑자기 손가락으로 웅을 가리키더니 여자에게 웅을 먼저 소개했다. 웅에게 여자를 먼저 소개해야 하는데 말이다. 그런데 웅의 이름을 들은 여자가 움찔하며 소파 끝으로 물러나는 게 아닌가? 마치 무서운 동물이라도 본 것처럼 말이다. 웅은 불쾌한 시선으로 여자를 쳐다보며 휘에게 물었다.

"누구야?"

“여 비서.”

“뭐?”

휘에게 탐나는 기럭지를 가졌군, 이라는 첫 인사를 들었을 때만큼이나 웅은 어이가 없었다. 농담이라면 정말 재미없고, 진담이라면 황보휘는 좀 맞아야 한다.

“쿡쿡! 오늘부터 내 비서 아가씨야.”

“네? 저 지금 채용된 거우꽝?”

여비서? 된 거우꽝?

낯선 단어의 홍수 속에서 웅은 혼란에 빠졌다. 휘 혼자만도 상대하기 벅찬데, 저 여자의 정체는 도대체 뭐란 말인가! 혹시 북한 간첩 아냐?

“황보휘! 네 비서는 이 여자야!”

웅은 방금 뽑은 여자의 이력서를 내밀며 휘에게 말했다. 휘가 이력서 속의 반듯한 여자 사진을 흥미없다는 듯이 쳐다보다 승은을 불렀다.

“여 비서!”

“네? 네.”

휘의 부름에 승은이 앉아 있던 자리에서 벌떡 일어났다.

“당신이 저 사진 속의 여자보다 낫다는 걸 웅에게 보여줘요.”

“네? 아! 저기! 사장님! 사자앙님!”

뽑아만 놓고 무서운 곰에게 자신을 던져 놓은 채 그냥 사장실을 나가 버리는 휘의 뒤를 승은이 놀라서 따라갔다. 하지만 승은이 사장실 문에 도착했을 때 휘는 이미 나가 버린 뒤였고, 문은 굳게 닫혀 있었다. 승은은 허망한 눈길로 닫힌 문만 부여잡았다.

그렇게 대책없이 가시면 나보고 어쩌라고요!

"언제까지 문만 보고 있을 겁니까?"

웅의 목소리에 승은은 움찔하였다. 사납거나 거칠지는 않지만 정말 차가운 목소리였다. 그의 목소리에 주위의 공기가 쩍쩍 얼어붙는 것만 같았다. 승은은 조심스럽게 뒤돌아보았다. 웅이 날카로운 시선으로 승은을 쳐다보고 있었다. 정말 휘의 말대로 엄청 무서운 사람이라는 걸 저 눈빛만으로도 충분히 알 수 있었다.

웅은 휘와 다른 의미로 사람의 시선을 끌었다. 부드러운 휘의 인상과 달리 그는 인상이 너무 강했다. 날카롭게 길게 뻗은 눈매는 한줄기의 빛도 통과할 수 없을 만큼 숨 막혀 보였고, 짙은 눈썹과 꽉 다문 입매는 그가 얼마나 고집있는 사람인지 느끼게 해주었다.

꼭 무협 소설에 주인공으로 나올 법한 이미지와 비슷했다. 잘생기기는 했지만 절대 함부로 가까이할 수 없는 그런 압도감이 그의 몸을 휘감고 있었다. 승은의 눈에는 다른 건 하나도 안 보이고 매서운 눈매와 짙은 눈썹만 눈에 들어왔다. 무섭다 생각하고 보니, 보면 볼수록 무서웠다. 그래서 눈도 마주칠 수 없어 소극적으로 고개를 숙였다.

휘도 크다고 생각했는데, 웅이라는 사람은 휘보다 머리 하나는 더 컸다. 압도당할 것 같은 그의 키 때문에 승은은 자신이 더 작게 느껴졌다. 고양이 앞에 쥐다. 아니, 곰 앞에 고양이인가.

"설명을 해요! 왜 당신이 비서로 뽑힌 건지."

승은은 입 안이 바짝 타 들어가는 느낌이었다. 아까 휘와 단둘이만 있을 때는 이렇지 않았는데, 웅과 둘이 있는 공간은 긴장감으로 가득 차 있어서 쉽게 숨을 쉴 수조차 없었다. 승은은 힘겹게 심호흡을 삼켰다.

그래, 천천히 설명을 하는 거야. 조근 조근. 조리있게.

"저기, 그게 마씸."

"사투리 쓰지 말고!"

쾅!

웅이 손에 들고 있던 서류철로 책상을 있는 힘껏 내려치며 사투리 쓰지 말라고 매섭게 지적하자 말을 시작하려던 승은은 바로 입을 꾹 다물었다. 겁먹은 피부가 파랗게 질려, 꼭 병자처럼 보였다. 입술을 꽉 다문 승은의 입술이 파르르 떨렸다. 울먹울먹, 눈에는 금방이라도 눈물이 떨어질 것처럼 물기가 차 오르기 시작했다. 새카만 눈동자가 물기를 머금고 위태로운 광체를 내기 시작했다.

무서운 눈으로 승은을 쳐다보고 있던 웅은 승은이 금방이라도 울 것 같은 얼굴을 하자, 놀라서 단호하게 끼고 있던 팔짱을 풀었다.

뭐 딱히 달래주거나 소리쳐서 미안하다는 말을 하려는 게 아니었다. 그저 입 한 번 뻥끗했다고 저렇게 겁을 먹는 여자가 어이가 없었을 뿐이다.

"여, 여승은…… 입…… 니다. 고향은…… 제주도이…… 고, 대학교는…… 제주대학교를…… 나왔…… 습…… 니다."

승은은 울지 않으려고 애쓰며 그리고 부단히도 사투리를 쓰지 않으려고 애쓰며 더듬더듬 말을 이어가면서 그 자리를 버텼고, 또 버텼다. 차라리 이대로 쓰러져 죽은 척을 하고 싶다는 마음이 너무도 절박하게 들고 있었다.

곰보다 무서운 서웅 실장, 바람 같은 황보휘를 좀 길들여 보려다 그렇게 제주도 처녀 여승은을 만나게 되었다.

1. 세상에서 제일 무서운 사람

하늘은 파랬고, 버스는 느릿느릿 거북이 걸음이었고, 어머
니의 사투리는 작렬하였다.

[무신 말이고? 취직이 됐다고?]

버스 안에 전화기를 통해 들리는 승은이 어머니의 구수한 목소
리가 가득 찼다. 사람들이 쳐다보는 시선을 느끼고, 승은은 손으
로 핸드폰을 가리고 계속 이야기를 했다.

"그렇다니까. 그러니까 나 이제 여기서 살 거야."

[그게 말이나 되나? 일 년 내내 안 되다 어떻 내려오는 날 될 수
이신디? 너 내려오기 싫으난 거짓말하는 거 아니냐?]

"아냐! 내가 재직증명서도 보내쿠당! 그럼 되잖아!"

승은은 어머니에게 취직이 되었다고 큰소리를 탕탕 치고 전화

를 끊었다. 승은은 대학을 마칠 때까지 제주도에서만 산 제주도 토박이였다. 부모님은 하나뿐인 딸을 멀리 보내고 싶지 않으셔서 제주도에서 직장을 구하라고 하셨지만 승은은 부모님의 말에 반항하면서까지 서울에 올라왔었다. 그렇게 하지 않으면 평생 그 섬을 벗어나지 못할 것이라는 절박함이 있었기 때문이다. 그건 세상을 꿈꾸는 젊은 사람이라면 누구나 가질 수 있는 소박한 꿈 같은 것이었다.

그러나 서울 생활은 승은의 기대처럼 화려하지도 않았고, 만만하지도 않았다. 대학교를 나왔지만, 섬에 있는 대학교를 나온 건 그리 좋은 이력이 되지 못했고, 무엇보다 승은은 가지고 있는 자격증이 몇 개 없었다. 사람들이 많이 취득해 놓는 컴퓨터 활용능력이나 운전면허증. 좀 특이할 만한 건 일본어 자격증 정도였지만, 회화가 가능한 1급이 아니라 3급이었다. 뭐, 그런 것들이 승은이 가지고 있는 이력의 전부였다. 하지만 그 정도 이력으로 제대로 된 일자리를 구하기란 힘이 드는 일이었다. 그래서 중간엔 그저 구해지는 대로 작은 건설 사무실의 사무 자리에 들어가기도 했으나 근무 환경이 너무 맞지 않아 일주일 만에 그만두고 나와 버리기도 했다. 서울에 올라온 지 일 년이 다 되어가도록 승은이 제대로 된 일자리를 구하지 못하자, 제주도에 계시는 부모님은 제주도로 내려오라고 전화하시는 일이 많아지셨다. 결국 마지막으로 딱 한 곳만 더 면접 보고 그것마저 떨어지면 내려가겠다고 약속을 했는데, 그 마지막 면접을 본 회사가 휘 엔터테인먼트였다. 서류 전형 조건이 세지 않아서 면접의 기회가 있었고, 게다가 사장인 휘를 만나게 되면서 재수 좋게 붙은 것이었다. 하지만 승은은 기쁘기만 한 건 아니었다.

"사투리 쓰지 말고!"

무섭게 외치던 웅의 목소리가 아직도 메아리치고 있었다. 이제 삼십 분만 있으면 회사에 도착인데, 그럼 그 무서운 남자를 또 보게 될 것이고 그 생각을 하니, 숨이 탁 막혀왔다. 승은은 버스 밖 복잡한 서울 시내를 보며 조심스럽게 말 연습을 했다.
"안녕하십니까. 휘 엔터테인먼트 사장실…… 입니다. 무신, 아니, 무슨 용무…… 이십니까?"
어쨌든 천천히 하면 대충 표준말이 나왔다.

"휘는?"
하늘도 무심하시지, 승은은 분명 사장 비서로 취직한 것인데, 아침부터 먼저 보게 된 건 사장인 휘가 아니라, 사장실을 찾아온 서웅 실장이었다.
"그게, 아직."
"아직 뭐? 말 끝까지 해요!"
긴장해서 짧게 말했더니, 끝까지 말하라고 호통이었다. 승은의 어깨가 한 번 움찔했다.
"아직…… 출근 전…… 이십니다."
"좀 더 빨리 말할 수 없습니까! 말 한마디 하면서 하루 다 보낼 거예요?"

승은의 어깨가 두 번째로 움찔했다.

"네? 아닌디!"

"사투리 쓰지 말고요!"

세 번째로 움찔하며 승은은 좌절했다. 이건 회생의 가능성도 보이지 않았다.

"죄, 죄송, 죄송합니다."

"말 더듬지 말고!"

승은의 고개가 더욱더 밑으로 내려갔다. 어떻게 말 한마디 할 때마다 지적을 받는지, 더 이상은 입을 열 수가 없었다. 출근 삼십 분 만에 직장 생활의 어려움을 이렇게 절실히 느끼다니, 이거 정말 제대로 된 일자리를 구한 게 맞는가 의심이 들기 시작했다.

어쩐지 너무 쉽게 구해진다고 했어.

어렵게 이룬 일은 그 고충의 깊이만큼 보람이 따르고, 쉽게 이룬 일은 나중에라도 반드시 그 대가를 치르게 되는 것인데, 아마도 승은에게 복권당첨처럼 굴러 들어온 일자리의 뒤늦은 대가는 바로 앞에 떡 버티고 선 곰 실장님 같다.

승은이 바닥만 쳐다보며 식은땀만 흘리고 있는데, 갑자기 큰 손이 다가와 승은의 턱을 잡고 휙 들어 올렸다. 승은은 너무 놀라 숨을 멈추고 눈을 크게 떴다. 무서운 웅의 얼굴이 바로 코앞에 있었다. 저 날카로운 눈매에 금방이라도 베어 피가 날 것 같은 두려움에 몸이 저절로 떨렸다. 손끝에 고스란히 전해오는 떨림에 웅은 얼굴을 찌푸렸다. 웅은 그저 자신감없이 고개 숙이고 있는 승은의 모습이 싫었던 것뿐이었다.

"그리고 내 앞에서 또 한 번 더 고개 숙이면 사표 쓴다는 뜻으로 알아듣겠습니다."

승은은 완전히 얼어붙어서 대답도 못했다. 벌벌 떠는 승은의 두 눈을 웅은 못마땅한 시선으로 쳐다보았다.

도대체 이런 한심한 겁쟁이를 왜 비서로 뽑은 것인지 또다시 휘에게 화가 났다.

"두 사람, 굉장히 친해 보인다."

갑자기 들려온 휘의 목소리에 꽁꽁 얼어 있던 승은의 심장에 햇살이 비추었다. 승은은 구세주라도 만난 표정으로 휘를 쳐다보며 그를 불렀다.

"사장님!"

자신을 볼 때는 완전히 얼어 있다가 휘가 나타나자마자 표정이 변하는 승은을 쳐다보며 웅은 속으로 씁쓸한 미소를 지었다.

그래, 촌녀, 너도 여자라는 거지?

정말 하나에서 열까지 맘에 드는 부분이 하나도 없는 여비서였다. 사투리에, 소심함에, 키도 작고, 이름만 비서와 어울리면 뭘 하나. 휘의 고집만 아니었다면 절대로 이런 여자 비서로 안 뽑았을 것이라고 웅은 속으로 투덜거렸다.

웅은 잡고 있던 승은의 턱을 휙 놓으며 휘를 야단쳤다.

"일찍 다녀!"

나란히 서 있는 두 사람을 보니, 정말 대조적이었다. 부드러운 인상이 절로 몸에 배인 휘의 옆에 웅이 서 있으니 굳게 다문 웅의 입술이 더 고집스럽게 보였고, 반면에 휘는 더 부드럽고 상냥하게 보였다. 게다가 두 사람은 옷차림조차 대조적이었다. 정장 바지에 재킷, 거기에다 풀 제대로 먹인 하얀 와이셔츠에 블루 계통의 넥타이를 매어 슈트를 제대로 차려입은 웅과 달리 휘는 정장인지 아닌지 쉽게 분간이 안 되는 벨벳 슈트를 입고 목걸이까지 했다.

휘가 온 것을 확인한 웅은 그제야 사장실을 나가기 위해 문으로 걸어가다 갑자기 발걸음을 돌리고 승은을 똑바로 쳐다보았다. 그 직선적인 시선에 승은은 사지가 다 떨려왔다.

"당신 사장님 도망가지 못하게 잘 감시하세요!"

"네?"

본디 비서란 사장을 보필하여 그의 업무를 도와주는 것이 아니었나? 그런데 감시? 그리고 사장이 회사를 버리고 도망도 간단 말인가?

승은이 고개를 돌려 휘를 쳐다보았다.

"도망도 가세요?"

휘가 싱긋 웃으며 말을 정정했다.

"보통 외근이라고 하지."

과연 사장님의 도망과 외근의 차이는?

열두 시가 넘었을 때 승은은 배가 고파왔다. 첫날이라 이 회사는 점심시간이 언제부터인지 미스터리였다. 승은은 통유리를 통해 사장실 안을 들여다보았다. 그런데 책상이 텅 비어 있었다. 휘가 없었다. 분명 나가는 것을 보지 못했기에 승은은 놀라서 사장실 문을 열고 들어갔다. 그런데 문을 열자마자 큰 소리의 음악이 흘러나와 승은을 놀라게 하였다. 비서실에서는 전혀 들을 수 없었기에 이렇게 크게 음악을 틀어놓은 줄 몰랐었다. 승은은 넓은 사장실을 둘러보며 휘를 찾다가 소파에서 까닥이는 맨발을 발견하고 눈을 크게 떴다.

저게 지금 내가 모시게 된 사장님 족(足)이 맞나?

"사장님!"

승은 조심스럽게 소파에 다가가며 휘를 불렀다. 음악에 심취해 열심히 리듬을 맞추던 휘가 기분 좋게 눈을 떴다.

"아! 여 비서."

정말 아찔한 미소였다. 제주도에서 살면서 사투리 쓰며 농사일 하는 우락부락한 남자들만 봐서인지 휘의 달콤한 미소가 승은은 영 적응이 안 되었다. 절로 따라서 웃게 되었다. 그런데 웃는 것도 에너지가 소비되는지 배가 좀 더 고파왔다.

휘는 나른하게 두 눈을 다시 감았다. 그러자 한숨 나오게 긴 속눈썹이 드러났다. 속눈썹에서 동그란 턱 선까지 이어진 선이 참 고왔다. 꼭 조선시대 양갓집 규수의 속저고리 안을 훔쳐본 듯한 이상한 기분이 들어 승은은 저도 모르게 휘를 보던 시선을 내렸다.

"이 노래 정말 좋지? 내가 제일 좋아하는 노래야."

"네? 노래요?"

승은은 그제야 노래에 귀를 기울였다. 꼬르륵, 그리고 휘는 승은의 배에서 나오는 소리에 귀를 기울였다.

"여 비서, 배고파?"

"네? 아! 네. 점심때가 다 되어서."

"벌써? 좋아! 따라와!"

"네?"

"내 비서가 된 기념으로 내가 점심 살게."

휘의 말에 승은이 환하게 웃었다. 승은의 미소를 보고 휘도 따라 웃었다.

"뭐 먹고 싶어?"

"사장님 먹고 싶은 걸로."

"아냐, 여 비서 먹고 싶은 걸로 골라."

그렇게 그대 먹고 싶은 걸로 먹자고 서로 양보하며 사무실을 나섰다. 참 화목한 사장님과 여 비서였다. 과연 업무에도 이런 다정한 관계를 지켜나갈 수 있을까?

"저기, 그런데 재직증명서가 필요한데, 그거 어디서 떼는 거우꽝?"

휘와 같이 나가며 승은이 집에 보낼 재직증명서에 대해 물었다. 그러자 사장인 휘가 이렇게 말했다.

"글쎄, 난 모르는데. 웅한테 물어봐."

그냥 지나가는 회사 사람 아무나 붙잡고 또 물어봐야지, 라고 생각하는 승은이었다. 웅에게 먼저 질문을 한다니 생각만 해도 섬뜩했다.

배불리 비싼 밥을 먹은 것까지는 좋았다. 휘는 게다가 승은에게 옷까지 사준다고 하였다. 승은은 손을 내저으며 거절했다.

"괘, 괜찮수다. 저 옷 하영 이신디."

"뭔 소리인지는 모르겠지만, 옷 안 받는다는 것 같은데. 내 비서를 하려면 무조건 받아야 돼. 왜냐고?"

휘는 그 어느 때보다 단호하게 말했다.

"여 비서, 너무 촌스러워."

그런 촌스런 날 뽑아준 게 당신이잖아요.

승은이 억울하다는 눈으로 휘를 쳐다보았다. 휘는 승은에게 어울릴 만한 옷을 직접 골라줄 생각인지 옷가게 안을 여유롭게 걸어 다녔다. 휘는 하늘거리는 실크 블라우스를 꺼내더니 승은의 상의에 대보았다. 어울린다고 생각했는지 싱긋 웃으며 윙크를 한다.

정말 여기가 천당인지 지옥인지.

블라우스를 고른 휘는 그에 어울리는 치마로 끝에 몇 단으로 주름이 잡힌 핑크색 비조 주름 스커트를 골라주었다. 그리고 고른 옷을 승은에게 안겨서 억지로 탈의실 쪽으로 밀어 넣었다. 승은은 할 수 없이 옷을 갈아입고 나와야 했다. 하지만 돈은 자신이 낼 생각이었다. 막 옷을 갈아입는데, 밖에서 휘가 소리치는 말이 들려왔다.

"아! 검은 스타킹 꼭 벗어!"

정말 별걸 다 참견한다. 사장인지, 남자 친구인지.

그래도 휘의 말을 따라서 승은은 입고 있던 검은 팬티스타킹을 벗어버렸다. 시원하기는 했다. 승은이 탈의실에서 나오자, 휘가 만족한 듯 웃으며 그녀를 거울 앞으로 이끌었다. 그리고 양 갈래로 꽉 묶어놓았던 승은의 머리를 과감하게 풀어버렸다.

"아! 내 머리!"

"괜찮아! 이게 더 어울려!"

목까지 단추를 꽉 메었던 답답한 블라우스와 교복치마 같았던 체크치마를 벗고, 목과 어깨가 과감하게 드러난 실크 블라우스와 화사한 색깔의 치마를 입으니 밑으로 날씬하게 뻗은 하얀 다리가 꽤 근사했다.

"보통 여자들은 대충 귀엽거나, 귀엽다 말거나, 귀여운 척만 하는데, 승은은 진짜로 귀엽다. 완벽해! 정말 귀여워."

휘가 귀엽다는 말을 반복하니, 승은은 자신이 꼭 곰돌이 인형이 된 기분이었다.

"이제야 고등학생 안 같고 여비서 같네."

결국 그 말이 하고 싶었던 거다. 승은은 저도 모르게 입을 쭉 내밀었다.

네, 제가 좀 모범적인 패션을 하고 다녔습니다.

"아뇨! 제가 내쿠당. 저 돈 있수다."

휘가 지갑을 꺼내자 승은이 손을 내저으며 자신의 지갑을 찾았다. 수선스런 승은의 행동과 괴상한 사투리를 듣고 의상실 여직원들은 키득키득 웃기 시작했다. 그럴수록 승은의 행동이 더 급해졌다. 지갑을 꺼내 열면서 승은이 빠르게 물었다.

"얼마…… 예요?"

직원이 또 웃을까 봐 사투리가 나오는 걸 어거지로 집어넣었더니, 혀까지 아팠다.

"이백구십칠만 원이요."

가격을 듣고 돈을 세던 승은은 다시 고개를 들고 또 물었다.

"네? 얼마요?"

"이백, 구십, 칠만 원이요."

"헉!"

비싸도 너무 비쌌다. 아니, 비싼 것보다도 가격을 말하는 여직원의 태도가 너무 기분 나빴다. 넌 분명 그런 돈이 없을 거라는 눈으로 승은을 보고 있었다. 하지만 그건 사실이었다. 승은의 지갑에 들어 있는 돈은 겨우 몇 만 원이 다였다. 이것도 이번 주 생활비였다.

승은이 어색하게 웃으며 휘에게 말했다.

"다음에 사야쿠당."

그런 승은을 묘한 미소를 지으며 쳐다보던 휘가 고개를 숙이고 속삭였다.

"내가 사준다니까! 승은은 그냥 받아주면 돼."

하지만 누군가에게 이런 비싼 선물을 받아본 적이 없는 승은은 끝까지 내키지 않는 표정을 지을 뿐이었다.

"하지만 너무 비싼데."

승은은 끝까지 좋다고 하지 않았다.

"나한테 너무 비싸…… 요."

선물을 주겠다는 휘의 제안을 계속 거절하는 게 무안하여 승은의 고개가 점점 아래로 향했다.

하지만 휘는 웅처럼 당장 고개 들라고 벼락처럼 야단치지는 않았다. 승은과 같이 점점 고개를 내렸다. 비싸고 아름다운 선물, 그런 선물을 받고 이렇게 곤혹스러워하는 여자는 휘가 아는 한 그녀가 처음이었다.

세상의 여자들이 모두 사치스러워진 걸까? 아니면, 여승은이 정말 돈이라고는 조개밖에 없는 바다 속에서 온 걸까?

문득 그런 어이없는 생각을 하며 휘는 웃었다.

"그럼 그냥 나가도 돼."

결국 휘가 호의를 거두었다. 그 말에 그제야 승은이 환하게 웃었다.

여자는 그때까지 소녀처럼 웃었다. 아마 이 미소가 누군가에 의해 점점 여인이 되어가겠지. 그 생각을 하니, 휘는 조금 아쉬웠다. 자기가 가질 미소도 아니지만 말이다.

빈손으로 명품 옷가게를 나온 뒤, 휘가 크게 기지개를 켜며 말했다.

"좋아! 그럼 여 비서는 회사 가봐."

"네? 저 혼자만요? 사장님은요?"

"난 외근."

외근이라고 말하며 싱긋 웃는 모습이 꼭 놀러나가는 모습처럼 싱그럽다. 회사 첫날 외근 간다는 사장님한테 정말 외근이냐고 묻기도 송구스러워 그저 잘 다녀오라고 인사를 했다.

휘는 혼자서만 자신의 차에 올라타고는 바람처럼 사라져 버렸다. 승은은 멀어지는 휘의 스포츠카를 바라보다 회사를 향해 발걸음을 돌렸다. 가는 길에 서점이 보이기에 잠시 들렀다.

서점을 나오는 승은의 손에는 책 하나가 들려 있었다.

회사에 돌아와 자신의 근무처인 사장실의 문을 열고 들어가던 승은은 그대로 심장마비에 걸리는 줄 알았다. 아무도 없는 줄 알았던 사장실 안에 웅이 딱 버티고 서서는 승은을 쏘아보고 있는 것이 아니겠는가? 생각도 못했던 기습이라 더 놀라 버렸다.

"자리 지키라고 비서를 뽑았놨더니, 이제는 비서까지 싸돌아다 닙니까!"

점심 먹고 온 건데. 오는 길에 옷가게 들르고 서점 들르기는 했지만.

할 말은 많았지만 승은은 죄송하다는 소리조차 꺼내지 못했다.

"그래서 휘는?"

"네?"

"두 번 묻게 하지 마세요! 당신 사장 어디 갔냐고요!"

승은은 모르겠다는 뜻으로 고개를 가로저었다. 자신이 그걸 어찌 안단 말인가. 스포츠카 타고 횡하니 떠나 버렸는데. 승은의 도리질에 웅은 바로 성을 내며 외쳤다.

"누가 사장이랑 놀라고 여비서 뽑은 줄 알아요! 당장 가서 휘 찾아와!"

눈물 날 만큼 너무 놀라서 승은은 어디로 간지도 모를 휘를 찾으러 가기 위해 황급히 몸을 돌렸다. 하지만 너무 급하게 움직이다 보니 균형을 잃어 다리가 휘청했다. 몸을 지탱하기 위해 문손잡이를 잡는데, 문이 열리면서 승은은 그대로 뒤로 쓰러져 갔다.

엄마!

다가올 고통에 미리 겁을 먹고 눈을 질끈 감는데, 고통은 찾아오지 않았다. 대신 너무도 강렬한 남자 스킨향이 코를 후벼 파왔다. 그리고 등 뒤로 무언가 돌은 아닌데, 딱딱한 것이 승은의 머리를 받치고 있었다. 승은은 놀라서 고개를 번쩍 들었다. 바로 머리 위에 무서운 웅의 얼굴이 버티고 있었다.

"엄마야!"

승은은 뒤도 안 돌아보고 그대로 열려진 문을 박차고 밖으로 달려나가 버렸다. 그녀의 사장님인 휘가 말했었다. 곰에게 붙잡히며 죽을힘을 다해 도망가든지, 죽은 척을 하라고. 오늘 승은이 선택한 방법은 36계 줄행랑이었다. 심장이 너무 세차게 뛰어서 도저히 죽은 척을 할 수 없었던 것이다.

승은이 웅을 피해 도망가 버리고 사장실 안에 혼자 남은 웅은 승은이 떨어뜨리고 간 책을 주워 들었다.

〈10일 내로 마스터하는 표준말.〉

세계화에 발맞추어 다른 비서들은 외국어 책 들추고 있을 때, 표준말 책이나 들추고 있는 비서라니. 절로 한숨이 나왔다.

정말 하나에서 열까지 사람 정신 사납게 하는 비서이다.

그리고 한 달이라는 시간은 쏜살같이 지나갔다. 원래 신입 한 달은 죽도록 고생하는 시간이라고 하지만, 승은에게 그 시간은 생각했던 것보다 더 혹독했던 시간이었다.

"사장님! 제발 오늘은 그냥 사무실에 계십서. 하루 종일 잠만 자도 좋으난 제발요!"

승은은 사장인 휘에게 아예 애원을 하고 있었다. 왜냐하면 그게 승은이 비서로서 해야 되는 가장 큰일이었으니까. 별로 일도 안 하는 것 같은 휘의 비서를 왜 뽑았나 했더니, 완전 감시자 역할이었다. 휘가 멋대로 사라지지 않게 잘 감시하라는 것이었다. 안 그러면 당장 실장인 웅의 호통이 승은의 머리 위로 떨어져 내렸다. 남들은 직속상관이 제일 무섭다는데, 승은은 직속상관이 제일 만만하고 곁다리 상관인 웅이 제일 무서웠다.

"승은은 십 일 내로 마스터하는 표준말 책 매일 읽는 거 같은데, 왜 한 달이 지나도 사투리가 그대로야?"

휘가 천진하게 눈을 반짝이며 엉뚱한 걸 물어왔다. 두 손 모아 빌던 승은이 버럭 화를 내며 대답했다.

"사장님 찾으러 싸돌아다니느라 반밖에 못 읽었수다!"

휘가 불쌍하다는 듯이 승은의 머리를 툭툭 쳐주었다. 휘의 손길에 승은은 더 부아가 치밀었다.

네가 지금 위로할 군번이냐! 너 때문이라니까!

그때 웅이 사장실 문을 열고 들어왔다.

"있었구나. 얘기 좀 하자."

웅은 서류를 들고 먼저 소파로 가서 앉은 다음 승은을 쳐다보지도 않으며 말했다.

"여 비서, 차 두 잔만 줘요."

"네!"

승은은 시원하게 대답하고 후다닥 사장실을 나가 버렸다. 밍기적거리면 또 웅이 무슨 소리를 할 지 모르기 때문이다.

"와봐! 중요한 이야기야!"

웅이 가지고 온 서류를 펼쳐 들며 책상에 앉아 있는 휘를 불렀다. 그때 사장실 문이 다시 조심스럽게 열리며 승은이 얼굴을 내밀었다.

"저기, 그런데 무슨 차로?"

휘가 사장 의자를 한 바퀴 빙 돌리며 말했다.

"뜨거운 게 좋아."

차가 다 뜨겁지!

승은이 난감하다는 눈으로 웅을 쳐다보았다. 웅은 서류에 눈을 박은 채 '커피'라고 말했다.

커피포트에 커피를 내리며 승은은 조심스럽게 통유리 안을 훔쳐보았다. 웅과 휘가 소파에 앉아 무슨 이야기를 나누고 있었다. 휘가 전혀 관심없는 게 표정에 다 드러났다. 그러자 웅이 조금 화가 난 표정으로 휘에게 뭐라고 말했다. 휘가 웃으면서 한마디 하자 웅의 얼굴에 대번에 무서운 주름이 잡혔다. 저런 표정을 지을 때의 웅이 승은은 정말 무서운데, 휘는 전혀 무섭지 않다는 듯이 더 크게 웃으며 다리까지 꽜다. 퍽, 웅이 꼬고 앉은 휘의 다리를 걷어차 버렸다. 휘의 긴 다리가 휘청하며 다시 바닥으로 떨어져 내렸다. 그래도 다행이었다. 웅이 휘는 잘 때려도 자신은 안 때리니. 아마도 웅의 눈에 사장인 휘와 자신은 세트로 묶어서 보면 볼

수록 한숨 나오는 미운 새끼들인 것 같았다. 하루라도 웅의 잔소리를 안 듣는 날이 없었다. 휘도, 자신도.

결국 휘가 불쌍한 표정을 지으며 뭐라고 하자 웅이 한 손으로 이마를 짚으며 깊게 한숨을 내쉬었다. 그리고 손으로 앞머리를 걸어 올리자 반듯한 웅의 이마가 드러났다.

아! 이제 보니 이마가 예쁘네.

순간 자신의 생각에 승은은 화들짝 놀라 버렸다.

예쁘다니! 사장님도 아니고 실장님한테 예쁘다는 말을 감히 어떻게!

뜨거운 커피가 다 내려질 동안 승은은 자신의 머리를 때리며 말도 안 되는 상상을 한 자신에게 스스로 벌을 주었다.

승은은 뜨거운 커피 두 잔을 들고 사장실 안으로 들어갔다.

"여 비서! 영화 좋아해?"

승은이 사무실 문을 열자마자 휘가 물어왔다. 조심스럽게 커피를 나르는 데만 집중하고 있던 승은은 깜짝 놀라며 고개를 들었다.

"네? 영화요?"

"그래. 마지막으로 본 영화가 뭐야?"

영화를 본 게 한참이나 된 일인지 승은은 꽤 오랫동안 기억을 더듬었다. 그사이 휘가 자리에서 일어나 승은에게 다가와 그녀가 들고 있던 쟁반 위의 커피 잔을 들어 올렸다. 그리고 솜씨 좋게 웅의 앞에 커피 잔을 내려놓았다.

"비서 놔두고 왜 웨이터 짓이야."

웅이 작은 목소리로 따졌지만 휘는 웅의 커피 잔에 시럽을 넣어주고 티스푼으로 저어주기까지 했다. 웅이 블랙만 마시는 걸 뻔히 알면서도 말이다.

"인어공주…… 같은데."

그제야 승은이 생각난 듯 대답을 했다.

"애니메이션? 그런 걸 영화관 가서 봤어?"

"그게 아니라 전도연 나오는 인어공주요. 바당에서, 아니, 바닷가에서 여름에 관광객들을 상대로 무료 상영을 하는데. 거기서……."

공짜라는 소리이지만, 소라 향기 나는 바닷가에서 파도 소리를 들으며 보는 인어공주라니, 몇 십만 원을 주고 고급 극장에서 보는 것보다 훨씬 더 멋있을 것 같았다.

"웅아, 우리도 바닷가 가서 시사회하자!"

"닥쳐! 여 비서, 시럽 뺀 걸로 다시 가져다줘요."

웅은 가까이 와서 영화 내용과는 전혀 어울리지도 않는 기획만 내놓는 휘를 밀어내고 승은에게 커피 잔을 내밀었다. 승은은 웅이 느리다고 야단이라도 치기 전에 얼른 손을 뻗어 웅이 내민 커피 잔을 받았다.

찌릿.

손끝이 닿았다. 큰일이라도 벌어진 것처럼 놀란 눈으로 웅을 쳐다보니, 그 역시 놀란 표정이다. 승은은 빼앗듯이 웅의 손에서 커피 잔을 받아 들고 후다닥 사장실을 나왔다.

쾅!

닫힌 사장실 문에 기대서는데, 아직도 손끝이 찌릿했다. 승은은 조심스럽게 자신의 손끝을 내려다보다 주먹을 쥐었다.

……그냥 정전기야.

왜 영화에 대해 물어보나 했더니, 영화 시사회가 있단다. 현재 휘 엔터테인먼트 간판급 여자 스타인 세나가 출연하고 휘 엔터테인먼트에서 투자까지 했다고 했다. 영화 투자에는 처음 도전하는 거라 웅이 더 신경 쓰는 것이라고 했다.

"여 비서도 가는 거야."

"네? 저도요?"

자기를 시끌벅적하고 화려한 시사회에 데려간다는 말에 승은이 놀라서 물었다.

"그래, 내 비서잖아. 그러니까 이제부터 공식적인 행사에는 모두 나랑 같이 가는 거야."

"아! 네."

납득은 가는데, 덜컥 겁부터 났다. 그냥 평범한 서울 사람들 사이에 있어도 제주도 섬 처녀라는 것이 티가 나는데, 그렇게 화려한 별들 사이에 있으면 도대체 얼마나 촌발이 날릴지 두렵기까지 했다.

문득 첫날 휘가 사준다는 옷을 거절한 게 이제야 조금 후회가 되었다. 옷을 사고 싶어도 아직 월급 전이어서 돈이 없었다. 그렇다고 첫 월급을 염치없이 가불해 달랄 수도 없고.

"시사회가 언제인데요?"

조심스럽게 묻는데 휘가 경쾌하게 대답해 주었다.

"토요일."

사장님! 여비서의 에로사항을 그 발랄한 신기로 눈치 채주시면 안 되시나요?

하지만 휘는 끝까지 우울한 승은의 마음을 모른 채 혼자 즐거워했다. 시사회가 성공하면 웅이 휴가 보내준다고 했단다.

토요일, 딱 월급날이었다. 행복한 월급날인가. 불행한 월급날인가.

다른 날보다 일찍 집으로 돌아가던 길이었다. 자신의 차를 몰고 8차선 도로에 들어서던 웅은 저 멀리 옷가게 앞에 서 있는 승은을 발견하고 브레이크를 밟았다.

무얼 그리 열심히 쳐다보고 있나 고개를 빼서 보니, 하얀 원피스를 빤히 쳐다보고 있었다. 맘에 들어하는 것 같은데, 그럼 들어가서 사면 될 것을, 승은은 고집스럽게 쇼윈도 밖의 한 자리만 지키고 있었다. 계속 지켜보고 있자니, 그 모습이 너무 답답해 보였다.

하긴 뭐든 답답한 것투성이인 여자였다, 웅에게 승은은.

웅은 집으로 가는 길이 아니라, 승은이 서 있는 반대 방향으로 핸들을 꺾어 차를 유턴시켰다.

빵빵.

클랙슨을 두 번 세게 누르니, 쇼윈도 안의 원피스만 쳐다보고 있던 승은이 고개를 돌렸다. 평온하던 승은의 표정이 웅의 차와 웅을 발견하자마자 화들짝 놀란다.

그리고 무서운 사람인 것 같다, 승은에게 웅은.

볼 때마다 놀라고 벌벌 떤다. 어떨 땐 대놓고 왜 그렇게 무서워하나고 물어보고 싶지만, 그런 질문 자체가 우습다는 생각에 절대 입 밖으로 꺼내놓지는 않는다.

"집이 어딥니까?"

퇴근길. 집으로 가는 길이었던 게 당연한 것 같았기에 집을 물었다. 그런데 이 여자가 손을 뻗어 지하철을 가리킨다.

뭐라는 거야! 지하철이 집이야? 노숙해!

"지하철 타고 가면 되는데."

정말 답답해 미칠 것 같은 대답이다.

"집이 어디냐고 물었습니다!"

웅은 처음보다 더 차갑게 다시 물었다. 그러자 이 여자 길 가다 깡패라도 만난 것처럼 더 벌벌 떨며 이번엔 버스 정류장을 가리킨다.

"버스 타고 가도 금방인데……."

굉장히 놀라운 능력이다. 단지 집까지 태워다 주려는 친절을 이렇게 개차반으로 만들다니.

웅은 더 이상 묻지 않고 잘가 라는 인사도 없이 그냥 차를 출발시켰다. 화가 난 마음의 아우성이 너무 커서 웅은 듣지 못했다. 뒤에 남은 승은이 건넨 작별 인사를…….

"안녕히 가세요."

어쩌면 웅의 생각대로 승은은 세상에서 가장 답답한 여자인지도.

"죄송해요. 몸이 안 좋아서 쉬어야 할 것 같아요."

시사회 날 아침, 승은은 결국 휘에게 전화를 걸어 오늘 나가지 못하겠다고 핑계를 대었다.

[아파? 어디가? 많이 아파?]

너무 걱정하는 휘의 말투에 죄책감이 밀려왔지만, 어쩔 수가 없었다. 재투성이 신데렐라처럼 승은은 시사회에 입고 갈 옷이 없었으니까. 그래도 승은은 신데렐라보다는 나았다. 괴롭히는 계모와 언니들은 없잖은가.

"콜록콜록. 감기 같아요."

딱히 생각나는 병명이 없어 그저 무난하게 감기라고 했다. 승은은 깊게 한숨을 내쉬었다. 역시나 어울리지 않는 직장인지도. 입고 갈 옷이 없어 아프다는 핑계를 대다니, 이건 쪽팔린 게 아니라 참담했다.

다른 직장을 찾아볼까…….

[진짜? 얼마나 아픈데?]

하지만 생각만 들 뿐 선뜻 그러고 싶지가 않았다. 휘가 너무 좋은 사람이었다. 아마 다른 직장을 구한다면 절대 휘 같은 사장님은 못 만날 것이다. 절대 불가능했다.

[내가 갈까?]

그런데 우리 다정한 사장님 목소리가 조금 취한 듯 달콤한 와인 맛이 났다. 설마 아니겠지?

시사회가 열리고 있는 XX극장이다.

시사회 시작을 삼십 분 정도 남겨둔 시간, 웅이 검정 아르마니 정장을 입고 극장 안으로 들어서고 있었다. 시사회에 초대된 연예인들을 열심히 찍던 카메라들은 큰 키에 카리스마 있는 잘생긴 외모를 가진 웅을 보고 연예인으로 알고 카메라를 들이대며 신인 연예인이냐고 물어왔다.

대외적으로 얼굴이 많이 알려진 휘와 달리 휘 엔터테인먼트 서웅의 얼굴을 아는 사람은 그리 많지 않았다. 웅은 대답 대신 손을 들어 완력으로 자신을 찍고 있는 카메라를 치워 버리고는 시사회장 쪽으로 걸어갔다.

"저 자식! 되게 거만하네."

뒤에서 카메라맨의 투덜대는 소리가 들려왔지만, 곧 휘 엔터테인먼트 서웅 실장이라는 소리를 다른 사람한테 전해 듣자마자 달려와서 사과를 했다. 몰라봐서 죄송하다며. 웅은 그 사과도 완전히 무시하며 걸어가 버렸다.

세상에 몇 명 없었다. 걸어가는 서웅의 발걸음을 멈추게 할 사람은. 그래서 사람들이 그를 무서워하는 걸지도.

"오! 마이 프렌드! 오셨는감!"

와인 냄새를 풀풀 풍기며 붉게 상기된 얼굴을 한 채 두 팔을 쫙 뻗어 그를 반기는 휘의 방정에 드디어 웅의 발걸음이 멈추었다. 웅은 휘의 옷깃을 부여잡고 바짝 끌어당겼다.

"시사회도 시작 안 했어. 뭔 짓을 한 거야?"

그리고 다른 사람은 못 듣고 휘만 들을 수 있는 목소리로 으름

장을 놓았다.

"아무 짓도 안 했어."

"그런데 이 술 냄새는 뭐야!"

"아! 어젯밤부터 오늘 아침까지 마셨더니 술 냄새가 잘 안 없어지네. 목욕을 다섯 번이나 했는데도 이래. 어쩌지?"

오늘 뻔히 중요한 행사가 있다는 걸 알고도 술독에 빠졌던 친구의 머리통을 차디찬 얼음물 속에 처넣고 싶었다. 황보휘는 제어라는 걸 모른다. 분명 열 살짜리 어린애가 이 인간보다는 더 제어를 잘할 것이다.

"괜찮아! 어차피 카메라에는 술 냄새 안 찍히잖아."

천하태평. 나라 하나 말아먹고도 괜찮아 라고 할 녀석이다.

"됐고. 여 비서는?"

웅은 피곤함이 밀려오는 이마를 찌푸리며 승은을 찾았다. 아무래도 승은이 옆에 붙어 있어야 이 인간이 실수를 덜할 것 같았기 때문이다. 그런데 작은 키 때문인지 승은의 머리꼭지도 안 보였다. 웅은 그녀를 찾아 열심히 두리번거렸다. 그 모습을 한참이나 쳐다보던 휘가 툭 말을 꺼내놓았다.

"아프대."

"뭐?"

놀라서 고개를 돌려 휘를 보니, 그는 괴로운 표정을 지으며 오른손으로 자기 왼쪽 가슴을 쥐어뜯고 있었다.

"너무 아파서 못 오겠대. 슬프지?"

술주정인지, 진담인지 도저히 구분이 안 되어 웅은 화가 났다.

꾀병을 부리고 시사회에 가지 않은 승은은 오전 내내 집안 청소와 빨래를 하고 점심을 간단하게 먹은 다음 장을 보러 나왔다. 회사 다니면 장 볼 시간이 별로 없기 때문에 시간이 날 때마다 사다 두어야 했다. 마트에 가서 쌀과 야채, 그리고 라면 몇 종류를 고른 다음 배달을 시켰다. 입이 담백하고 토속적인 편이라 인스턴트 음식은 잘 못 먹었다. 그나마 먹는 게 라면인데, 그것도 가끔이었다. 그래서 항상 먹는 게 된장국과 밥이었다. 어쩌면 그래서 세련된 도시인이 못 되는 건지도 모른다고 혼자서 밥 먹으며 가끔 생각하지만, 아직까지 된장국만큼 입에 맞는 음식을 찾지 못했다.

배달을 시켰더니, 집에 돌아오는 길도 두 손이 널널하였다. 자신의 발보다 한참이나 큰 슬리퍼를 열심히 끌며 천천히 집으로 향했다.

지금쯤 시사회가 한창이겠네. 영화는 재미있으려나?

어제는 퇴근하기 전에 휘랑 같이 손을 맞잡고 기도를 했었다. 영화 대박 나라고. 영화가 대박 나야 웅이 휘에게 휴가를 많이 준다고 했다. 그런 걸 보면 휘는 참 복 받은 사람 같다. 모든 걸 가지고 있어서 겨우 걱정이라는 게 휴가 길게 받을 수 있나 하는 것이니까 말이다.

새벽같이 일어나 과수원에 가서 약 주고, 살이 에일 것 같이 추운 날에서 밖에 나가서 열심히 귤을 따던 부모님, 그것도 모자라 어머니는 바다에 나가 해녀 일까지 하셨었다. 깊은 바다 속으로 헤엄쳐 들어가 전복이며 소라를 따오는 일은 보이는 것보다 배는 힘든 일이었다. 그래도 어머니는 몇 번이나 그 깊은 바다 속으로 향하셨었다. 어린 그녀가 그만 돌아가자고 칭얼대도 딱 한 번만 더라고 말씀하시며.

그런 부모님과 평생을 살아왔던 승은에게 휘는 정말 별나라 사람이었다. 그리고 매일같이 사장실에 찾아와 휘를 찾는 웅은 휘보다는 현실적이지만, 그래도 승은에게는 다른 나라 사람이었다. 달라도 너무 달랐다.

부우웅! 고급 차 한 대가 굉장한 속도로 승은의 옆을 지나갔다.

"엄마야!"

승은은 겁을 먹고 몸을 잔뜩 움츠리며 비명을 내뱉었다. 좁은 골목을 사정없이 달려가던 차는 얼마 안 가서 바로 멈추어 섰다. 그리고 곧 운전석 문이 열리며 검은 정장을 입은 키 큰 남자 한 명이 내려섰다.

어? 왠지 낯익은 사람…… 이라고 생각하는데, 남자가 먼저 승은을 불렀다.

"여 비서?"

그제야 그가 누군지 알 수 있었다. 웅이었다. 그를 알아보자마자 승은의 얼굴에서는 점점 핏기가 사라지더니, 순식간에 하얗게 질렸다. 그리고 본능적으로 뒷걸음질치기 시작했다.

"거기 서! 여 비서!"

웅이 소리쳤을 때, 승은은 이미 달리고 있었다. 승은이 아는 웅은 꾀병 부린 걸 절대 그냥 넘어갈 상사가 아니었다. 붙잡히면 죽을지도 모른다는 일념으로 정말 열심히 달렸다.

"웅과 마주치면 뒤도 돌아보지 말고 도망가요. 아니면 죽은 척을 하든지."

그건 이제 승은에게 거의 절대명령과도 같은 말이 되어버렸다. 승은은 정말 열심히 도망갔다. 그리고 웅은 정말 황망한 표정으로 도망가 버리는 승은의 뒷모습을 쳐다보았다.

휘가 그랬다. 평소 웅이 너무 승은을 혼내고 겁을 주어 승은이 아픈 거라고. 그런 말도 안 되는 소리가 어디 있냐고 화를 냈지만 그래도 조금은 죄책감까지 느꼈었다. 승은이 자신을 겁내고 무서워하는 건 너무도 잘 아는 사실이었으니까. 그래서 등 떠밀며 가 보라는 휘의 손길을 뿌리치지 않고 여기까지 온 것이었다. 휘도 지키고 있는 시사회장을 웅이 빠지면서까지.

그랬는데, 그랬었는데 아프다는 여승은은 너무도 멀쩡하고, 걱정되어서 온 웅을 보자마자 곰이라도 만난 사람처럼 도망부터 간다. 살아온 나날들이 허망하게 느껴지는 것도 잠시, 웅은 평소처럼 화가 났다.

감히 날 보고 도망을 가!

다시 차를 탄 웅은 차를 유턴시키지도 않고, 뒤로 몰며 달려가는 승은을 쫓았다. 승은이 아무리 날고 긴다고 해도 웅의 세단을 이길 수는 없었다. 순식간에 따라잡힌 승은은 놀라서 제자리에 멈추어 섰다. 승은이 달리기를 포기하자마자 웅도 차를 세우고는 차 문을 열고 나왔다. 승은은 완전히 곰의 손에 잡힌 쥐였고, 웅을 막을 수 있는 존재는 아무도 없었다. 승은은 겁먹은 얼굴로 자신에게 다가오는 웅을 쳐다보았다. 자신을 쳐다보는 싸늘한 시선이 금방이라도 자신을 죽일 것 같았다.

"죄, 죄송합니다."

승은은 살기 위해 사과를 했다. 마음 같아서는 땅에 엎드려 석고대죄라도 하고 싶었으나 온몸이 얼어서 굽혀지지가 않았다.

"아프다는 핑계를 댈 만큼 오늘 회사를 빠져야 했던 이유가 뭡니까?"

마치 처음부터 온 이유가 승은의 잘못을 잡아내고 벌을 주기 위한 것처럼 웅은 그렇게 말했다. 사실은 아픈 승은을 병문안 온 거나 마찬가지였는데, 아픈 승은이 존재하지 않으니, 그 사실도 존재하지 않는 것이 되어버렸다.

승은은 끝까지 답답하게 자신의 슬리퍼만 내려다볼 뿐 아무런 대답도 하지 않았다. 결국 웅은 더욱 화가 나고 말았다.

"여 비서!"

웅의 호통에 승은의 작은 어깨가 움찔했다. 그리고 승은은 아랫입술을 피가 배어나도록 꽉 깨물었다. 꼭 억울함을 호소하는 사람처럼 말이다. 정작 억울한 건 웅, 그였는데 말이다.

"죄송합니다."

결국 나온 말은 또 그 말이다. 자신의 인내심을 시험하기라도 하듯이 계속 답답한 소리만 해대는 승은 때문에 웅은 기어코 폭발했다. 화가 너무 나서 정말 곰이라도 되어버릴 것 같았다.

"도대체 뭐가 죄송한 건지 말을 하란 말이야!"

바로 자신의 귀에 대고 고함쳐 댄 웅의 말 때문에 승은은 기절할 정도로 놀라 버렸다. 겁먹은 다리에 힘이 풀려 그녀의 몸도 의지할 수 없을 만큼 휘청거렸다. 차라리 주저앉아 엉엉 울어버리면 이 상황에서 도망이라도 칠 수 있을 것 같았다. 그대로 주저앉는데, 커다란 손이 다가와 그녀의 허리를 단단히 붙잡았다. 그 단단하고도 거침없는 손길에 승은은 숨을 멈추었다.

설마 웅에게 안길 줄이야.

머리끝이 쭈뼛할 정도로 무섭고, 심장이 파열할 정도로 떨렸다. 두려움과 설렘은 같은 감정인 것이었나? 순식간에 그녀를 덮쳐 온 두 가지의 감정에 승은은 그대로 혼란에 빠졌다.

허락도 없이 다가왔던 손은 허락도 없이 떠나 버렸다. 웅은 승은에게서 한 발자국 뒤로 물러났다. 승은의 몸이 또다시 휘청했지만, 웅은 더 이상 잡아주지 않았다.

"사실 그대로만 말해요. 안 그러면 당장 사표입니다."

차라리 큰 소리로 화를 내는 게 나았다. 서걱거리는 소리가 들릴 정도로 차디찬 목소리는 두근거리던 심장도 얼려 버려 고통스럽게 만들었다. 결국은 두려움이었나 보다. 두려움에 놀란 심장이 살려고 뛰어댄 것이다. 그 아찔함도, 그 설렘도 모두 결국은 두려움이었던 것이다.

승은은 겁먹은 시선으로 웅을 쳐다보다 초라하게 고개를 내렸다. 자신의 발등만 내려다보는 그녀의 모습은 웅을 점점 화나게 만들었다. 소심하고, 초라하고, 겁먹고, 좋은 말은 한 마디도 안 나오는 그런 모습이었다. 도저히 견딜 수 없어 당장 고개 들라고 외치려는데, 승은의 볼에서 반짝이는 물이 떨어져 내렸다.

설마 울어?

라고 놀라는데, 들릴 듯 말듯 승은의 목소리가 새어나왔다.

"옷이……."

만약, 만약에 말이다. 시간을 돌려서 비서 채용공고를 올리는 시간이었던 때로 돌아갈 수 있다면 웅은 기필코 채용조건에 이런 항목을 집어넣을 것이다.

'제주도 처녀는 절대 채용불가.'

시사회장으로 돌아오던 웅은 회사 근처 옷가게 쇼윈도에 전시된 새하얀 시폰 원피스가 눈에 들어오자 거칠게 차를 세웠다. 승은이 가지고 싶은 눈으로 쳐다보던 그 옷이다. 웅은 그 고운 옷이 승은이라도 되는 것처럼 매서운 눈으로 노려보았다.

옷이 없어 꾀병을 부렸다는 승은의 소심함에 화가 나면서도, 그런 그녀에게 당장 사표를 받아내지 않은 자신에게도 화가 났다. 승은에게서 소심병이 옮았는지 그녀에게 뭐라고 하지도 못하고 그냥 와버렸다.

가슴이 답답해 미칠 것 같았다. 뭐라도 하지 않으면 답답증에 숨이 막혀 오늘 밤을 넘기지 못할 것이다. 어떤 의미에서 여승은은 대단했다. 천하의 서웅을 답답증으로 죽음의 공포까지 느끼게 하고 있으니까.

지금 이 마음도 감정이라고 부를 수 있다면, 살아오면서 이렇게 격정적인 감정을 느끼는 건 처음이었다.

조용한 시선으로 화이트 시폰 원피스를 쏘아보던 웅은 차 문을 열고 밖으로 나갔다. 아무리 생각해도 미친 짓 같지만, 승은을 억지로 비행기에 태워서 제주도로 돌려보내지 않는 짓 말고 자신이 오늘 밤 할 수 있는 일은 이것밖에 없는 것 같았다.

"저걸로 주세요."

웅은 가게 안에 들어서자마자 쇼윈도에 전시된 화이트 시폰 드레스를 가리켰다. 점원이 서둘러 옷을 포장하자마자 웅은 빼앗듯이 종이 가방을 집어 들고 가게를 나와 시사회장으로 달려가서 휘를 불러낸 다음 떠넘기듯이 종이 가방을 휘의 품에 밀어 넣었다.

"이게 뭐야?"

종이 가방을 열어본 휘는 그 안에 들어 있는 하얀 원피스를 손가락으로 집어 조심스럽게 꺼내었다.

"나보고 이걸 입으라고?"

"닥치고 가!"

버럭 소리 지르는 웅은 휘에게 익숙한 모습이었기에 별로 놀라운 일은 아니었다. 단지 놀라운 건 버럭버럭 화만 내는 웅이 여자 옷을 사 왔다는 것이다. 사이즈를 보니 승은이 입으면 딱 맞을 것 같았다. 아프다고 오지 않은 승은, 난데없이 여자 옷을 사 온 친구. 어쩐지 많은 사연이 담긴 순백의 원피스처럼 보였다.

"아! 그러니까 난 요정? 그리고 넌……."

휘는 손가락으로 자신과 웅을 연이어 가리키며 재미있게 말했다.

"엑스트라?"

장난이라도 화가 나는 말이었다. 성난 얼굴을 하는 웅을 재미있다는 시선으로 쳐다본 뒤 휘는 종이 백을 들고 우아하게 타고 왔던 벤츠가 있는 곳으로 걸어갔다.

"그리고 난 왕자님까지 해야겠네."

술 취한 휘를 이곳까지 태워다 주었던 운전사가 휘를 위해 차 문을 열어주었다. 막 차를 타기 전에 휘가 뒤돌아보며 아직도 그 자리에 서 있는 웅에게 윙크를 날리며 말했다.

"1인 2역! 괜찮아, 난 유능하니까."

웅은 거칠게 시사회장 문을 열고 들어가며 생각했다.

만약, 만약에 말이다. 시간을 돌려서 중학교 시절로 돌아갈 수 있다면, 옆 자리에 앉은 저 화려한 녀석을 피해 미국으로 유학 가 버릴 것이다. 젠장! 절대로 그럴 거라고.

서럽게 울고 나니, 창피함이 몰려왔다. 승은은 방구석에 쭈그려 앉아 훌쩍훌쩍 자신의 쪽팔린 행동을 반성했다.

옷이 없어서 못 갔다고 말하며 울다니, 얼마나 한심하게 봤을까? 그러니까 그렇게 그냥 가버린 거지.

내일부터 차마 얼굴 들고 회사에 갈 수 없을 것 같았다. 승은은 더 작게 몸을 웅크렸다. 초라한 자신을 가능한 깊게 숨기고 싶었다. 웅의 앞에서 그런 식으로 울어버린 바보 같은 자신이 이 순간 너무도 싫었지만, 자기 자신이기에 벗어날 수 없다는 것이 너무 답답했다. 차라리 이대로 그냥 제주도로 돌아가고 싶었다. 그곳에서 승은이 초라해질 일은 아무것도 없었다. 비록 서울만큼 크고 사람들도 많지 않고, 휘나 웅처럼 대단한 사람들도 없는 곳이지만, 언제나 그녀를 따스하게 반겨주는 고향이었다.

정말 이대로 돌아가 버릴까.

체념하고 포기하고 있는데…….

딩동.

초인종이 울렸다. 아마도 아까 슈퍼에서 배달시킨 물건이 온 것 같았다. 승은은 얼굴에 남아 있는 눈물 자국을 한 손으로 쓱쓱 닦아내고 현관으로 걸어갔다.

"누구세요?"

대답이 없다. 이상하게 생각해 문에 달린 작은 구멍으로 문밖을 내다본 승은은 바로 밖에 서 있는 휘를 보고 놀라서 얼른 문을 열었다.

"사장님?"

이상한 일이었다. 창피해서 아무도 만나기 싫었는데, 휘는 그저 반가웠다. 아마도 휘가 그녀를 위해 환하게 웃어주어서 그런가 보다. 그의 미소는 너무 아름답다. 그리고 너무 따뜻했다. 힘든 일도 잊어버릴 정도로.

휘는 말없이 승은에게 종이 가방을 내밀었다.

"이게 뭐예요?"

종이 가방을 열어보니, 그 안에는 요즘 승은이 탐을 내고 있었던 하얀 시폰 원피스가 들어 있었다. 승은은 너무 놀라 고개를 들고 휘를 쳐다보았다. 마치 그가 꼭 승은이 이 옷을 사고 싶었다는 걸 알고 사 온 듯 느껴졌다.

"전에 내가 말했지. 승은은 그저 입어주기만 하면 된다고."

또 눈물이 났다. 이번엔 겁이 나서가 아니라, 서러워서가 아니라, 그냥 너무 뭉클해서. 승은은 사장인 휘가 아니라, 그저 한 사람으로서 휘가 좋았다. 휘는 서울에 와서 만난 사람 중 가장 다정한 사람이었다. 그의 다정함이 초라하게 작아지던 승은을 위로해주었다.

"난 아무것도 드릴 게 없는데."

승은은 휘가 준 옷을 가슴에 껴안고 작게 말했다. 고맙긴 한데 그냥 받기만 하자니 너무 미안했다. 그랬더니 휘가 웃으며 이렇게 말했다.

"이미 줬어."

준 게 아무것도 없는데 벌써 줬다는 휘의 말을 승은은 이해할 수가 없었다.

"네? 제가 뭘 드렸는데요?"

휘는 그저 웃기만 한다.

그 시간 웅은 혼자 앉아서 시사회 영화를 보고 있었다.

'별의 연인.'

만인의 연인인 세나가 가장 돋보일 수 있는 로맨스 영화였다. 시나리오를 고른 것도 휘와 웅이었고, 감독을 선택한 것도 휘와 웅이었는데…… 정말 재미없었다.

망하겠군.

라고 혼자 생각하며 웅은 씁쓸하게 웃었다.

그리고 사실상 '별의 연인'은 관객 삼백만을 돌파하며 그해 로맨스 영화에서 가장 흥행성적을 기록한 영화로 남았고 주연을 맡았던 세나는 모든 영화제에서 신인연기상과 인기상을 휩쓸었다.

그래도 옷을 받은 보답으로 무언가를 꼭 주고 싶다는 그녀에게 휘는 맥주 한 캔을 사달라고 하였다. 너무 많은 것도 싫고, 너무 적은 것도 싫고, 딱 한 캔이면 충분하다고 하였다. 그래서 승은은 휘와 함께 집 근처 편의점에 가서 맥주 두 캔을 산 다음, 편의점 밖 간의 의자에 앉아서 같이 마셨다.

피슉, 맥주 캔을 따자마자 금세 맥주 거품이 올라와 손을 적셨다. 끈적하고도 시원한 느낌이었다.

"웅이 너무 무서워하지 마."

웅을 만나면 도망가거나 죽은 척하라고 말한 게 자기이면서 이제는 무서워하지 말란다. 둘 중에 하나가 실없는 소리라는 말인데, 무서워하지 말라는 말이 더 실없게 들려왔다. 승은은 웅의 이름만 들어도 무섭다는 표정으로 휘를 쳐다보았다.

그렇게 매일 야단만 치고 화를 내는데 어찌 안 무서워한단 말인가.

"알고 보면 귀여운 놈이야."

"푸웁!"

웅이 귀엽다는 말에 너무 놀라 승은이 마시던 맥주를 뱉어냈다.

"어, 어디가요?"

딱 한 가지만 대도 믿겠는데, 승은은 아무리 생각해도 웅의 귀여운 점을 단 한 개도 생각해 낼 수 없었다. 짙은 눈썹, 매서운 눈매, 고집스럽게 꽉 다문 입술, 날카롭게 오뚝한 코, 강한 턱 선, 압도적인 키, 낮고 굵직한 목소리, 큰 손, 어느 것 하나 귀여움과는 너무 거리가 먼 것이었다.

"웅이 뜨거운 거 못 먹어."

"네?"

휘가 혀를 쏙 내밀며 말했다.

"고양이 혀거든. 그래서 뜨거운 거 주면 꼭 식을 때까지 얌전히 기다렸다 먹어."

그런데 승은은 항상 웅에게 뜨거운 커피를 주었었다. 왜냐하면 휘가 언제나 말하는 게 '뜨거운 게 좋아' 였으니까. 휘에게 맞추다 보니 당연히 웅도 뜨거운 커피였었다.

"귀엽지?"

귀여운 게 아니라 불쌍하다. 그럼 추운 겨울 뜨거운 라면이 먹고 싶을 땐 어쩐단 말인가.

"그리고 또요?"

어쩐지 웅에 대해 생각도 못했던 이야기를 들으니 호기심이 일었다. 자신이 알지 못하는 웅에 대해.

"그리고 웅은 자기 어머니 굉장히 무서워한다."

"네? 어머니요?"

"그래, 어머니 이야기만 나오면 한숨을 푹 쉬며 처량한 표정을 짓지."

"왜요?"

"자기가 세상에서 제일 예쁜 줄 아시는 분이거든. 그래서 웅만 보면 묻지. 웅아, 웅아, 세상에서 내가 제일 예쁘지?"

백설공주 계모다. 그러니까 웅이 백설공주 계모의 아들이라는 것인가?

"그럼 실장님이 예쁘다고 해드려요?"

아무리 어머니지만 여자에게 예쁘다고 말하는 웅은 상상이 되지 않았다. 승은의 질문에 휘가 한숨을 폭 쉬며 말했다.

"아니, 묵비권 행사하다가 결국은 얻어맞고 나한테 와서 신세타령을 하지. 자기 어머니 공주암 치료할 방법이 없을까 하면서. 우린 그 문제를 가지고 벌써 십오 년 동안이나 머리 맞대고 고민하고 있지만, 아직도 해결하지 못했어."

킥킥킥, 승은은 저도 모르게 웃고 있었다. 휘가 이야기를 재미있게 하는 것도 있었지만, 어머니에게 얻어맞고 휘에게 와서 신세타령하는 웅을 상상하니 절로 웃음이 나오고 있었다.

"귀엽지?"

아뇨, 너무 불쌍해요.

이제 보니 승은보다 웅이 더 불쌍한 인생이었나 보다.

다음날 아침, 웅은 언제나와 같은 시간에 회사에 나왔다. 어제 열렸던 시사회는 성공적이었다. 첫 영화 출연이었던 세나의 연기도 평이 좋았고, 영화 자체에 대한 평도 대부분 재미있다는 쪽이었다. 흥행은 기대할 수 있는 반응이었다. 하지만 웅은 어제부터 지금까지 내내 기분이 안 좋았다. 마치 이유 모를 두통에 시달리는 듯한 짜증이 계속 올라오고 있었다.

빨리 내려오지 않는 엘리베이터 단추를 몇 번이나 누르고, 겨우 문이 열리자마자 웅은 안으로 들어가서 자신의 사무실이 있는 삼층 버튼을 눌렀다. 여자의 구둣발 소리와 잠깐만요, 라는 목소리도 어렴풋이 들려왔지만, 웅은 그대로 닫힘 버튼을 눌러 버렸다. 엘리베이터 문은 웅의 명령에 따라 그대로 닫혀갔고, 뒤늦게 뛰어온 여자가 닫히는 문틈으로 잠시 보였다.

승은이었다. 자신이 사준 하얀 원피스가 날개처럼 퍼덕이고 있었다.

웅은 엘리베이터 문이 닫히는 그 잠깐 사이 뚫어지게 승은을 쳐다보았고, 승은은 그 눈빛에 또 겁을 먹고 후다닥 몸을 돌렸다.

띵!

엘리베이터가 올라가는 소리가 들리고서야 승은은 안도하며 몸을 살짝 돌렸다. 그런데 텅 비어 있어야 할 앞에 무언가 엄청난 남자의 가슴이 떡 버티고 있었다. 승은은 난감한 시선으로 바로 코앞에 버티고 있는 남자의 가슴을 쳐다보다 천천히 시선을 올렸다. 그리고 그 시선의 끝에 있는 웅의 얼굴과 마주쳤을 때 또다시 울고 싶어졌다.

세상에! 언제 내린 거야?

놀라고 아프고 창피해서 승은은 숨도 제대로 쉬지 못하고 눈만 크게 뜬 채 웅을 올려다보았다. 겁먹지 말라고 그도 알고 보면 불쌍한 인생이라고 속으로 수없이 되뇌어보지만 소용이 없었다. 고양이 앞에 쥐가 지금 웅의 앞에 있는 승은보다는 더 당당할 것이다. 웅은 그녀가 상대하기에 너무도 버거운 존재였다.

“상사를 보고 인사도 안 합니까?”

여지없이 내리꽂히는 웅의 매서운 명령에 승은은 덜덜 떨며 아침 인사를 했다.

“아, 안녕하세요.”

그대는 세상에서 가장 무서운 사람…….

2. 잘했어, 여 비서!

휘 엔터테인먼트 사장실의 문을 연 비서 승은은 총총걸음으로 사장실 안으로 들어오다 잠시 발걸음을 멈추어야 했다. 문을 열었을 때 휘가 제대로 책상에 앉아 있는 걸 본 적은, 손가락에 꼽는다.

문을 열어보니 역시나 책상은 텅 비어 있었다. 언제나 가장 먼저 들려오는 건 '에바'란 무명 여가수의 노래였다. 승은은 너무 들어서 이제는 지겹기만 한데 휘는 항상 이 노래를 틀어놓았다. 제멋대로 사장의 말이 그녀의 노래에는 영혼이 들어 있단다. 그래서 들을수록 더 감동을 받는다고 하는데, 승은은 도저히 같이 느낄 수 없는 감성이었다. 그저 이제는 곡목 좀 바꾸어서 틀어주었으면 할 뿐이었다. 최신가요 중에도 좋은 노래가 얼마나 많은데, 왜 꼭 틀어놓는 건 십 년 전 가수의 노래인지.

휘는 커다란 소파에 누워 있었다. 흘러나오는 노래의 리듬에 맞추어 발을 까닥이는 걸 보니 자고 있는 건 아닌 것 같았다. 하여튼 황보휘 팔자가 상팔자였다.

승은은 묵직하게 들고 온 서류를 쿵 소리가 나게 책상 위에 올려놓았다.

"사장님! 오늘까지 해야만 되는 일이 많습니다. 며칠 동안 사장님이 제대로 일을 안 하셔서 처리해야 될 서류들이 밀렸어요. 서 실장님이 특별히 부탁하셨어요. 사장님이 이 서류들 다 보고 사인할 때까지 앞에서 지켜보고 있으라고, 시험감독도 아니고, 비서인 제가 그런·것까지 하게 만드셔야겠어요?"

벌써 승은이 휘 엔터테이먼트 사장 황보휘의 비서를 한 지 삼 개월이 지났다. 그동안 열심히 비서 일을 익히기 위해 노력하며 표준어 연습도 꾸준히 한 승은은 이제 거의 서울 사람과 비슷하게 표준어를 구사하는 비서가 되었다. 귀에 들리는 변화가 있어서 그런지 이제 승은은 비서로서 아주 능숙해 보였다. 그러나 사실상 승은은 나날이 휘에게 강해졌고, 여전히 웅에게는 약했다.

"저요, 진짜 궁금해서 그러는데요. 어떻게 사장님이 사장님인 거죠? 오히려 서 실장님이 더 사장님 같으세요! 회사 사람들 모두 그렇게 생각한다고요. 사장님, 뭐 느끼는 거 없으세요?"

"음! 나도 웅의 업무 능력을 높이 보고 있어. 엔터테인먼트 사장이 아니라 엔터테인먼트 대통령까지 해도 될 정도지. 하지만 내가 사장을 할 수밖에 없었어."

휘가 사장일 수밖에 없는 이유가 있단다. 승은은 그 이유라는
게 정말 궁금했다.

"왜요?"

순진하게 묻는 승은을 보며 휘가 마력이 풀풀 풍겨 나오는 미소
를 지으며 말했다.

"웅 엔터테인먼트보다는 휘 엔터테인먼트가 더 멋있거든. 승은
생각은 안 그래?"

……글쎄, 그건 잘 모르겠다.

승은은 소파에 누워 있는 휘의 손을 억지로 잡아끌어다 책상 앞
에 앉혔다. 손에 펜까지 쥐어주며 말했다.

"사인 부탁드립니다."

그리고 휘가 사인을 다 끝낼 때까지 정말 지켜보고 서 있으려는
것인지 책상 바로 옆에서 손을 포개고 서서 휘를 내려다보았다.

휘는 팔에 턱을 괴고, 꼭 금방 잠들 듯한 자세로 서류 첫 장을
읽어 내려갔다. 그 모습이 정말 하기 싫어하는 일을 억지로 하는
사람 같았다. 사장한테 어서 사인하라고 야단칠 수도 없는지라 승
은은 헛기침을 하며 휘를 타일렀다.

"사장님, 그렇게 싫은 내색 비추시면 제가 미안해지잖아요."

"그래, 여 비서는 미안해해야 해. 여 비서가 웅한테 야단맞을까
봐 내가 이러고 있는 거니까."

하여튼 말 만드는 것도 모두 자기식대로다. 승은이 없다고 하더
라도 이건 명백히 사장인 휘의 일이었다.

"그렇다고 제가 대신 해드릴 수 있는 일도 아니잖아요."

"그래, 여 비서가 대신 하면 사인 위조죄로 쇠고랑 차겠지."

"그렇죠. 그러니까 사인 부탁드립니다."

"내가 이거 다 하면 뭐 해줄 건데?"

"네?"

"그렇잖아. 내가 여 비서를 위해 해주는 일이니까, 여 비서도 나한테 뭘 줘야지."

억지라면 억지고, 애교라면 애교랄까.

"아무거나 사장님이 원하는 걸로 해드릴게요."

"정말? 내가 원하는 거 아무거나?"

"네, 비서가 해드릴 수 있는 일로요."

"으응. 그러니까 내가 원하는 걸 해주겠다고?"

휘는 싱글싱글 웃으며 서류에 사인을 해나갔다.

"여 비서가 있어서 참 의지가 돼."

그러세요? 전 사장님을 좋아하기는 하지만 전혀 의지는 안 되는데요.

갑자기 활기차게 변한 휘의 모습이 어쩐지 불안했지만, 우선 지금은 자신이 해야 될 일을 착실히 하고 있는 중이었기에 승은은 더 이상 아무 말도 하지 않았다.

엔터테인먼트사도 엄연히 회사이기 때문에 각종 업무에 해당하는 서류들이 넘쳐 났다. 문제는 휘 엔터테인먼트 사에는 자칭 대중예술가라는 인종은 널렸지만, 서류와 친한 인종이 그리 많지 않다는 것이다. 우선은 사장인 휘가 가장 심했다. 그래서 웅은 가능한 휘의 손에 서류가 넘어가기 전 단계에서 모든 절차가 완벽하게 끝나게 처리를 해두는 편이었다. 특히 돈과 관련된 일에서는 더 철저하게 그렇게 했다. 황보휘는 경제관념이 완벽하게 제로였다. 회사의 목적이 이윤추구라는 건 황보휘의 머리에 아무리 주입을 시켜도 들어가지 않는 사항이었다. 세상에 돈보다 중요한 게 많다는 마인드는 칭찬받을 일이지만, 한 회사의 사장으로서는 전혀 바람직하지 않은 생각이었다. 그래서 결국 회사에서 나쁜 소리, 쓴 소리는 모두 웅의 몫이었다.

웅에게 휘는 친구로서 정말 필요한 존재이기는 했지만, 직장 상사로서는 정말 욕 나오는 사장님이었다.

정말 화장실에 사장실을 만들어주어야 정신을 차릴 것인지.

골똘히 서류를 읽어 내려가던 웅은 손목시계를 들어다보며 시간을 확인하였다. 이쯤 되면 승은이 사인도 안 된 서류를 들고 와서 죄송하다는 말만 늘어놓으며 청승을 떨 시간인데, 아직도 나타나지 않고 있다.

오 분 내로 안 나타나면 내가 간다.

승은이 이 회사에 들어온 뒤 그녀를 볼 때마다 드는 생각이 있다. 이 여자가 도대체 이 회사에서 할 수 있는 일이 무엇인가? 누가 황보휘 비서 아니라고 할까 봐 이 여자 정말 심했다. 적어도 휘는 돈 벌어다 줄 인간들이라도 긁어모아 오지만 승은이 할 줄 아는 것이라고는 죄송하다고 말하는 것뿐이었다.

그럼에도 불구하고 그녀가 지키고 있는 사장실은 점점 의미가 커지고 있었다. 휘가 없는 사장실은 당연시되고 있지만, 여 비서가 없는 사장실은 이제 점점 상상하기 어려워지고 있었다. 그게 문제였다.

일도 제대로 못하는 여 비서가 왜 점점 사장실의 주인이 되고 있느냐 그 말인가!

세상의 종말은 아니더라도 휘 엔터테이먼트의 종말을 암시하는 현상일지도 몰랐다. 승은을 하루 빨리 내쫓든지, 아니면 제대로 된 비서감으로 만들어놔야 했다. 이젠 하다하다 비서 교육까지 시키게 되었다는 건 열불 나는 일이었지만 어쩌겠는가 한숨만 내쉴 뿐이었다. 휘가 마음에 들어서 뽑은 사람이니까.

사장실로 승은을 혼내러 가려고 자리에서 일어나던 웅의 동작이 작은 노크 소리에 멈추었다. 조심스럽게 문이 열리더니 승은이 고개를 내밀었다.

"저기, 실장님, 사인된 서류 가지고 왔습니다."

용케도.

웅은 믿지 못하겠다는 눈으로 승은을 쳐다보며 다시 자리에 앉았다.

"가지고 오세요."

승은은 가슴 가득 가지고 온 서류철을 들고 발소리도 내지 않으며 웅의 책상 곁으로 걸어왔다. 긴장했는지 중간에 승은이 잠시 넘어질 듯 휘청했다. 덕분에 웅도 같이 놀라서 휘청했다 곧바로 안 그런 척 정자세를 취했다.

정말 아슬아슬하다. 책상까지 걸어오는 것조차 아슬아슬하면 어쩌겠다는 거야!

승은이 조심스럽게, 그리고 무사히 웅의 앞에 서류들을 내려놓았다.

웅은 미심쩍은 눈으로 승은을 흘겨보며 서류를 넘겼다. 믿을 수는 없지만 서류마다 휘의 사인이 되어 있었다. 간만에 제대로 일을 한 승은은 웅이 점점 자신을 다시 봤다는 눈으로 쳐다볼 때마다 뿌듯함으로 가슴이 뻐근해 왔다.

적어도 오늘은 '웅의 여 비서!' 소리는 안 들을 것 같았다. 그가 무서운 목소리로 '여 비서!' 라고 부를 때마다 안 그래도 작은 키가 1㎝씩 작아지는 기분이었다.

아! 간만에 좋은 기분으로 퇴근할 수 있겠다.

하지만 섣부른 안심은 금물이었다.

마지막 서류철을 펼치던 웅은 그 사이에 끼워져 있는 휘의 쪽지를 발견하고 오른손으로 집어 들어 올렸다. 그 쪽지에는 바람 같은 필체로 이렇게 적혀 있었다.

〈여 비서가 나 없는 동안 당분간 사장님 해주겠대. 여 사장님 잘 모셔, 친구.〉

더도 덜도 말고 딱 황보휘다운 짓이었다. 열다섯 살 처음 만났을 때 이후 정신연령이 죽어도 높아지지 않는 이상한 병에 걸린 친구 때문에 웅은 오늘도 어이없는 웃음만 뱉어내고 있다.

"여 사장님?"

"네?"

미처 쪽지를 확인하지 못한 승은이 무슨 소리냐는 눈으로 쳐다보자 웅은 자신이 읽던 쪽지를 돌려 승은에게 보여주었다. 맘 놓고 있었던 승은은 휘가 자신 모르게 남긴 쪽지를 읽어 내려가면서 점점 새파랗게 질려갔다.

"대답을 해보시죠. 여비서! 그 자리가 그렇게 탐났습니까?"

웅은 쪽지를 흔들어대며 승은에게 따졌다. 승은이 덜덜 떨리는 목소리로 말했다.

"그, 그게, 그게…… 그러니까…… 저는 잘……."

이게 여 비서가 해줄 수 있는 일이냐고! 이건 여 비서 죽이는 일이야!

"그래서 내가 여 비서보고 여 사장님이라고 불러줘야 합니까?"

"아뇨! 아닙니다! 절대 안 그러셔도 됩니다! 제, 제가 꼭 내일 사장님 모시고 나오겠습니다. 정말 죄송합니다."

"여 비서는 죄송하다는 말만 하면 모든 게 끝나나요?"

도대체 몇 번째의 사과인지 모를 말을 자연스럽게 꺼내자 웅이 따지고 나왔다. 웅의 말이 틀린 게 없었기에 승은은 대꾸할 말이 없었다. 어느새 일과가 되어버린 일이었다. 그래도 잘리지 않고 벌써 몇 달째 비서 일을 하고 있는 자신이 승은은 신기하기까지 하였다. 그동안 승은이 비서로서 나아진 점은 사투리가 많이 줄었다는 것이다. 십 일 만에 마스터한다는 표준말을 마스터하는 데 무려 세 달이나 걸렸지만. 그게 어디인가.

"아뇨, 정말 죄송합니다."

결국 오늘도 웅과의 마지막은 이 말이다. 허리가 휘고 키가 점점 작아져 난쟁이가 되어간다. 이러다 정말 땅으로 꺼지지 않을까 싶다.

"사장님! 지금 어디세요!"

웅의 사무실을 나오자마자 승은은 휘에게 전화를 걸었다. 이런 말도 안 되는 방법으로 자신을 물 먹인 휘에게 화가 났다. 사태파악도 못하고 휘가 장난처럼 말해왔다.

[응? 아니지, 당분간은 승은이 사장님이잖아. 여 사장님.]

"사장님! 장난도 정도껏 하십서! 사장님 때문에 실장님이 얼마나 화났는지 아시우꽝!"

저도 모르게 또 사투리가 쏟아져 나왔다. 그런데 화낼 때는 제주도 사투리가 제격이었다. 아주 무섭게 들렸다.

[여 사장, 이제 웅에게 혼날 필요 없어. 사장이 실장보다 높다고. 그러니까 웅을 여 사장이 혼내줘. 좋겠지?]

"여 사장이라고 부르지 마십서! 하나도 안 좋우난! 사장님 내일 출근 안 하시면 저 정말 사표 쓸 거예요."

[왜?]

순진한 휘의 질문이 이다지도 화가 나는 건 처음이었다.

"왜라니요! 저 사표 쓰라고 그런 음모를 꾸미신 거 아니우꽝!"

음모라는 말에 상처받았는지 순식간에 휘의 목소리가 풀이 죽었다.

[난 그냥, 승은이 너무 웅을 무서워하니까. 좀 잘 지내보라고 그런 건데.]

결코 자신의 잘못을 깨닫지 못하는 어린아이의 변명처럼 휘의 변명은 조리있지도 않고, 어른들의 이기심으로 가득 차 있지도 않았다. 그런 휘 앞에서 더 화를 낸다는 건 불가능했다.

"저도 잘 지내고 싶어요. 하지만 그런 식으로는 안 되잖아요. 아무리 거지가 가짜 왕자 행세를 해도 결국 공주는 나중에 진짜 왕자랑 결혼한다고요."

그런데 왕자와 거지에서 공주가 나왔었나?

[응. 그런가? 그런데 그 비유가 맞는 거야?]

"글쎄요. 대충 맞지 않나요?"

[그러니까 그 말대로 하면 승은이 가짜 왕자고, 내가 진짜 왕자, 그리고 웅이 공주이니까. 내가 웅이랑 결혼해야 하는 거잖아.]

키득키득, 결국 웃고 만다.

정말 이상한 일이다. 휘의 앞에서 웃는 건 이렇게나 쉬운데, 웅의 앞에만 가면 입까지 굳어져 제대로 움직이지가 않는다. 웅의 생각만으로도 한숨이 나왔다.

"제가 어떻게 하면 실장님이랑 잘 지낼 수 있을까요?"

일 잘하면 된다. 하지만 그 말은 곧 승은의 상사인 휘가 기똥차게 일을 해야 성립이 될 수 있는 말이었다. 자고로 반듯한 사장이 있어야 일 잘하는 비서가 생기는 법이니까. 마치 딸을 걱정하는 아버지의 심정으로 자신의 비서에 앞날을 걱정해 보지만 딱히 뾰족한 대책이 서지 않았다. 지금 와서 승은을 일류대학 비서과에 입학시켜서 공부시킬 수도 없는 노릇이고, 휘가 지금껏 웅에게 떠맡기고 있었던 자신의 일을 착실하게 맡아서 할 수도 없는 노릇이었다.

웅이 들으면 어이없다며 뱃가죽 긁어댈 이야기이지만, 휘에게
는 승은이 비서계의 별이었다. 승은이 있는 사장실은 더 이상 남
의 사무실 같지도 않았고, 마냥 버티고 있기 힘들지도 않았고, 점
점 집처럼 포근해졌다. 문제라면 휘 말고 아무도 그걸 인정 안 해
준다는 게 조금 문제였지만. 하지만 별은 반드시 죽기 전에 한 번
은 빛을 발하게 되어 있다. 휘는 그렇게 믿고 있었다. 언젠가는 모
두 승은의 진가를 알 수 있을 것이었다.

그러니까 아자! 여 비서!

[잘 지낼 수 있을 거야. 걱정하지 마.]

"정말요?"

[응.]

"진짜요?"

[응.]

"내일 꼭 나오세요."

[응.]

퇴근길 엘리베이터 안에서 웅을 다시 만났다. 엘리베이터 앞에
서 있는 웅과 마주치고부터 승은은 발가락 끝까지 긴장하기 시작
했다.

"휘는?"

웅은 지하 버튼을 누르면서, 여비서에게 사장 자리를 양보해 주
고 사라진 휘에 대해 물었다.

“내, 내일은 꼭 나오신다고 합니다. 염려 마세요.”

“염려 안 합니다. 휘 없으면 여 비서가 사장 아닙니까?”

농담인가. 질책인가. 구분이 안 되어 더 무섭다.

고개를 돌려 엘리베이터에 붙어 있는 거울을 보니 자신의 얼굴이 잔뜩 굳어 있다.

뭐야, 나 항상 이 사람 앞에서는 이 얼굴이었던 거야? 이런 얼굴을 하고 있는데 어떻게 칭찬을 듣겠어. 나라도 화부터 나겠다.

손을 들어 억지로 입 끝을 밀어 올려 인상을 푸는데, 거울 속에서 웅과 시선이 마주쳤다. 승은은 어색하게나마 웃었다.

나 지금 웃고 있는 거 맞지?

다행히 엘리베이터 문이 열리고 승은은 웅과 같이 있는 공간에서 벗어날 수 있었다. 서둘러 인사를 하는 둥 마는 둥하고 엘리베이터 밖으로 나가는데, 웅이 엘리베이터의 열림 버튼을 누르고 서서 말을 걸어왔다.

“우산 가져왔어요?”

우산? 갑자기 웬 우산?

승은은 밖으로 달려나가려는 어정쩡한 자세에서 대답을 했다.

“아뇨.”

“밖에 비 옵니다.”

“아!”

몰랐었다. 가짜 사장이 될 뻔한 일로 너무 놀라서.

“사장님이 비 맞고 가면 위신 떨어지지 않겠어요?”

웅은 휘의 장난이 마음에 들었나 보다. 자꾸 사장님이란다.

"전 사장님이 아니니까 괜찮아요."

승은은 웅의 얼굴을 똑바로 쳐다볼 자신이 없이 고개를 깊이 숙였고, 웅은 승은의 얼굴이 아니라 승은의 작은 어깨를 내려다보며 말했다.

"내 차 타고 가요."

그의 말에, 승은은 죽어라 도망가는 자신의 뒤를 쫓아오던 그 무서운 차가 떠올랐다. 그리고 그의 앞에서 초라하게 울었던 자신도.

생각도 못했던 그의 친절에도 승은은 순수하게 기뻐할 수가 없었다. 그의 앞에서 항상 그런 못난 모습만 보였던 자신 때문에. 그가 무섭지 않으면, 자신이 너무 부끄러웠다. 아마 이대로 평생 웅과는 가까워질 수가 없을 것 같은 절망적인 예감이 들었다.

"지하철 타고 가면 괜찮은데……."

저도 모르게 반사적으로 거절의 말이 나와 버렸다. 아니, 거절이 아니라 망설임이었다. 그가 손을 내밀었다고 해서 냉큼 잡을 수 있다면 이렇게 어렵지는 않을 것이다. 그런데 승은의 말이 끝나자마자 웅이 타고 있던 엘리베이터 문은 쿵 소리를 내며 닫혀 버렸다.

승은은 허망한 눈으로 지하로 내려가는 엘리베이터의 빨간 숫자를 올려다보았다.

한 번만 더 물어보지…….

"미쳤지! 돌았지! 한 번 당했으면 됐지! 또 똑같은 꼴 당해서 좋냐!"

지하 주차장을 걸어가는 웅은 성난 곰처럼 혼자 중얼거리며 걸어갔다. 거절을 한 승은보다 또 먼저 차를 타고 가라고 말을 꺼낸 자신에게 화가 났다.

집 주인 집에 못 데려다 주고 죽은 운전기사 귀신에 홀린 것도 아니고, 왜 여승은만 보면 집 데려다 준다고 설치면서 이 웃긴 꼴을 당하느냔 말이다.

다 휘 때문이다.

어쩐지 이유를 정확하게 알 수 없으니, 모든 화풀이는 만만한 휘에게 돌아갔다.

쾅!

지하 주차장 가장 좋은 명당 자리에 세워놓은 차 앞까지 걸어온 웅은 홧김에 타이어를 발로 걷어차 버렸다. 하지만 아픈 건 타이어가 아니라 자신의 발가락이었다. 통증이 순식간에 몸을 타고 올라와 가슴을 후벼 팠다. 아프다. 너무 아팠다.

웅은 잠시 차체에 기대서서 통증을 참아냈다.

내가 미련한 놈인 거야. 아니면 그 여자가 야박한 거야?

후두둑, 어두침침한 지하 주차장 안으로 가늘게 빗소리가 새어 들어 왔다.

내가 바보 같은 거야. 그 여자가 도도한 거야?

우울하게도 모든 답은 웅에게 집중되어 있었다. 승은은 절대 야박하지도, 도도하지도 못했으니까. 그녀가 가지고 있는 거라고는 소심함뿐이었다.

어쩌다 바보가 됐니?

슬프게 자문해 보지만 나오는 건 헛웃음뿐이다.

전화를 꺼내 휘에게 전화를 걸었다. 휘가 전화를 받았을 때 주위가 시끄러웠다. 또 사람들과 어울리고 있나 보다. 하루에 잠 잘 때와 화장실 갈 때 빼고는 절대 혼자인 적이 없는 황보휘였다.

"도대체 왜 능력도 없는 그 여자를 비서로 뽑은 거야?"

휘가 대답을 하기도 전에 혼자만의 생각이 이미 지쳐 버려 피곤함이 몰려왔다. 요즘 항상 이런 것 같다. 승은을 만나고 나면 피곤했다. 몸이 아니라, 마음이.

"대답 못하면 그 여자 잘라 버릴 거야."

그래도 협박할 힘은 남아 있었다. 휘가 헛소리 못하게 제대로 못을 박았다.

[정확하게 뭐가 알고 싶은 건데? 승은이 비서가 된 이유? 아니면 비서가 된 승은?]

"말장난할래. 둘 다 같은 말이잖아."

[다르지. 달라도 아주 다르지.]

"뭐가 다른데!"

[그 차이를 알고 싶으면 말이야. 그녀의 눈을 유심히 들여다봐. 그럼 알 거야.]

그럴 수가 없었다. 승은은 언제나 웅의 앞에서 죄인처럼 고개만 숙이고 있으니까. 웅이 항상 보는 건 승은의 머리꼭지뿐이었다.

"그냥 비서 없이 너 하고픈 대로 살아라. 비서 있으나 없으나 너 똑같잖아."

휘에게 족쇄를 채워 속 편하자고 벌였던 일이 웅을 더욱 피곤하게 만들고 있었다. 그래서 차라리 옛날로 돌아가고픈 마음이 들고 있었다.

[그건 안 되겠는데, 비서는 필요없지만, 여 비서는 꼭 필요하거든.]

"자꾸 말장난할래. 무슨 말이야!"

[그러니까 내 말의 뜻을 알고 싶으면 여 비서의 눈을 유심히 들여다…….]

휘가 말을 끝맺기도 전에 전화를 끊어버렸다. 괜히 전화했다. 마음이 더 심란해져 있었다. 무언가 휘가 쳐놓은 덫에 단단히 걸린 기분이었다. 하지만 그 덫의 정체를 아직은 정확하게 알 수가 없는 웅이었다.

"내가 밤새 생각을 해보았는데 말이야."

다음날 사장실에 나온 휘는 승은을 붙잡고 자신이 밤새 생각한 계획이라고 거창하게 시작을 하며 말을 꺼냈다.

"내가 여 비서에게 공로를 세울 수 있는 일을 만들어줄게."

"네? 공로요?"

"그래, 회사를 위해 큰 공을 세운 여 비서에게 설마 웅이 야단을 치겠어? 당연히 칭찬을 해주겠지. 웅이한테 칭찬받으면 좋겠지?"

승은은 잠시 자신에게 칭찬을 해주는 웅의 모습을 상상해 보았다. 매일 보는 굳은 표정이 아니라 입꼬리를 살짝 올리고 웃으며, 매일 듣는 딱딱한 목소리가 아니라 마시멜로라도 먹은 듯한 부드러운 목소리로.

"잘했어, 여 비서."

어쩐지 심장이 뜨거워졌다. 승은은 기분 좋은 상상에 발그레해진 볼을 두 손으로 감싸 안았다.

"하지만 제가 어떻게 큰 공을 세우는데요?"

웅에게 칭찬을 듣고는 싶었지만, 칭찬을 들을 만한 일을 해낸다는 건 말처럼 쉬운 일이 아니었다.

"부천에서 대형 콘서트가 있거든 기회는 그때야."

"콘서트요?"

휘는 '잘했어, 여 비서!' 작전 장소를 콘서트장으로 잡았다.

"몇 억이나 들인 콘서트! 그런데 갑자기 콘서트가 시작될 시간에 중요한 가수가 사라진 거야. 어떻게 되겠어?"

휘의 가정에 승은이 놀라서 손으로 입을 가렸다.

"네? 그럼 큰일나잖아요."

"그렇지! 큰일나지! 엄청 큰일나지! 사람들이 모두 사라진 가수를 찾으려고 난리가 나겠지! 웅은 화가 단단히 나서 사람들에게 당장 찾아내라고 곰처럼 소리치기 시작하고. 하지만 사라진 가수는 카운트다운 시간이 되도 모습을 나타내지 않아. 관객석에서는 수만 명의 사람들이 그 가수의 이름을 불러대는데, 이걸 어째! 나갈 가수가 없는 거야! 그런데 그 순간!"

승은은 긴장감에 숨을 꼴깍 삼켰다. 초긴장하며 자신의 이야기를 듣고 있는 승은을 보며 휘는 속으로 웃음을 삼켰다. 처음 봤을 때부터 그렇게 생각했지만, 진짜 귀여운 여자다. 순수하게 모든 걸 표현하고 받아들인다. 가식과 거짓이 없다. 의심과 욕심도 없다. 뭐, 조금 소심하기는 하지만 그런 거야 애교로 봐줄 수 있는 미덕이었다.

아마 공주병 걸린 여자에게 질린 웅에게 승은이라는 존재는 마약인지도 모른다. 점점 자신도 모르게 스며들어 마지막에는 헤어 나올 수 없을 정도로 중독되고 마는…….

치명적인 귀여움이라고나 할까.

"승은이 그 가수를 데리고 나타나는 거야?"

"네? 제가요? 어떻게요?"

"그야! 나와 그 가수와 승은이 짜고 치는 고스톱이니까!"

아! 그제야 승은이 휘의 계획을 알고 열심히 고개를 끄덕였다. 휘의 이야기는 아직 끝난 게 아니었다.

"가수는 제시간에 자신을 부르는 수만 명의 사람들이 기다리는 무대 위로 올라가고 음악반주가 흘러나오면서 기대감에 가득 찬 사람들의 환호성으로 가득 차지. 그리고 무대 뒤에서는 위기에 빠진 콘서트를 구해낸 승은을 웅이 대견한 눈으로 바라보고 있겠지. 그리고 가까이 다가와서 웃으며 이렇게 말하는 거지."

휘가 다정하게 승은의 어깨에 손을 올리고 웅의 목소리를 흉내 내며 말했다.

"잘했어, 여 비서!"

짝짝짝짝! 승은은 감격해서 열렬히 박수까지 쳤다. 휘도 씨익 웃었다.

아! 진짜 귀엽다니까!

휘의 이야기를 들은 승은은 어쩐지 하루 종일 기분이 좋아서 퇴근하고 집에 돌아가는 길에도 발걸음이 가벼웠다. 집 앞 편의점에서 저녁으로 해먹을 볶음밥 재료까지 사 들고 집에 도착한 승은은 가방에서 열쇠를 꺼내 문을 땄다. 그런데 문이 잠겨 있지 않고 열려 있었다.

어? 설마 내가 아침에 문을 안 닫고 갔나?

이상하게 생각하며 문을 여는데, 무언가 커다란 물체가 방 안에서 튀어나와 승은을 밀치고 달아났다.

"까아악!"

정체불명의 괴한한테 밀려 승은은 외마디 비명을 지르며 바닥에 쓰러졌다. 무릎이 바닥에 쓸리면서 싸한 통증이 관통했다. 집에서 튀어나온 괴한은 순식간에 사라져 버렸다. 승은은 너무 놀라서 도둑이라고 비명도 지르지 못했다.

승은은 덜덜 떨리는 손으로 핸드폰을 꺼내 들어 전화를 걸었다.

[여보세요?]

"사, 사장님."

[오! 마이 여 비서! 무슨 일?]

오후 내내 안 보이더니, 술집에 있었나 보다. 주위가 시끌벅적했다. 승은은 겁먹어서 흘러나오는 눈물을 손으로 훔치며 말했다.

"도, 도, 도, 도……."

[도? 응?]

"도둑이야!"

전화기에 대고 냅따 소리를 질러 버렸다. 전화기 속에서 휘가 귀 아프다며 죽어갔다.

아주 힘들게 승은의 입에서 자초지종을 들은 휘는 친절하게 자신의 집 주소를 가르쳐 줬다.

[내가 말한 주소로 와. 택시 타고 임페리얼 빌라라고 하면 알 거야. 집에 있지 말고, 바로 거기로 와. 알았지?]

"흐흑, 네."

도저히 집에 들어갈 수 없었던 승은은 휘의 말대로 바로 택시를 타서 휘가 말한 임페리얼 빌라로 향했다. 택시를 타고 가는 동안에도 꼭 누군가에게 쫓기는 것처럼 좌불안석이었다. 택시기사가 몇 번이나 괜찮냐고 물었지만 승은은 그냥 괜찮다고 간신히 대답만 했다.

"도착했습니다."

빌라는 회사 근처였다. 회사 오면서 가끔 본 적이 있는 럭셔리한 빌라가 휘의 집이었던 것이다. 승은은 택시에서 내려 빌라 앞으로 걸어갔다. 그런데 경비 아저씨가 승은을 붙잡았다.

"여기는 아무나 들어갈 수 없는 곳입니다."

"그게 황보휘 사장님을 만나러 온 건데……."

승은이 휘의 이름을 말하자 경비 아저씨가 그 이름을 알아들었는지, 그제야 승은의 말에 귀를 기울였다.

"황보휘 사장님이요? 몇 호를 찾아오셨는데요?"

"204호요."

경비 아저씨는 고개를 갸웃거리며 전화기를 들어올렸다. 아마도 204호 휘에게 전화하는 것 같았다.

"여보세요? 여기 경비실인데요. 황보휘 사장님을 뵈러 여자 분이 찾아오셨는데 어떻게 할까요? 네? 아, 네! 알겠습니다."

전화기를 내려놓은 아저씨는 굳게 닫혀 있던 정문을 열어주셨다.

"올라가 보십시오."

그제야 승은은 빌라 안으로 들어갈 수 있었다. 절뚝절뚝, 도둑한테 밀려 다친 다리를 끌며 안으로 들어가 엘리베이터 앞에 섰다. 엘리베이터가 이층에서 내려오고 있었다. 숫자가 1로 바뀌고 띵 소리를 내며 문이 열리는 걸 힘없이 쳐다보고 있는데, 엘리베이터 안에 서 있는 사람을 보고 승은이 놀란 표정을 지었다. 휘를 만나러 온 건데, 엘리베이터 안에 서 있는 사람은 웅이었다. 승은은 이 순간에도 반사적으로 몸을 휙 돌렸다.

어떻게 실장님이 여기 있는 거지?

짧은 순간에 생각할 수 있는 거라고는 아무것도 없었다. 뚜벅뚜벅, 웅이 가까이 걸어오는 발소리가 들렸다. 쿵쿵쿵, 조금 진정이 되었던 심장이 또 미친 듯이 뛰기 시작했다.

승은의 앞으로 걸어온 웅은 찬찬히 승은의 모습을 위아래로 살펴보았다. 승은은 도둑을 만났을 때보다 지금 이 순간이 더 견딜 수 없을 만큼 미칠 것 같았다.

"저기, 전 사장님 만나러 왔는데……."

떨어지지 않는 입을 겨우 열어 자신이 왜 여기 있는지 말을 했다.

"휘는 여기 안 삽니다."

“네?”

“그 녀석이 아무리 헐렁해도 자기 집에는 절대 여자 안 들여놔요.”

“네?”

“설마 자신이 그 녀석의 특별한 여자라고 착각한 거 아닙니까?”

더 이상 바보처럼 네? 라고 물을 수도 없었다. 자신을 허영으로 가득 찬 여자로 보는 웅의 시선을 알아버린 순간 마음이 턱 막혀 왔다. 그는 자신을 일 못하는 여비서뿐만 아니라 최악의 여자로 보고 있었다.

“들어가 봐요. 문 열어뒀으니까.”

전혀 질책의 말이 아닌데도, 그의 말 한 마디 한 마디가, 그의 눈빛이 그녀를 질책하며 아프게 파고들어 왔다.

웅은 그대로 몸을 돌려 주차장 쪽으로 걸어갔다. 그제야 승은은 자신이 어디에 온지 알 수 있었다. ……웅의 집이었던 것이다.

바보 사장님! 뭐가 잘했어, 여 비서야! 차라리 경찰서로 가라고 하지!

승은이 도착하자마자 집에서 나와 버린 웅은 자신의 차에 타서 거칠게 시동을 켰다. 휘가 갑자기 전화해서 승은이 올 거라고 했다. 휘야 원래 그런 녀석이니까 별로 놀랍지도 않았다. 어이없는 건 승은이었다.

도둑이 들었으면 경찰서에 전화를 해야지, 왜 휘에게 전화를 하냔 말인가!

띠리리리, 전화가 왔다. 휘였다. 막 도로로 들어선 웅은 운전을 하며 핸드폰 폴더를 열었다.

[승은은?]

전화기 안에서 시끄러운 음악 소리와 사람들의 수다 소리가 쏟아져 나와 조용한 차 안을 어지럽혔다. 승은은 자신의 집으로 보내고 휘는 아직도 술집에 있는 것이다.

넌 뭐든 그렇게 쉽지?

"나도 몰라!"

[아직도 안 왔어? 이상하다. 이제 도착할 때가 됐는데…….]

"도대체 왜 우리 집이야?"

[왜냐하면 승은은 갈 곳이 필요했으니까.]

"그럼 네 집으로 부르든지!"

[너도 우리 집 꼰대 성격을 알면서 그러냐?]

핑계다. 근본적인 이유는 그저 자신의 이기심일 뿐이면서. 하지만 사람들은 절대 황보휘의 그런 이기심을 보지 못한다. 그의 좋은 점만을 보고 무조건 그를 좋아한다. 모두가 그런다. 승은도 분명 그렇기에 휘에게 전화를 했을 것이다.

어째서 자신에게는 나쁜 점만 보면서, 이 녀석에게는 좋은 점만 보는가.

웅은 점점 더 나빠지는 기분을 그대로 액셀에 퍼부었다. 순식간에 차의 속도가 빨라졌다.

"내 집 비웠어!"

[너도 참! 객식구 온다고 주인이 집 비우는 경우가 어딨냐!]

"내가 너야?"

[물론 넌 내가 아니지!]

"그래, 난 죽었다 깨어나도 너처럼은 될 수 없어."

휘처럼 다정하다면, 휘처럼 달콤하다면, 휘처럼 재미있다면, 가끔 생각한다. 휘의 앞에서 잘 웃고, 잘 떠들고, 모든 감정을 솔직히 내보이는 그녀를 보면서…….

하지만 그건 불가능했다. 그는 서웅이었으니까. 결코 황보휘는 될 수 없었다. 웅은 태생이 곰이었고, 휘는 태생이 바람이었다. 친구는 될 수 있을지 몰라도 결코 서로 닮을 수는 없는 인종들이었다.

[나처럼 되지 마! 네가 나처럼 되면 내가 슬플 것 같다. 난 나 같은 친구 절대 싫어! 서웅이 가장 서웅다울 때가 난 좋아.]

친구, 적보다 가까운 이름, 그리고 때론 적보다 더 아픈 이름이다.

[아! 지금 여 비서한테 문자 왔는데 그냥 경찰서로 간다고. 너한테 죄송하다고 전해달래. 너 또 여 비서 야단쳤냐? 왜 그랬어! 도둑 들어서 얼마나 겁먹어했었는데.]

죄송! 죄송!

웅은 이제 승은의 죄송 소리만 들으면 화가 솟구쳐 올랐다. 끼이익! 그대로 차를 유턴시켜 돌아왔던 길을 다시 달려갔다.

"아! 씨발! 저 자식이 잘못했다니까! 난 아무 잘못 없어!"

경찰서라는 곳은 도둑보다도 더 무서운 곳이었다. 싸움꾼들을 상대하느라 자신의 말을 들어주지도 않는 경찰들 때문에 승은은 경찰서 구석에서 삭막한 분위기를 견뎌내며 기다려야 했다. 마음 같아서는 차라리 그냥 돌아가 버리고 싶었지만, 도둑 들어서 폭탄 맞은 집으로 변한 곳으로 그냥 돌아간다는 것도 꺼림칙했다.

"씨발!"

씨발 소리 한 번씩 나올 때마다 승은의 어깨가 움찔했다. 이제는 경찰까지 씨발거린다. 온천지가 욕으로 가득 차 오르는 것 같았다. 이제 보니 세상에서 가장 무서운 곳이 경찰서였나 보다.

"저기, 아저씨. 저희 집에 도둑이 들었는데……."

더 이상 기다리고만 있을 수 없어 다시 경찰한테 다가가 말을 붙이는데, 술주정뱅이 싸움꾼과 한 시간가량이나 실랑이를 하고 있었던 경찰이 버럭 화를 내며 말했다.

"씨발! 좀 기다려요!"

설마 경찰의 분노를 살 줄은 몰랐기에 승은은 주춤 뒤로 물러났다. 화를 내는 경찰에 대고 왜 잘못도 없는 자신에게 화를 내는 거냐고 맞장 뜰 배짱이 승은에겐 없었다.

"죄, 죄송합니다."

결국 잘못도 없는데 먼저 사과를 하고 만다.

그런데 어깨 위로 무언가 빠르게 지나가는 게 느껴진 순간 남자의 큰 손이 승은에게 화를 낸 경찰의 멱살을 잡고는 우악스럽게 끌어당겼다.

"씨발? 지금 어디다 대고 욕하는 거야? 네가 그러고도 경찰이야?"

바로 자신의 머리 위에서 경찰을 붙잡고 화를 내는 웅의 출현에
놀라서 승은은 멍한 눈으로 그를 올려다보았다.

이 사람이 어떻게 여기 있는 거지?

경찰이 자신의 멱살을 붙잡고 있는 웅의 손을 풀려고 애쓰며 외
쳤다.

"이, 이거 놓으세요! 여기 경찰서입니다."

웅의 무시무시한 위압감이 두려웠는지 경찰이 말을 더듬었다.
경찰과 웅의 사이에 끼인 승은도 두려운 눈으로 웅을 올려다보았
다. 웅은 독재자처럼 경찰에게 윽박질렀다.

"그래서 경찰은 아무한테나 막말해도 된다는 거야?"

"막말이라니요! 전 단지!"

"단지 뭐? 그래서 네가 잘했다는 거야?"

"이보세요. 여기가 어딘 줄 알고 이렇게 막 행동하시는 겁니
까?"

"닥치고 그녀한테 사과해!"

"이거 당장 안 놓으면 당신 철창에 집어넣을 거야!"

"뭐라고? 이 자식아!"

"저기, 시, 실장님."

웅이 그대로 경찰과 쌈박질이라도 할 것 같이 분위기가 험악해
지자 불안해진 승은은 웅의 팔을 붙잡고 그의 이름을 불렀다. 하
지만 웅과 경찰의 실랑이는 좀처럼 끝나지 않았고 그 사이에 낀
승은은 계속해서 웅의 이름을 불러야 했다.

"실장님! 제발!"

경찰에 신고하러 갔다가 경찰과 대판 싸우고 나오니 새벽이었다. 대충 신고를 하긴 했는데, 아무래도 그 경찰은 웅에게 화가 나서 승은의 집을 턴 도둑을 안 잡아줄 것 같았다.

터벅터벅. 웅과 승은은 새벽길을 말없이 걸었다. 웅이 긴 다리로 뚜벅뚜벅 앞서 걸었고, 그 뒤를 승은이 종종걸음으로 쫓아갔다. 어쩐지 둘 다 에너지가 다 떨어져 버렸다. 웅은 경찰과 싸우느라. 승은은 저녁도 못 먹어서.

"경찰이랑 싸움이나 할 줄이야."

웅이 혼잣말처럼 중얼거리며 한숨을 내쉬었다. 아마 이제야 자신의 행동이 얼마나 어이없었는지 깨달았나 보다.

우뚝, 웅의 발걸음이 멈추며 고개를 돌려 승은을 쳐다보았다. 승은도 자리에 멈추어 서서 웅을 쳐다보았다.

"어디로 갈 겁니까?"

어디로라니. 그야 집으로.

"우리 집에 가도 상관없어요."

저런 대사는 휘가 어울릴 것 같은데, 그 말을 하는 게 웅이라는 게 좀 신기하게 느껴졌다. 그리고 처음으로 그가 조금은 다정한 사람일지도 모른다는 생각이 들었다.

"난 본가에 가면 되니까."

아니, 어쩌면 아주 많이…….

"아뇨, 그냥 저희 집으로 갈게요."

승은의 결정에 웅은 더 이상 아무 말도 안 했다. 마치 더 이상은 관심없는 듯 그대로 고개를 돌려 승은을 외면했다.

"저기, 실장님."

승은이 조심스럽게 웅의 이름을 불렀다. 웅이 다시 고개를 돌리자, 승은이 작게 웃으며 물었다.

"혹시 배고프세요?"

너무 배가 고파서 그냥 들어가는 길에 아무거나 사다가 먹을까 했는데, 어쩐지 웅에게 무언가 사주고 싶어졌다. 갑자기 경찰서에 나타나 자기 대신 화를 내주었던 그에게. 그녀에게 자신의 집을 내주겠다는 그에게.

승은의 제안에 웅은 잠시 놀란 표정으로 그녀를 쳐다보았다. 설마 승은이 자신에게 같이 밥을 먹자고 할 줄은 생각도 못했던 것이다.

"저기, 드신다고 하면 제가 사드릴게요."

심지어 사주기까지 한단다.

내가 사람을 착각했나? 우리 여 비서 맞아?

순간 그런 생각까지 들었다. 웅이 아무런 대답도 없이 그녀를 쳐다만 보자 같이 밥을 먹자고 제안했던 승은의 얼굴이 점점 붉게 달아올랐다. 창피함이 몰려왔던 것이다.

"시, 싫으면 됐구요."

이제야 좀 여 비서다워지고 있었다. 승은의 지금 모습은 오 초 내로 웅이 아무 대답이 없으면 바로 도망갈 자세이다. 그리고 그대로 지구 끝까지 달려가겠지.

웅의 생각대로 승은의 발이 천천히 움직이고 있었다.

"먹어요."

웅의 대답에 승은의 발이 다시 제자리로 돌아왔다. 정말이냐고 묻는 승은의 눈이 웅을 똑바로 응시했다. 공기의 흐름마저 잠든 듯한 밤, 그녀의 까만 눈을 처음으로 마주했다.

휘가 그랬었다. 승은의 두 눈을 유심히 쳐다보면 그녀가 왜 황보휘의 여비서가 되었는지 알 거라고. 하지만 아무리 쳐다보아도 알 수가 없었다. 그 까만 눈 안에 들어 있는 건 여비서로서의 재능이 아니라 작고 연약한 여승은뿐이었다.

웅의 노골적인 시선에 승은만 부끄러워서 자꾸 고개를 숙였다.

"뭐, 뭐 드실래요?"

물어보는 그녀의 목소리가 달다. 그리고 다시 마주한 그녀의 눈동자. 역시나 비서로서의 자질은 보이지 않고 그저 느껴지는 건…… 그녀의 새까만 눈동자가 밤새 쳐다보아도 좋을 만큼 맑고 예쁘다는 거.

아무래도 휘의 꼬임에 넘어간 것 같다.

"여기 국수 두 그릇 주시겠어요?"

밤이 너무 늦어 밥을 먹을 수 있는 곳은 길가에 있는 주황색 포장마차가 전부였다. 시켜놓고 승은이 아차 싶은 표정으로 웅에게 물었다.

"국수 좋아하세요?"

"먹어요."

사실 좋아한다고 말할 수는 없었다. 늦은 회식에서 한두 번 먹어본 게 전부였으니까. 웅의 어머니는 요리를 전혀 못하는 분이었다. 게다가 서민적인 음식보다는 분위기있는 음식을 선호하는 완벽한 부르주아 계층이었다. 아마 웅이 주황색 천으로 둘러싸인 불법 포장마차에서 국수를 먹고 있다는 걸 지금 보신다면 자기 아들이 아니라며 외면하실 분이셨다.

국수는 금방 나왔다. 모락모락 김이 나오는 모습이 꽤 맛깔스러워 보였다. 승은은 얼른 젓가락 통에서 젓가락을 꺼내 웅에게 내밀었다. 웅이 젓가락을 받자마자 승은은 자신의 젓가락을 들고 국수를 먹기 시작했다. 정말 배고팠는지 더 이상 앞에 앉아 있는 웅은 쳐다보지도 않고 열심히도 먹었다. 승은의 먹는 모습을 쳐다보던 웅도 젓가락을 들고 국수를 먹기 시작했다. 기억하고 있던 그 맛보다 더 맛있었다.

"저기, 그리고요."

국수를 열심히 먹던 승은이 갑자기 말을 걸어왔다. 웅이 고개를 들자 승은이 한참을 망설이다가 입을 열었다.

"……별로 그런 생각을 해서 전화한 거 아니었어요."

처음엔 무슨 뜻인지 알 수 없었다. 하지만 곧 그게 휘에 대한 말이라는 걸 알 수 있었다.

"사장님한테 전화한 건 단지……."

"됐습니다!"

승은의 입에서 휘의 이름이 나오자마자 웅은 바로 됐다고 하며 승은의 말을 잘랐다.

국수는 먹지도 않고 젓가락으로 휘휘 젓기만 하였다. 휘가 말해주지 않았다면 몰랐을 것이다. 국수가 뜨거워서 저런다는 걸.

그런 웅의 모습을 지켜보다 승은은 또 다시 조심스럽게 말했다.

"그러니까 제가 사장님한테 전화한 건……."

"됐다고요!"

딱 잘라 말하며 국수를 한입 크게 집어먹는 웅이었다. 승은은 입을 꾹 다물 수밖에 없었다. 그냥 포기하고 자신의 국수를 먹으려는데, 앞에 앉아 있는 웅의 입에서 '읏' 소리가 터져 나왔다. 뭔가 해서 고개를 드니 웅이 손으로 입을 틀어막고 얼굴을 잔뜩 찌푸리고 있다.

"뜨거우세요?"

승은의 질문에 웅이 낭패라는 눈으로 승은을 쳐다본다. 자신의 숨기고 싶은 비밀을 딱 걸린 눈이랄까. 그리고 '휘, 이 자식 죽었어'라는 뜻도 같이 담겨 있었다. 뜨거운 거 못 먹는 게 뭐 그리 큰 허물이라고 저리 기겁을 하시는지. 방금 전까지 서운한 마음도 잊고, 그저 웃기고 귀엽기만 하다.

"풋."

웃으면 안 되는데 웃어버리니 웅의 얼굴이 더 일그러졌다. 승은은 웃음을 참을 수 없어 두 손으로 웃음 가득한 얼굴을 가려 버렸다.

뜨거움과 부끄러움 속에서 간신히 헤어나온 웅은 차가운 냉수 한 컵을 단숨에 들이키고는 평소처럼 근엄한 목소리로 승은에게 말했다.

"한 가지만 분명히 알아둬요, 여 비서!"

이상하게 하나도 안 무섭다. 승은은 끅끅 웃음을 참으며 작게 고개를 끄덕였다.

말씀하세요. 새겨듣겠습니다.

"여 비서 전혀 휘 취향 아닙니다."

웅의 엄포에 승은의 동그란 눈이 세모가 되었다.

그러니까 누가 뭐랬나. 난 전혀 그런 마음이 아니라니까요. 전 순수하게 사장님이 조그만 더 사장님다웠으면 하고 바랄 뿐입니다.

"그 녀석 취향 여 비서랑 정반대입니다."

그게 사실이라고 해도 꼭 저렇고 못 박으며 말할 필요가 있나.

"그런가요?"

"그렇습니다! 휘는 온갖 역경과 고난을 이겨내는 여성을 보면 무한한 감동이 온다던대."

아주 강조에 강조를 한다. 나중에 꼭 사장님에게 물어봐야겠다. 정말 그러냐고.

"그러니까 여 비서랑 정반대지 않습니까?"

그러니까 자신은 역경이 오면 무조건 울고 겁먹는 나약하고 소심한 여자라는 말에 승은은 조금 기분이 나빠졌다.

"저도 역경 이겨낼 수 있어요."

"퍽도."

승은의 말에 웅은 비웃음까지 보였다.

"저 바퀴벌레도 안 무서워하는데……."

고난을 이겨내는 게 바퀴벌레를 안 무서워한다는 걸로 종결되는 승은의 말에 웅은 꾹 입술을 깨물었다. 안 그러면 웃음이 터져 나올 것 같았기 때문이다.

천성이 여자인 건지, 천성이 소심한 건지.

웅은 더 이상 아무 말도 없이 국수만 먹었다. 승은은 웅을 잠시 쳐다보다 자기 몫의 국수를 마저 먹었다. 한 가지 더 하고 싶은 말이 있었는데, 왠지 입 밖으로 나오지가 않았다.

그리고 이제는 웅을 덜 무서워한다는 말. 그 말이 목에 걸려서 가시처럼 콕콕 찔러댔다.

국수 값은 우겨서 승은이 계산했다. 그리고 웅은 자신의 차로 승은을 그녀의 집 앞까지 데려다 주었다.

"태워다 주셔서 고맙습니다."

무언가 승은에게 고맙다는 이야기를 듣는 건 처음인 것 같았다. 항상 듣는 죄송합니다, 라는 말과는 어감은 조금 비슷한데 느낌은 참 달랐다. 좋긴 좋은데, 굉장히 어색했다. 어디다 시선을 둘지 몰라 고개를 드는데, 무언가를 발견한 웅의 눈빛이 날카롭게 변했다.

"여 비서 집이 끝에서 두 번째 맞습니까?"

"네? 네."

승은의 대답이 끝나자마자 웅은 그대로 달려나갔다. 웅의 기세에 놀라 승은은 어깨를 움츠렸다. 영문을 몰라 웅의 뒤를 시선으로 쫓던 승은은 웅이 어떤 남자를 땅바닥에 패대기치고 제압하는 걸 발견하고 놀라서 입을 크게 벌렸다.

꼭 액션영화의 한 장면 같은 모습이었다. 너무 멋있었다. 하지만……

"썩을! 도둑 신고 했잖아요! 그래서 들렀던 건데, 이거 뭐 하는 겁니까!"

"그렇다고 여자 집에 함부로 들어가! 네가 도둑 아냐?"

"뭐라고요? 야! 말이 심하잖아!"

웅은 도둑인 줄 알고 잡은 건데, 알고 보니 아까 경찰서에 웅과 싸웠던 그 경찰이었다. 아무래도 경찰의 본분으로 웅과 싸운 게 신경 쓰여 이 시간에 도둑 잡아준다고 온 건데, 도리어 봉변을 당하고 또 웅하고 싸우고 있는 상황이 되어버린 것이다.

"저기, 실장님. 그만 그 경찰 분 놔주시는 게……."

결국 승은은 또 웅을 말리느라 진땀을 빼야 했다.

매달 십오 일은 한 달에 한 번 있는 황보가의 가족 모임이 있는 날이라고 했다. 승은은 가족 모임이라고 해서 그냥 모여서 간단히 저녁 먹는 단란한 모습을 생각했는데 그런 게 아니었다. 황보휘는 대성그룹 황보성 회장의 손자였는데, 대성그룹은 패밀리 그룹이었기 때문에 가족 간의 모임이 굉장히 중요시되는 집안이라고 했다. 한 달에 한 번 있는 가족 모임은 아주 중요한 비즈니스 모임이기도 했던 것이다. 그래서 단 한 명의 결석자도 허락되지 않았다. 그런 이유로 휘가 유일하게 본가를 방문하는 날이기도 했다.

평창동 황보 가(家)이다. 마당에 지키고 선 두 마리 돌사자상의 위용이 근엄하다. 현관문이 열리며 연한 연지색의 고급 원피스를 입은 중년 부인이 나왔다. 아름다운 외모였지만, 표정이 없어, 생명력이 느껴지지 않는 외모였다. 휘의 생모인 오연실 여사였다.

그녀는 차를 닦고 있는 기사에게 다가가 조용히 물었다.

"휘는 왔나요?"

가족들은 이미 다 모였는데 셋째 아들이 아직 나타나지 않자 어머니 오 여사는 안달이 났다. 집안의 어른인 할아버지는 지각생 휘가 올 때까지 절대로 숟가락을 들어 올리시지 않을 분위기였다. 결국 휘 때문에 모든 가족이 벌 받는 것처럼 앞에 먹음직스런 밥그릇을 놓고 쳐다보고만 있었다.

"아뇨, 아직 안 왔습니다. 사모님."

운전기사의 말에 오 여사는 한숨이 절로 나왔다. 매달 이날만 되면 휘 때문에 위장병이 생길 정도였다. 하루 전날 꼬박꼬박 전화로 당부를 하는데도, 이 아들놈은 절대 제시간에 나타나는 법이 없었다. 꼭 반항이라도 하듯이 말이다.

오 여사는 아들만 넷을 낳았는데, 휘는 그중에 셋째였다. 네 명 중 가장 자유분방하고, 자기 생각이 분명한 아이였다. 그래서 문제였다. 정해진 교육방침대로 나가야 할 대그룹 자제가 절대로 정해진 대로 하는 법이 없었다. 수학을 공부하라고 하면 소설책을 펼쳐 들었고, 영어를 공부하라고 하면 여행을 떠났고, 경제학을 공부하라고 하면 음악을 틀었다. 그것 때문에 휘가 할아버지에게 야단을 맞을 때마다 어머니는 그런 아들을 다시 뱃속에 집어넣어 버리고 싶은 심정이었었다. 크면 나아질 줄 알았는데 웬걸, 클수록 더 자기 멋대로였다. 결국 대학만 졸업하자마자 집을 나가서는 엔터테인먼트인가 뭔가 하는 말도 안 되는 회사를 차렸다. 그 소식을 듣고 노발대발하던 시아버지를 생각하면 오 여사는 아직도 간담이 서늘했다.

"넌 시계를 등에 차고 다니냐?"

삼십 분이나 늦게 나타난 휘를 무서운 눈초리로 노려보며 황보성이 꺼낸 첫마디였다.

"아뇨, 발바닥에 차고 다니는데요."

"이놈! 지금 나랑 농담 따먹기를 하자는 거야!"

"네, 죄송합니다. 제가 감히 할아버지를 상대로 농담을 했습니다. 이제 앉아서 밥 좀 먹어도 될까요?"

그리고 할아버지의 허락이 떨어지기도 전에 자신의 자리에 앉은 휘는 수저를 들어 올렸다. 휘를 기다리며 아무도 밥을 먹지 않았는데, 가장 늦게 나타난 휘는 아무 거리낌 없이 밥을 먹기 시작하자, 모든 가족의 원망의 눈초리가 휘에게 떨어졌다. 하지만 아무도 화를 내지는 않았다. 왜냐하면 자신들이 안 내도 황보성이 충분히 휘를 쪼아댈 테니까 말이다.

휘의 행동에 화가 난 황보성이 노기 띤 목소리로 외쳤다.

"너, 너는 어떻게 나이를 먹어도 나아지는 게 하나도 없어!"

"설마 할아버지 고집만 하겠어요. 싫다는 사람 언제까지 이 맛없는 밥 먹게 하실 거예요?"

"네 이놈! 그게 할아비한테 할 말이야!"

"그래, 휘야! 네가 너무 심했어. 당장 사과드려!"

"어휴! 넌 왜 나타날 때마다 분란을 만드니!"

"황보휘! 당장 할아버지한테 사과해!"

이때를 놓치지 않고 모두가 한 마디씩 휘에게 불만을 터뜨렸다.

휘는 재미없다는 듯이 한숨을 뱉어냈다. 매달 똑같이 이 꼴이었다. 할아버지는 무조건 화를 내시고, 가족들은 무조건 휘를 비난하며 할아버지의 뜻대로 하라고 하고. 아무도 없었다. 휘의 말에 귀 기울여 주는 사람은 단 한 명도 없었다. 자신을 낳아준 어머니조차 무조건 할아버지 편이었다.

꼭 한 번은 확 밥상을 엎어버리고 폼나게 퇴장하고 싶은데, 젠장, 가족 수가 오지게 많아서 밥상도 오지게 컸다. 그렇다고 자기 밥그릇 하나만 던지면 폼도 안 나고, 휘는 상다리 휘어지게 푸짐하게 차려진 넓디넓은 밥상을 쏘아보며 다짐 또 다짐했다.

내 언젠가 이 밥상 꼭 엎어버리고 만다.

다른 건 몰라도 승은은 출근 시간 하나는 기가 막히게 맞추었다. 기분 좋은 콧노래를 부르며 사장실의 문을 열던 승은은 책상에 다리를 걸치고, 의자에 길게 누워 있는 남자를 발견하고 놀라서 소리를 질렀다.

"엄마야!"

"엄마가 아니라 사장이야."

휘였다. 그가 이 시간에 사무실에 있다니, 세상이 뒤집힐 일이었다.

"사, 사장님이 이 시간에 왜 거기 계세요?"

"난 '황보'라는 성이 정말 싫어."

엉뚱한 대답이 날아왔다. 아무래도 잠이 덜 깬 것 같았다.

"왜요?"

“촌스러워.”

어련하시겠습니까.

“그리고 그 말만 들으면 우리 할아버지가 생각나.”

“할아버지요?”

황보성, 맨주먹으로 대성이라는 대기업을 일구어낸 살아 있는 성공신화의 주인공이었다. 대한민국 경제계에서 절대로 빠질 수 없는 인물이기도 했다. 하지만 휘에게는 고집불통 할아범일 뿐이었다. 질기고도 질긴 기름과 물이었다. 절대로 이야기가 통할 사이가 아니었다.

휘는 기분이 안 좋은 듯 비 맞은 중처럼 혼자 중얼거렸다. 이 기분 안 좋은 아침에도 휘는 에바의 노래를 틀어놓았다. 휘가 앉아 있는 책상에 장미꽃을 꽂아놓으며 승은이 물었다.

“그런데 왜 한국 여자 가수 이름이 에바죠? 그건 외국 여자 가수 이름 같잖아요.”

승은의 질문에 눈을 감고 있던 휘가 이렇게 말했다.

“자기 이름이 너무 촌스러워서 싫대.”

꼭 자기가 지어준 이름인 것처럼 말한다. 응? 설마?

“사장님이 지은 이름이었어요?”

“그래, 왜? 불만있어?”

생각도 못했다. 왜냐하면 휘 엔터테인먼트가 창립된 건 팔 년 전이었고, 에바라는 가수의 앨범이 나온 건 십 년 전이었으니까.

“그럼 친분이 있는 사람이었어요? 혹시 이 사무실에도 왔다 갔었나요? 본명을 모르니 제가 보고도 못 알아봤을 수도 있겠네요?”

"그럴 일 절대 없어."

"네? 왜요?"

"죽었어."

무미건조한 목소리. 마치 일부러 터져 나오는 감정들을 모조리 빼버린 듯한 그런 말투였다. 휘가 말했지만, 전혀 휘 같지 않은 목소리였다. 나른한 휘의 모습이 어쩐지 지금은 조금 낯설어 보였다.

언제 죽었어요? 사장님과 어떤 사이였어요?

라는 질문들을 하고 싶었지만, 깊게 잠겨 있는 휘의 두 눈이 모든 질문을 거부하는 듯해 보여 아무것도 물을 수 없었다.

승은은 휘가 조용히 쉴 수 있게, 그대로 사장실을 나가 소리 죽여 문을 닫았다.

매주 일요일 아침에 웅과 휘는 테니스 시합을 했다. 공통점이 거의 없는 두 사람이 친구가 될 수 있었던 계기가 되었던 게 테니스 시합이었고, 둘 다 운동을 굉장히 좋아하기에 일요일마다 웬만하면 빠지는 일 없이 테니스를 쳤다.

탕! 웅이 처음 서브를 날린 공이 빠른 속도로 휘의 코트 안으로 날아들어 갔다. 휘는 가벼운 움직임으로 공을 쳐 내었다.

"여 비서가 그러는데, 네가 경찰을 잡았다면서?"

시시콜콜 자신의 이야기를 휘에게 말하는 승은의 태도가 마음에 안 들어 공을 쳐내는 웅의 손에 힘이 들어갔다.

"그러는 넌 선볼 거라며?"

이번은 웅의 것이 좀 셌다. 선이라는 말에 휘의 얼굴이 단박에 일그러졌다.

"우리 꼰대는 날 죽이려는 거야."

휘는 테니스 공이 자신의 할아버지로 보이는지 있는 힘껏 쳐내 며 외쳤다.

"자신의 핍박과 협박에 내가 굴복할 줄 아나 본데 절대 어림없 어!"

퍽! 황보휘의 모든 에너지를 받고 날아간 공은 그대로 웅의 팔 목을 때렸다.

달그락!

라켓이 바닥에 떨어지고 웅이 팔목을 붙잡고 주저앉자 휘가 놀 라서 물었다.

"친구! 괜찮나?"

안 괜찮아! 이 빌어먹을 자식아!

결국 웅은 그 길로 바로 정형외과 병원을 가야 했다. 도저히 팔 을 움직일 수 없는 게 좀 심하게 다친 것 같았기 때문이다. 휘가 굉장히 치료를 잘하는 정형외과 병원을 안다면서 직접 운전까지 해서 웅을 병원에 데려다 주었다. 하지만 전혀 고맙지 않았다.

"금이 갔네요."

정형외과 의사는 간단히 진단을 내렸다.

"어쩌다 다친 거죠?"

"친구가 던진 공에 맞았습니다."

"이런! 그런 친구는 빨리 의절하세요."

"황보휘입니다."

"아! 좋은 사람이죠? 실수였나 보네요."

이렇다니까.

웅은 아무래도 황보휘가 세상의 모든 사람들을 돈과 미모로 현혹하고 다니는 게 아닌가 의심되었다. 사람들과 그리 쉽게 친해지지 못하는 까다로운 웅의 어머니조차 휘를 처음 만난 날 휘가 너무 마음에 든다며 하루 종일 휘의 이야기만 했었다. 아마도 휘의 집안이 대재벌인 게 부르주아 마니아인 어머니에게 크게 작용하기는 했지만, 그게 전부가 아니라는 걸 웅은 알았다. 그저 휘라는 인간 자체에 반하는 거다. 그런 의미에서 휘는 '독'이었다.

친구로는 괜찮을지 어떨지 몰라도, 다른 의미로는 치명적이다. 그래서 웅은 휘의 아내가 될 여자가 정말 불쌍했다. 분명 그녀는 행복하지 못할 것이다. 행복하고 싶다면 휘를 사랑하지 말아야 하는데, 그것 역시 불행일 테니.

쓸데없는 생각을 하다 보니, 어느새 오른팔에 깁스가 채워져 있었다. 당분간 이 불편한 걸 매단 채 생활해야 할 걸 생각하니 벌써부터 머리가 지끈거렸다.

웅의 표정이 편해 보이지 않았는지 의사가 웃으며 위로의 말을 건넸다.

"걱정 마십시오. 그래도 성(性)생활에는 문제없으니."

그걸 농담이라고 하는 거야, 의사 양반!

부천 콘서트가 열리는 날이다. 휘가 말했던 '잘했어, 여 비서'

작전이 거행되는 날이기도 했다. 깁스를 한 팔로 웅이 운전하기 불편할 거라면서 휘가 운전수를 보내준다고 했다. 휘 때문에 다친 것이기 때문에 웅은 거절하지 않기로 했다. 빼먹을 수 있을 만큼 빼먹으리라.

하지만 아침에 자신을 마중 나온 운전수를 보니 그게 바로 자신의 얕은 생각이라는 걸 깨달았다.

"좋은 아침입니다, 실장님."

자신의 차 옆에 서서 인사를 하는 승은을 빤히 쳐다보며 웅은 운전수를 찾았다. 설마 여승은이 운전수는 아니겠지. 그렇게 굳게 믿으며 말이다.

"운전수는?"

"네? 전데요."

기가 막혀 죽는다는 말이 바로 이런 순간에 쓰는 말인가 보다.

"면허가 있기는 합니까!"

웅의 질문에 승은이 황급하게 지갑을 꺼내더니 증 하나를 꺼내서 자랑스럽게 내밀었다.

"이신디!"

승은이 너무 자랑스러워해서, 사투리 썼다고 화도 못 내었다. 웅은 운전면허증 속의 승은을 불안한 눈으로 바라보았다. 아무리 봐도 고등학생처럼 보이는 사진이었다. 결국 아주 오래전에 땄다는 건데, 그리고 아마도 따놓고서는 운전도 하지 않고 다녔을 것이다. 왼팔뿐인 웅보다 더 위험한 운전자다.

웅은 승은에게 잠깐 기다리라고 말하고 휘에게 전화를 걸었다.

"날 죽이려는 거냐?"

[무슨 그런 끔찍한 소리를 해?]

"내 팔을 이 꼴로 만든 것도 모자라 저런 초보 운전자를 보내? 이게 날 완전히 보내려는 게 아니면 무슨 뜻이야!"

[승은의 뜻인데.]

"뭐?"

[난 운전에 자신없으면 가지 말라고 했거든. 그런데 승은이 자신있다며 널 위해 운전하겠대.]

휘의 말에 웅은 고개를 돌려 자신의 차 앞에 서 있는 승은을 쳐다보았다.

날 위해 운전한다고?

"진짜야?"

[그렇다니까. 네가 깁스한 팔로 운전할 걸 생각하니 안쓰러웠나 봐.]

그러니까 직설적으로 말하면 승은이 웅을 걱정해서 자진해서 왔다는 것이다. 그 말이 승은이 운전면허를 가지고 있다는 사실만큼이나 전혀 안 믿겼지만, 마음 한구석에서는 그냥 믿어버리고 싶다고 말하고 있었다. 이건 목숨을 담보로 하는 위험한 믿음인데도 말이다.

웅은 결국 다른 운전수를 보내달라는 말을 하지 못하고 휘와의 전화를 끊었다. 고개를 돌려 자신의 차에 기대서 있는 승은을 쳐다보았다. 승은은 오랜만에 잡는 운전대의 감각을 익히려는지 핸들을 잡는 시늉을 하며 팔로 기어를 꺾는 흉내까지 냈다. 엄청 초보들이나 할 행동이었다. 웅은 다시 휘에게 전화를 하려고 핸드폰의 폴더를 열었다. 대학 4학년 때 그냥 취직을 해, 휘와 함께 사업을 할까 라고 고민했던 그 순간만큼 고민되는 순간이었다. 하지만 웅은 다시 휘에게 전화를 걸지 못했다. 결국 웅의 선택은 승은이었다.

다시 차로 다가오니, 웅을 기다리며 차에 기대서 있던 승은이 바로 몸을 세우며 이렇게 말했다.

"제가 부천까지 편하게 모셔다 드릴게요."

웅은 결국 승은이 운전하게 될 차 조수석에 타고 말았다. 웅은 승은이 운전하는 모습을 불안하게 지켜보았다. 승은은 가지고 온 도시락을 우선 뒷좌석에 넣더니 안전벨트를 매었다. 안전벨트, 좋은 습관이다. 우선 처음은 좋았다. 그리고 기도를 드리기 시작했다. 기도를 말이다! 도대체 밥 먹는 시간도 아닌데! 교회 근처에는 가보지도 않았을 거면서! 이 순간에 왜 기도를 하느냐 말인가!

기도하는 승은을 지켜보는 웅의 불안함은 더욱더 커졌다. 기도가 일 초씩 길어질 때마다 괜히 운전석을 내주었다는 후회가 일만 배씩 늘고 있었다.

지금이라도 비키라고 할까? 그래, 그러자.

막 입을 떼려는데, 기도를 마친 승은이 고개를 돌리고 웃으며 말했다.

"안전벨트 매세요, 실장님!"

그만 그 웃음에 입을 다물어 버렸다. 그 웃음이 나를 믿으세요, 라는 교주의 말처럼 들려왔기 때문이다. 분명 사이비 교주일 텐데도 웅은 이번에도 결국 아무 말도 하지 못했다.

"아! 깁스한 팔 때문에 못하시는 거예요? 잠시만요."

승은이 가까이 다가와 조수석의 안전벨트를 잡아당겼다. 바로 코앞에 다가온 승은의 얼굴에 놀라 웅은 바짝 고개를 들어 생전 본 적도 없는 차 천장만 쳐다보았다. 그녀에게서 무언지 모를 달콤한 향기가 배어나왔다.

젠장! 부디 아멘이다!

[사장님! 이거 진짜 해요? 정말 책임지시는 거죠?]

휘의 명령대로 콘서트 근처 모텔에 몸을 숨긴 가수 아명이 휘에게 전화를 해서 불안한 마음을 토해냈다.

"걱정 마! 콘서트는 차질없이 할 테니까. 절대 여 비서 갈 때까지는 나오면 안 돼!"

[에이 씨, 알았어요. 나도 몰라! 자고 있을 테니까 오면 문 다섯 번 노크하라고 해요.]

"오케이!"

전화를 끊은 휘는 시계를 보며 답답하다는 시선으로 차들이 들어오고 있는 길을 바라보았다. 작전은 완벽하게 세워놓았는데, 연극을 할 주인공과 연극에 속아줄 관객이 나타나지 않고 있었다.

도대체 이것들 뭐 하는 거야?

두 사람은 열심히, 아주 열심히 부천으로 오는 길이었다.

"여 비서! 속도 더 올려요!"

"네? 또요?"

핸들에 바짝 붙어서 운전을 하며 눈을 부릅뜨고 앞만 보고 있던 승은이 웅의 말에 놀라며 되물었다.

"네! 더 올려요!"

이걸로 다섯 번째 요구였다. 하지만 속도는 아직도 50km를 넘지 않고 있었다. 평소의 성격을 봤을 때 전혀 놀랍지 않은 소심함이지만, 이건 정말 해도 너무했다. 이렇게 달려서 어느 세월에 부천에 도착한단 말인가!

"이런 실력으로 감히 내 차를 운전하겠다고 했다고?"

이제야 꾹 참아왔던 말들이 터져 나오고 있었다. 이미 차는 고속도로에 진입해 앞으로 직진할 수밖에 없는데 말이다. 왜 사람들이 결혼 후에 속아서 결혼했다고 하는 불평이 나오는지 이 상황에 이해가 되고 있었다. 그 웃음에 속은 것이다.

믿긴 뭘 믿어!

부천 도착하기 전에 교통사고가 아니라 개미 기어가는 이 속도에 속 터져 죽을 것 같았다.

"이런 고, 고급차는 처음 몰아봐서 그래요."

변명이라고 꺼내는 승은의 말에 웅이 버럭 소리를 질렀다.

"세단이나 티코나 다 똑같지! 액셀 밟으면 속도 올라가고 브레이크 밟으면 멈추고! 액셀 밟으라고요!"

웅의 거친 요구에 승은이 조심스럽게 액셀을 밟기 시작했다. 하지만 속도는 개미 똥만큼 올라가고 멈추는 것이었다. 결국 참을 수 없었던 웅이 발을 들어 액셀을 꽉 눌러 버렸다.

"그냥 밟아!"

"까악!"

갑자기 앞으로 달려나가는 차의 속도에 너무 놀라 버린 승은이 핸들을 왼쪽으로 화악 꺾어버렸다. 차가 크게 휘면서 차선을 벗어나 갓길 쪽으로 돌진했다. 차 앞으로 밀려오는 커다란 가로수 나무를 보고 두 사람 모두 놀라서 쳐다만 보았다. 운전자인 승은은 너무 놀라서 브레이크를 밟을 생각도 못하고 있었다.

바로 죽음 앞으로 돌진하는 기분이 이럴까?

너무 두려워서 오히려 모든 감각이 마비되었다. 승은은 공포에 질려 눈을 질끈 감아버렸다. 그리고 곧 강렬한 남자 스킨향이 승은을 감싸왔다. 강인한 팔, 강인한 체취. 웅이었다.

쾅!

차가 가로수를 박는 충격에 차체가 흔들리면서 승은의 심장도 같이 흔들렸다. 그동안 소심하게 모습을 숨기고 있던 심장이 미친 듯이 뛰기 시작했다. 그게 사고의 충격 때문인지, 자신을 감싸고 있는 단단한 남자의 몸 때문인지 알 수가 없었다.

"괜찮아요?"

웅이 물어왔다. 자기 차 박살냈다고 엄청 화를 낼 줄 알았는데, 자기 죽이려고 작정했냐면서 무섭게 분노할 줄 알았는데, 웅은 제일 먼저 승은의 무사함을 물어왔다.

괜찮아요?

그 말만이 이 위기의 상황에 승은을 지탱해 주는 버팀목이었다.

승은은 조심스럽게 고개를 들었다. 언제나 무섭다고만 생각했던 웅의 얼굴이 바로 코앞에 있었는데, 지금은 전혀 무섭지가 않았다. 오히려 그가 없었다면 죽을 정도로 무서웠을 것이다. 생의 마지막 순간에 마치 운명처럼 마주친 연인처럼 그의 존재가 고마웠다.

손가락을 들어 그의 옷깃은 슬며시 움켜잡았다.

"괜찮냐고."

승은이 대답이 없자 불안했는지 웅이 또 물어왔다. 승은은 작게 고개를 끄덕였다.

두 사람의 시선이 잠시 침묵과 혼란 속에서 부딪혔다. 그건 가장 본능에 가까운 눈빛이었다. 걱정, 혼란, 그리고 그 근원을 알 수 없는 욕망. 그의 눈빛에서 그걸 읽어낼 수 있었다. 승은 또한 그랬으니까.

지금 이 순간만은 그가 자신에 대해서만 생각했으면 했다. 자신의 안부를, 자신의 마음을, 자신의 모든 것을. 이 어이없는 욕심에 도대체 무슨 이름을 붙여야 하는지 승은은 알 수가 없었다.

교통사고가 나면 다 이런 식으로 미쳐 가는 걸까?

승은을 감싸고 있는 그의 한쪽뿐인 팔에 더 힘이 들어갔다. 이제는 그녀를 놔주어야 정상인데 웅은 더 세게 그녀를 끌어안았다.

그와 동시에 알싸한 통증이 심장을 관통했다.

"아!"

승은이 참지 못하고 미세한 비명을 터뜨렸다. 그리고 순식간에 그녀를 끌어안고 있던 웅의 팔이 멀어졌다. 자유로워진 몸, 하지만 마음은 버려진 듯 침몰했다.

웅은 그대로 차 밖으로 나가 사고가 난 곳을 확인하였다. 승은은 차 안에서 멍하니 자신에게 등을 보인 웅의 뒷모습을 쳐다보고 있었다.

세상이 고요해지고 오직 자신의 심장 소리만이 청각을 울게 했다.

[뭐? 교통사고?]

승은의 전화를 받은 휘는 엄청 놀라며 큰 소리로 물었다.

"네, 죄송해요. 그래서 공연에 좀 늦을 것 같은데."

[지금 그게 중요해! 그래서 다쳤어?]

"아뇨, 저도 실장님도 괜찮아요. 그런데 실장님이 고집을 부리셔서 지금 병원이에요."

[당연한 거야! 교통사고 후유증이 얼마나 심한데. 그래서 뭐래?]

"전 괜찮아요. 그런데 실장님 다친 오른팔이 아무래도……."

[괜찮아! 괜찮아! 어차피 멀쩡한 팔도 아니었잖아.]

웅의 오른팔이 고생이었다. 처음에는 휘 때문에 다치고, 두 번째는 승은 때문에 다치고.

승은은 휘와의 전화통화를 마무리하며 고개를 들어 의사의 진찰을 받고 있는 웅을 쳐다보았다. 웅은 의사의 질문에 모두 고갯짓으로 대답하고 있었다.

"그런데 아까부터 실장님이 제 눈을 피하세요."

[뭐? 왜?]

"제 실수로 사고가 난 거거든요. 저한테 화나신 걸까요?"

[웅이 여 비서한테 화내는 게 한두 번이야?]

하긴 그렇긴 했다. 이제 보니 참 우스운 걱정이었다.

승은은 휘와의 전화를 끊고 웅의 곁으로 걸어갔다. 걸어오는 승은을 쳐다보던 웅의 시선이 곧 다른 곳으로 떠나 버린다. 찰나 같은 시선의 교점, 그 잠시의 시간에 가슴이 저릿해 온다.

이것도 사고의 후유증?

"저는 괜찮데요. 실장님은요?"

"괜찮습니다."

웅은 괜찮다고 하지만 분명 깁스를 더 오래 하고 있어야 한다는 의사의 말을 들었다. 승은은 미안함에 자신의 손만 만지작거렸다.

"죄송합니다. 모두 저 때문이에요."

"알면 죽을 때까지 운전하지 마요."

냉정해라. 하지만 이상하게도 오늘은 그런 웅의 말이 무섭지가 않았다. 가장 그가 필요했던 순간에 다가와 주었던 그 따스한 손길 때문인가 보다. 그녀를 보호해 주던 그 팔의 체온과 무게가 여전히 그녀의 몸에 남아 있는 듯했다. 미세한 현기증이 느껴졌다.

승은이 그의 커다란 왼손을 빤히 쳐다보며 물었다.

"부천…… 가실 거예요?"

승은의 질문에 웅의 시선이 잠시 허공에서 방황하더니 짧게 대답했다.

"네."

잠시 병원에서 발걸음이 멈추었던 두 사람은 택시를 타고 부천으로 향했다. 아마도 이제 콘서트는 거의 끝나가고 있을 것이다.

결국 '잘했어, 여 비서' 작전은 불발되고, 웅에게 승은은 자신의 차까지 망가뜨린 여자로 평생 기억되게 되었다.

창밖으로 이름 모를 마을의 풍경이 무심하게 지나쳐 흘러갔다. 웅과 승은 둘 다 창밖만 쳐다볼 뿐 아무런 말도 하지 않았다. 그런 그들의 침묵이 답답했는지 운전기사가 라디오를 틀었다. 시끄러운 DJ의 목소리가 좁은 차 안을 순식간에 점령했다.

—안녕하세요. 어쩌고저쩌고.

전혀 웃기지도 않은 이야기를 아주 재미있다는 듯이 웃는 DJ의 웃음소리가 귀에 거슬렸다.

승은은 슬며시 고개를 돌려 웅을 쳐다보았다. 그는 무심한 시선으로 창밖을 쳐다보고 있었다.

그는 왜 나를 지켜주려고 한 걸까? 그는 남자이고, 내가 여자라서? 단지 그것뿐인가?

웅이 승은의 시선을 느꼈는지 고개를 돌려 승은을 쳐다보았다. 모든 것을 그대로 반사해 버릴 정도로 새카만 시선이었다. 저 눈을 쳐다볼 때면 참 많이 떨고, 힘들어했었다. 그런데 승은이 평소답지 않게 똑바로 그 시선을 응시하며 그의 마음을 조금이라도 들여다보려고 부단히 노력했다.

"다른 여자가 같이 탔어도 그렇게 똑같이 구해주셨겠죠?"

라디오에서 흘러나오는 DJ의 가식적인 웃음소리는 점점 커지고 있었지만, 웅의 대답은 이어지지 않았다. 그는 그저 답을 알 수 없는 복잡한 시선으로 그녀를 쳐다볼 뿐이었다.

그가 대답을 하지 않았기에 승은은 그저 짐작을 할 뿐이었다.

아무렇지 않으려 애쓰는 그의 두 눈에 집착하며, 꽉 쥐어지는 그의 왼손을 보며. 그저 어림짐작할 뿐이었다.

……그렇지 않다고.

그런데 그건 그저 승은의 희망사항일 뿐이었다. 특별한 존재이길 바라는 인간의 본능 같은.

해가 서녁으로 지면서 하늘의 색이 변해가고 있었다. 마치 승은의 마음이 변해가듯.

지금 휘는 조심스럽게 승은을 관찰 중이었다. 승은은 아침부터 책상에 앉아 멍하니 생각에 빠져 있었다. 부천 콘서트에 다녀온 다음부터 생긴 이상한 현상이었다. 교통사고 후유증이던가, 아니면 더 커다란 후유증이 분명하기에 휘는 소파 뒤에 숨어 정말 유심히 승은을 살피고 있었다.

"사장님, 물어볼 게 있는데요."

멍하니 자신의 앞에 놓인 꽃만 쳐다보던 승은이 몇 시간 만에야 처음으로 입을 열었다. 밖에 나가지도 않고 조심스럽게 승은을 관찰하고 있던 휘가 어서 물어보라는 듯이 몸을 바짝 세웠다. 하지만 휘를 쳐다보며 무언가 말을 꺼낼 듯 말 듯하던 승은은 아무것도 묻지 않고 그냥 얼굴을 내려 버렸다.

"아뇨, 아무것도 아니에요."

덕분에 휘만 기운이 빠져 버렸다. 뼈 없는 연체동물처럼 그대로 소파 위로 쓰러졌다.

휘는 승은에게 나간다는 말도 없이 귀신처럼 사무실을 나와 웅의 사무실을 찾아갔다. 웅은 언제나처럼 서류를 붙잡고 보고 있었다. 문가에 선 휘는 일하고 있는 웅을 부르지 않고 그저 유심히 쳐다만 보았다.

웅은 십 분이고 이십 분이고 삼십 분이고 쭉 그 페이지를 쳐다보기만 하였다. 아예 외우고 있는 것이거나, 아니면 아예 안 보고 있는 것 같았다.

"웅아."

기어코 휘가 먼저 웅을 불렀다. 웅은 놀라지도 않고 고개를 들어 휘를 쳐다보았다. 꼭 방금 전 승은과 닮은 시선으로.

휘가 웃으며 웅에게 말했다.

"너 나한테 물어볼 거 있지?"

"없어. 나가."

"왜 그래! 있잖아!"

"없다니까! 나가!"

도망만 치던 여자와 야단만 치던 남자가 동시에 고민을 시작했다. 그래서 휘는 기쁜 마음으로 상담을 해줄 만반의 준비를 하고 있는데, 둘 다 휘는 본체만체이다. 휘는 마치 신처럼 모든 것을 알고 있었다. 그런데 두 사람은 그런 휘의 존재 자체를 잊고 있는 것 같았다.

슬프도다. 나의 이 눈부신 존재감이 느껴지지 않는단 말인가.

3. 불꽃, 피어오르다

휘 엔터테인먼트에서 하반기 오디션이 있었다. 휘 엔터테인먼트는 일 년에 두 번의 공개 오디션을 진행했다. 국내 최대 규모의 오디션답게 한 번의 오디션에 몰리는 인원만 올해 오천 명이었다. 사상 최대 인원이었다. 결국 경쟁률이 5,000대 1이라는 소리였다.

사장실 창문에 서서 구름 떼처럼 몰려 있는 아이들을 내려다보며 승은은 놀라움을 표현하였다.

"우와! 저 아이들이 모두 오디션 보러 온 아이들이에요?"

"그래, 하지만 저중에 별이 되는 녀석은 많아야 단 한 명이야."

오디션이 있어서 그런지 휘는 오늘 아침부터 끝까지 회사를 지키고 있었다. 그리고 오디션이 시작되기 몇 시간 전부터 오디션

응시생들의 프로필을 하나하나 읽고 있었다.

오늘 휘는 정말 사장님다웠다.

"한 명이요?"

"아니면 아무도 없거나."

비서는 마음 가는 대로 뽑았으면서, 스타를 뽑는 일에 휘는 꽤 냉정하였다. 한 달에 걸쳐 1차, 2차, 3차까지 있다고 하는데, 휘는 1차부터 심사에 참여한다고 한다. 오천 명이나 되는 아이들의 장기를 몇 날 며칠이나 보고 앉아 있는 것이다. 평소의 휘를 생각한다면 불가능할 것 같은데, 항상 그래 왔단다. 휘가 자리에서 일어나며 옷깃을 단단히 여몄다.

"자! 그럼 낚시를 하러 가볼까."

황보휘, 그는 별을 수집하는 남자이다. 반짝반짝 빛이 나는 별을 닮은 사람을 좋아했다. 서웅, 그럼 그는 무엇을 좋아할까? 음! 우선 지금은 오른팔을 긁을 수 있는 가는 꼬챙이일지도.

휘가 오디션장으로 가버린 뒤, 승은은 어질어진 사장실을 정리했다. 아침에 꽃집에서 사 온 장미꽃으로 휘의 책상을 화사하게 바꾸는데, 문득 웅의 사무실에도 꽃을 가져다 놓고 싶었다. 웅은 비서가 없으니까.

승은은 화병에 꽂힌 장미꽃 중 몇 송이를 뽑아 들고 사장실을 나섰다. 웅의 사무실이 있는 삼층으로 내려가는데, 복도에서 오디션을 보러 온 듯한 남자애가 보였다. 두리번거리는 게 꼭 길을 못 찾아서 그런 것 같았기에 승은은 먼저 말을 걸었다.

"저기, 혹시 오디션장 찾는 거예요?"

그런데 승은을 본 남자애가 갑자기 놀란 표정을 지었다. 그리고 후다닥 승은에게 달려와서는 손을 들어 승은의 키가 자기보다 얼마나 작은지 재어보더니 대뜸 묻는 것이었다.

"허리 유연해요?"

뭐라는 거야?

오디션장.

오디션을 보기 위해 대기 중인 지망생으로 휘 엔터테이먼트 복도가 부산하였다. 이제 막 시작된 오디션의 열기는 불타오를 듯했다. 신인을 뽑는 오디션장은 휘가 진두지휘를 맡았다. 그래서 웅은 심사에도 참여하지 않았다. 완전히 휘에게 맡긴다는 뜻이었다.

보통 웅에 의해 회사 생활이 돌아간다고 보았을 때 그건 정말 대단한 휘의 지도력이었다. 그만큼 휘는 신인 발굴에 굉장한 노력을 기울이는 스타일이었다. 매일 같이 밖으로 싸돌아다니는 것도 일종의 신인 발굴을 위한 발품 같은 것이었다. 그 시간이 너무 많다는 게 조금 문제였지만.

오디션이 한창 진행 중인 시간에 웅이 잠시 들러 오디션 상황을 점검하였다.

"어떻습니까?"

처음 오 년 동안 휘 엔터테인먼트는 굉장한 신인들을 발굴해 내면서 기록적인 성장을 해왔다. 하지만 그 다음에는 소속 신인들이 대스타가 되면서 그 스타들을 중심으로 회사를 이끌어가고 있는 실정이었다. 신인은 항상 나오고 있었지만, 그저 그런 반응으로 만족하기에 휘 엔터테인먼트는 너무 성장해 있었다. 이쯤에서 또 다시 대형 신인이 등장해 주어야 연예계에서 휘 엔터테인먼트의 위상이 굳건해질 것이다. 그래서 웅도 이번 오디션에 관심이 컸다. 휘의 안목을 믿고 있지만, 그 안목을 만족시키는 인물이 나오지 않는다면 그 탁월한 안목도 소용이 없는 것이니까.

웅의 질문에 오디션 심사를 맡고 있는 휘 엔터테인먼트 소속 이진규 작곡가는 짧게 한숨을 내쉬었다.

"아직은 쓸 만한 녀석이 없네요."

하지만 아직 남아 있는 지망생이 많이 있었다. 실망하기에는 너무 일렀다.

"다음 들어오라고 해요."

밖에 있던 오디션 도우미가 1050번을 호출하자, 오디션장 문이 열리며, 우선 손이 하나 쑥 튀어나오더니 문고리를 붙잡았다. 들어와서 인사하지 않고 손만 들이민 지망생의 행동에 오디션장 안에 있던 심사위원들의 시선이 일제히 하얀 손에 쏠렸다.

"뭐 하는 거야?"

오디션장에 있던 웅이 평소 성격대로 참지 못하고 소리를 질렀다. 움찔! 웅의 목소리에 손이 움찔하였다. 그걸 캐치한 휘가 재미있다는 듯이 웅을 툭툭 치며 말했다.

"야, 방금 움찔했다!"

"뭐?"

"네 목소리에 저 손이 움찔했다고, 또 소리 질러봐."

시시껄렁한 소리를 하는 휘를 쏘아본 다음 웅은 다시 그 하얀 손에게 소리쳤다.

"오디션 보지 않을 거면 당장 꺼져! 다음 사람!"

우당탕!

다음 사람 들어오라는 말에 손의 주인이 어떤 힘에 밀려 억지로 오디션장 안으로 모습을 드러냈다.

"어라?"

휘는 재미있다는 듯이 웃었고, 웅은 또 무슨 일이냐며 얼굴을 찌푸렸다. 승은이었다. 손에 장미꽃을 든 승은이 갑자기 1050번으로 오디션장에 나온 것이다.

"여 비서! 뭐 하는 거야?"

웅의 호통에 승은은 반사적으로 몸을 바짝 세웠다.

"안녕하십니까. 1050번 강솔몬입니다."

소년의 우렁찬 인사에 그제야 사람들의 시선이 승은에서 이제 막 모습을 드러낸 오디션 지망생에게 몰렸다. 그리고 다시 승은에게 몰리자, 무대에 선 승은도 조심스럽게 인사를 했다.

"안녕하세요. 여승은입니다."

"누가 당신 이름 물었습니까! 왜 거기 있는 거냐고!"

웅이 참지 못하고 평소처럼 호통을 쳤다.

퍽! 그런데 휘가 들고 있던 채점지로 웅의 뒷머리를 후려친 것이었다. 웅이 놀라고 화가 나서 고개를 돌리자, 휘가 진지한 얼굴로 말했다.

"오디션 시작이야. 조용!"

그런 식으로까지 말하니 웅은 더 이상 오디션장에 나타난 승은의 일에 관여할 수 없었다. 그저 너 끝나고 두고 보자는 시선으로 승은을 노려볼 뿐이었다. 승은은 애써 웅의 시선을 피하며 그 자리를 지켰다.

휘가 솔몬이라는 응시생에게 물었다.

"뭘 준비했지?"

"네, 뮤지컬을 준비했습니다."

"그럼 여자 분은?"

"네, 제 상대역입니다."

휘가 승은을 쳐다보자 승은이 어색하게 웃었다. 척 봐도 억지로 끌려온 티가 났지만 휘는 말리지 않았다. 휘는 의자 등받이에 몸을 편안하게 기대며 말했다.

"시작해!"

시작 신호가 떨어지자마자 남자애의 눈빛이 변했다. 남자애는 타 들어갈 것 같은 시선으로 승은을 쳐다보기 시작했다. 소년이 이 자리에 승은을 끌고 오면서 부탁한 건 오직 하나였다.

"그냥 그 자리에 서 있어만 주면 돼요."

그런데 그게 쉬운 게 아니었다. 자신을 쏘아보고 있는 웅의 시선과 마주치자 그냥 뒤돌아서 도망가고 싶은 마음이 굴뚝같았다. 승은은 좋은 마음으로 웅의 사무실에 장미를 주려고 나온 것뿐이었는데, 완전히 웅에게 미운 털 박히고 있었다.

"오! 줄리엣! 당신은 아름다워♪ 죽을 만큼 아름다워. 당신을 위해 내 모든 걸 바치리오. 나의 죽음까지 모두 그대의 것! 오! 달빛보다 아름다운 그대여~♬"

소년의 노래가 시작되었다. 그 박력있는 가창력에 우선 심사위원들의 이목이 집중되었다. 솔몬이 승은에게 가까이 다가왔다. 아무리 연기라지만 타 들어가는 저 시선이 너무도 부담이었다. 휙! 갑자기 솔몬이 승은의 허리를 낚아채더니 허리가 아플 정도로 꺾었다.

헉! 야! 서 있기만 하면 된다며!

"언제나 그대를 사랑하리오♬ 마지막 순간이 다할 때까지♪"

허리 아프다고!

꾹, 지망생의 뮤지컬을 보고 있던 웅의 왼손에 힘이 들어가면서 굵은 힘줄이 튀어나왔다.

"로미오와 줄리엣이네."

휘는 흥미롭게 로미오의 노래를 감상했다. 가창력, 연기력, 거기에다 외모까지 3박자가 고루 갖추어져 있었다. 잘만 하면 앞으로 대성할 가능성은 있는 것 같았다. 그리고 줄리엣은…… 앞으로 고생문이 훤했다.

"감사합니다!"

솔몬과 승은이 인사를 하고 나가자마자, 웅이 벌떡 일어나며 말했다.

"난 간다."

……불쌍한 줄리엣.

"거기가 어디라고 들어와요! 여 비서 도대체 회사에서 무슨 일을 하고 다니는 겁니까!"

“죄송합니다.”

오디션장에서 나오자마자 웅에게 붙잡힌 승은은 연신 죄송하다고만 말하며 어떻게든 이 상황을 벗어나 보고자 하였다. 하지만 웅은 쉽게 승은을 놓아주지 않았다.

“그 녀석이랑은 어떻게 아는 사이입니까?”

“걔요? 방금 복도에서 만났는데…….”

“그럼 가던 복도나 계속 걸어가지! 왜 오디션장까지 오는데요!”

아까 솔몬처럼 점점 다가오며 압박해 오는 웅 때문에 승은은 점점 뒷걸음질쳤다. 하지만 바로 뒤에 엘리베이터 문이 닿자 더 이상 뒤로 갈 수가 없었다.

“그게…… 상대역이 필요한데, 약속한 여자애가 펑크를 냈다면서…….”

“아! 방금 복도에서 만났다면서 그런 이야기까지 다 하셨어요?”

“아뇨, 전 안 들으려고 했는데, 걔가 자기 맘대로 막 말하면서…….”

대화가 어쩐지 실장님과 여 비서에서 조금 다른 쪽 방향으로 흐르고 있었다.

“여자 친구였는데, 어제 막 헤어졌대요. 불쌍하죠?”

“거짓말일 게 뻔하잖습니까.”

“네? 그걸 실장님이 어떻게 아세요? 아는 아이예요?”

그런 구질구질한 연애사 떠벌이는 남자가 어디 있냐! 동정심 사려는 거짓말일 게 뻔하지!

라고 소리치려던 웅은 오디션장에서 들려오는 돼지 멱따는 노랫소리에 정신을 차리고 가까스로 자신의 입을 막았다.

웅은 똑바로 서서 멀쩡한 옷깃을 여미며 부하직원에게 말하듯이 말했다.

"또다시 오디션장에 나타나서 방해하면 그대로 안 넘어갈 줄 알아요."

웅의 엄포에 승은이 작게 네, 라고 대답했다. 전혀 대화가 안 되고 있었다. 알고 보면 승은도 웅 못지않게 둔하다. 어쩌면 그래서 눈치 채지 못하고 있는 것일지도. 웅이 정확히 무엇 때문에 화내는지를.

웅은 절레절레 고개를 흔들며 열린 엘리베이터 안으로 들어갔다. 엘리베이터에 탄 웅은 자신의 사무실이 있는 삼층과 사장실이 있는 오층을 같이 눌러주었다.

결국 웅의 사무실에 장미꽃을 가져다 놓는 일은 실패로 끝났다. 웅과 같이 그의 사무실까지 가서 장미꽃을 줄 용기는 도저히 없었다. 등 뒤에 숨긴 장미꽃을 만지작거리는데, 줄기가 반으로 뚝 부러졌다. 아마도 아까 오디션장에서 무리를 했나 보다. 승은은 혼자 짧게 한숨을 내쉬었다. 되는 일이 하나도 없다.

웅이 먼저 엘리베이터에서 내렸다. 바로 걸어가지 않고 승은을 돌아보니, 그녀가 꾸벅 다시 인사를 했다. 엘리베이터 문은 금세 닫히려고 하였다. 탁! 하지만 곧 다시 열렸다. 웅이 엘리베이터 단추를 다시 누른 것이다.

엘리베이터 문이 다시 열린 순간부터 승은의 가슴이 주책없게 뛰기 시작했다. 승은은 조심스럽게 고개를 들어 엘리베이터 앞에서 있는 웅을 올려다보았다.

"여 비서!"

네?

"바쁜가?"

전혀 안 바빴다.

"안 바쁘면 내 일 좀 도와줬으면 하는데."

정말 주책이 온 걸까? 저 말이 꼭 데이트 신청처럼 들리다니 말이다.

실장실이다.

꽤 큰 휘의 사무실에 비해 웅의 사무실은 검소하다 싶을 정도로 작았다. 휘에게 왜 그러냐고 물어보니, 자기는 사무실 분위기를 싫어하고 웅은 사무실 분위기를 좋아해서란다.

"타자 좀 쳐주십시오."

오른팔에 깁스를 해서 거의 손가락 끝밖에 안 남은 웅은 한 손으로 타자를 치는 게 불편했던 것이다. 다행히 왼손으로 글씨 쓰는 게 익숙했기에 종이에 글씨를 적고, 그걸 승은에게 넘겨주면 승은이 타자를 치면 되는 일이었다. 분량이 그렇게 많지 않았기에 한 시간 정도면 끝날 일이었다.

왼손으로 글씨를 적는 웅은 쳐다보며 승은이 물었다.

"양손잡이세요?"

"그래요."

웅은 그걸 정말 다행이라고 생각하고 있었는데, 승은이 걱정스런 목소리로 작게 속삭이는 말이 들려왔다.

"양손잡이는 바람둥이던데……."

웅이 어이없다는 시선으로 그녀를 쳐다보자 승은이 바로 변명을 하듯이 말했다.

"그러니까 실장님이 그렇다는 게 아니라, 제 전 남자 친구가……."

"뭐?"

"네?"

순식간에 정색을 하며 묻는 웅의 반문에 승은은 잔뜩 긴장이 되었다.

왜 저러지? 내가 말실수했나?

웅은 한참이나 승은을 말도 없이 쳐다보다 그대로 고개를 내려 마치 아무 일 없었다는 듯이 다시 글을 쓰기 시작했다. 단지 달라진 건 속도가 조금 빨랐다. 웅이 글을 쓸 동안, 승은은 정말 얌전히 기다렸다. 왠지 그의 기분이 갑자기 안 좋아 보였기 때문에.

"타이핑해 줘요!"

웅은 종이를 승은에게 떠넘기듯이 줘버리고는 담배 피우고 온다면서 사무실을 나가 버렸다.

승은은 웅이 손 글씨로 쓴 서류를 한참이나 내려다보았다.

뭔 글씨인지 하나도 모르겠어.

뒤로 갈수록 글씨가 엉망이었다. 어쩐지 속도가 빠르다고 했다.

웅이 담배를 다 피우고 들어왔을 때 승은은 벌써 타이핑을 끝내고 사장실로 돌아간 후였다. 짧은 줄기의 장미가 꽃병에 꽂힌 채 웅의 책상에 놓여 있었다. 승은이 나가기 전에 장식하고 간 듯했다. 금방 물을 뿌렸는지, 꽃잎에 물기가 남아 있었다.

웅은 책상으로 걸어와 붉은 장미 잎에 왼손을 뻗었다. 부드러웠다. 그리고 금방 손 안에서 부서질 것처럼 가냘팠다.

……그녀를 만진다면 이런 느낌일까?

휘는 몇 날 며칠을 오디션 때문에 회사에서 거의 살다시피 했다. 그런 휘의 모습을 처음 보았기에 승은은 무한한 존경을 담은 눈으로 휘를 쳐다보게 되었다.

오디션 삼 일째 정도 되던 날, 승은은 휘가 사준 거라고 알고 있는 화이트 시폰 원피스를 입고 회사에 왔다. 승은이 사장실 문을 여니, 휘가 어제와 똑같이 소파에서 자고 있었다.

승은은 오는 길에 사 왔던 샌드위치와 우유를 탁자 위에 놓고 환기를 시키기 위해 창문을 열었다. 열린 창문 사이로 부서지듯 들어오는 햇살이 눈부셨는지 휘가 얼굴을 잔뜩 찌푸리며 눈을 떴다. 꼭 표정이 잠투정하는 어린애 같다.

"벌써 아침이야?"

"네, 아침이에요. 더 주무실 거예요?"

"아냐. 이 샌드위치 먹어도 되지?"

"네. 사장님 드시라고 사 온 거예요."

휘는 잠이 덜 깬 손을 뻗어 승은이 방금 사 온 신선한 샌드위치를 집어 올렸다. 그리고 한입 조그맣게 씹어 먹었다. 식욕은 없지만 배가 너무 고팠기에 어떻게든 집어넣어야겠다는 생각으로 먹

는 것이었다. 머리가 까치집이 되어서 샌드위치를 먹는 휘는 삼십
대의 남자라고 생각할 수 없을 정도로 귀여웠다. 승은은 사장실
꽃병에 장미꽃을 꽂아 놓으며 피식 웃고 말았다.

"어? 그 원피스 또 입고 왔네."

이제야 승은이 입고 있는 시폰 원피스를 보았는지, 휘가 승은을
쳐다보고 있었다.

"네, 사장님이 사주신 원피스예요."

"내가 사준 거 아냐."

"네?"

당연히 휘가 사준 줄 알고 있었는데, 그가 아니라는 말이 승은
은 순간 이해가 되지 않았다.

그럼 이 옷이 하늘에서 떨어지기라도 했다는 거야?

"웅이 산 거야."

생각도 못한 휘의 말에 승은이 넋이 나간 표정으로 휘를 쳐다보
았다.

"노, 농담이시죠?"

절대 그럴 리 없었다. 그날 승은은 웅에게 눈물이 쏙 빠지도록
혼나기만 했었다.

"진짜야. 난 그저 심부름꾼."

정말 웅이 산 것이란다. 곰처럼 무서운 실장님이 그녀에게 이
예쁜 옷을 사주었단다.

"왜, 왜요? 실장님이 왜 저한테 옷을?"

"음, 너무 졸려서 생각이 안 난다. 왜 그랬지?"

승은이 떨면서 묻는 질문에 휘는 건성으로 대답한다. 하지만 그럼에도 갑자기 시작된 떨림은 멈추지 않았다.

이건 정말 위험했다. 안 그래도 요즘 웅 때문에 이유를 알 수 없는 고민 속에 빠져 살고 있는데, 상상도 못했던 그의 다정함에 마음이 정처없이 흔들렸다. 꼭 자신을 구해준 게 인어공주인지도 모르고 다른 나라 공주를 아내로 맞아들였던 바보 왕자님이라도 된 느낌이었다.

도대체 왜 옷을 사준 거지? 내가 불쌍해서? 아니면, 나한테 조금이라도 마음이 있어서?

웅에 대한 생각에 얼굴뿐 아니라 등줄기까지 화끈거렸다. 열렬한 사랑 고백이라도 받은 듯 온몸이 떨리고 있었다.

그러고 보니 그가 언제나 자신에게 화만 냈었던 건 아니었다. 조금은 다정했던 때도 가끔 있었다. 그녀를 위해 경찰을 잡아주었을 때도, 그녀를 구해주기 위해 그녀를 끌어안았을 때도, 그리고 이 옷을 사준 것도.

그의 다정함을 발견할 때마다 승은은 정신을 차릴 수가 없었다. 심장이 아리도록 떨려왔다. 샌드위치를 우적우적 씹어 먹으며 좋은 상상에 빠진 승은을 쳐다보고 있던 휘가 재미있다는 듯이 말했다.

"여 비서, 꼭 생크림 바른 토마토 같다."

하얀 원피스 밖으로 드러난 얼굴이 새빨갛게 물들어 있자 배고픈 휘의 눈에는 꼭 그렇게 보였나 보다. 승은은 그대로 사장실을 뛰쳐나가 혼자서 마음껏 상상할 수 있는 곳으로 달려가 버렸다.

사장실에 혼자 남은 휘는 눈을 반쯤 감고 슬프게 중얼거렸다.

"토마토에 생크림 바르면 맛있을까?"

그날 승은이 웅을 처음 만난 것은 퇴근하던 시간이었다. 정문 앞에서 마주친 승은과 웅은 어색한 시선으로 서로를 마주 보았다.

"지, 지금 퇴근하세요?"

승은이 먼저 말을 건네었다.

"여 비서도 퇴근이 늦네요."

"사장님이 늦게까지 남아 계시니까요."

"아."

여비서처럼 말을 나누면서도, 마음은 자꾸 다른 생각으로 어지럽게 흐트러지고 있었다. 그가 사준 옷을 입고 있는 자신을 그가 어떤 눈으로 보고 있을지 미치게 궁금했다. 하지만 차마 입으로 직접 물어볼 수는 없었다.

나 어때요?

그런 질문을 웅에게 한다는 상상만으로도 실핏줄이 터질듯 달아올랐다.

그건 웅도 마찬가지였다. 평소처럼 말을 하는데, 자꾸 마음이 산란했다. 왜냐하면 자꾸 승은이 묘한 눈빛으로 자신을 힐끗거렸기 때문이었다. 무언가를 갈망하는 듯한 그런 눈빛으로. 만약 길 가다 여자의 저런 눈빛을 받는다면,

저 여자가 나한테 관심있나?

라고 생각했을 것이다. 하지만 앞에 이 여자는 여 비서였다. 자

신만 보면 십 리 밖으로 도망가는 게 특기이고, 죄송하다는 말하는 게 버릇인. 그런 상상을 한다는 것 자체가 자신이 굉장히 우스워지는 일이었다.

"그럼 내일 봅시다."

이상한 상상에서 벗어나기 위해 웅이 서둘러 발걸음을 돌려 택시 정류장으로 향했다. 승은의 달팽이 운전으로 그리 큰 사고가 아니었기에 차 수리는 이미 끝났지만, 아직 팔이 낫지 않아 택시를 타고 출퇴근을 했다.

"아! 저기."

웅이 너무 갑자기 발걸음을 돌리자 놀란 승은이 무의식적으로 웅을 불러 세웠다. 그런데 난감하게도 그가 돌아보자 할 말이 없었다. 그를 불러 세운 이유가 필요했다. 그녀와 그는 아무 이유 없이 서로의 이름을 부르는 사이가 아니었으니까.

"저기, 그게 그러니까, 저기."

승은의 태도가 이상해 웅은 빤히 승은의 얼굴을 쳐다보았고, 그 때문에 더 당황하여 승은은 계속해서 말을 더듬었다.

결국 승은이 거의 울 듯한 얼굴로 한 말은 아주 평범해서 더 이상한 말이 되어버렸다.

"안녕히 가세요."

어깨를 축 늘어뜨리고 지하철로 걸어가는 승은의 뒷모습을 쳐다보는 웅의 시선에 걱정스러움이 묻어났다.

어디 아픈가?

아마 지금 자신의 차를 가지고 있었다면 분명 또 운전기사 귀신

붙은 인간처럼 승은에게 집에 태워주겠다고 했을 것이다. 천만다행이다. 차가 없는 게…….

"후우."

가방에서 지하철 패스를 꺼내며 승은은 깊게 한숨을 내쉬었다. 방금 웅에게서 도망쳐 온 자신의 행동을 생각하면 자기 손으로 땅을 파서 들이기고 싶었다.

옷 사줘서 고맙다고 인사조차 제대로 못하다니!

표를 찍는 지하철 패스기계에 카드를 가져다 대던 승은의 손이 공중에서 멈추었다. 아무리 생각해도 이대로 고맙다는 인사도 없이 그냥 집으로 가면 밤새 후회할 것 같았다.

그래, 고맙다는 인사만이라도!

라고 결연하게 결심하고 패스카드를 찍으려던 손을 거두면서 몸을 돌린 승은은 바로 뒤에 버티고 선 키 큰 남자를 발견하고 너무 놀라서 그대로 굳어버렸다.

웅이었다.

승은은 바보라도 된 것처럼 멍한 눈으로 웅을 올려다보았다. 승은이 자신을 보고 너무 놀라니 웅은 떨떠름한 표정으로 승은을 내려다보았다. 아픈 줄 알고 쫓아온 건데 이제 보니 그리 안 아픈 것 같다.

"앞에서 뭐 하는 거예요? 들어갈 거 아니면 비켜요!"

뒤에 서 있던 사람들이 불평을 늘어놓았다. 지하철은 서울 시민들 모두를 위한 장소였으니까.

웅이 억지로 승은을 뒤돌려 세우고서는 승은의 손을 붙잡고 패스까지 찍어준 다음 지하철 안으로 강제로 밀어 넣었다. 그리고 나서 웅도 구백 원을 주고 끊은 표를 지하철 기계에 밀어 넣고 바를 밀고서 영역 안으로 들어섰다. 거의 십 년 만에 처음 타보는 지하철이었다.

"지하철 한두 번 타보는 것도 아니면서, 이것도 제대로 못 타나요."

평소처럼 승은에게 핀잔을 주고 지하철 계단으로 걸어가던 웅이 다시 뒤돌아보며 승은에게 명령하듯이 말했다.

"뭐 합니까! 빨리 와요!"

"네? 네."

그제야 승은이 정신을 차리고 웅의 뒤를 쫓아 지하철 계단을 내려갔다. 마음으로는 왜 웅이 지하철을 타고 집으로 돌아가는지 머리 터지도록 생각하면서.

돈이 없었나? 으아아악! 그럴 리가 없잖아!

덜컹! 덜컹!

지하철 달리는 소리가 이다지도 심난하게 들리는 날은 처음이었다. 승은은 멍한 눈으로 앞만 응시하면서 아직도 웅이 지하철을 탄 이유를 생각하고 있었다.

설마, 설마, 설마 날 쫓아왔나? 까악! 말도 안 돼!

말도 안 된다고 절규하면서도 얼굴은 금세 새빨개져서 다시 생크림 토마토가 되었다. 옆에 있는 사람은 신경도 안 쓰면서 혼자 심각한 표정 짓다가 이젠 혼자 부끄러워하는 승은을 웅은 심란한 표정으로 내려다보았다. 정말이지 알 수 없는 심경의 변화였다.

오늘 도대체 왜 이러는 거야? 아픈 것 같지는 않은데, 분명 뭔가 이상했다. 휘가 또 이상한 소리한 거 아냐?

승은이 이상한 건 무조건 휘가 연결되어 있다고 생각하는 웅이었다. 그리고 대부분 맞았다. 어찌나 쿵짝이 잘 맞는 사장과 비서인지, 나날이 승은이 휘를 닮아가는 위험한 현상이 일어나고 있었다.

"여 비서, 무슨 일 있어요?"

결국 웅이 참지 못하고 건넨 질문에 승은이 고개를 들어 웅의 얼굴을 빤히 쳐다보았다. 그 말간 시선에 웅의 기분이 어쩐지 점점 이상해졌다. 지금 이 기분을 정의 내리기가 참 모호했다. 승은에게 다가가고 싶은 마음과 그녀에게서 도망가고 싶은 마음이 동시에 공존했다. 지하철 안내판에 웅이 내릴 강남을 표시하고 있었다. 그게 꼭 우리 이제 헤어질 시간이라는 경고 같다.

"실장님, 그게 저……."

그런데 승은은 이제야 겨우 말을 시작했다.

"그러니까 그게 저……."

속 터진다. 속 터져. 지하철 안내문은 오른쪽으로 내리라고 영어로 꼬부랑대고 있는데, 승은은 아직 본론도 안 꺼냈다. 만약 이렇게 사람들이 많지 않았다면 본론만 빨리 말하라고 다그쳤을지도 몰랐다.

결국 승은이 손가락 꼼지락거리며 계속 저저거릴 동안 강남역에 도착한 지하철 문이 열렸다. 웅은 다짜고짜 승은의 손을 잡고 지하철에서 내렸다. 갑자기 자신의 손을 잡은 커다란 웅의 손도

놀랍지만, 설마 웅이 자신을 지하철에서 끌어내릴 줄은 몰랐기에
승은은 그나마 저저거리던 말도 쏙 들어가 버렸다. 허망한 눈으로
떠나 버리는 지하철을 바라보는데, 웅이 여유롭게 팔짱을 끼며 평
소처럼 근엄하게 물었다.

"저저거리지 말고 본론만 간단하게 말해요. 본론이 뭔데요?"

그리 물으시면 어찌 대답을 한단 말입니까. 옷 사줘서 고맙다고
하려던 말이 지하철과 같이 떠나 버린 것 같았다. 그저 뛰어서라
도 떠나 버린 지하철을 따라가고프다.

"여 비서! 나보고 언제까지 기다리라는 겁니까!"

다그치는 웅의 말을 들으니 그저 울고프다.

"오디션은 어땠어요?"

정말 거짓말 안 하고 오천 명이나 되는 사람의 재롱잔치를 보고
온 휘에게 승은은 재빠르게 음료수를 내다주며 물었다. 휘는 피곤
한지 사장님 의자에 길게 몸을 눕히고 눈을 꼭 감고서 움직이지도
않았다.

"사장님, 많이 피곤하세요?"

"응, 그런 것 같아."

"그래서 별은 따셨어요?"

"……아니, 없네."

스타가 될 인물을 찾는다는 건 그렇게 쉬운 일이 아닌가 보다.
오천 명이나 되는 스타 지망생 중에도 없다면 과연 별은 어디 박
혀서 안 나오는 걸까?

"제가 안마해 드릴까요?"

피곤이 가득한 휘의 표정이 너무 안쓰러워 승은이 물었다. 그런데 휘가 갑자기 눈을 번쩍 뜨더니 의자에서 일어났다.

"아니, 나 외출할 거야."

오디션에서 만족스런 결과를 얻지 못한 휘는 또다시 거리로 나가 직접 별을 낚을 생각이었다. 승은이 휘의 뒤를 급하게 쫓았다.

"사장님, 같이 가요!"

일주일 동안 잠도 못 잔 휘가 걱정되어 승은도 같이 나갔다.

회사 밖으로 나온 휘는 목적지도 없이 무작정 서울 도심을 걸었다. 큰 선글라스로 얼굴의 반을 가렸지만, 새어나오는 휘의 빛을 모두 가리지는 못하는지 지나가는 사람들이 자꾸 그를 쳐다보았다. 그런 휘의 뒤를 쫓아가며 승은은 생각했다.

본인이 별이 되면 될 텐데. 왜 그러지는 않는 거지?

"사장님!"

한 시간 정도 걸었을 때쯤 간신히 쫓아가던 승은이 결국 포기 선언을 했다.

"좀 쉬었다 가면 안 될까요?"

그제야 휘는 회사를 나오고 처음으로 승은을 돌아봐 주었다.

"죄송해요. 괜히 쫓아와서 민폐만 끼치고."

휘가 사준 쉐이크를 받아 들며 승은이 사과를 했다. 휘는 웃으며 승은의 옆에 앉았다.

"괜찮아."

휘는 평소와 다르게 아무 말도 없이 지나가는 사람들을 쳐다보았다. 그런 휘를 쳐다보다 승은도 거리의 인파 속으로 시선을 돌렸다. 참 다양한 사람들이 지나가고 있었다.

못생긴 여자, 평범한 여자, 예쁜 여자, 몸매가 날씬한 여자, 휘에게 추파를 던지며 지나가는 여자, 못생긴 남자, 평범한 남자, 잘생긴 남자, 착해 보이는 남자, 키가 큰 남자, 작은 남자.

휘는 그 많은 사람들 중 단 한 사람을 찾기 위해 끝없이 그들을 관찰하였다. 문득 참 궁금해졌다. 그는 어쩌다 이렇게 빛나는 사람들을 찾는 일을 하게 된 걸까?

"왜 엔터테인먼트 사업을 시작하시게 된 거예요?"

"사업을 해야 우리 꼰대한테서 벗어날 수 있었으니까."

순수한 승은의 질문에 휘는 건성으로 대답했다. 승은은 정말 궁금해서 물은 건데, 하며 작게 투덜거렸다. 휘가 그런 승은을 한 번쯤 쳐다보더니 웃으면서 이야기했다.

"사업을 하게 되면 말이야, 참 많은 사람을 만나게 되거든. 그런데 우리 할아버지 회사에서 잠깐 일했을 때 만났던 사람들은 다 돈을 쫓고 야망을 쫓는 그런 사람들뿐이었어. 그렇지 않다면 자기 일에 회의를 느끼면서도 돈을 벌기 위해 어쩔 수 없이 하는 사람들이거나."

휘는 길거리의 사람들을 쳐다보며 한숨을 내쉬었다.

"무언가 정말 갑갑하더라고. 그런 사람들을 만나며 그런 사람들을 닮아가며 평생 살 걸 생각하니, 숨이 턱 막혔어."

어쩐지 휘의 그 답답했던 기분을 알 것 같았다. 넥타이 꽉 매고, 바이어들과 치열한 협상 때문에 위장병에 시달리는 휘는 정말 휘

같지 않았다.

"그래서 웅한테 부탁했지. 내가 정말 신나게 일할 수 있는 회사 하나 차리고 싶은데, 네가 좀 만들어줘라."

"사장님이 직접 만들지 왜 실장님한테 부탁해요?"

"걔가 나보다 공부를 잘했거든. 그랬더니 진짜 회사 하나 만들어서 왔더라고. 그게 휘 엔터테인먼트야. 맘에 들더라고, 나 같은 인간이 하기에 딱인 것 같았고. 그래서 시작하게 됐어."

승은은 더 이상 아무런 질문도 하지 않았다. 휘도 더 이상 아무런 말도 없이 길거리를 주시하였다. 그 자리에서 사람들을 지켜보는 동안 모래알 빠져나가듯 시간이 조금 지났는데, 승은은 화장실에 가고 싶어졌다. 그를 방해하고 싶지 않아 승은은 살짝 일어난 다음 근처 패스트푸드점에 달려갔다.

퍽! 그런데 반대편에서 급하게 달려오던 남자 고등학생이랑 정면으로 부딪치며 그대로 바닥에 쓰러졌다.

"까악!"

부딪친 반동이 굉장했기 때문에 비명이 절로 터져 나왔다.

"괜찮으세요?"

굉장히 묘한 목소리였다. 남자도 여자도 아닌 듯한 중성적인 목소리라고 해야 하나. 고개를 들어 자신과 부딪친 사람을 올려다보았을 때, 승은은 왜 그런 목소리가 나오는지 알 수 있었다. 아직은 소년인 남자애였다. 정말 딱 소년이라는 말이 어울리는 아이였다. 굵은 남자의 선이 아니라 고운 얼굴선이 잘생겼다는 말보다는 아름답다는 말이 어울렸다. 눈, 코, 입 모든 게 너무 섬세해서 오히려 비현실적으로 보이는 그런 소년이었다.

"죄송합니다. 제가 급해서요."

후다닥 승은을 일으켜 준 소년은 자신이 떨어뜨린 안경을 줍자마자 그대로 가던 길을 달려나갔다. 승은이 소년을 쫓아 몸을 돌리니, 자리에 앉아 있던 휘가 벌떡 일어나는 모습이 보였다.

지나가는 모든 사람들이 휘를 한 번씩 쳐다보며 지나갔었는데, 소년은 휘라는 존재는 인식도 못하고 그대로 앞으로 달려나갔다. 정말 급한 일이 있나 보다. 이미 많이 지쳐 보였는데도 달려가는 속도가 전혀 줄어들지 않았다. 그리고 휘가 소년의 뒤를 쫓아 달리기 시작했다.

이걸 뭐라고 표현해야 할까? 운명을 만난 순간? 대박 터진 순간? 한 건 한 순간? 아니, 역시나 이 말밖에 어울리는 말이 없다.

……별을 낚는 순간이다.

소년을 쫓아 정말 열심히 달리는 휘를 쳐다보며 승은은 조용히 웃고 말았다.

이제는 밖에만 쏘다닌다고 구박하지 말아야겠네.

"왜 내가 너랑 같이 와야 하는 거야?"

팔의 깁스를 풀기로 한 날, 병원 복도에 휘랑 나란히 앉아 있는 게 영 마음에 들지 않았던 웅이 짜증이 묻어나는 목소리로 말했다.

"그야 내 책임이니까 끝까지 돌봐줘야지. 만약 이 팔이 잘못되면 넌 죽을 때까지 내가 책임질게. 우리 할아버지도 너라면 환영해 주실 거야."

이걸 죽여 살려, 라는 표정으로 웅은 휘를 쳐다보았다.

의사의 인성은 별로 믿음직하지 않았지만 잘되는 병원이 맞았는지 대기 시간이 꽤 길었다. 그동안 웅은 아무 말도 없이 병원 복도에 걸린 꽃 그림만 쳐다보았다.

"네 사무실에 장미꽃 있더라."

휘의 말이었다. 하지만 웅은 못 들은 척 묵묵부답이었다.

"장미꽃을 돌보려면 비서가 필요하지 않아?"

휘에게는 부러 비서를 붙여주었으면서 정작 업무량이 많은 웅은 비서를 두지 않고 있었다. 스타일이 그랬다. 누군가 바로 곁에 있으면 거치적거린다는 게 이유였다. 회사의 명성이 커지는 것에 비해 회사 사원수가 그렇게 늘지 않는 것도 모두 웅 때문이었다. 사람들과 쉽게 친해지지 못하고 사람들을 쉽게 믿지 못했다. 그래서 웅이 휘와 같이 일하게 된 건 필연과도 같은 일이었다. 세상에서 휘만큼 만만하고 편한 사람은 없었으니까. 웅이 휘를 잘 아는 만큼 그걸 잘 아는 휘였다. 그런데도 휘가 갑자기 비서 이야기를 꺼내는 게 웅은 마음에 들지 않았다.

"나도 꽃에 물은 줄 수 있어."

"아! 꽃에 물 주는 실장이라니. 뽀대 안 나네."

간호사가 웅의 이름을 호명하였다. 그리고 그전에 휘에게 인사하는 것도 잊지 않았다. 웅은 자리에서 일어나 진찰실로 걸어갔다. 문을 여는데, 의사가 깁스 자를 때 쓰는 톱 같은 걸 손에 들고 웃고 있었다. 역시 마음에 안 드는 의사.

몇 달 동안 지겹게 하고 있던 깁스를 푸니 오른팔이 날아갈 듯 가벼워졌다. 집으로 돌아오는 길에는 웅이 운전을 했다. 오랜만에 하는 운전이었기에 꽤 기분이 좋아지고 있었다. 웅은 집이 아니라 테니스 코트가 있는 길로 차를 돌리면서 말했다.

"테니스 쳐."

휘는 웃으며 싫다고 고개를 가로저었다. 그런데 아무래도 웅은 휘가 싫다고 해도 억지로 끌고 갈 것 같은 분위기이다. 복수를 위해서 말이다. 하지만 휘는 느긋하게 말했다.

"난 다 알아."

뭘 다 알아. 네 오른손의 명복이나 빌어.

"네가 섹시한 여자보다 귀여운 여자를 좋아하는 거."

웅이 어이없다는 듯이 헛웃음을 뱉어냈다.

"나도 다 알아, 이 자식아!"

웅도 지지 않고 맞받아쳤다.

"네가 마녀 같은 여자를 좋아하는 변태라는 거."

웅의 말에 휘는 킥킥 낮게 웃었다. 그리고 창문을 열었다. 시원한 바람이 그의 하얀 피부에 키스를 했다.

"그래서 내가 네 어머니를 좋아하지."

그 자신은 끔찍해하는 어머니를 좋아한다는 휘에게 웅이 한마디 했다.

"미친놈."

차는 도로를 벗어나 하얀 시멘트가 발라진 길을 달려가고 있었다. 이제 조금만 더 가면 두 사람이 항상 이용하는 테니스 코트가 나왔다.

이제 황보휘의 몸 어딘가가 아작 나는 시간이 다가오는 것이었다. 그런데도 휘는 웃고 있었다. 무언가 계략을 꾸미듯, 아니, 무언가 친구를 놀라게 하려는 깜찍한 짓을 생각하듯.

휘가 조용히 웅의 이름을 불렀다.

"웅아."

휘가 너무 다정하게 자신의 이름을 부르니 소름이 돋았다.

부르지 마!

"나 갑자기 여 비서 보고 싶다."

"갑자기 왜 보고 싶어! 미쳤어? 돌았어?"

휘의 말에 웅이 벼락이라도 맞은 사람처럼 화를 버럭 내며 외쳤다. 휘가 웃겨 죽겠다는 듯이 키득키득 배를 붙잡고 웃기 시작했다. 웅의 마음이 너무 훤히 보여 우습다는 듯이. 웅은 단순했다. 뭐든 '그렇다' 아니면 '아니다' 였다. 그런데 여 비서만은 그 확실한 경계선 어디에도 들어가지 못하고 애매한 선 위에서 붕붕 떠다니고 있었다. 그래서 섬세하지 못한 남자 웅은 모호한 경계선 위의 여 비서를 어떻게 해야 될지 몰라, 고민하고 짜증내고 화내고 이렇게 친구를 구박까지 한다.

"왜, 왜 웃어!"

휘의 웃음이 거슬렸고, 뭐든 자신보다 더 많은 걸 알고 있는 휘의 눈빛도 거슬렸다.

"갑자기 왜 화를 내시는 건데요? 미치셨습니까? 도셨습니까?"

웅의 말을 그대로 흉내 내며 휘가 말하자, 웅이 더 화를 내며 외쳤다.

"하지 마!"

손끝이 저릿해 왔다. 꽃잎을 만지듯 전철 안에서 저도 모르게 그녀의 손을 붙잡고 말았다. 도대체 뭘 어쩌자는 건지. 승은만 생각하면 위태로운 선 위에 힘겹게 서 있는 듯 모든 게 힘들어져 왔다.

연애라도 걸려는 거야?

하지만 그 여자는 엄연히 휘의 비서였다. 인간의 분류에서 여자보다 먼저 부하직원에 들어가는 사람이었다.

그저 만지고 싶고 탐하고 싶은 거야?

단지 욕망의 대상으로만 승은을 본다고 생각하면 자신이 짐승 같아서 돌아버릴 것 같았다. 웅은 온전히 인간이고 싶었다.

그럼 단지 환상인가?

그런 거라면 그저 이대로 사그라져 주면 좋으련만 승은이라는 환상을 온전히 가져보기 전에는 사그라지지 않을지 시간이 지날수록 점점 더 웅을 괴롭혔다.

이 모든 고뇌와 욕심을 모두 압도하는 단 한 가지 생각은,

갈증.

순간순간 그녀가 보고 싶다.

"안녕하세요."

아침 출근 시간, 엘리베이터 앞에서 만난 웅에게 승은은 깍듯이 인사를 했다. 하지만 웅은 받는 둥 마는 둥이다. 요즘 웅은 승은을

봐도 본체만체였다. 꼭 무시하는 것처럼.

"깁스 푸셨네요. 축하드려요."

웅의 멀쩡한 오른팔을 보고 승은이 환하게 웃으며 말했다. 하지만 돌아온 말은 아무것도 없고, 웅은 삼층 버튼만 꾹 눌렀다. 무안해진 승은은 더 이상 아무 말도 하지 못했다. 삼층은 금방이었다. 다행이었다. 이 회사의 끝이 겨우 오층이라는 게.

"실장님이 저한테 화나신 거 같아요."

"웅이야 언제나 여 비서한테 화내잖아."

휘는 별일 아니라며 흘려들었다.

"아뇨, 그런 거 말고요. 저 정말 이번엔 아무런 잘못도 안 했거든요. 그런데 제 인사도 안 받아주시고 그냥 가버리세요."

"그야말로 평소 모습 아냐? 그럼 웅이한테 뭘 기대한 거야? 웃으면서 좋은 아침이라고 손이라도 흔들어주길 바래? 그건 나도 한 번도 못 받아봤거든."

"그건 아니지만……."

그래도 평소에는 눈으로라도 인사를 받아준다는 느낌이 있었다. 그런데 요즘은 아예 눈조차 마주쳐 주지 않았다. 마치 그의 주위에 승은은 존재도 하지 않는 것처럼 말이다.

웅에게 서운함이 든다. 인사 좀 안 하고 무시했다고 직장상사에게 서운함이 든다니 참 어이없는 마음인데, 그게 바로 승은의 마음이었다. 바람이 틈이 생긴 가슴으로 지나가는지 조금 시렸다.

승은이 의기소침한 표정으로 계속 있자 휘가 웃으며 말해주었다.

“정 신경 쓰이면 생일날 선물이라도 챙겨주면서 점수 좀 따봐.”

“생일이요?”

“응. 이번 달 마지막 수요일이 웅이 생일이야.”

“정말요? 그런데 실장님은 무슨 선물 사드리면 좋아하실까요?”

“글쎄, 내 선물 받고서 좋아하는 걸 한 번도 못 봐서 잘 모르겠
네.”

“그래요? 무슨 선물 드렸었는데요?”

“말.”

“말이요? 설마 네 발 달린 말이요?”

“응, 말이 웅의 옷에 침을 뱉으면서 가장 최악의 상황까지 치달
았었지.”

말이라니. 누가 그걸 생일선물로 생각한단 말인가? 재벌의 돈
자랑인지. 황보휘의 특별함인지.

“그리고 또요?”

“그리고 또 달.”

“네? 달이요. 설마 하늘 위의 그 달이요?”

“응, 달의 땅을 파는 사람이 있더라고. 그래서 왕창 사서 웅한테
모두 줬지. 그런데 장난하냐는 소리만 들었었어. 정말 날 최악으
로 바보 취급했었지.”

“그리고 또요?”

“그리고 배.”

“배요? 설마 바다에 둥둥 떠다니는 배요?”

땅, 하늘, 이젠 바다다.

"응, 굉장히 멋있는 배였거든. 난 분명 이번에야말로 웅이 마음
에 들어할 거라고 확신했는데, 역시나 싫어하더군."

"왜요?"

휘가 창밖의 남산을 쳐다보며 안타깝다는 듯이 말했다.

"뱃멀미한대."

"……"

"그게 작년이었는데. 앞으로는 차라리 아무것도 주지 말라고
하더라고."

"……그래서 이번에는 안 주실 거예요?"

"아! 그건……."

휘가 씨익 웃었다.

"승은이 선물 정하면 말해줄게."

여 비서의 사장님은 세상의 재미있는 모든 것을 모으러 다니는
행복사냥꾼이었다.

승은은 며칠이 지나도 웅의 생일선물을 고르지 못했다. 그게 쉽
지가 않았다. 부자라서 항상 비싼 것만 받아왔을 텐데, 싼 걸 주면
오히려 무시만 당할 것 같았다. 휘의 말을 들었더니 그 압박감이
더 심했다. 말, 달, 배. 그게 모두 얼마짜리인가? 다 합하면 집 한
채도 살 수 있을 것이다. 돈이 간절히 필요했다. 그래서 승은은 저
도 모르게 한숨을 쉬며 중얼거렸다.

"돈이 필요해."

"돈 필요해?"

갑자기 옆에서 들려온 웬 아저씨의 목소리에 승은은 깜짝 놀라며 뒤로 물러섰다. 언제부터 있었는지, 중년남자가 이상한 눈을 하고 승은을 쳐다보고 있었다.

"내가 돈 줄까?"

전혀 요정같이 생기지도 않았으면서 요정들이나 할 말을 한다. 그래서 승은은 더 겁이 났다. 승은은 뒷걸음질치며 거절했다.

"아뇨, 됐어요."

됐다고 하는데도 배가 불룩하게 나온 사십대의 대머리 남자는 거북할 정도로 가까이 다가오며 누런 이를 드러내고 웃었다. 혐오스럽다 못해 공포스러웠다.

"돈 필요하다며. 나 돈 많아."

남자가 손을 들어 승은의 팔을 잡으려고 하자 승은은 기겁을 하며 달려나갔다.

"엄마야!"

서울은 사람도 많고, 변태도 많았다.

하지만 변태를 만난 뒤에도 승은은 웅의 선물을 고르기 위해 퇴근길마다 강남의 화려한 쇼핑가를 배회했다. 그러나 마음에 드는 건 너무 비쌌고, 가격에 맞는 건 전혀 마음에 들지 않는 것뿐이었다. 단지 생일선물 하나 고르는 것뿐인데. 승은은 크나큰 시험에 빠진 기분이 점점 들고 있었다.

2차 오디션이 며칠 미루어졌다. 휘의 단독적인 결정이라 반발이 많았지만 휘는 그 모든 불만을 그냥 무시하고 있었다. 사장의 카리스마가 아니라 굉장히 제멋대로 결정 내린 일이라, 뒤에서 웅과 다른 사람들만 고생이었다. 하지만 승은은 그 이유를 알 것 같았기에 휘의 편에서 응원하고 있었다.

청강 고등학교이다.

학교라는 곳을 참 오랜만에 와보는 휘는 감회가 새롭다는 얼굴로 고등학교 건물을 쳐다보았다. 하교 중이던 고등학생들은 학교 정문 앞에 스포츠카를 세우고서 선글라스를 쓰고 차에 기대서 있는 화려한 휘를 한 번씩 훔쳐보며 지나갔다. 겁없는 십대 여자애들은 가까이 다가와서 자기 삼촌뻘 되는 휘를 유혹했다. 그렇게 수백 명의 고등학생들이 단 몇 시간 만에 휘의 앞을 지나갔지만 정작 휘가 기다리는 녀석은 아직도 감감무소식이었다.

이제 슬슬 불이 하나둘씩 꺼지는 교실을 바라보던 휘는 더 이상 기다리고만 있을 수 없어서 교문 쪽으로 걸음을 옮겼다.

2학년 반이 쭉 늘어서 있는 복도를 걸어가며 주머니에서 명찰 하나를 빼 들었다. 길에서 쫓아갔던 그 남자애가 유리 구두 대신 떨어뜨려 주고 간 것이었다.

〈2-5 이솔.〉

이름이 솔이었다. 절로 '솔아 솔아 푸른 솔아'가 나온다. 촌스런 이름이기는 하지만 어쩐지 그 남자애와 어울렸다. 눈이 아플 정도로 푸르렀다. 그 아이의 이미지는 그저 단 한 그루의 나무가 아니라 숲이었다. 수없이 많은 푸름이 뒤섞여 신비로운 녹색으로 이루어진 숲.

2학년 5반 팻말이 붙은 곳에서 휘는 발걸음을 멈추었다. 휘는 5라는 숫자를 좋아했다. 기분 좋은 우연에 한 번 싱긋 웃고 교실 문을 열었다.

한 명의 학생만이 아직 남아서 문제지에 연필로 무언가를 열심히 적고 있었다. 가까이 가서 보니 수학문제지였다. 슥슥, 숫자를 적어나가는 소년의 손길은 막힘이 없었다.

"이솔."

휘의 부름에 소년이 조금 고개를 들었다. 다시 마주한 푸르른 눈빛, 그리고 두꺼운 뿔테 안경. 난 공부가 하고 싶어요, 를 절실히 보여주는 안경이었다.

"이 명찰 네 거지?"

웅은 유리 구두 대신 명찰을 솔의 책상 위에 올려주며 이것의 주인이 그대가 맞냐고 물었다.

소년은 피곤한 표정을 지었고, 휘는 반가움에 싱긋 웃었다.

휘가 나가고 없는 사무실에서 승은은 열심히 인터넷을 뒤지고 있었다. 오늘의 검색어는 '선물'이었다. 웅의 입에서 꼭 좋다는 말을 들을 물건을 사고 싶었다. 그런데 아무리 뒤져도 없었다. 너무 열심히 찾다 보니 문득 그런 생각이 들었다.

난 왜 이렇게 웅의 선물을 사는 데 집착하는 걸까?

승은이 누군가의 선물을 살 때 고심한 적은 예전에 사귀었던 남자 친구들밖에 없었다. 가족이나 여자 친구들에게는 대놓고 무슨 선물 가지고 싶냐고 물어보고 샀었다. 그게 편했으니까. 하지만 남자 친구에게 주는 선물은 좀 틀렸다. 기쁘게도 하고 싶고, 깜짝 놀라게도 하고 싶었다. 그래서 며칠이나 혼자 고심하며 몰래 선물을 골랐었다. 그런데 지금 승은이 그러고 있었다. 회사 상사의 생일선물을 고르는데 말이다. 마음이 어지러워 잠시 모니터에서 시선을 돌리고 책상에 놓인 꽃병을 쳐다보았다.

그러고 보니 장미꽃 시들었겠다.

승은은 오늘 꽃병에 꽂아놓았던 장미꽃 세 송이를 뽑아내 웅의 사무실로 갔다. 정각 오후 열두 시, 이 시간에는 웅이 점심식사를 하기 때문에 사무실이 비어 있었다.

"네 멋대로 하는 것도 시기를 봐가면서 해! 오디션 기간이야! 1차만 하고 중간에 접는다면 얼마나 반발이 심할지 알아!"

"하지만 뽑을 인물이 없는데 어떻게 하냐! 그냥 접어!"

"회사 이미지라는 게 있어! 싫어도 끝까지 해!"

"그게 한두 시간 걸리는 일이야! 끝까지 하면 앞으로 한 달이라고!"

"그래도 참고 해! 시작도 안 했으면 모르겠지만 이미 1차까지 마쳤어. 회사 문을 닫는 상황이 아닌 이상 여기서 접을 수는 없어. 도대체 이 오디션에 몇 명이나 응시했다고 생각하는 거야! 오천 명이라고. 결국 우린 오천 명에 대한 책임이 있어."

"그럼 네가 심사 봐!"

"황보휘!"

하지만 오늘은 좀 달랐다. 점심을 먹으러 나가던 웅은 이제야 나오던 휘를 붙잡고 사무실로 오고 있던 중이었다. 오늘따라 미운 네 살처럼 너무도 말을 안 듣는 휘 때문에 신경질이 솟아나는데, 저 멀리 웅의 사무실로 들어가는 승은의 모습이 보였다.

"하! 사장은 이제야 출근하고, 사장 비서는 남의 사무실에 몰래 들어가고."

웅이 사무실로 가서 승은을 혼내려고 하자 휘가 웅의 팔을 붙잡았다.

"넌 좀 조용히 주위를 둘러볼 필요가 있어."

"무슨 헛소리야!"

휘의 손을 뿌리치고 웅은 저벅저벅 자신의 사무실로 걸어갔다. 뒤에 남은 휘는 짧게 한숨을 내쉬었다.

장미꽃이 물만 준다면 절대 시들지 않고 쭉 싱싱할 거라고 믿는 너한테 뭘 더 바라겠냐.

"여 비서! 여기서 뭐 해!"

"시, 실장님. 그게…… 저. 죄송합니다."

어김없이 혼내는 웅의 목소리가 들려왔고, 곧 사과하는 승은의 목소리가 들려왔다. 휘는 절레절레 고개를 흔들며 이 틈을 이용해 도망가기 시작했다.

변함없다고 해야 하나, 답답하다고 해야 하나. 이젠 좀 불타올 라 줄 때도 되지 않았나? 안 그럼 곰팡이 필지도 모른다고!

"죄송합니다."

"왜 갑자기 사과를 해?"

자신을 보자마자 미안하다고 하는 승은의 사과가 휘는 이해되
지 않았다.

"……선물."

"선물?"

"네. 실장님 생일선물을 준비 못했어요."

"뭐야! 그거 때문에 사과한 거야? 난 또 뭐라고."

휘는 별거 아닌 듯이 말했지만, 승은은 죄라도 지은 사람처럼
고개를 푹 숙이고 들지 않았다. 휘는 그저 승은과 웅이 친해질 기
회를 주고 싶었던 것뿐이다. 그런데 그게 승은에게 꽤 크나큰 과
제였나 보다.

"걱정 마! 어차피 선물 줘도 고맙다는 말도 안 하는 녀석이야!
안 줘도 돼!"

웅에게 혼난 뒤 승은은 웅의 사무실 장미를 새로 바꾸는 일을
그만두었다. 결국 장미는 일주일도 되기 전에 시들해졌고, 내내
싱싱하다가 갑자기 처참하게 시든 장미의 사망 이유를 웅은 이해
하지 못했다. 그게 바로 오늘 아침의 일이었다. 생일 축하한다는
말 대신 너 바보냐는 말이 먼저 튀어나올 뻔했지만, 휘는 그걸 간
신히 참아내었다. 곰한테 곰답다고 화내는 것 역시 쓸데없는 일이
니까.

생일날 웅은 다른 날보다 일찍 퇴근하였다. 어머님이 사시는 집
에 간다고 했다.

"매년 웅이 어머니가 생일상 차려주시거든. 그래서 항상 생일
에는 집에 가."

"그렇구나."

"나도 갈 거야. 아! 여 비서도 같이 갈래?"

"네? 저도요?"

휘의 제안에 승은은 놀라서 자신을 손가락으로 가리켰다.

"그래, 같이 가자! 오늘 웅이 생일선물은 승은이로 하면 되겠네."

"네? 그게 무, 무슨 말씀이세요!"

놀라서 뒤로 물러서는 승은을 휘가 잡아끌었다. 승은은 끌려가지 않으려고 애쓰며 질질질 휘의 손에 잡혀 웅의 집으로 향하게 되었다.

웅의 집은 웅의 오피스텔에서 그리 멀지 않은 강남의 고급 주택가였다. 가난할 거라고 생각하지는 않았지만, 승은은 평생 들어가 보지도 못할 크고 고급스런 이층집을 보니, 어쩐지 절로 한숨이 나왔다. 초인종을 누르자 문을 열고 나온 건 중년의 여자였다. 웅의 어머니일 거라고 생각한 승은은 꾸벅 고개를 숙여 인사를 했다.

"어머! 오늘은 혼자가 아니네. 애인?"

"아뇨. 제 비서입니다. 웅이랑 어머니는 안에 계세요?"

어머니가 아니었다. 가정부 아줌마였나 보다. 하긴 '웅아 웅아 세상에서 내가 제일 예쁘지?'라는 질문과 어울리지 않게 평범한 앞치마와 평범한 인상이라고 생각했었다. 승은은 어색하게 고개를 다시 들었다. 가정부 아줌마의 뒤를 따라 안으로 들어가니, 밖보다 더 화려했다. 드라마에서나 봤던 재벌가의 집 같았다. 사실

휘의 집안과 비교하면 웅의 집은 그냥 평범한 축에 속하는 것이었지만, 승은의 눈에는 웅이나 휘나 다 먼 동네 사람들이었다.

"우리 동네 김씨 아저씨네 집이 제일 큰 줄 알았었는데……."

"응?"

"아뇨, 아무것도 아니에요."

생일상이 차려진 식당으로 가자 웅과 그의 어머니가 있었다. 아버지는 없었다. 바빠서 자리를 비우신 건지, 아니면 다른 이유 때문인지는 아직 알 수가 없었다. 어머니는 상상했던 대로 굉장히 로얄하셨다. 백설공주 계모 여왕이 현대에 살았다면 딱 저렇게 생기지 않았을까 생각될 정도로 굉장히 도도하고 아름다우셨다. 그리고 젊은 여자가 한 명 있었다. 아마도 여동생인가 보다.

휘와 같이 들어오는 승은을 보고 웅의 표정이 눈에 띄게 굳어졌다. 그래서 승은은 괜히 따라왔다고 후회가 들기 시작했다.

"어머! 오늘은 혼자가 아니네. 너 결혼할 거라는 얘기는 못 들었는데, 누구니?"

웅의 어머니라고 생각되는 분이 승은을 호기심 어린 눈으로 쳐다보며 휘에게 물었다. 대답을 한 건 웅이었다.

"그냥 비서예요."

"비서? 휘한테 그런 게 있었어?"

"일 좀 제대로 하라고 뽑은 겁니다."

"그래? 그래서 이제는 잘해?"

웅의 어머니 질문에 승은은 쥐구멍에라도 들어가고 싶었다. 순간 자신이 텅 빈 사장실이나 지키는 무능한 비서라는 생각이 들었기 때문이다. 이래서 부모들이 공부 잘하는 자식들을 좋아하나 보다. 싸돌아다니기만 하는 사장을 모시고 있으니, 쪽팔린 건 비서 승은이었다. 아! 진짜 괜히 따라왔다.

"어머니, 저한테는 소개 안 시켜주세요?"

웅의 앞자리에 앉아 있던 여자가 입을 열었다. 그런데 말투가 조심스러운 게 왠지 가족이 아닌 듯했다.

"아! 우리 아들 친구. 그리고 자기 회사 주식 값도 모르는 사장. 이제는 비서도 있으니까 알겠구나? 그렇지?"

휘가 씨익 웃으며 옆에 서 있는 승은만 들을 수 있도록 속삭였다.

"언제나 날 갈구며 자기 아들이 더 빛나 보이기를 소망하시는 이 시대의 전형적인 어머니시지. 어머니들의 치맛바람 정말 문제야. 안 그래?"

"자기 회사 주식 값도 모르는 사장님이 더 문제예요."

"만약 내가 주식 값을 알았다면 여 비서를 만나지 못했을 거야."

"네, 고맙습니다. 불쌍한 백수 거두어주셔서."

비서와 사장이 아니라 마치 연인들처럼 귓속말을 나누는 두 사람에게 모두의 시선이 몰렸지만, 승은과 휘는 알지 못했다.

"안 앉아?"

두 사람만의 속닥거림 속에 짜증이 섞인 웅의 목소리가 끼어들었다. 그제야 휘와 승은은 자리를 찾아가 앉았다. 휘는 웅의 옆 자리에 앉고, 승은은 가정부 아줌마가 가지고 오신 의자를 테이블

끝자리에 놓고 조심스럽게 앉았다.

"안녕하세요. 제 소개할 차례죠? 영진그룹 디자인팀 팀장, 강신영이라고 합니다."

여자의 이름을 듣고 가장 놀란 사람은 승은이었다.

어라? 실장님은 서씨인데, 이 여자는 강씨잖아. 여동생이 아니었어? 그럼 누구야?

"네, 그런데 가족도 친구도 아닌 분이 이 자리에는 어떻게 끼신 거죠?"

휘는 신영에게 물은 것이었는데, 대답을 한 건 웅의 어머니였다.

"내가 우리 아들 소개시켜 준다고 꼬셔왔다. 왜! 불만있어?"

어머니의 말에 놀라 승은이 고개를 쳐들고 대각선에 앉아 있는 웅을 쳐다보았다. 웅도 승은을 쳐다보고 있었다. 놀란 시선과 무덤덤한 시선이 마주쳤다.

"어머니는 왜 또 저한테 날을 세우세요. 저, 웅이 친구예요. 친구를 아들처럼. 모르세요?"

"됐어! 너 같은 아들 딱 싫거든."

"전 우리 어머니보다 어머니가 더 좋은데요."

"하긴, 내가 오 여사보다 조금 더 미모가 되기는 하지?"

식사 중 이야기를 하는 사람은 거의 웅의 어머니와 휘였다. 간간히 신영이라는 여자가 끼어들어서 말을 하기도 했다. 그동안 웅과 승은은 열심히 식사만 하였다. 간간이 웅과 시선이 마주치기도 했지만, 승은은 그럴 때마다 후다닥 시선을 밥그릇으로 내려 버렸다. 분명 맛있어 보이는 요리인데 무슨 맛인지 알 수가 없었다.

"그런데 우리 아들 생일에 둘 다 빈손으로 온 거야? 선물 없어?"

어머니의 입에서 나온 선물이라는 소리에 놀란 승은은 그만 젓가락에 들고 있던 김치를 치마 위에 떨어뜨려 버리고 말았다.

"어머! 여자가 조심스럽지 못하게 왜 그래요? 아줌마! 좀 와 보세요."

웅의 어머니가 쯧쯧 혀를 차며 승은을 쳐다보자 승은은 정말 쥐구멍에라도 찾아서 들어가고 싶었다.

승은은 죄송하다고 말하고 더러워진 치마를 깨끗하게 닦기 위해 가정부 아줌마의 안내를 받으며 욕실로 갔다.

탁! 욕실 안에 혼자 남게 되자, 승은은 문에 기댄 채 스르륵 바닥으로 주저앉아 갔다.

"괜히 왔어."

웅의 어머니도 신경 쓰이고, 신영이라는 여자도 신경 쓰이고, 무엇보다 웅이 가장 신경 쓰였다. 쉽게 생일 축하한다는 말도 꺼낼 수가 없었다. 별로 옛날보다 야단치는 게 더 심해진 것도 아닌데, 요즘 들어 어쩐지 더 그가 신경 쓰이고 있었다. 웅의 말 한 마디, 시선 한 번에 온몸의 신경이 날카롭게 반응했다. 그게 오늘은 더 심했다. 그저 시선 몇 번 마주친 것뿐인데, 한 시간 내내 야단을 맞은 것처럼 너무 피곤하였다. 그냥 이대로 가버릴까 하는 생각이 들었다. 승은이 지금 사라진다고 해서 신경 쓰는 사람은 아무도 없을 것이다. 어차피 승은이 제대로 알아들을 수 없는 이야기들만 하고 있으니까.

승은은 조심스럽게 욕실 문을 열었다. 부엌에서 무언가를 하는 가정부 아줌마의 뒷모습이 보였다. 그리고 아무도 없는 것 같았다. 승은은 부엌 옆에 있는 현관문을 쳐다보다 결심을 하고는 조심스럽게 발을 떼었다.

열심히 현관으로 걸어가는데, 들어올 때는 눈에 띄지 않았던 사진들이 눈에 들어왔다. 웅의 어린 시절 사진들이었다. 승은은 발을 돌려 사진들 앞으로 걸어갔다. 대부분 상을 타고 있는 모습의 사진이었다. 아마도 자랑을 하고 싶어 어머니가 진열해 놓으신 건가 보다. 상을 받을 때조차도 뚱한 얼굴로 있는 웅의 사진을 보고 승은은 피식 웃고 말았다.

"진짜 곰답다."

"뭐?"

갑자기 뒤에서 들린 웅의 목소리에 화들짝 놀라 승은은 어깨를 움찔했다. 조심스럽게 고개를 드니, 웅이 그녀를 내려다보고 있었다. 또 죄송하다는 말이 나올 것 같아, 승은은 입술을 깨물었다.

"생일, 축하드려요."

죄송하다는 말 대신 축하한다는 말을 꺼냈다.

하지만 웅은 아무 말 없이 승은을 내려보고만 있었다. 그의 시선 때문에 또 가슴이 답답해 왔다. 차라리 처음처럼 야단이라도 치는 게 더 편할 것 같았다. 저런 말없는 시선에는 아무런 대책이 없었다. 하아, 참고 있던 숨이 버거워 승은은 가는 숨을 뱉어냈다. 그녀의 한숨에 웅의 시선이 깊어졌다.

"장미가 시들었어요."

웅이 난데없이 장미 이야기를 꺼냈다.

"장미요?"

"네. 그래서 버렸는데……."

승은은 웅을 빤히 올려다보다 조심스럽게 물었다.

"그럼 제가 새로 가져다 드릴까요?"

웅은 잠시 생각을 하듯 입을 꾹 다물었다가 다시 열었다.

"네. 그렇게 해줘요."

웅의 대답에 절로 미소가 지어졌다. 승은이 환하게 웃으며 말했다.

"네, 매일 아침 가져다 드릴게요."

굉장히 기뻤다. 자신이 가져다준 장미를 웅이 신경 써줬다는 것이.

그래서 넘쳐 나오는 미소를 숨길 수 없었다. 하얀 이가 모두 보이고 눈이 하현달이 되도록 승은은 웃었다. 그런데 아까보다 웅의 얼굴이 더 가까이 있는 듯한 착각이 일었다. 하지만 그건 착각이 아니었다. 웅이 가까이 다가오고 있었다. 다른 곳도 아니라 그녀의 얼굴에 점점 그의 얼굴이 내려왔다. 하현달이던 승은의 눈이 점점 커져 보름달로 변했다. 크게 떠진 승은의 눈 안에 점점 웅의 얼굴만이 가득 차왔다. 가까이서 본 웅의 두 눈은 밤하늘보다 더 짙은 블랙이었다. 그 깊은 흑빛에 빠져 왜? 라는 질문도 안 나왔다.

숨결, 그의 숨결이 코끝을 간질일 때, 승은은 그대로 주저앉아

버릴 것만 같았다. 긴장감이 버거워 가슴이 오르락내리락 가쁘게 숨을 내쉬었다. 코와 코가 부딪치는 순간, 승은은 질끈 두 눈을 감고 말았다. 바로 입술 위에서 그가 느껴졌다. 금방이라도 다가와 그녀를 완벽하게 차지할 것 같은 그 존재감에 모든 감각이 날카롭게 곤두섰다. 웅이 조금이라도 건드리면 그대로 터져 버릴 것 같았다.

"웅아! 왜 이렇게 늦어? 뭐 하니!"

순식간에 입술을 간질이던 숨결이 사라졌다. 그리고 우주보다도 컸던 존재감도.

발걸음 소리가 들렸다, 승은에게서 멀어지는.

승은은 조심스럽게 눈을 떴다. 웅은 이미 가고 없었다. 승은은 손을 들어 조심스럽게 자신의 입술을 쓸었다. 키스를 한 건 아니지만, 어쩐지 입술보다 더 큰 걸 빼앗긴 기분이었다.

"우와! 여 비서, 술 잘하네."

와인을 계속해서 마시는 승은을 신기한 듯이 보며 휘가 말했다. 승은은 어색하게 웃으며 마시던 와인 잔을 내려놓았다.

"생각보다 맛있어서."

사실 맛이 어떤지는 알 수도 없었다. 그저 웅과 시선이 마주칠 때마다 어찌할 바를 몰라서 자꾸 술잔에 손이 가는 것이었다.

"와인도 많이 마시면 취해. 여 비서, 술주정 안 해?"

"글쎄요, 취할 정도로 마셔본 적이 없어서 모르겠는데."

또 웅과 시선이 마주쳤다. 승은은 다시 술잔을 들어 올렸다.

제발 그만 쳐다보세요. 감당이 안 된다고요.

대책없이 마시다 보니 결국 그 자리에서 술을 가장 많이 마신 사람은 승은이 되었다. 시간이 늦어 모두 돌아가게 되었을 때, 승은은 힘겹게 자리에서 일어났다. 비틀거리는 승은에게 두 남자의 손이 뻗어왔다. 자신의 양팔을 잡아준 두 남자에게 승은이 배시시 웃음을 날렸다.

"아! 고맙습니다."

술에 취해 제대로 걷지도 못하는 승은을 보며 어머니가 혀를 찼다.

"여자애가 자기 주량도 조절 못하면 어떻게 해!"

자기 아들 때문에 그렇게 된 것도 모르고 어머니는 승은만 나무랐다.

"아직 어려서 그런가 봐요. 봐주세요, 어머니. 승은 씨! 오늘 만나서 반가웠어요. 다음에 또 봐요."

신영이 승은의 편을 들어주었지만, 승은은 불만만 가득한 표정으로 신영을 쳐다보았다.

"싫어요! 당신 또 보기 싫어."

대놓고 보기 싫다고 말하는 승은의 진심 어린 술주정 때문에 그 자리에 있던 모든 사람이 순간 할 말을 잃어버렸다.

"아! 저흰 이만 가보겠습니다. 다음에 뵐게요."

혹시라도 승은이 또 말실수할까 봐 휘가 승은을 아예 안다시피 들어서는 마지막 인사를 했다. 휘가 선수를 쳐서 승은을 데리고 나가자 웅도 그 뒤를 따라갔다.

"저도 가요."

두 남자가 술 취한 승은을 데리고 바람처럼 나가 버리자, 어머니와 신영은 잠시 어이없다는 듯이 현관문만 쳐다보았다.

"내 차에 태워!"

웅이 자신의 차 문을 열며 휘에게 승은을 넘길 것을 강요했다. 오늘의 맞선녀인 신영에게는 말 한마디 건네지 않았으면서 승은은 몸뚱이째 가져가려는 웅을 휘는 탐색하듯 쳐다보았다. 이 순간은 마치 아버지가 된 심정으로.

자네, 내 여 비서를 왜 달라는 건가?

"내 비서야. 그런데 왜 네 차에 태워?"

"너도 술 많이 마셨잖아! 난 한 잔밖에 안 마셨어!"

그러니까 자신의 차가 더 안전하다는 것이었다. 그런데 그때 끝난 줄 알았던 승은의 술주정이 다시 시작되었다. 갑자기 눈물을 뚝뚝 흘리며 웅을 쳐다보았던 것이다.

"죄송해요, 실장님. 저 선물 준비 못했어요. 아무리 생각을 해 봐도 뭘 사야 할지 알 수가 없었어요."

"됐어! 여 비서는 조용히 해! 황보휘! 내 차에 태우라고!"

"나 안 취했어!"

"흐흑! 돈이 없었어요. 죄송해요. 제가 너무 가난해서. 그렇다고 원조 하자는 아저씨 따라가서 돈 벌 수는 없잖아요."

"뭐? 원조?!"

원조라는 소리에 웅은 험악한 얼굴로 소리쳤고, 휘는…….

"음! 분명 승은을 고등학생이라고 생각했을 거야. 원조는 어릴

수록 비싸다고. 그러니까 무조건 어린 척하는 게 좋아.”

퍽! 웅은 발로 휘의 옆구리를 차버리고는 승은을 빼앗아서 자신의 차 뒷좌석에 태웠다.

“여 비서, 괜찮아요?”

휘를 따돌리고 승은만을 태우고 차를 몰고 가며 웅이 뒷좌석에 누워 있는 승은이 괜찮은지 확인하려고 물었다. 하지만 승은은 대답이 없었다. 룸미러로 힐끗 보니 승은은 미동도 없이 뒷좌석에 쓰러져 있었다. 웅은 갓길에 차를 세우고 몸을 돌려 뒷좌석을 봤다. 승은은 잠이 든 듯 꿈적도 하지 않았다.

웅은 바로 승은을 깨우지 않고, 잠이 든 승은을 물끄러미 바라만 보았다. 화장기 없는 얼굴이 스물다섯 살이라고 하기에는 너무 앳되었다. 술기운 때문인지 뺨이 분홍빛으로 물들어 있었다. 그 빛깔이 너무 유혹적이라 웅은 손을 뻗어 조심스럽게 그녀의 볼을 만졌다. 그녀를 볼 때마다 궁금했었다. 그녀를 만지면 어떤 느낌일지, 어떤 감각일지.

살짝 닿기만 한 건데, 손끝에서 사그라지는 그 잔혹한 부드러움에 머리끝까지 저릿해져 왔다. 웅은 그대로 손을 내려 승은의 붉은 입술을 쓸었다. 작게 타오르던 불꽃은 순식간에 온몸을 태울 정도로 치솟아 올랐다. 욕망이 잔인한 동물이 되어 웅을 덮쳐 왔다.

결국 욕망인 건가?

만약 그런 거라면 죽을 때까지 그냥 참고 싶었다. 그저 키스하

고 자고, 단지 그런 육체적인 관계를 맺기에 그녀는 너무 순수했
다. 그건 결국 자신의 손으로 그녀의 순수를 망가뜨리는 일이 될
것이었다.

그렇게 된다면 웅은 평생 자신을 용서할 수 없을 것 같았다.

열정 속의 냉정, 그건 날카로운 칼이 되어 웅의 심장을 찔러왔
다. 생경한 감정의 침략을 당한 웅은 속수무책으로 자신의 심장을
내주었다.

승은이 잠에서 얼핏 깨어났을 때는 벌써 자신의 집 앞이었다.
차 안에는 승은 혼자뿐이었다. 승은은 자신이 타고 있는 차가 당
연히 휘의 차인 줄 알았는데, 휘가 몰고 다니는 스포츠카가 아니
었다. 승은은 창밖으로 고개를 돌렸다. 낯익은 커다란 뒷모습이
차에 기대 담배를 피우고 있었다. 자신을 데려다 준 사람이 휘가
아니라 웅이라는 걸 깨닫고 승은은 놀란 표정을 지었다. 승은은
차 문을 열고 밖으로 나가서 웅에게 꾸벅 고개를 숙여 인사했다.

“데, 데려다 주셔서 고맙습니다.”

쑥스럽고, 부끄럽다. 그에게 자는 모습을 보였다는 게.

“그냥 깨우지 그러셨어요. 오래 기다리셨어요?”

웅은 반밖에 피우지 않은 담배를 바닥에 떨어뜨려 구둣발로 비
벼서 껐다. 담뱃불은 힘없이 마지막 불빛을 꺼뜨렸다. 그리고 고
개를 들어 웅이 그녀를 똑바로 쳐다보았다. 그 정직한 시선에 승
은은 마음이 수줍어졌다. 그의 집에서 연인처럼 가까이 다가오던
그가 생각나 얼굴이 달아올랐다. 술기운이 아니라 순수한 열이 몸
의 체온을 높였다.

“미안해요.”

그런데 그가 사과를 한다. 웅이 자신에게 사과할 일이 뭐가 있지?

“다시는 그런 일 없을 겁니다.”

말간 눈으로 웅을 올려다보던 승은의 두 눈이 점점 굳어져 갔다. 그는 그저 사과를 한 것인데 꼭 그녀를 자책하는 말같이 들려왔다.

딴 맘먹지 말라고.

승은의 입에서 어색한 웃음이 떨리며 흘러나왔다.

“하하, 아, 아니에요. 사과하실 필요 없어요.”

말없는 웅의 시선이 그렇게 말하고 있는 듯했다.

넌 나에게 아무것도 아니라고.

하하하. 역시, 그런 거지. 그렇지. 그래야 정상이지.

어색하게 웃고만 있던 승은은 간다는 인사도 없이 발걸음을 돌려 자신의 집으로 걸어갔다. 가버리는 승은의 뒷모습을 복잡한 시선으로 쳐다보고 있던 웅도 몸을 돌려 차 문의 손잡이를 손으로 잡았다. 달칵, 문을 열며 포기했다.

됐어. 이걸로 끝이야.

쾅!

모든 게 허무하게 사그라지는 순간, 갑자기 폭탄이 터지는 소리가 들리더니 캄캄한 밤하늘에 오색찬란한 불꽃이 피어올랐다. 불꽃은 한 발이 아니었다. 정신없이 터져 나왔다. 그 몽환적이고 신비로운 빛의 집합은 화려하게 피어올랐다 허무하게 사라져 갔다.

승은과 웅은 놀라서 밤하늘의 불꽃을 쳐다보았다.

아름다움에 저도 모르게 웃음이 나왔다. 그녀도 좋아하겠구나 생각하며 고개를 돌렸는데, 승은이 울고 있었다. 울면서 불꽃놀이를 보고 있던 승은은 웅의 시선을 느끼고 황급히 몸을 돌려 집으로 뛰어갔다. 가방을 뒤지며 열쇠를 찾았다. 하지만 열쇠는 나오지 않고, 자꾸 물건들이 바닥에 떨어져 내렸다. 수첩이 떨어지고, 손수건이 떨어지고, 화장품이 떨어지고. 승은은 손으로 흘러내린 눈물을 한 번에 닦아내고, 겨우 찾은 열쇠를 열쇠구멍에 꽂았다. 이제야 열린 문 안으로 빨리 도망가려고 하는데, 열리는 현관문을 세게 닫아버리는 손길이 있었다.

고개를 드니 웅이다. 그가 왜 다시 왔는지 모르겠다.

"왜 울어?"

아무것도 아니라고 자기 입으로 말했으면서, 착각하지 말라고 자기가 그랬으면서.

승은은 또다시 흐르는 눈물을 채 닦아내지 못하고 그를 원망스런 눈으로 올려다보며 말했다.

"알 거 없으시잖아요."

그가 미웠다. 결국 이럴 거면서 자신에게 친절한 모습을 보여주고, 착각하게 하고, 설레게 하고, 그리고 이렇게 아프게 만든 그가 이 순간 정말 미웠다.

불꽃은 여전히 아름답게 터져 올랐다. 그리고 웅의 손길이 내려와 승은의 눈물을 닦아주었다. 승은은 얼굴을 돌리며 그의 손길을 피했다. 그러자 그의 커다란 손이 아프게 그녀의 어깨를 붙잡고 돌려 세웠다. 승은은 자신을 붙잡고 있는 손을 밀어내려고 하였다. 하지만 웅의 손에는 더욱더 힘이 들어갈 뿐이었다.

어깨의 통증에 아파하기도 전에 웅이 승은의 뺨을 두 손으로 감싸고서 단단히 고정한 다음 그녀의 입술을 훔쳤다.

키스는 타는 듯한 사막 위에 서 있는 느낌이었다. 숨이 막힐 것 같은 갈증에 허덕이며 승은의 입술을 가졌다. 파르르 떨려오는 그녀의 떨림까지 모두 가져가 버렸다.

웅이 입술을 떼었을 때, 둘 다 거친 호흡을 힘겹게 내뱉으며 아무 말도 하지 못했다. 웅도, 승은도 이 예기치 못한 키스에 불가항력이었다. 승은이 혼란스런 눈으로 웅을 올려다보며 물었다.

"왜……?"

하지만 웅은 대답 대신 다시 다가왔다. 이번에는 천천히, 그녀의 입술을 음미하듯 쳐다보며. 파르르, 승은의 눈꺼풀이 불가항력에 끌려 감겨졌다.

키스는 깊은 밤보다 내밀하고 불꽃보다도 뜨거웠다.

대답이 없는 웅의 핸드폰에 휘가 음성 메시지를 남기고 있었다.

[하하! 내 선물 잘 보고 있냐? 이번에는 싫어도 돌려주지 못하게 받자마자 사라지는 걸로 준비했다. 근사하지?]

불꽃은 그렇게 화려하게 피어올랐다.

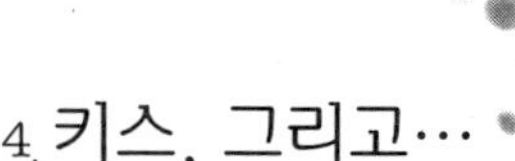

키스를 했다.

아침에 눈을 뜨자마자 생각나는 말은 그 말밖에 없었다. 승은은 거울에 비친 부스스한 자신의 모습을 한참이나 멍하니 바라보았다.

키스를 했다.

술에 취해 자신이 유혹한 건지, 아니면 웅이 먼저 다가왔던 건지 기억이 정확하게 안 난다. 그저 선명하게 기억나는 건 입술의 감촉, 생각했던 것보다 너무 부드러웠었다. 기억을 더듬으며 조심스럽게 자신의 입술을 손가락으로 쓸던 승은은 점점 얼굴이 불타오르더니, 이불을 뒤집어쓰고 비명을 질러댔다.

"까아아아아아아악!"

어떻게 해! 직장상사와 키스를 했다!

제정신이 아닌 상태에서 출근 준비를 하고 나온 승은은 언제나처럼 꽃집까지 들렸다. 이건 이성이 하는 일이 아니라 그저 반복적인 생활패턴이 가지고 온 승리였다.

"괜찮으세요?"

장미를 사는 승은의 손이 너무 심하게 떨리자 꽃집 주인이 걱정스러운 눈으로 쳐다보며 물었다. 승은은 억지로 웃으며 대답했다.

"네, 괜찮아요."

땡그랑! 손이 너무 떨려 그만 동전을 떨어뜨리고 말았다. 꽃집 주인이 괜찮다며 직접 주워주었다.

이제 이 꽃을 들고 웅의 사무실에 찾아가야 하는 것이다. 그래야 했다. 약속을 했으니까. 그건 키스와 별개의 일이었다. 그러니까 꼭 가야 했다.

절대 마주치지 말기를.

평소보다 한 시간이나 일찍 온 회사였다. 분명 웅은 회사에 없을 것이다. 그렇게 생각하며 승은은 평정심을 유지했다.

달칵! 웅의 사무실 문을 여니 아침 햇살이 부서져 내리고 있었다. 승은은 조심스럽게 웅의 사무실 안으로 들어섰다. 빈 꽃병에 새로 물을 떠와서 방금 꽃집에서 사 온 장미 세 송이를 꽂아놓았다. 그리고 싱싱하게 보이게 분무기로 물도 뿌려주었다.

아! 예쁘다.

장미가 너무 예뻐 승은은 미소를 지었다. 행복했다. 이 예쁜 장미를 보며 예쁘다고 생각해 줄 그가 있다는 것이.

키스를 했다. 계속 신경 쓰이던 그 사람과……

눈을 뜬 웅은 당황스러웠다.

몸이, 몸이 너무 무거웠다. 놀라서 고개를 드니, 술이 떡이 된 휘가 자신의 배 위에서 자고 있었다.

"야, 이 자식아! 왜 남의 집에 함부로 들어오는 거야!"

버럭 화를 내며 흔들어 깨워보지만 휘는 절대 일어나지 않았다. 결국 웅은 한참을 씨름한 후에야 겨우 휘의 아래에서 빠져나올 수 있었다. 십오 년 동안 알고 지내는 괴물 같은 녀석 밑에 깔려 자는 건 절대 유쾌한 일이 아니었다. 침대에서 빠져나오자마자 웅은 샤워실로 갔다. 옷을 다 벗고 샤워기 앞에 섰는데, 몸에서 자신의 것이 아닌 향기가 났다. 팔을 들고 향을 맡아보니, 어제 승은에게 맡았던 화장품 냄새였다. 그 향이 아직도 배어 있다는 게 신기했다. 웅은 자신의 몸에 남아 있는 승은의 향기를 깊게 흡입했다.

그러고 보니 키스를 했었다.

하아! 깊게 한숨이 터져 나왔다.

이제 어떤 얼굴로 보지?

그냥 잊는다고, 참는다고 했으면서 고작 눈물 몇 방울에 손을 대버리다니. 결국 자신은 휘의 말대로 곰 한 마리였던 것이다. 자신에 대한 분노와 함께 아직도 입가에 남아 있는 키스의 뜨거움이 같이 올라왔다.

웅은 고개를 돌려 자신의 침대를 차지하고 자고 있는 휘를 쏘아보았다.

이게 모두 저 녀석 때문이다.

하지만 승은에 대한 관심도, 승은에게 먼저 키스한 것도 모두 웅의 의지였다. 웅은 차가운 타일 벽에 이마를 가져다 대고 깊게 생각에 빠졌다.

이제 정말 어쩌지?

"웅아, 나 물."

문밖에서 휘의 다 죽어가는 목소리가 들려왔다. 웅은 못마땅한 듯 굵은 눈썹을 찌푸릴 뿐이었다. 차가운 물줄기에 자신을 내맡긴 채 웅은 한참이나 움직이지 않았다.

"우리가 같이 출근하는 날이 오다니, 우리 회사 망하려나 보다."

휘와 같이 회사로 가는 길, 운전을 하는 휘가 아침 인사라고 꺼낸 말이다. 아침부터 재수없는 소리만 해대고. 어쩐지 하루의 시작이 너무 불안했다.

"네가 왜 우리 집에서 잔 거야?"

"응? 기억 안 나? 네가 같이 술 마시자고 했잖아."

"내가 그랬어?"

승은의 집에서 돌아와 혼자 술을 꺼내 마셨던 기억은 있었다. 아마 그 뒤로 조금 취한 뒤 휘를 불렀나 보다.

"혹시…… 내가 무슨 소리 했어?"

조심스럽게 휘에게 묻는데, 휘는 웃기만 했다. 그러니까 더 불안했다. 하지만 신경 끄기로 했다. 신경 쓰면 더 골치 아프기만 할 것 같았다. 그냥 잊어버린 척하면 그대로 잊혀진 채 지나갈 것이다. 제발 그러길.

"우리 점심 같이 먹을까?"

아침에 같이 출근하는 것도 불안한데 점심까지?

"싫어!"

"여 비서랑 같이 먹을 건데?"

담배를 꺼내 물던 웅은 놀라서 고개를 돌렸다. 웅은 입에 물었던 담배를 빼내며 다시 조심스럽게 물었다.

"너 다 알고 있지?"

"으흐흐흐흐."

십오 년을 알아온 친구 놈이 귀신 웃음소리를 낸다. 정말 내다 버리고 싶다.

웅으로서는 조금 늦은 출근이었지만 휘에게는 굉장히 바람직한 출근 시간이었기에 휘를 본 사람들마다 한 마디씩 했다.

어머! 사장님, 일찍 오셨네요. 사장님, 좋은 아침, 사장님. 무슨 일 있으세요?

"그럼 간다."

웅이 먼저 엘리베이터에서 내렸다. 휘가 사장실로 올라가며 한 마디 했다.

"여 비서에게 전할 말 있어?"

"없어!"

앞으로 절대 다시는 휘와 출근하는 일은 없어야겠다고 다짐했다. 조용한 그의 아침이 휘에 의해 완전히 망가지고 있었다.

웅은 뒤도 돌아보지 않고 걸어가 사무실 문을 열었다. 사무실에

들어서자 가장 먼저 눈에 띈 건 책상 위에 놓인 빨간 장미꽃이었
다.

"네, 매일 아침 가져다 드릴게요."

승은이 다녀간 흔적이었다. 웅은 책상 앞으로 걸어가 습관처럼
장미 꽃잎을 손으로 조심스럽게 만졌다. 부드럽고 가날픈 감촉,
하지만 그녀의 피부가 더 부드럽고, 더 따뜻했다. 손끝에 여전히
그녀의 감촉이 남아 있는 것 같았다. 웅은 그대로 가볍게 주먹을
쥐었다.
　결국 키스를 해버린 것이다. 계속 신경 쓰이던 그녀에게…….

"뭐?"
　승은은 당황스런 전화를 받았다. 제주도에서 온 전화였는데, 친
구가 결혼을 한다고 했다. 정말 생각도 못해본 전화를 받은 승은
은 한동안 아무런 말도 할 수 없었다.
　학교 때 친한 친구였는데, 졸업하고 한 번도 연락이 닿지 않던
친구였다. 교복 입은 모습이 마지막 기억인 그런 친구가…… 이제
는 웨딩드레스를 입는단다.
　"결혼식?"
　휘에게 말했더니 굉장히 놀란 듯 눈을 동그랗게 떴다.
　"네."
　"우와! 축하할 일이네. 축하해."

내가 결혼하는 것도 아닌데, 무슨 축하는.

제주도라서 하루 만에 다녀오기는 무리가 있어서 휴가를 이틀 정도 받았다. 몇 시 비행기를 예약할까 고민하는데, 휘가 갑자기 환하게 웃으며 이렇게 말했다.

"아! 나도 같이 갈까?"

"네?"

"이야! 제주도 가본 지도 오래됐거든. 해변도로 진짜 좋지. 간만에 해변도로 달리고 싶다."

시속 200㎞로 미친 듯이 달리고 싶다는 뜻이다. 휘는 스피드광이었다.

"정말 가신다고요?"

"그래, 나도 갈 거야. 표 두 장 예약해. 같이 갔다가 같이 돌아오자."

"지, 진짜 가신다고요?"

"응."

휘는 진짜 볼 일이 있는 승은보다도 더 확고히 대답했다. 부자가 제주도 여행 가는 거야 그리 대단한 일은 아니었다. 그런데 이상한 건 왜 하필 승은이 제주도에 가게 되었을 때 같이 가려는 것인가였다. 승은은 조심스럽게 휘에게 물었다.

"왜 저랑 같이 가시려는 건데요?"

승은의 질문에 휘가 장난스럽게 웃으며 말했다.

"승은이랑 같이 가야 웅이 잡으러 못 올 테니까."

딸꾹.

웅이라는 이름에 승은은 더 이상 휘에게 따져 묻지도 못하고 그대로 도망치듯이 사장실을 나와 버렸다.

정말 황보휘의 저런 점은 시간이 가도 쉽게 적응되지 않는다. 하긴 십오 년 지기 친구인 웅도 적응 못했으니, 이제 몇 개월 그의 밑에 있는 승은이 적응한다는 건 무리가 있었다.

〈나 여 비서랑 제주도 놀러간다. 우릴 찾지 마. —휘.〉

다음날 아침 웅은 아주 황당한 문자를 하나 받고 한참이나 침대 위에서 움직이지 못했다.

이 자식이 뭐라는 거야?

어이없는 농담으로 생각하고 회사에 출근했는데, 더 어이없게도 승은과 휘, 둘 다 나오지 않았다. 문제는 워낙 단독 행동이 많은 사장실이라 두 사람이 어디 갔냐고 회사에 물어볼 사람이 없다는 것이다. 결국 웅은 휘에게 전화를 했다.

"어디야?"

[공항.]

"거짓말이든 진담이든 당장 돌아와."

[안 돼. 그럼 결혼식 늦어.]

"결혼식?"

[응. 승은이 친구 결혼식.]

"그런데 네가 왜 가?"

이런 염병할 오지랖이 있나! 비서 친구 결혼식에 지가 왜 동행을 한단 말인가!

[가고 싶으니까.]

웅은 소용없는 곳에다 버럭 소리를 지른 것이었다. 휘는 전혀 들은 척도 하지 않았다.

"야! 황보휘! 여 비서 바꿔!"

[아참, 그거 알아? 부케 받으면 육 개월 내로 결혼해야 한대.]

"헛소리 말고 바꿔!"

잠깐 기다리고 있으니까 전화기 반대편에서 다시 휘의 목소리가 들려왔다.

[비행기 출발할 시간이라서 전화 못 받겠대. 네 전화번호 가르쳐 줄게. 승은이 너한테 다시 전화할 거야. 기다려.]

"뭐? 당장 바꿔! 난 회사 상사야!"

[그래서 네가 회사 상사라서 바꿔달라고 한 거였어?]

화를 내던 웅은 말문이 턱 막혀 버렸다.

[그런 게 아니라면 기다려. 그게 그녀에 대한 예의야.]

너 이놈! 감히 그런 말을!

"너나 돌아와! 그게 회사에 대한 예의야!"

[싫어!]

"야!"

전화는 그대로 끊겨 버렸다. 웅은 싸우다 그대로 패한 것처럼 순간 기운이 쭉 빠졌다.

멍한 시선으로 앞에 놓인 장미를 처다보는데, 장미 잎에 맺힌 물기가 눈에 들어왔다. 웅은 손을 뻗어 장미 잎을 만져 보았다. 물

기가 남아 촉촉했다. 누군가 아침에 웅의 사무실에 들어왔던 것이
다.

"네, 매일 아침 가져다 드릴게요."

정말 성실하다고 해줘야 하나. 휴가인 날에도 나와서 새 장미꽃
으로 바꿔놓고 가다니. 이건 우렁각시가 아니라 우렁비서다. 매일
장미꽃을 들고 나타나는.
즐거운 마음으로 장미꽃을 쳐다보던 웅의 표정이 순간 움찔했
다.
그런데 꽃은 남자가 여자한테 주는 거 아냐?

"오! 이 싱그러운 공기!"
비행기에서 내리자마자 휘는 제주도의 공기를 마음껏 들이마시
며 즐거워하였다. 승은은 휘의 옆에 와서 서며 조심스럽게 물었
다.
"호텔 잡아드려요?"
"아니, 여 비서 집에서 잘 거야."
네? 우리 집?
"자! 갑시다! 즐거운 시간 이곳에서 버릴 수는 없지."
"저기, 사장님! 다시 생각해 보세요. 저희 집 엄청 낡았어요. 욕
실이랑 화장실도 밖에 있고, 침대도 없고, 방도 좁고. 밥도 된장국
이랑 나물들뿐이에요. 그냥 호텔에서 머무시는 게……."

하지만 휘는 전혀 승은의 말을 듣고 있지 않았다.

"우선 렌트카 빌리는 곳에서 렌트카 빌리고 그거 타고서 승은이 집 가자. 남제주군이라고 했지? 그럼 조금 달려야겠네."

"네? 사장님 운전하는 차를 타라고요?"

시속 200㎞의 공포가 다시 살아나 승은의 얼굴이 겁에 질렸다.

승은이 사고를 냈던 부천 콘서트 날, 돌아오는 길에 휘의 차를 탔다가 승은은 그대로 황천길을 가는 줄 알았었다. 승은과 웅이 우울해 보여 좀 달렸다는데, 그건 승은을 두 번 죽이는 일이었다.

"제주도는 차가 안 막혀서 아주 좋아! 가자, 승은."

"저기, 사장님. 택시! 택시 엄청 많아요. 택시 타요."

"안 돼. 난 택시 알레르기가 있어."

"그딴 게 어디 있어요!"

제주도에 내린 순간부터 승은은 휘에게 질질 끌려가고 있었다. 분명 돌아갈 때까지 이럴 것이다. 어떻게든 호텔로 보내 버리고 싶은데, 절대로 승은의 집으로 갈 태세이다.

"까아아아악! 사장님! 살려주세요!"

집으로 달려가는 차 안에서 승은은 조수석에서 벌벌 떨며 휘에게 차 속도를 줄여달라고 사정했지만, 휘는 전혀 들어주지 않았다. 오히려 속도를 더 올리며 이렇게 말한다.

"걱정 마! 절대 죽지는 않을 테니까."

무서워 죽겠다고요! 으아아앙! 누가 나 좀 살려줘! 실장님!

휘가 운전하는 차를 타고 고향 동네에 도착하니 완전히 파김치가 되어버렸다. 친구 결혼식에 참석하는 일이 이렇게 힘든 일이 되어버리다니.

집에 가니 승은의 어머니가 마당에 앉아 바다에서 건진 미역을 말리고 계셨다.

"엄마."

승은이 어머니를 부르자 일을 하던 어머니가 돌아보셨다. 까맣게 탄 얼굴이 금세 놀라신다.

"육지에 이서야 할 애가 여기 어떵 이신 거냐?"

"주연이 결혼한다고 해서 잠깐 내려왔어."

"그럼 전화를 하지. 밥이라도 해놓을 건데."

"괜찮아, 배 안 고파. 사장님도 배 안 고프죠?"

승은이 고개를 돌려 뒤에 서 있는 휘를 보며 물었다. 신기한 눈으로 열심히 주위를 둘러보던 휘가 바로 고개를 끄덕였다.

"네, 배고픕니다."

전혀 안 듣고 있었군. 하여튼.

"세상에! 곱게도 생겼네. 누군디?"

어머니가 휘를 보시고 놀라시며 승은에게 물었다.

"우리 사장님. 내가 제주도 간다니까 관광하신다며 같이 오셨어."

"아이고! 사장님이우꽝! 반갑수다. 제가 승은이 애미 되는 사람이우당. 승은이 잘 부탁드리우당."

어머니는 패랭이 모자를 벗으며 휘에게 몇 번이나 인사를 했다. 휘도 덩달아 같이 인사를 했다.

"아뇨. 제가 오히려 신세지고 있습니다."

휘가 집에서 자고 간다는 말을 듣자마자 어머니는 찬거리를 사신다며 하던 일도 그만두고 집 근처 장으로 달려가셨다. 그동안 승은은 휘를 빈방으로 안내했다.

"제가 작고 초라하다고 미리 이야기했죠? 불평하지 마세요."

"나 한 마디도 안 했다. 그런데 제주도에 대문이 없다더니, 정말 대문이 없네."

"작은 마을이니까. 도둑 들어도 훔쳐 갈 것도 없어요."

"여기서 낳고, 여기서 계속 산 거야?"

"네, 우리 아버지도 이 집에서 태어나셨어요. 그리고 쭉 지금까지 살고 있는 거예요."

"굉장하네. 그럼 매일 아침 저 바다를 보며 양치질했을 거 아냐?"

창 밖에 바로 보이는 바다를 바라보며 휘가 부럽다는 듯이 말했다. 휘 다운 표현에 피식 웃던 승은이 휘에게 물었다.

"바다 가보실래요?"

휘가 바다를 쳐다보다 꼭 소년처럼 웃으며 고개를 끄덕였다.

여름이 지난 바닷가는 한가로웠다. 휘는 맨발로 바닷가를 거닐었다. 차가운 바닷물이 계속해서 휘의 하얀 발을 때리고 도망갔다.

"이야! 이 바다가 승은이네 앞마당인 거네."

사실 그런 사치스런 생각은 별로 해본 적이 없었다. 매일 바다를 보고 살아서 집 앞에 바다가 있는 게 당연하고 그냥 평범한 일이 되어버렸다고 해야 하나. 하지만 서울에서 살면서 그게 얼마나 특별한 일인지 조금 깨달았다. 그래서 지금 휘의 부러움 섞인 말을 이해할 수 있었다.

"좋다."

행복해하는 휘의 모습이 보기 좋았지만 그 혼자 있는 모습이 조금 쓸쓸해 보여 승은이 말했다.

"다음에는 애인이랑 같이 오세요. 그럼 더 좋으실 거예요."

승은의 말에 휘가 놀란 표정을 지으며 고개를 돌렸다. 동그랗게 뜬 눈이 순진하게까지 보인다. 그런 휘에게 승은이 평소 궁금하던 질문을 했다.

"그런데 사장님, 제가 궁금한 게 하나 있는데요. 물어봐도 돼요?"

"그래, 물어."

"면접 볼 때요."

"응."

"왜 그런 질문 하신 거예요?"

"무슨 질문?"

"그거 있잖아요. 호텔방 질문."

"아! 호텔방!"

그랬었다. 승은뿐 아니라 다른 면접자에게도 똑같은 질문을 휘는 했었다.

"장난은 아니었던 거죠?"

"왜 그렇게 생각하는데?"

모두가 장난이라고 생각한 질문이었다. 그래서 웅에게는 얻어 맞았고, 부하직원들은 휘를 만만하게 보다 못해, 철없는 남동생 보듯 보았었다.

"어쩐지 그 질문이 제가 사장님 비서가 되는데 결정적인 역할을 한 것 같아서요."

휘는 웃으며 다시 바다로 시선을 돌렸다.

"아니, 장난 맞아. 그냥 장난친 거였어."

사실을 승은에게 말할 수는 없었다.

대학 시절 같은 과 절친했던 친구와 술을 먹고 내기를 한 적이 있었다. 내기의 시작은 친구가 먼저였다. 자신의 여자 친구를 휘에게 꼬셔보라고 했다. 휘는 당연히 장난으로 생각하고 그 내기를 받아들였다.

"나랑 호텔방 갈래?"

친구의 애인이 당연히 호호호 웃으며 장난치지 말라고 할 줄 알았다. 이 못된 녀석 하면서 때리려고 하면 도망갈 준비도 하고 있었다. 그리고 화를 낼 여자에게 모든 사실을 털어놓는 것이다. 사실 네 남자 친구가 시켰다고. 그러니까 못된 네 남자 친구 좀 실컷 때리라고. 원한다면 내가 좀 때려줄 수도 있다고. 휘는 처음부터 끝까지 장난이었었다. 그런데 여자의 대답은 너무도 쉽게 흘러나왔었다.

"응."

순간 휘의 눈에 들어온 건 홍조 띤 여자의 얼굴이 아니라 저 뒤에 숨어 있던 친구의 굳은 얼굴이었다. 친구는 처음부터 장난이 아니었던 거다. 여자 친구를 의심하고 휘를 이용한 것이었다. 아무리 그렇다고 해도 그 친구는 휘에게 이런 모욕적인 느낌을 가지게 할 권리가 없었다. 친구는 색이 빠진 자주빛 커튼 뒤에 숨어서 자신의 여자 친구를 원망하며 휘를 경멸 어린 시선으로 쳐다보았었다. 마치 모든 게 휘의 탓인 듯. 휘를 친구의 여자나 빼앗는 나쁜 놈으로 한순간에 만들어 버렸었다. 그날 이후 휘는 그 친구와 절교를 했다.

그때부터였던 것 같다.

선을 분명히 그어야 하는 여자와의 만남에서 처음에 그런 질문을 하게 된 건, 여자가 자신을 미친놈으로 보면 그건 통과였다. 하지만 여자가 조금이라도 동하는 표정을 지으면 그 여자를 쫓아내든가, 휘가 도망갔다.

그리고 여담이지만, 그 질문을 했을 때의 승은의 반응은 정말 신선했었다. 죽은 척이요 라고 말하며 벌벌 떨던 승은을 보며 휘는 자신의 오랜 친구 웅을 떠올렸었다. 과연 웅 앞에서 이 여자가 죽은 척을 하면 웅이 그냥 지나칠까, 아니면 다가가서 죽은 척한 걸 흔들어 깨울까, 그게 정말 궁금했었다.

"여 비서!"

휘가 승은을 부르자 조금 앞서 걷고 있던 승은이 뒤돌아보았다. 휘는 웃으며 승은에게 말했다.

"웅한테 전화해 줘."

휘의 말에 승은의 얼굴이 토마토처럼 새빨갛게 달아올랐다. 휘는 그런 승은의 얼굴을 보며 다행이라고 생각했다. 승은이 웅이라는 남자를 좋아하게 된 게. 그리고 승은이 휘라는 남자를 좋아하지 않는 게.

일 년 만에 집에 돌아온 딸은 승은이었지만, 어쩐지 저녁 밥상 분위기는 몇 년 만에 집에 돌아온 아들을 반기는 분위기였다.

"자자! 마셔! 술이 굉장히 세구만!"

아버지는 같이 술 대작을 할 사람을 만나 반가운지 계속해서 휘에게 술을 권하셨다. 그리고 워낙 술이 센 휘였기에 웬만큼 마시는 걸로는 취하지도 않았다.

"아버지! 그만 합써! 벌써 하영 마셨수다."

"하하하하하! 여 비서 사투리 오랜만에 듣네! 반갑습니다, 사투리 여사."

"사장님!"

"그런데 정말 사장이 맞으꽝? 아무리 봐도 회사 사장 안 같은디."

"제가 좀 예쁘게 생겼죠, 어머니?"

"아이고! 살갑기도 해라. 우리 애랑 사귀면 딱 좋겠네."

"이런! 그건 안 돼요. 여 비서는 이미……!"

"으아아아아악! 사장님, 엄청 취하셨어요! 그만 들어가서 주무세요!"

소란스런 밤이 지나고 다음날 아침에는 친구 결혼식에 가기 위해 승은은 아침 일찍 일어났다. 결혼식은 아침 열한 시였다. 승은이 정장을 입고 나오니, 휘도 정장을 쫙 빼입고 밖에 나와 있었다.

"사장님, 그러고 관광 다니시게요?"

"아니, 나도 결혼식 갈 건데."

"네에? 제 친구 결혼식에 사장님이 왜요?"

"어째서 웅과 똑같은 질문을 하는 거야? 잔말 말고 앞장서!"

처음부터 끝까지 그렇게 승은은 휘에게 휘둘려야 했다.

결국 그날 휘와 같이 결혼식에 간 승은은 신랑신부보다 더 눈길을 끌어 결혼하는 그 친구한테 엄청 미움을 받았다. 부조금도 많이 냈는데, 아마도 그녀는 절대 승은의 결혼식에는 안 올 것 같았다.

막 주례사가 끝나갈 때쯤 승은이 조용히 휘에게 말했다.

"제가 생각하기에는요."

"응? 뭐?"

"사장님은 무서운 여자를 만나셔야 해요."

"뭐?"

"사장님을 꼼짝 못하게 만드는 그런 무서운 여자를 만나세요. 아셨죠?"

"저주하는 거야?"

신랑신부를 축복하는 박수 소리가 터져 나왔다. 영원을 맹세하는 결혼식은 금세 끝이 났다. 마지막 결혼식 사진을 찍는 것으로 제주도 일정은 다 끝이 났다.

이제 돌아갈 시간이다. 웅이 있는 서울로.

서울에 돌아가는 공항에서 승은은 겨우 핸드폰을 꺼내 들었다. 휘에게 전해 들은 웅의 전화번호는 확실하게 기억하고 있었다. 하지만 선뜻 전화번호를 누를 수가 없었다.

그는 가까운 친구도 아니었고, 휘처럼 다정하고 편안한 사람도 아니었으니까. 관계를 따지자면 지금까지는 그저 회사 상사일 뿐이었다. 그것도 승은을 언제나 혼내기만 하는. 그런데 그 키스 한 번으로 변할 수 있을까? 어쩌면 그 키스는 그저 어쩌다 생긴 사고일지도 모른다. 그는 이미 후회하고 있는지도.

그런 생각이 들자 더 전화를 걸 용기가 없어졌다. 결국 승은은 문자를 찍기 시작했다.

〈지금 돌아갑니다. ─승은.〉

웅의 번호를 한자한자 누르는데 심장이 떨려왔다. 누군가에게 문자를 보내는 일이 이렇게 떨렸던 적은 처음이다. 그저 보고 같은 말일 뿐인데도. 엄청…… 설렌다.

문자를 전송하자마자 바짝 긴장했던 몸이 축 처졌다. 창밖으로 이제 막 활주로에 들어선 비행기가 보였다. 한눈에 모두 담기에 너무 벅찬 광활한 풍경이다.

삑삑. 문자가 왔다.

〈네.〉

승은은 그 짧은 글자를 한참이나 바라보고 있었다. 눈에 새기고, 마음에 새기고, 추억에 새겨 넣듯.

……한 번은 물어봐도 괜찮겠지? 키스에 대해.

승은과 휘가 제주도에서 돌아오자마자 바로 주말이 되었다. 일요일 아침, 언제나처럼 웅과 테니스를 치기 위해 코트에 나온 휘가 파란 하늘을 올려다보며 한숨을 내쉬었다.

"아! 어차피 주말인데, 좀 더 놀다 올 걸. 아깝다."

퍽! 웅의 공이 예고도 없이 날아왔다.

"다음에 또 이번처럼 사전에 이야기도 없이 다른 곳으로 내빼면 가만 안 둬!"

"아! 좀 살살 합시다. 숙녀 분도 오실 텐데."

"뭐? 숙녀라니? 그게 무슨 소리야?"

웅과 휘만의 시간이었다. 그동안 누가 낀 적은 한 번도 없었다. 그것도 여자라니 말도 안 되는 소리였다.

"이 자식! 설마 여자를 여기로 불렀어?"

"소리 좀 지르지 마. 그러니까 여 비서가 널 무서워하잖아."

"네 비, 비서 이야기가 여기서 왜 나와!"

"그야 내, 내가 부른 여자가 여 비서니까."

웅이 말을 더듬자, 휘가 따라하며 일부러 말을 더듬었다. 덕분에 순식간에 웅의 얼굴이 새빨갛게 달아올랐다. 그런 웅을 쳐다보며 휘가 놀리듯이 말했다.

"제주도에서 여 비서 집에 묵었거든. 그래서 내가 보답하는 의미로 테니스 가르쳐 준다고 했어. 그러니까 오늘 너랑 시합 못해. 혼자 놀아."

"야!"

막 육두문자 써가며 욕을 하려는데, 테니스 코트 밖에 승은의 모습이 나타났다. 휘를 발견하고 환하게 웃던 승은이 휘와 같이 있는 웅을 발견하고 놀란 표정을 지으며 표정이 경직되었다. 처음이었다. 그날 키스하고 헤어진 뒤 이렇게 직접적으로 서로 얼굴을 마주 대하는 건.

"아, 안녕하세요."

승은은 조심스럽게 웅에게 인사를 했다. 긴장하고 있던 웅도 반사적으로 같이 고개를 숙이고 말았다. 맞절을 하는 두 사람을 가운데에서 지켜보던 휘가 한마디 툭 던졌다.

"선보냐?"

두 사람이 동시에 고개를 쳐들고 휘를 너무하다는 눈으로 쳐다보았다.

"나 전화 한 통만 걸고 올게. 그동안 여 비서는 가볍게 몸 좀 풀고 있어."

휘가 핸드폰을 들고 코트 밖으로 나갔다. 휘를 기다리는 동안, 승은과 웅은 멀찍이 떨어져 서서 아무도 움직이지 않았다. 그리고 서로 말도 걸지 않았다. 승은은 휘가 나가 버린 곳을 초조하게 쳐다보았다.

제발 빨리 좀 오세요. 어색해 미칠 것 같아.

하지만 십 분이 지나도, 이십 분이 지나도, 삼십 분이 지나도 휘는 돌아오지 않았다. 결국 두 사람은 휘가 또 멋대로 사라졌다는 걸 인정할 수밖에 없었다. 왜냐고 물어도 소용없는 일이었다. 황보휘라는 인간이 그렇게 생겨먹은 인간이었으니까.

"아무래도 사장님 그냥 가버리신 것 같아요. 저 그만 돌아가 볼게요."

더 이상은 참고 기다릴 수 없었던 승은이 먼저 웅에게 간다고 말을 했다.

"혹시 사장님 오시면 기다리다 지쳐서 갔다고 전해주세요."

라고 말하며 속으로 휘를 향해 온갖 욕을 해댔다.

이렇게 버려두고 가버릴 거면서 왜 부른 거냐고! 못됐어! 정말 못됐어!

"테니스…… 나도 가르쳐 줄 수 있어요."

웅의 말이었다. 삼십 분 내내 고문이라도 하듯이 조용하다가 겨우 한마디 꺼낸 그의 말이었다. 잠시 웅의 말이 무슨 뜻인지 몰라 열심히 머리를 그 말의 뜻을 생각하던 승은이 펄쩍 놀라며 외쳤다.

"네, 네? 실장님이 절 가르쳐 주신다고요?"

죽을 때까지 웅에게 무언가 배울 일은 없을 줄 알았는데…….

"싫으면 됐습니다."

승은이 너무 기겁을 하며 놀라자 그게 마음에 안 들었는지 웅은 바로 고개를 돌려 버렸다.

"아뇨! 안 싫어요!"

싫다니, 말도 안 되었다. 점점 뚜렷해지고 있었다. 그가 자신에게 어떤 의미인지 그 색이 이제는 눈에 보일 만큼 선명해져 있었다. 그렇기에 대답을 하는데 망설임이 없었다.

“가르쳐 주세요.”

분명하게 말을 하는 승은을 무안할 정도로 빤히 쳐다보던 웅이 돌연 웃으며 물었다.

“내가 또 못된 짓 할지도 모르는데, 그래도?”

빛깔 고운 포도주처럼 승은의 얼굴이 빨갛게 달아올라 갔다. 그 색이 너무 고와 자신이 한 말이 얼마나 짓궂은 것인지도 잊은 채 웅은 그녀를 쳐다보고 또 쳐다보았다. 웅의 시선이 무안했는지 승은이 손을 올려 얼굴을 가렸다.

“그래도…… 가르쳐 주세요.”

그녀가 도망갈 줄 알았는데, 부끄러움에 눈물이라도 흘릴 줄 알았는데, 그러지 않고 끝까지 다가온 그녀에게 놀라, 웅은 그대로 숨이 멎는 줄 알았다.

그녀는 어떤 의미에서 웅이 아는 것보다 더 강한 여자였다.

청강 고등학교 옥상이다. 일요일인데도 학교에 나온 착실한 학생 한 명과 테니스 코트에서 도망친 사장 한 명이 나란히 서서 바다처럼 푸른 하늘을 올려다보고 있었다. 꼭 바다 속에 빠진 아름다운 금붕어 두 마리 같다.

“하느님도 일요일은 쉰다던데, 당신은 쉬지도 않아요?”

솔의 질문에 휘는 웃으며 말했다.

“나 오늘은 일 때문에 온 거 아냐. 그냥 너 만나고 싶어서 온 거야.”

“퍽도.”

그동안 휘가 그를 괴롭혔는지 소년의 입꼬리가 시니컬하게 비틀렸다. 휘가 소년을 처음 만났을 때보다 소년의 머리를 꽤 많이 길어져 있었다. 키는 그대로인데 머리만 길었다. 그래서 소년의 모습이 더 가냘프게 변했다.

"아니, 사실은 위로받으러 온 거야."

"당신 같은 사람도 위로받을 일이 있나요?"

"당연히 있지. 나도 인간이라고."

솔이 고개를 돌려 팔짱을 끼며 조금은 진지하게 물었다.

"무슨 일인데요?"

휘가 허무하다는 표정으로 하늘을 올려다보며 한마디 했다.

"심심해서 죽겠다."

"……그 소리 우리 누나가 들었으면 당신은 맞아 죽어요."

"어? 너한테 누나가 있었어?"

"왜요? 전 가족도 있으면 안 되나요?"

"몇 살이야? 너 닮았나?"

"됐어요. 당신한테는 절대 안 가르쳐 줘요."

"야! 난 위로가 필요하다니까."

"술이나 처드세요."

농을 걸고 꼬리를 흔들고 웃음을 뿌린다.

솔은 아직도 그런 휘에게 적응하기 쉽지가 않았다. 자꾸만 자신을 찾아오는 휘가 여전히 성가시기는 했지만, 또 조금씩 관심이 생기기도 했다. 그리고 그건 아마도 이 사람을 만난 모든 사람이 겪게 되는 과정일 거라는 걸 믿어 의심치 않았다.

그는 결코 외로울 수 없는 사람이다. 그런데 오늘은 외로운 표정을 짓는다.

……배부른 투정.

휘는 결코 이해할 수 없을 짜증이 몰려왔다.

"손목을 고정시킨다고 너무 생각하면 몸에 힘이 너무 들어가서 둔해지니까 그냥 공을 라켓에 맞추는 걸 먼저 생각해요. 그리고 라켓에 잘 맞기 시작한다면 손목을 고정한다가 아니고 라켓을 어깨 높이로 들고 왼쪽 어깨를 네트로 향하고 라켓은 가볍게 쥐고 라켓이 공에 맞으려는 타점에서 약 30㎝ 뒤에서부터 라켓이 흔들리지 않게만 쥐어주면 돼요. 너무 세도 또 너무 약해도 안 돼요."

웅은 꽤 친절한 선생님이었다. 자신이 직접 시범을 보여주며 세세히 설명해 주었다.

"해봐요."

해보라는 소리에 승은은 라켓을 단단히 움켜잡았다. 바로 웅의 지적이 날아왔다.

"손목에 힘 빼고."

"네? 네."

손목에 힘을 빼고 방금 웅이 했던 것처럼 라켓을 어깨 높이로 들었다 가볍게 휘둘렀다.

"이렇게요?"

웅이 말없이 승은의 뒤로 다가와서는 라켓을 쥐고 있는 승은의 팔을 들어 올렸다. 맨살에 닿은 웅의 손 감촉에 놀라 승은의 어깨가 움찔했다. 하지만 웅은 신경 쓰지 않으며 승은의 손을 감싸 쥐고서 자신이 스윙을 하듯이 팔을 휘둘러 주었다.

"이런 감각으로. 알겠어요?"

전혀 알 수가 없었다. 웅한테 거의 껴안다시피 있는 이 자세로는 전혀 생각이 불가능했다. 승은은 그저 앞만 쳐다보고 있었다.

"허리를 바로 펴고."

웅의 손이 승은의 허리를 꾹 누르자 순식간에 전기가 머리끝까지 전해져 왔다. 승은은 눈을 질끈 감고 될 대로 되라는 식으로 있는 힘껏 라켓을 휘둘렀다. 손에 땀이 나서 미끌거렸는데, 그만 라켓이 그대로 손에서 빠져나가 저 멀리 날아가 버렸다.

"이건 투포환이 아니라 테니스입니다."

"그, 그렇죠. 죄송합니다."

승은이 자신이 던져 버린 라켓이 있는 곳으로 달려가려고 하자 웅의 그녀의 어깨를 붙잡고 세우더니 자신이 직접 걸어갔다. 결국 승은은 그 자리에 서서 웅이 라켓을 주워올 때까지 쳐다만 보고 있어야 했다. 그제야 양복 입었을 때와는 참 분위기가 다른 웅이 눈에 들어왔다. 편안한 운동복을 입어서 그런지 오늘은 실장님이 아니라, 그냥 아는 선배나 오빠 같은 분위기였다. 그것도 자꾸 눈길이 가는 멋있는 오빠.

만약 웅을 학교 선배로 만났다면 어땠을까?

어쩐지 상상이 안 되었다. 하지만 만약에 그랬다면 그를 실장님이 아니라 오빠라고 불렀겠지. 오빠라니. 상상만으로도 간지러웠다. 승은은 대학생이었을 때의 웅을 상상하며 혼자 실실 웃었다.

아! 그때 만났더라면 더 좋았을 걸.

"왜 웃어?"

웅의 질문을 받고야 승은은 자신이 혼자 실실 웃고 있다는 걸 깨달았다.

"아뇨, 안 웃었어요."

얼른 웃음을 지으며 거짓말을 했다. 웅이 이상하다는 표정으로 승은을 쳐다보며 라켓을 건네주었다. 그가 전해주는 라켓을 받아 드는데, 미세하게 심장이 떨려왔다.

뭐, 지금도 그렇게 나쁘지는 않은 것 같아.

결국 휘는 끝까지 나타나지 않았고, 집으로 돌아오는 길은 웅의 차를 타고 가게 되었다.

"안전벨트 매요."

자신의 안전벨트를 매면서 웅이 승은에게 말했다. 승은은 좌석 옆 자리에 매달린 안전벨트를 잡아당겼다. 그런데 쉽게 당겨지지가 않았다. 조금 더 힘을 주고 당기는데도 이게 꿈쩍도 하지 않았다. 곧 웅의 커다란 손이 다가와 대신 안전벨트를 잡아당겨 주었다. 웅의 손에서는 벨트가 너무도 쉽게 당겨 나왔다. 어색해진 승은이 멋쩍게 웃었다.

"이상하다."

"바보."

바보까지야. 그런데 바보라고 부르는 음성이 너무 다정해서, 순간 가슴이 설렌다.

바보라고 듣고 좋아하다니 나 정말 한심한 거 아냐?

승은이 안전벨트를 매자마자 차는 바로 출발하였다. 일요일 점심때가 가까워오는 시간이라 도로에는 차가 점점 늘어나기 시작하고 있었다.

점심 같이 먹자고 그럴까?

운전만 하는 웅을 힐끗 훔쳐보며 승은이 생각했다. 하지만 차마 입 밖으로 못 꺼내놓을 것 같았다. 전에 국수 먹을 때는 쉬웠는데, 어쩐지 오늘은 그 말이 쉽지가 않았다.

빨간색 신호등이 켜지면서 웅의 차가 정지선 앞에 멈추어 섰다.

지금인데, 말을 하려면 지금 해야 하는데.

승은은 심호흡을 깊게 하고서는 웅을 향해 힘껏 고개를 돌렸다. 그런데 웅이 먼저 자신을 쳐다보고 있어서 너무 놀라 버렸다.

"네? 왜, 왜요?"

죄졌다 들킨 사람처럼 그렇게 물어버렸다.

"점심 먹고 갈래요?"

자신이 물어보려고 한 말을 웅이 물어오자 승은은 놀라 버렸다. 이렇게 마음이 통해도 되는 건지, 순간 겁까지 났다.

빨간불이 파란불로 변할 동안 승은이 대답이 없자, 웅은 그대로 차를 출발시켰다. 두 번은 묻지 않았다. 그 뒤 승은의 집에 도착할 때까지 두 사람은 한 마디도 하지 않았다.

승은의 집에 도착한 건 금방이었다. 처음 승은을 그녀의 집에 데려다 줄 때 차를 세웠던 그 자리에 웅은 차를 세웠다. 두 사람이 처음 키스를 했던 그곳, 그 차 안이었다.

"……왜 저한테 키스하신 거예요?"

조용한 차 안에 승은의 말만이 부유해 다녔다. 말로 꺼내고 보니 참 오래전의 일 같다. 아니, 꼭 현실 속의 일이 아니었던 것 같다.

승은의 질문에 웅은 그리 놀라지 않았다. 하루에도 수십 번 자신에게 물었던 질문이었다. 웅은 절대 여자에게 쉽게 다가갈 수 있는 남자가 아니었다. 하지만 그날은 다가가지 않고는 버틸 수가 없었다. 전력질주를 해서 달에게로 달려가는 태양처럼. 그렇게 대책없이 그녀에게 다가가 버렸었다.

그 이유가 어떤 것이든. 그게 죄가 되는 일이었다고 해도, 그 순간만은 정말 좋았었다. 그녀와의 키스 외에 다른 건 생각할 수조차 없었다.

하지만 시간이 흐르면서 심장까지 새겨졌던 키스의 흔적이 서서히 옅어지면서 웅은 참 많은 생각을 하게 되었다. 승은에 대해서, 자신에 대해서, 현실에 대해서. 그런데 자꾸만 생각나는 말은 미치게도 지겹도록 들었던 어머니의 푸념이었다.

그의 어머니가 항상 그런 말씀을 하셨다.

넌 매정하고 차가운 인간이라고.

아마도 그건 맞는 말일 것이다. 그리고 어머니는 웅에게 그런 말을 할 자격이 없는 분이었다. 어린 시절부터 웅의 집은 전쟁터였었다. 부모님은 끝없이 싸움만 하셨고, 그 사이에서 살아남기 위해 웅은 감정을 만들지 않고, 타인을 공격하는 법을 가장 먼저 터득했다. 그리고 그 전쟁이 끝이 난 건 부모님이 이혼을 하신 열다섯 살 때였다. 그때 이미 웅은 모든 인간관계에 있어서 날카로운 칼처럼 날이 서 있었다. 그 칼을 온전히 껴안고 다가온 사람은 휘가 처음이자 마지막이었다.

승은은…….

그녀에게 어울리는 남자는 휘 같은 스타일이지 절대 웅은 아니었다. 그와 가까이한다면 그녀는 분명 그의 칼에 상처 입을 것이다.

그게 싫었다.

차라리 단지 키스뿐이었다면 얼마나 좋았을까. 그랬다면 가볍게 아무런 무게도 없이, 그저 너랑 키스하고 싶었다고 말할 수 있을 것이다.

하지만 그게 아니라는 걸 알아버렸다. 그저 단지 키스가 하고 싶었던 게 아니란 걸.

그래서 웅은 지금 이 순간 아무런 대답도 할 수 없었다. 그러면 자신이 비겁한 남자가 되어버린다는 것을 알고 있지만, 어린아이와 닮은 그녀의 까만 눈을 마주하니 아무런 말도 나오지 않았다.

두려웠다.

그녀가 자신 때문에 상처 입을까 봐. 또다시 그녀의 얼굴을 붙잡고 키스하고픈 욕망도 얼려 버릴 정도로 가슴 깊이 두려웠다.

"이유가…… 없었던 거예요?"

긴 침묵 끝에 흘러나온 승은의 목소리는 떨리고 있었다. 상처 입히고 싶지 않은 마음이 결국 어이없게도 승은을 상처 입히고 있다. 아이러니한 고통이다.

"나쁜 놈."

승은이 차에서 내려 집으로 달려갔다. 웅의 옆에 나쁜 놈이라는 말만 남겨두고서.

웅은 자신에게서 멀어지는 그녀의 뒷모습을 어지러운 시선으로 쫓았다. 승은의 모습이 집 안으로 사라지자마자 웅은 거칠게 클랙슨을 내려쳤다. 클랙슨 소리가 비명처럼 터져 나왔다. 마치 폭죽이 터질 듯이 피어올랐던 그날 밤처럼.

차라리 내가 휘었다면.

날카로운 통증이 그를 찔러왔다.

회사 창립기념일이었다. 휘 엔터테인먼트는 공식휴일이었으며 화려한 파티도 있었다. 가수와 기획자, 작곡가와 작사가, 그리고 회사 주요직책의 사람들이 모두 모이는 날이었다.

휘 엔터테인먼트는 회식을 하기 위해 강남 호텔에 있는 대형 바를 통째로 빌렸다고 했다. 밤 여덟 시가 되면서 회식 장소로 사람들이 몰려오기 시작했다. 평소 휘는 술자리에 자주 다니는 편이지만, 비서 승은을 데리고 다니지는 않았다. 그래서 승은은 이렇게 유흥적이고 화려한 분위기가 조금은 낯설었다. 승은은 휘의 옆에 서서 낯선 분위기에 적응하려고 노력했다.

"회사에 다니면서 이렇게 많은 연예인을 보는 건 오늘 처음이에요."

"그런가? 그러니까 나랑 같이 밤에 놀러 다니자니까."

휘의 농담 같은 제안에 승은은 입을 꾹 다물었다. 연예인들을 보니까 신기하기는 했지만 절대 같이 즐기며 다니고 싶지는 않았다. 그들의 노는 방식은 너무 지나쳤다. 절대 승은이 즐길 수 있는 성질이 아니었다. 바 안을 둘러보던 승은은 누군가 안 보인다는 걸 금세 눈치 챘다. 그는 너무 커서 그의 빈자리는 너무도 쉽게 표가 났다.

"사장님, 실장님은요?"

"글쎄, 아직 안 온 것 같은데."

"늦으시는 걸까요?"

"그거야 그 녀석 맘이지. 술자리는 서웅이 없어도 아주 잘 돌아가거든."

그 말은 웅이 안 올 수도 있다는 소리로 들렸다. 그와의 애매모호한 사이가 되는 게 싫어 요즘 거리를 두고 있지만, 그래도 이런 자리에 그 사람만 빠지는 건 싫었다.

휘가 회식 자리의 호스트가 되어 술잔을 높이 들어 올렸다.

"휘 엔터테인먼트의 밝은 미래를 위해!"

환호성과 함께 폭죽도 터져 나왔다. 휘의 선창을 필두로 본격적으로 술자리가 시작되면서 더 이상 아무도 제어할 수 없을 정도로 분위기는 가속도가 붙으며 달아올랐다. 엔터테인먼트 종사자들답게 노는 거 하나는 정말 끝내준다. 휘는 사람들 사이를 오가며 열심히 술을 마셨다.

아직도 문만 쳐다보고 있는 승은에게 휘가 다가왔다.

"웅이 안 올 거야."

"왜요?"

"사실 좀 아팠었거든. 아픈 몸으로 술 마실 만큼 술을 좋아하는 녀석이 아니니까."

아프다는 말에 승은의 얼굴에 금세 놀란 기색이 덮쳐 왔다.

"아프다뇨? 실장님이요?"

"응, 지금 감기와 투쟁 중이야."

"어제 멀쩡해 보였는데."

"일주일 전부터 아팠어."

승은이 그에게 나쁜 놈이라고 욕했던 날부터다. 쌤통이라고 해야 하는데, 참을 수 없을 정도로 침울해졌다.

"네? 전혀 그렇게 안 보였어요."

"그 녀석이 좀 그래. 겉으로 보이는 것만으로는 잘 파악할 수가 없어."

휘는 웃고 승은의 표정은 아득할 정도로 서글프게 변했다. 그는 안 그래도 자신은 그를 꽤 열심히 혼자서 관심 가지고 있었다고 생각했는데, 전혀 아니었다. 아픈 것도 모르다니. 그런 것도 눈치 채지 못한 자기 자신이 너무 한심스러웠다. 그는 나쁜 놈이라도 적어도 그녀는 백만 불짜리 순정이라고 자부했는데.

승은이 왜 괴로운 표정을 짓는지 다 안다는 듯이 휘가 웃으며 말했다.

"그래서 사람들이 그 녀석을 무서워하고, 내가 그 녀석을 좋아하지."

휘는 다시 웃고 떠드는 사람들의 사이로 떠나 버렸고, 혼자 남은 승은은 열리지 않는 문을 쳐다보며 한숨을 내쉬었다.

무시하면 된다. 어차피 감기로 죽을 것도 아닐 테니, 그냥 모른 척 이 자리를 즐기면 되는데, 그럴 수가 없었다. 와인도 너무 썼고, 캐비어라는 건 텁텁했고, 케이크는 싱거웠다. 승은의 기분은 점점 더 우울해져 갔고, 끝없이 웅이 지금 얼마나 아플까 라는 생각만 들었다.

잠시 후 파티장에서 휘 엔터테이먼트의 별 같은 비서 여승은이 사라졌지만 파티는 그녀의 부재를 느끼지도 못한 채 밤새 이어졌다.

"무슨 일이야?"

문을 열고 나온 웅은 이리 보고 저리 보고 자세히 봐도 건강해 보였다. 사실 문병까지는 필요없을 정도로 괜찮아 보여 죽까지 사 들고 온 자신의 방문이 조금 어색해져 버렸다.

승은은 금방 사 온 죽과 파티장에서 가지고 온 와인 한 병을 내밀었다.

"못 오신다고 해서 파티 음식 좀 가지고 왔어요."

웅은 아무리 봐도 근처 죽 집에서 파는 것 같은 죽 봉지를 내려다보며 물었다.

"파티장에서 죽을 내놨다고?"

병자들의 파티란 말인가?

"마, 맛있어요! 드시고 푹 쉬세요."

승은이 웅에게 떠넘기듯이 음식을 안겨주고는 그대로 돌아섰다. 그냥 가버리려는 승은의 모습에 당황하여 웅은 저도 모르게 승은의 이름을 불렀다. 그녀가 돌아보는데, 눈이 마주치니 막상 할 말이 없어 웅은 당황스러웠다. 머리가 뒤죽박죽, 파티에서 전복죽이 나올 수도 있겠구나 라는 생각마저 들었다. 결국 웅이 승은에게 꺼낸 말은 이 한마디였다.

"와인 마실래요?"

승은은 분명 웅에게 화가 나 있었다. 멋대로 키스하고, 그 이유조차 회피하는 남자의 부름 따위 절대 기쁘지 않아야 하는데, 웅이 승은의 이름을 부른 순간부터 승은의 심장이 주인을 배신하고 춤을 추기 시작했다. 파티에서 마신 와인이 너무 써서 와인은 별로 마시고 싶지 않았지만, 그냥 돌아가고 싶지가 않았다. 적어도 그가 죽을 다 먹는 것까지는 보고 싶어졌다.

"네."

승은의 대답에 웅의 얼굴에 미소가 걸렸다 사라졌다.

집 안으로 들어오던 승은은 웅이 맨발이라는 걸 알고 잠시 멈칫했다. 집 안에서 맨발로 있는 거야 당연한 일이지만, 그의 벗은 발을 보는 건 처음이기에 저도 모르게 눈길이 갔다. 꼭 그의 발가벗은 몸을 보는 듯 은밀한 두근거림이 일었다.

발가락이 참 기네.

두 사람은 식탁에 마주 앉았다. 웅의 앞에는 죽 그릇이 놓여졌고, 승은의 앞에는 와인 잔이 놓여졌다. 웅이 수저를 들고 죽을 먹는 모습을 승은이 조심스럽게 쳐다보았다.

"맛이 어떠세요?"

승은의 질문에 웅이 다시 한 수저를 더 떠서 먹으며 말했다.

"전복죽 맛인데."

당연히 전복죽이니까 전복죽 맛이지! 누가 그걸 물었나!

승은은 답답함을 참을 수 없어 와인 잔을 들어 올려 쭉 들이켰다. 갑자기 술을 벌컥벌컥 들이키는 승은을 웅이 놀란 눈으로 쳐다보았다. 그러다 웅의 눈에 붉은 와인을 마시고 있는 붉은 그녀의 입술이 들어왔다.

웅은 저도 모르게 숨소리를 낮추었다.

오늘따라 레드 빛깔 루주를 발라서 그런지 더 도톰하고 섹시하게 보이는 입술이었다. 붉은색의 유혹에 빠져 그날의 키스가 떠올랐다. 그 화려한 폭죽도, 그녀의 젖은 입술의 감촉도. 떨고 있던 그녀의 작은 몸도. 순식간에 너무 생생히 떠올라 몸의 온도가 상승했다.

"왜 그러세요?"

웅의 표정이 이상한 걸 느꼈는지, 승은이 물어왔다. 웅은 죄라도 짓다가 들킨 사람처럼 고개를 세차게 젓고는 열심히 죽만 먹었다. 승은은 새빨개진 웅의 귀를 신기한 듯이 쳐다보았다. 얼굴은 멀쩡한데 귀만 새빨갰다. 그게 부끄러워서라는 걸 알지 못한 채, 열 때문에 그런 거라고 생각하는 승은이었다.

손을 뻗어 그의 이마를 짚어보고 싶었지만 차마 그럴 용기까지는 안 났다.

"감기 걸리셨어요?"

“네.”

“어쩌다가.”

승은이 나쁜 놈이라고 욕하고 가버린 날, 너무 오래 냉수마찰을 해서였지만 웅은 일부러 무심하게 대답했다.

“나도 몰라요.”

그의 무심한 말투가 승은을 아프게 했다.

승은은 와인 잔을 집어 한입 꿀꺽 들이켰다. 생각보다 달달하지는 않지만 먹을 만했다.

“그런데 전혀 안 아픈 것처럼 보이세요.”

승은의 말이 웅에게는 마치 웅이 전혀 안 아파 보여서 기분 나쁘다는 듯 들렸다.

내가 그렇게 미운 건가?

입 안으로 들어가는 죽이 점점 써졌다.

“이제 거의 다 나았어요.”

“그럼 언제 가장 아팠는데요?”

“삼 일 전.”

그때도 웅은 회사를 나왔었고, 승은은 먼발치에서 웅을 잠깐 보았었다. 그런데도 아픈 걸 몰랐던 것이다. 그가 아프다는 걸 눈치채지도 못한 자신에게 화가 났고, 아픈데 아프다고 말도 하지 않은 그에게도 화가 났다.

“그럼 말을 하지.”

혼자 구시렁거리다 다시 와인을 한입 꿀떡 마셨다. 순식간에 승은의 와인 잔이 비워졌다.

"그만 가보겠습니다."

와인 한 잔을 다 마시자마자 승은은 자리에서 일어났다. 아직 죽을 반도 못 먹은 웅은 놀라서 승은을 쳐다보았다.

"벌써……."

가는 거냐고 말을 꺼내려는 혀를 꽉 깨물었다. 투정도 아니고 간다는 사람 붙잡아서 어쩌자고. 웅도 같이 자리에서 일어났다.

"데려다 줄게."

웅이 할 수 있는 건 여기까지였다. 붙잡는 게 아니라, 같이 가주는 거.

"괜찮습니다. 지하철 타면 금방이에요."

"그냥 지하철에서 살지 그래요?"

"네?"

무슨 소리냐는 듯이 쳐다보는 승은의 시선을 조심스럽게 피하며 웅이 멋쩍게 말했다.

"아니, 지하철을 너무 좋아하기에."

승은은 웅의 말이 빈정인지 농담인지 알 수 없었다. 하지만 무엇이든 기분이 나빴다. 꼭 친한 사람처럼 말을 걸어오니까. 그저 장난으로 그녀에게 키스를 한 이 남자는 이런 식으로 말을 걸어오면 안 되었다. 하지만 그렇게 따지면 승은이 웅의 집까지 찾아온 것 자체가 문제였다.

모든 게 뒤죽박죽이었다. 휘가 폭죽을 쏘아 올린 그날부터.

웅은 끝까지 고집을 부렸고, 승은은 포기했다. 웅과 이런 문제로 고집을 피우고 싶지 않았기 때문이다. 밤새 줄다리기를 할 바에는 차라리 그의 차를 타고 빨리 집에 가버리는 게 나을 것 같았다.

"여기서 세워주세요."

아직 집에 다 도착하지 않았는데, 승은이 차를 세우라고 했다.

"아직 집에 도착 안 했어요."

"저도 알아요! 편의점에서 살 거 있어요."

퉁명스러운 말투, 어쩐지 요즘은 반대가 되어가고 있는 것 같다. 승은이 웅만 보면 투덜대고 웅이 조심스럽게 승은을 피한다.

부하직원이 상사를 막 대하고, 곰이 여자를 두려워한다. 세상의 종말이 오려는지.

웅이 차를 세우자마자 승은은 차에서 내려 편의점으로 걸어갔다. 그냥 돌아가야 하나 기다려야 하나 고민하던 웅은 편의점으로 들어가는 두 명의 건장한 남자를 보고 자신도 차에서 내려 편의점으로 걸어갔다.

웅이 편의점 안에 들어섰을 때, 승은은 맥주를 하나씩 꺼내 품에 안고 있었다.

"뭐 하는 겁니까?"

"보면 모르세요. 맥주 사잖아요."

"그러니까 그걸 왜 사냐고?"

"먹으려고 사죠!"

말이 통하지 않았다. 웅은 승은의 품에 안겨 있던 맥주를 억지로 빼앗아 원래 있던 자리에 올려놓고는 그녀의 품에 콜라캔을 안겨주었다. 승은은 화가 나서 외쳤다.

"왜 멋대로세요! 여기는 회사도 아니잖아요!"

"그쪽이야말로 어울리게 놀아요. 와인에도 취하면서 무슨 술이야!"

"실장님은 저한테 그런 말 하실 자격 없으세요!"

승은의 꽤 큰 목소리에 편의점 안에 있던 모든 사람들의 시선이 승은과 웅에게 몰렸다. 하지만 두 사람은 서로에게 집중하느라 다른 사람의 이목을 느끼지 못하고 있었다.

승은은 화난 시선으로 웅을 쳐다보며 도전적으로 맥주를 집어 들었다. 그리고 계산대로 걸어갔다. 뒤에 혼자 남은 웅은 짧게 한숨을 내쉬며 손으로 얼굴을 쓸었다.

피곤했다. 이런 감정 싸움. 꼭 길거리에서 발가벗고 서 있는 기분.

피슉!

승은은 편의점을 나오자마자 사가지고 나온 맥주캔을 따서 한모금 마셨다. 그리고 웅의 차를 타지 않고 그냥 걸어갔다.

"어디 가는 겁니까?"

정처없이 걸어가기 시작하는 승은에게 웅이 외쳤다. 승은은 웅을 한번 쏘아보더니 대꾸도 없이 고개를 돌리고 계속 걸어갔다. 후르륵, 술주정뱅이처럼 걸으면서 술을 마셨고, 휘청휘청, 벌써 취해서 걸음이 흔들렸다.

웅은 흔들리는 그녀를 쫓아가지 못하고 잠시 쳐다보기만 하였다. 그의 옆에 있으면 그녀가 힘들 것 같아 선을 그어버렸었다. 그런데 선의 반대편에 있어도 그녀는 흔들리고 있었다. 결국 웅이 결계를 무너뜨리고 승은에게 다가섰다 물러난 후는 이미 늦은 것이었다.

어찌해야 하는 걸까? 당신을 어떻게 해야 하지?

웅이 지금 할 수 있는 건 승은의 뒤를 쫓아 걷는 것뿐이었다. 그녀의 그림자 끝을 쫓아 걸었다. 그녀의 그림자가 무사하면 그녀가 무사하다는 것이니까.

마치 함부로 다가오지 말라는 듯 그녀의 그림자는 거대하고 위협적이었다. 하지만 가로등이 사라지면 그녀를 지켜주는 듯한 거인 그림자는 힘없이 사라져 버렸다.

"이봐요! 이 밤에 왜 여자를 뒤를 쫓는 겁니까? 당장 물러서요!"

지나가던 경찰이었다. 불빛이 눈부셔 손을 들어 눈을 가리고 경찰을 쳐다보던 웅은 그 경찰이 조금 낯익다고 생각했다. 알고 보니 웅이 때려잡은 적이 있는 그 경찰이었다.

"다시 만나니 더럽게 안 반갑죠?"

역시나 입 까칠한 경찰이다.

"애인한테 차이시고 스토킹 중이신가요? 서까지 좀 같이 가주셔야겠는데요."

원수를 만나면 반드시 복수해라!

그게 저 경찰 신조인가 보다. 겨우 여자 뒤를 따라서 걷고 있다고 스토커라면서 잡아가겠다니 저게 경찰이 할 짓인가?

"애인도 아니고 스토커도 아니에요. 그냥 직장상사예요."

웅을 무시하고 걸어가던 승은이 경찰을 쳐다보며 강하게 말했다. 웅도, 경찰도 동시에 승은을 쳐다보았다. 본인이 저렇게 말하니, 경찰은 더 이상 꼬투리를 잡을 수가 없었다.

"아! 저기, 아가씨! 저번에도 그렇고 이번도 그렇고. 둘이 뭔 사이인 거 다 알거든요. 그런데 직장상사라고 겁나서 신고 못하는 거라면."

혼자 소설을 써라, 소설을 써!

"진짜 직장상사일 뿐이에요."

그녀는 원망스런 눈으로 웅을 쳐다보며 그렇게 말했다. 그녀의 원망은 고스란히 웅에게 죄의 무게였다.

친구의 방에 탐스럽게 피어 있는 꽃이 볼 때마다 탐이나 살짝 잎 하나를 따버렸다. 그런데 꽃이 아프단다. 너무 겁이 나 그 꽃잎을 다시 붙여놓으려고 했으나, 꽃잎은 힘없이 땅으로 떨어질 뿐이었다. 그의 손길이 지나간 꽃은 더 이상 완벽하지 못했다. 그게 미칠 것 같더라.

"오! 프랜드! 이런 날 같이 축배를 들지 않고 지나간다는 건 말이 안 되지! 같이 마시자."

웅이 집으로 돌아왔을 때, 휘가 그의 집 앞에서 와인 두 잔과 와인 병을 들고 서 있었다. 휘가 와인 잔에 붉은 와인을 우아하게 따르며 말했다.

"감기에 와인이 그렇게 좋단다."

1/3쯤 따른 와인을 웅에게 내밀었으나, 그는 주머니에 손을 집어넣은 자세에서 조금도 움직이지 않았다. 그의 표정은 꼭 세상의

모든 근심을 담고 있는 듯 무겁고 복잡했다.

"그리고 고민에는 친구가 그렇게 좋단다."

웅은 고개를 들어 휘를 쳐다보았다. 칼날 같은 그를 친구라 불러주는 유일한 친구. 좋을 때보다 미울 때가 더 많은 세상의 별. 그래도 평생을 같이할 게 분명한 단 하나의 벗.

"내가 여 비서한테 키스했어."

"응, 알아. 다 내 선물 탓이라며 내 얼굴을 때렸잖아."

"그리고 그걸 별거 아닌 것처럼 굴었어."

"왜 그랬어? 서웅이 여자한테 키스한 것이 별게 아니면 세계 2차 대전도 별거 아닌 일이잖아."

"그녀가 너무 많은 걸 원하니까."

"그럼 다 주면 되잖아."

"내가 그게 가능할 것 같아?"

"아! 너희 어머니가 자기 자신을 사랑하는 마음을 조금만 더 너한테 주었더라면 네가 이런 소심한 대답은 안 할 텐데 말이야. 슬프다. 아름답고 이기심 가득한 어머니가 아들을 게이로 만들었네."

게이라는 말에도 웅은 발끈하지 않았다. 그저 침묵이다. 정말 마음으로 무언가를 간절히 생각하는가 보다. 이 곰 같은 친구가.

"사랑이 두렵나, 친구?"

네가 제일 두렵다.

"두려움이란 도망갈수록 커지는 거고, 맞설수록 작아지는 거야."

할아버지를 그렇게나 싫어하면서 결국 이럴 때 충고하는 말이지 할아버지 자서전에 있는 말이다. 휘도 이럴 때 보면 어쩔 수 없이 황보가의 사람이었다.

"도망가지만 마. 그럼 길이 보일 거야."

웅과 승은. 두 사람이 잘된다면 휘도 좋았다. 하지만 한편으로는 두렵기도 했다. 두 사람이 너무 가까워져 자신과 멀어질까 봐.

그리고 서로 너무 좋아져도 제발 나를 잊지 마.

"사장님, 오늘도 나가세요?"

웅과의 사이가 어색해지면서 우울증에 시달리던 승은은 그날따라 옛날의 승은처럼 활기차 보였다.

"아니, 여 비서가 혼자 있기 싫을 것 같아서 있으려고."

휘의 말에 승은은 싱긋 웃었다. 활짝 핀 꽃처럼. 꽃인 것처럼.

"그럼 제가 점심 사드릴게요."

"내가 사줘야지. 사장인데."

"제가 사드릴게요."

"왜? 합당한 이유를 대지 않으면 난 안 얻어먹어."

점심 한번 사주기 정말 어렵다.

"사장님이 좋아서요."

승은의 말이 좋은지 휘가 활짝 웃었다.

"그래, 그럼 얻어먹어 줄게."

휘가 한정식을 먹고 싶다고 했기에 두 사람은 회사에서 차를 타고 좀 멀리까지 나와서 점심을 먹었다. 옛날 대감들이나 살았음직한 기와집의 풍채가 음식들보다 더 눈에 들어온 곳이었다. 마당에 놓인 작은 호수가 졸졸 흐르는 소리가 들리는 곳에 자리를 잡고 앉았다.

"여기 엄청 비싼데. 여 비서 지갑 울겠다."

휘가 겁을 주는데도, 승은은 웃기만 한다. 그런데 웃고 있는 입 꼬리 끝에 휘의 손가락이 다가왔다. 하지만 닿지는 않고 바로 앞에서 마치 압정으로 꽂아놓은 듯 더 이상 입꼬리가 올라가는 걸 막았다. 승은이 왜 그러냐는 눈으로 휘를 쳐다보았다.

"너무 웃으니까 더 걱정이네."

"네?"

"엉엉 울면서 나한테 하소연을 해야 하는데, 그러지 않으니까. 더 걱정이라고. 예전에는 웅이 혼내면 바로 와서 나한테 울면서 하소연했잖아. 그런데 요즘은 왜 안 그래?"

웅이라는 이름에 승은의 두 눈이 깊어진다. 그녀는 이미 그 이름을 여자로서 받아들이고 있나 보다. 이미 휘가 침범할 수 없는 영역까지 웅이 승은을 끌고 가버린 건지도. 조금 시샘이 나려고 한다. 승은과 더 가까웠던 건 휘였으니까.

"요즘은 안 혼나니까. 실장님 이제 저 안 혼내요."

"왠지 안 혼나서 섭섭하다는 말로 들려."

"그런가요?"

"승은."

휘가 그녀의 이름을 부른 건 처음이었다. 아무리 살갑게 굴어도 언제나 여 비서였다. 승은이 놀란 눈으로 쳐다보니 휘가 손을 거두며 말했다.

"미안, 내 친구가 너무 서툴러서."

승은의 사장님이 아니라, 웅의 친구로서 말한다. 미안하다고. 그런데 그 사과에 승은은 너무 슬퍼져 버렸다. 사실 승은이 먼저 사과를 하려고 했는데, 휘가 먼저 미안하다고 하니 승은은 아무런 말도 할 수가 없었다. 휘에게 사과를 하고 싶었다. 더 이상은 할 수 없을 거 같다고. 휘의 비서.

황보휘 사장님이 너무 좋은데, 그보다 더 웅의 방관이 미워서 더 이상은 휘 엔터테이먼트에 있을 자신이 사라져 버렸다.

이젠 웅이 없는 자리에서도 웅이 보였다. 다정하게 다가왔다 매정하게 돌아서는 웅의 환영이 끝없이 승은을 괴롭혔다. 앞으로 나아갈 수 없는 이런 관계, 이제는 끝내고 싶었다. 하지만 휘의 옆에 있으면 그럴 수가 없었다. 휘가 웅의 친구이니까.

아마도 휘는 화를 낼 것이다. 휘가 웅의 친구라서 자신이 비서 자리를 버리고 떠난다는 걸 안다면, 분명 서운해하고 화를 낼 것이다. 그래도 어쩔 수가 없었다.

웅을 잊으려면 휘를 떠나야 한다고 해도, 승은은 이제 그래야만 했다.

그날 저녁 퇴근하기 전 승은은 웅의 사무실에 들렀다. 부르지도 않았는데, 먼저 찾아온 승은을 웅이 놀란 시선으로 쳐다보았지만, 승은은 아무렇지 않은 척 웅의 책상 앞까지 걸어왔다. 그리고 웅의 책상 위에 자신이 가져다 놓았던 꽃병을 집어 들며 말했다.

"꽃이 시들어서요. 가져다 버리겠습니다."

이 사무실 안에서 유일한 승은의 흔적이었다. 그걸 영원히 치워 버리겠다는 승은의 손을 웅이 낚아채듯 잡았다.

"시들면 바꿔놓으면 되잖아!"

그렇게 약속했었다. 분명 승은의 입으로 매일 꽃을 가져다주겠다고.

"죄송합니다. 이제 더 이상은 그럴 수 없을 것 같아서요."

"뭐?!"

뭐 라는 웅의 질문에 승은이 그를 힐난하듯 말해왔다.

"실장님은 얼마든지 가능하실지 모르지만 전 안 돼요. 저한테 키스한 남자를 아무렇지 않게 직장상사로 모시는 건 불가능하다고요!"

웅도 마찬가지였다. 승은이 여자로 보여서 힘들었다.

"이젠 실장님 볼 때마다 힘들어요. 더 이상은 무리예요."

웅의 가슴에 승은의 말이 돌처럼 날아들어 와 살얼음을 밟자마자 손쓸 수 없을 정도로 깨어져 나가는 것처럼 통증이 온몸으로 퍼져 나갔다.

"……그게 무슨 뜻입니까?"

두려움이 밀려왔다.

"사장님한테는 실장님이 말 전해주세요, 그동안 고마웠다고."

웅을 이다지도 두렵게 만드는 승은의 목소리는 몸서리가 쳐질 정도로 차가웠다.

"안녕히 계세요."

마치 모든 미련을 저 한 마디로 싹둑 잘라내는 듯했다. 자신의 팔목을 잡고 있는 웅의 손에 말할 수 없을 정도로 강한 힘이 들어가자 승은이 고통으로 얼굴을 일그러뜨렸다.

질식할 정도로 차가운 웅의 목소리가 승은을 덮쳐 왔다.

"넌 떠날 수 없어!"

승은을 생각해서 결계를 그으려고 했었다. 그녀가 안전하게. 모든 게 무사했던 처음으로 돌아갈 수 있게. 하지만 승은이 떠난다고 말한 순간 그 결계가 힘없이 무너져 버렸다. 지금 승은의 행동은 웅에게 배신이었다.

"전 더 이상 실장님 보면서 여기 못 있어요."

떠난다는 그녀의 말에 웅의 마음에 가득 차 오르는 것은 자신의 이기심과 욕망이었다. 자신의 마음에 자신이 두려워졌다. 하지만 제어가 불가능했다. 날아가 버리려는 새의 다리를 부러뜨려서라도 자신의 품 안에 가두지 않으면 멈출 수 없을 정도로 모든 게 폭주했다.

승은이 두려운 눈으로 불같이 화를 내는 웅을 쳐다보며 애원했다.

"이거 놔주세요. 아파요."

하지만 웅은 승은을 놔주지 않았다. 오히려 상상할 수도 없는 힘으로 승은을 자신에게로 잡아당겼다. 승은이 웅의 힘을 이긴다는 건 불가능했다. 그대로 웅의 품으로 끌려들어 갔다.

더운 입김이 그녀의 안으로 침입해 들어왔다. 짓눌리는 입술의 농밀한 감촉이 그녀를 파고들었다. 밀려오는 그의 혀가 그녀의 안을 순식간에 점령해 버렸다. 처음보다 더 독한 키스. 그녀는 키스가 아니라 키스의 이유가 필요한 것이었는데, 웅은 더 깊은 키스로 그녀의 혼을 지배하려고 한다. 키스의 이유조차 알 수 없는 혼곤한 키스였다. 승은은 그의 안에 갇혀 헐떡이고, 설레어하고, 침몰해 갔다.

혼란스러움에 승은은 손을 들어 웅을 밀어내려고만 하였다. 하지만 그는 꿈쩍도 하지 않았다. 오히려 웅의 손이 승은의 허리 아래로 들어가 휘어 감으면서 그에게로 더 끌어당겼다. 승은은 웅의 힘에 밀려 그대로 책상 위로 쓰러졌다. 그녀의 다리가 들리고, 치마가 밀려나고, 그의 손이 하얀 블라우스 안에 감춰진 가슴을 움켜잡았다. 그 거침없는 손길에 놀란 승은의 두 눈이 크게 떠지며 허리가 휘었다.

쨍그랑!

승은이 잡고 있던 꽃병이 바닥에 떨어져서 산산조각이 났다. 유리 조각과 같이 파열해 버린 꽃의 마지막 교태가 잔혹하리만치 아름다웠다.

다음날 회사에 온 휘는 자신의 책상에 놓여 있는 새하얀 봉투를 경계하는 시선으로 쳐다보며 천천히 책상 앞으로 걸어왔다. 차마 그걸 손으로 집지는 못하고 봉투 겉봉에 쓰인 글자를 몇 번이나 읽어보았다.

〈사직서.〉

문제는 사장도 없는 책상에 저걸 던져 놓고 간 예의없는 사원이 누구인가 하는 건데, 아무래도 짐작되는 사람은 한 명뿐이었다.

휘는 고개를 들어 사장실 밖 승은의 자리를 보았다. 텅 비어 있었다.

화장실 간 거라고 생각했는데…….

"무슨 일이야?"

웅이 휘의 사무실을 찾아가는 일은 일상이었지만, 휘가 웅의 사무실로 내려오는 일은 드물었기에 그렇게 물었다. 휘는 웅이 아니라 벌써 밤이 되어버린 창밖을 쳐다보며 말했다. 마치 아무도 듣지 않는 독백을 하듯이.

"그 하얀 봉투를 본 뒤에 계속 전화도 하고, 집에도 찾아가고, 메시지도 남겼거든. 그런데 아무런 연락이 없네. 펑 사라져 버렸어. 아니, 도망가 버렸다."

휘의 목소리는 그 어느 때보다 선명하게 낯설었다. 마치 어제 이 사무실에서 무슨 일이 있었는지 모두 알고 있는 듯한 목소리였다.

어제, 웅의 거친 행동에 승은은 결국 울고 말았었다.

"흐흑."

그녀의 울음소리를 듣고야 웅은 겨우 정신을 차리고 행동을 멈출 수 있었다. 하지만 이미 그녀의 블라우스는 엉망으로 풀어헤쳐져 안에 속옷이 다 드러나고, 그녀의 몸 여기저기는 웅의 찍어놓은 낙인으로 붉게 물들어 있었다. 그리고 눈물, 그녀의 눈물이 그를 한없이 초라하게 만들었다.

자신이 해놓은 짓에 웅은 할 말을 잃어버렸다. 모멸감과 수치심에 더 이상 그녀의 앞에 서 있을 수가 없었다. 깨진 꽃병을 밟고 그대로 사무실을 박차고 나가 버렸었다.

다시 현실로 돌아오니 그의 책상 위에서 울고 있던 승은은 더 이상 없었다. 정말 완벽하게 그의 손으로 그녀를 쫓아버린 것이다.

"찾아와."

"뭐?"

"내 여 비서 당장 찾아오라고! 사장 명령이야!"

휘는 화가 났다. 웅과의 일 때문에 자신과의 인연을 멋대로 버리고 떠난 승은에게 정말로 화가 났다. 그래서 그 화를 원인 제공자인 웅에게 터뜨려 버렸다.

쏴아아아아아아!

바다가 몰려왔다 다시 빠져나가기를 수도 없이 반복한다. 이곳은 세상이 모두 바다로 둘러싸인 제주도이다. 승은은 집으로 돌아온 후 하루의 대부분을 바다에서 보내고 있었다. 온 세상에 바다와 승은 둘뿐인 듯한 공간이었다.

다시 돌아온 바다는 변한 게 없고, 다시 돌아온 여자는 엉망진창이었다.

아직도 웅이 훑고 지나간 곳이 욱신거리듯이 아파오는 것 같았다. 그녀의 목에, 그녀의 어깨에 그녀의 가슴 언저리에 적나라하게 남겼던 키스마크는 이제 흔적도 없이 사라져 버렸지만…….

그는 어째서 가볍게 자신의 몸은 탐하면서, 왜 끝까지 마음은 내주지 않는 건지 이해가 되지 않았다.

발정난 곰도 아니고…….

한심하게도 눈물이 난다. 그가 미워서가 아니라, 그가 보고 싶어서. 이제는 자신을 혼내던 그의 목소리마저 그리웠다.

결국 사랑이었나 보다. 사랑이 아니길 바랐는데, 사랑이었다. 그를 사랑한 것이다.

하지만 아마도 그 말을 그에게 하게 될 일은 평생 없을 것 같았다. 승은은 무릎에 얼굴을 파묻고 죽은 듯이 고요하게 슬퍼하였다.

부디 슬퍼하고 그리워하고 괴로워하는 동안 이 감정이 닳아 없어지길 바라보지만, 지금은 자신이 없었다. 완벽하게 웅을 잊을 자신이 없어서 겁이 났다.

바다에서 하루 종일 시간을 보내고 집에 돌아오니, 과수원에서 막 돌아오신 부모님들이 수돗가에서 얼굴을 씻고 계셨다. 어머니가 승은을 보자마자 야단을 치셨다.

"와시믄 과수원 일이나 돕주! 어딜 경 쏘다는 거냐!"

"죄송합니다."

승은은 무의미한 사과를 하고 자신의 방으로 쏙 들어가 버렸다.

"재가! 재가! 육지물 먹더니 아주 버릇없어젼 와신게!"

어머니가 밖에서 저녁밥 하는 걸 도우라고 소리치셨지만 승은은 일어나지 않았다. 점점 해가 짧아져 이제는 저녁 여섯 시만 되어도 어둑어둑해져 갔다. 승은은 자신의 방에 누워서 창밖으로 어두워진 하늘을 올려다보았다. 이렇게 또 무의미하게 하루가 가고 말았다.

띠리리리 띠리리리리.

다음날 승은의 집 전화가 계속해서 울려댔다. 승은도, 승은의 부모님도 모두 나가시고 안 계셨다. 그래서 전화를 받은 건 옆집 아주머니였다. 마당에서 빨래를 하던 아주머니는 담 넘어 들리는 전화 소리를 듣고 황급히 달려오셔서 전화를 받았다.

"누구꽝?"

[네? 아! 거기 여승은 양 집 맞습니까?]

예의 바른 서울 젊은 남자의 말이 전화기 속에서 흘러나오자 아줌마는 놀라며 물었다.

"승은이? 네, 이 집 딸인데, 무사마씸?"

[네. 그게, 여승은 씨랑 통화를 하고 싶은데, 거기 있나요?]

"승은이 지금 여기 어신디, 과수원 가신가?"

[네? 그럼 최근에 집에 내려가긴 간 건가요?]

"응, 얼마 전에 육지에서 내려와신디. 근데 누구꽝?"

쏴아아아. 승은은 또 바닷가에 나와 있었다. 오늘은 바다에 승은보다 먼저 온 손님이 있었다. 단란해 보이는 네 명의 가족이었다. 햇살처럼 귀여운 두 명의 꼬마와 사랑하는 것이 분명해 보이는 젊은 부부, 그 행복한 모습이 흐뭇하면서도 어쩐지 좀 서글퍼졌다.

그 행복한 가족이 즐겁게 노는 모습을 처량맞게 한참이나 구경하다 집에 돌아가니 아버지가 어명을 내리듯이 이런 말을 했다.

"육지 다시 올라갈 거 아니면, 선봐서 결혼해라."

어쩌면 이런 말을 들을 걸 예감했기에 그렇게 서울에서 버티고 싶었는지도 모른다. 조금은 다르게 살고 싶었다. 일을 하면서, 이십대의 여유를 즐기면서, 멋진 사람들도 많이 만나고. 하지만 결국 이렇게 되고 말았다. 제주도에 사는 건실한 청년과 선을 보고, 어느 정도 조건이 맞고 적당히 서로 통하면 결혼을 해서 애를 낳고, 그 애를 키우며 늙어가겠지. 지금 그녀를 괴롭히는 이 사랑이라는 감정을 가슴 깊이 묻어둔 채.

승은은 알았다는 말만 하고 자신의 방으로 들어가 버렸다.

쏴아아아, 다음날도 승은은 어김없이 바다에 나갔다. 그런데 어제 행복한 모습으로 승은을 슬프게 만들었던 젊은 부부가 바닷가를 뛰어다니며 누군가를 찾고 있었다.

"아람아!"

아이의 이름인가 보다. 그런데 왜 저렇게 찾는 거지? 숨바꼭질하는 것 같지는 않고. 이상함을 느끼고 천천히 바다를 둘러보던 승은의 눈에 이상한 게 포착되었다.

그건 아주 먼 바닷물 사이에서 튀어나왔다 사라졌다 하고 있었다. 꼭 손처럼 보이는 게.

승은은 천천히 물 근처로 걸어가며 유심히 정체불명의 그것을 유심히 쳐다보았다. 그리고 단 한순간 아이의 얼굴이 나타났다 사라지자마자 물속으로 뛰어들었다.

늦가을의 바닷물은 심장도 얼려 버릴 정도로 차가웠다.

똑똑똑.

눈을 떴을 때, 처음으로 본 건 하얀 천장과 물이 떨어지고 있는 링거병이었다. 승은은 한동안 자신이 왜 여기 있는지 알 수가 없었다. 그러다 곧 차가운 바닷물이 생각났다. 그랬다. 아이를 보고 그대로 바닷물에 뛰어들었었다. 물이 너무 차가워 수영을 하기가 너무 힘들었었다. 하지만 헤엄쳐 갈수록 아이가 더 선명하게 보여 멈출 수가 없었다. 참고 참으며 아이가 있는 곳까지 헤엄쳐 가 물속으로 가라앉고 있는 아이의 머리카락을 움켜잡았었다.

그게 기억의 끝이었다.

뭐야? 결국 나도 물에 빠져서 구조된 건가?

한심해서 웃음이 나왔다. 좋은 일을 하려고 해도 이 꼴이니, 무슨 일이든 잘될 턱이 있나. 몸을 일으키려는데, 무언가가 다리를 무겁게 짓누르는 바람에 몸을 움직일 수가 없었다.

뭐야? 설마 다리가!

놀라서 고개를 드는데, 넓은 남자의 등이 보였다. 그가 승은의 다리 위에 얼굴을 묻고 잠이 들어 있었다.

웅이었다! 그의 무게 때문에 다리가 마비되는 것 같았다.

"어머! 정신이 드셨어요? 괜찮으세요?"

서글서글한 인상의 여의사가 병실 문을 열고 들어왔다. 멍한 눈으로 웅을 쳐다보고 있던 승은이 여의사에게 물었다.

"이 남자가 왜 여기 있죠?"

"네? 왜 그러세요? 여승은 씨 애인 아니세요?"

자연스럽게 웅을 애인이라고 하는 여의사의 말에 승은이 화들
짝 놀라서 그녀를 쳐다보았다. 마치 그녀가 절대로 발설하면 안
되는 금기를 꺼낸 듯이.

"애인 아니에요?"

여의사는 좀 더 조심스럽게 물었다. 승은은 침울하게 고개를 끄
덕였다.

"아니세요? 저흰 당연히 그런 줄 알았는데. 부모님들도 침착하
신데, 남자 분이 그렇게 잠도 못 자고 걱정을 하니까. 이제 막 잠
드셨나 보네요. 여승은 씨가 깨어나지 않으셔서 밤새 여기서 지키
고 계셨어요."

여의사가 싱긋 웃으며 말했다.

"아! 그럼 여승은 씨 짝사랑하시는 분이구나. 좋으시겠어요."

반대였다. 승은이 짝사랑하는 남자였다.

여의사의 수다스런 말소리에 잠이 깨었는지 웅의 어깨가 들썩
였다. 그리고 고개를 들리면서 그의 날렵한 두 눈이 승은을 응시
했다. 슬펐다. 그가 그녀를 쳐다보고 있다는 사실이. 왜 그는 다시
그녀의 앞에 나타나 이런 혼란을 주는 건지.

웅의 손이 올라와 승은의 얼굴을 어루만졌다. 거칠었던 그 날의
손과 같은 손이라고 믿을 수 없을 정도로 다정한 손길이었다. 그
녀의 따스한 체온을 느끼고 웅이 안도한 듯이 웃었다. 그의 섬세
한 웃음이 낯설었다.

"괜찮아?"

"네, 아마도요."

승은에게 물은 건데, 대답이 생뚱맞게 뒤에서 들려오자 웅은 화들짝 놀라며 자리에서 벌떡 일어났다.

우당탕!

웅이 앉아 있던 의자가 바닥에 쓰러지며 소란을 가중시켰다. 여의사는 놀란 토끼 눈을 한 곰 씨에게 놀라게 해서 미안하다고 슬쩍 사과한 뒤, 승은의 바이탈을 체크했다.

장난스런 여의사가 나간 뒤, 병실 안은 잠시 침묵이 흘렀다. 웅은 자신이 쓰러뜨린 의자를 세우고는 다시 앉지 않았다. 기둥처럼 병실 가운데 서 있는 웅을 쳐다보며 승은이 물었다.

"어떻게 오셨어요?"

"휘가."

웅은 먼저 휘의 이름부터 꺼냈다.

"휘는 당신이 회사 떠나는 거 원하지 않아."

그래서 어쩌라는 것인가. 휘를 위해 서울로 돌아오라고. 그 말을 하려는 것이란 말인가.

차라리 휘 본인이 와서 이런 말을 했다면 승은은 다시 돌아갔을지도 몰랐다. 하지만 저 말을 하는 게 웅이기에 승은은 들어줄 수가 없었다.

"사장님한테는 미안하다고 전해주세요."

"당신은 돌아가야 해."

"여기가 제 고향이에요."

승은은 일부러 말하지 않아도 좋을 일들을 웅에게 말했다.

"전 이제 여기서 선보고 결혼해서 평범하게 살 거예요. 그러니까 서울에는 안 가요.”

웅은 괴로운 시선으로 승은을 쳐다보았다. 그는 그녀에게 그렇게 많은 걸 바란 게 아니었다. 그저 옆에만 있었으면 했다. 그게 휘의 옆이든 어디든 자신의 눈에 보이는 곳에서 항상 있었으면 했다. 그런데 그게 그렇게 큰 욕심이었단 말인가. 그녀는 이제 그것조차 안 된다며 그를 밀어내고 있었다.

“너무하잖아.”

웅은 분한 듯이 말했다. 그리고 그 말을 승은은 도저히 받아들일 수 없었다.

“너무하다고요? 지금 내가 너무하다고 말하는 거예요? 너무한 건 당신이잖아요!”

“난 당신이 행복하길 바랐을 뿐이야!”

“난 당신 때문에 불행해요!”

“내가 뭘 어쨌다고! 그깟 키스 두 번! 그렇게 억울하면 성희롱 상사라고 고발이라도 하든지!”

그렇게 할 수가 없어 더 화가 나는 것이다. 승은은 폭발하는 감정을 그대로 웅에게 쏟아내 버렸다.

“회사에 널리고 널린 게 예쁜 연예인인데 왜 하필 나예요! 내가 그렇게 만만했어요!”

“당신밖에 안 보였으니까!”

웅의 격한 외침은 승은의 심장을 관통해서 그대로 파열해 버렸다.

뭐라고?

웅은 억울해 죽겠다는 듯이 손으로 자신의 눈을 짓누르며 말했다.

"젠장! 내 눈엔 당신만 여자로 보였다고."

이렇게 거칠고 투박한 고백은 처음이었다.

처음 남자에게 고백을 받은 건 열다섯 살 때였다. 설레고, 조금은 우쭐했던 기분이 어렴풋이 기억이 났다. 그리고 두 번째 고백은 대학교 때였다. 같은 과 선배는 술에 취해 승은에게 고백을 했었다. 술 냄새 때문에 속이 울렁거렸었다. 손가락 다섯 개를 다 채우지도 못할 정도의 고백들이지만, 오늘 웅의 고백을 받은 순간처럼 현기증이 올라온 적은 처음이었다.

"난 그저 옆에 있어주기만 바랐을 뿐이란 말이야. 그런데 그것도 안 돼?"

가눌 수 없을 정도로 현기증이 승은을 덮쳐 왔다.

별써 가을이 깊어졌다. 내년이면 수험생이 되는 솔은 아침 일찍부터 학교에 가기 위해 집을 나섰다. 솔이 사는 동네는 굽이굽이 골목이 미로처럼 연결되어서 버스를 타는 도로까지 나가는 데만도 꽤 시간이 걸렸다. 그런데 이 아침부터 생각도 못한 사람을 바로 집 앞에서 만나 버렸다. 설마 그가 자신의 집까지 알아낼 줄은 몰랐지만, 별로 놀랍지는 않았다. 그가 하는 일에 하나하나 놀란다면 공부에 집중할 수도 없을 것이다. 하지만 휘가 갑자기 꺼낸 말에는 적잖이 놀라 버렸다.

"떠나자!"

난데없이 아침부터 찾아와, 떠나자고 말하는 휘를 솔은 어이없는 눈으로 쳐다보았다.

"안 돼요. 전 학교 가야 해요."

하고 많은 사람 중에 만날 때마다 재미없는 이야기만 하는 자신에게 와서 같이 떠나자고 하다니 솔은 휘가 조금 불쌍한 사람이라는 생각이 들었다. 하지만 그 마음은 다음 휘의 말 때문에 완전히 사라져 버렸다.

"네가 같이 안 가주면, 난 네 누나를 꼬실 거야."

어이가 없어서 돌아버릴 것 같다. 도대체 저 인간의 뇌구조는 어떻게 돌아가는 건지 뚜껑을 열어보고 싶다. 어느 날 갑자기 나타나 별이나 되어보지 않겠냐고 헛소리를 해대더니. 이제는 뭐?

솔은 고개를 돌려 자신의 집 쪽을 쳐다보았다. 누나는 이제 막 화장을 하기 시작했을 것이다. 누나가 나오기 전에 휘를 데리고 이곳에서 사라져야 했다.

"우리 누나는 남자한테 절대 호락호락 안 넘어갑니다."

"널 닮았다면 그럴 것 같긴 해. 하지만 끝까지 날 거부할 수 있을까?"

솔은 할 말을 잃었으나 휘는 자신만만했다.

"돈 되지, 외모 되지, 성격 끝내주지, 게다가 끈질기기까지. 어때? 날 싫어할 것 같니? 난 세상에서 끝까지 나 싫다는 사람 본 적이 없어."

"이제 내가 당신이 싫어지려 하네요."

솔이 졌다는 듯이 말했다. 슬프게도 그의 말이 그리 틀린 것 같지는 않았기 때문이다.

"흠! 하지만 같이 다니다 보면 금세 내가 좋아질 거야."

가방을 메고 교복을 입은 남학생과 선글라스에 청바지를 입고 깃이 빳빳한 자줏빛 와이셔츠를 입은 비상한 분위기의 남자가 나란히 어딘가로 걸어갔다.

그리고 며칠 동안 서울에서 두 사람을 본 사람은 아무도 없었다.

김포공항에 내린 승은은 오랜만에 보는 서울을 남다른 시선으로 쳐다보았다. 꽤 오랫동안 오지 않을 생각이었는데, 떠난 지 한 달도 지나지 않았는데 돌아와 버렸다.

그저 옆에 있어달라는 웅의 말 한마디에.

사랑에 빠진 사람들은 행복한 바보라고 했던가. 정말 그 말이 맞는 것 같다. 승은은 고개를 들어 자신의 옆에 서 있는 웅을 올려다보았다. 그는 여전히 크고, 여전히 그리 다정하지는 않지만 처음과는 비교도 할 수 없을 정도로 어느새 승은 가까이 다가와 있었다. 감히 기적이라고 말할 수 있을 정도로…….

승은은 조심스럽게 텅 비어 있는 그의 손을 잡았다. 웅이 놀라서 내려다보았지만, 승은의 손을 뿌리치지는 않았다.

맞잡아주었다.

승은도 그랬다. 웅이 그저 이렇게 계속 옆에만 있어주면 행복할 것 같았다. 마주 잡은 손에서 끝없이 미열이 퍼져 나왔다.

승은이 다시 휘 엔터테인먼트 사장실로 돌아왔을 때, 당연히 휘가 기다리고 있을 것이라는 예상을 깨고 사장실 안은 텅 비어 있었다. 휘의 흔적은 책상 위에 남아 있는 쪽지 한 장이 전부였다.

<곧 돌아올게.>

승은은 자신도 만나지 않고 사라져 버린 휘의 쪽지를 허망한 눈
으로 내려다보았다.

"진짜 절 찾았다고요?"

분명 웅이 제주도 내려갈 때까지는 찾고 있었다. 웅도 이유를
알 수 없어하다가 곧 무언가를 깨닫고 달력을 집어 들었다.

10월 15일이었다.

"희란의 기일이야."

"희란? 그게 누군데요?"

웅이 오디오로 걸어가더니 플레이 버튼을 눌렀다. 곧 에바의 풍
부한 음성이 울려 퍼져 왔다. 웅은 공기 중에서 부유해 다니는 에
바의 목소리를 가리키며 말했다.

"이 여자."

이제 그녀의 몸은 죽어 흔적도 없이 사라져 버리고, 남아 있는
건 그녀의 목소리뿐이었다.

휘는 비행기 안에서도 그렇게 열심히 공부하는 인간은 처음 보
았다. 이 순간은 정말 솔에게 공부귀신이 쓰인 게 아닌지 조금 걱
정이 되기도 했다.

"꼭 그렇게 공부에 목을 매지 않아도 인생은 행복해질 수 있지
않아?"

"꼭 그렇게 방탕하게 사는 것만이 인생의 행복은 아니지 않아
요?"

"내가 방탕하게 사는 것처럼 보여?"

"그럼 학교 잘 가고 있는 고등학생 납치해다 비행기에 억지로
태우는 사람이 안 방탕하면 누가 방탕합니까?"

"그러네."

솔의 질책에도 휘는 기분 좋게 웃었다.

"욕하는데 왜 웃어요?"

"그냥. 너랑 있으면 왜 이렇게 기분이 좋냐? 삼림욕하는 기분이
다."

솔은 더 이상 휘와 대화를 할 수 없다고 판단했는지 다시 영어
책으로 시선을 내렸다.

휘는 짧게 한숨을 내쉬었다. 이렇게 가기 싫어하는데 꼭 데리고
갈 필요가 있을까 순간 갈등이 되었지만, 솔에게 바다를 보여주고
싶었다. 승은과 같이 제주도에 갔을 때, 바닷가를 거닐며 쭉 그 생
각을 했었다. 사는 데 치여 열 살 이후 단 한 번도 바다에 놀러가
본 적이 없다고 한 이 아름다운 소년에게 꼭 제주도의 평화로운
바다를 보여주고 싶다고.

사실 이유는 그것뿐이었다. 제주도로 떠나는 길 솔을 데리고 온
이유. 전혀 쓸쓸해서도, 혼자 심심해서도 아니라 그저 그 이유였
다.

"노래 들을래?"

휘가 이어폰 한 짝을 건네주며 솔에게 물었다.

"아뇨."

솔은 거절했지만, 휘는 억지로 솔의 귀에 이어폰을 끼워주었다. 짜증을 내려던 솔은 이어폰 안에서 흘러나오는 여자의 목소리를 듣고 저도 모르게 귀를 기울였다.

"잘 부르지?"

휘가 한쪽 눈을 찡긋하며 물었다.

정말 그랬다. 우리나라에 이렇게 노래 잘하는 여가수가 있는 줄은 몰랐다. 노래 가사는 삶이 나를 힘겹게 하더라도 절대 포기하지 않고 나의 꿈을 이루겠다는 조금은 처절한 내용이었다. 하지만 그런 가사가 호소력있는 여가수의 목소리와 어울려 소름 돋게 전해져 왔다.

솔은 고개를 돌려 휘를 보았다. 잠이 들었는지 눈을 감고 있었다.

의외였다. 가볍고 경쾌한 노래만 들을 줄 알았는데.

휘와 솔은 제주도로 가는 동안 에바의 노래를 이어폰 한쪽씩을 이용해서 함께 들었다.

"왜 하필 제주도죠?"

비행기에서 내려 야자수 나무로 둘러싸인 아름다운 제주공항에선 솔이 처음 꺼낸 말이었다. 그래도 아름답다는 말쯤은 할 줄 알았는데, 왜 하필 제주도라니. 쯧.

"네가 쉽게 도망 못 가게 일부러 섬으로 왔다. 어때? 겁나지?"

휘의 말에 솔은 콧방귀를 꼈다.

"네, 겁나네요."

시니컬한 솔의 얼굴에 자신이 쓰고 있던 선글라스를 씌워주었
다.

"가자!"

"외로워!"

넓고 넓은 제주도 바닷가를 향해 휘가 처절하게 외친 한마디였
다. 그리고는 고개를 돌려 그의 뒤에 허망하게 서 있는 솔에게도
재촉했다.

"너도 소리쳐. 그래야 속이 뻥 뚫리지."

"그래요? 그래서 이제 안 외로워졌나요?"

가소롭다는 듯이 묻는 솔의 말에 휘는 슬픈 표정을 지으며 솔에
게 다가와 가냘픈 소년의 몸을 끌어안았다.

10월의 저주처럼 찾아오는 외로움이 서글퍼서.

상대가 아무리 환상적으로 잘생긴 사람이라고 해도, 솔은 남자
에게 안기는 게 전혀 안 즐거웠기에 바로 휘를 밀쳐 내며 멀찍이
떨어졌다. 그리고 휘를 경계하며 말했다.

"혼자 노세요."

"넌 뭐 하려고?"

솔은 시위라도 하듯이 손에 들고 있던 영어책을 힘있게 펼쳐 들
었다. 그리고 주머니에 넣어왔던 볼펜도 꺼낸다. 바로 앞에 바다
가 있어도 솔은 전혀 바다를 보지 않았다. 어떻게 저럴 수 있을까
휘는 신기하기까지 했다.

"널 보니 꼭 삶에 쫓기는 삼십대 아저씨 같다."

"그렇죠. 걱정없이 사는 당신이 날 어떻게 이해하겠어요."

솔만 그렇게 보는 게 아니었다. 모두가 그랬다. 황보휘는 참 편하게 사는 이 시대의 진정한 탕아라고. 하지만 그렇지 않았다. 휘도 고민하고 슬퍼하고 아파했다. 그저 드러나지 않을 뿐이었지.

솔은 더 이상 휘가 없는 것처럼 아름다운 바닷가 모래사장에 앉아 무섭게 영어책을 읽어 내려가기 시작했다.

"너야말로 열여덟 살이면 열여덟 살답게 살아! 어린 시절은 두 번 오지 않아!"

"댁이야말로 서른 살이면 서른 살답게 놀아요! 이게 뭐 하는 겁니까! 저도 두 번은 못 참아요!"

"재미없네. 서울 가서 네 누나나 꼬셔야겠다."

아무리 농담이었다고 해도 자신의 누나에 대한 그런 말은 참을 수가 없었나 보다. 솔의 손에 들려 있던 영어책이 등을 보이고 걸어가는 휘의 뒤통수를 정확하게 갈겼다. 휘는 맞은 통증에 얼굴을 찌푸리며 바닥에 떨어진 영어책을 집어 들어서는 그대로 바닷가로 던져 버렸다.

솔이 휘에게 화를 내며 영어책을 찾아오기 위해 바닷가로 달려갔다. 그제야 조금 열여덟 살 소년 같아 보인다. 숨김없이 화를 내고, 작은 것에 집중하고.

"뭐 하는 겁니까! 당신도 와서 찾아요!"

어른 무서운 줄 모르고 대들고.

사실 처음 솔이 눈에 들어온 건 숲을 닮은 그 아름다운 외모 때문이었지만, 솔을 계속 찾아간 건 그가 별같이 빛날 존재라고 생각했기 때문이 아니었다.

휘는 아주 잘 알고 있었다. 솔이 아름답기는 해도 전혀 대중스타에 어울리는 성격도 아니고, 재능도 많지 않다는 걸. 그래도 자꾸 솔을 찾아간 건 자신에게는 없는 그 눈빛 때문인지도 모르겠다. 열여덟 살의 눈에서 보여지는 그 삶의 가늠할 수 없는 무게가 자꾸 소년에 대해 궁금하게 했다.

잘 지내고 있을까? 잘 견디고 있을까?

그게 자꾸 궁금해 솔을 찾아가게 되는 것이었다.

오랫동안 바다를 보지 못했다고 억지로 데리고 와 바다를 보여주는 것이 아니라 바다를 볼 수 있는 여유가 생길 때까지 노력하고 인내하는 게 이 소년이 살아가는 방식인가 보다.

멋있는 녀석이다. 이솔이라는 인간은.

그래서 멋진 이솔의 누나는 어떤 사람일까?

깊은 밤, 웅은 모두 퇴근 후라 사장실이 텅 비어 있을 거라고 생각하고 올라왔으나 승은이 비서실 책상에서 팔을 괴고 잠이 들어 있었다. 연락도 없는 휘를 기다리느라 아직도 남아 있다는 걸 알았다.

웅은 책상으로 걸어가 자고 있는 승은을 내려다보았다. 지금도 가끔은 그녀가 그보다 휘와 더 가까운 사람인 것 같다. 그와는 나눌 수 없는 그런 교감이 휘와는 가능한 것 같은. 어쩌면 그건 앞으로도 쭉 느껴야 할 아이러니한 감정일 것이다. 휘가 그의 친구인 한, 그리고 그녀가 휘를 사장 이상으로 생각하는 한.

웅은 책상 안쪽으로 걸어가 깊이 잠든 승은의 다리와 등에 손을 집어넣고 한 번에 안아 올렸다. 그녀는 한 번 잠들면 깊게 드는 편인지 좀처럼 깨어나지 않았다. 그녀를 안은 채 휘가 부재중인 사장실 안으로 들어가 긴 소파에 승은을 눕혔다. 그리고 휘의 책상으로 걸어가 전화기를 집어 들었다. 휘가 받지 않을 건 뻔했기에 메시지를 남겼다.

"내일 당장 돌아와."

간단하게 할 말만 하고 전화를 끊었다. 그리고 다시 승은이 자고 있는 소파로 돌아와 그녀의 머리맡에 앉았다.

일어날 때까지 기다릴까, 아니면 그냥 깨울까?

고심을 하며 그녀의 긴 머리카락을 손으로 쓸었다. 아무래도 가는 길에 밥도 먹어야 할 것 같았다. 어쩐지 까칠해 보이는 게 밥도 제대로 안 먹은 것 같았다. 정말 이건 사장 기다리는 비서가 아니라, 애인 기다리는 조강지처 같다.

그런데 잘 자고 있다고 생각한 그녀의 눈이 순간 번쩍 떠졌다. 너무 갑자기 눈을 떠서 웅도 놀라 버렸다. 눈을 뜬 승은이 앞에 있는 웅을 발견하고 크게 눈을 떴다.

"뭐야? 왜 그래?"

"아, 악몽을……."

악몽? 휘가 바다에 빠져 죽는 꿈이라도 꿨나?

"꿈이야. 괜찮아."

웅의 손이 겁먹은 승은을 달래기 위해 다가왔다. 승은의 뺨을 손가락 끝으로 만지는데, 그 아래에서 움찔하는 그녀가 느껴졌다.

웅은 그대로 손을 떼었다.

"내가 옆에 있는 게 부담인 거야?"

웅이 말에 승은은 고개를 가로저었다.

"그럼 내가 아직도 무서워?"

승은은 아니라고 또 고개를 저었다. 웅의 손이 다시 다가와 그녀의 얼굴을 쓸었다.

"그런데 왜 떠는 거야?"

당신이 너무 다정해서, 그래서 지금이 꼭 꿈같아서.

웅은 이제 자연스럽게 승은에게 말을 놓았다. 휘가 그런 거처럼. 그 사소한 변화가 승은을 설레게 했다.

승은은 다시 눈을 감았다. 뺨을 타고 내려온 그의 손가락이 위험하게 그녀의 입술을 쓸었다. 통증보다 더 아픈 떨림이 밀려왔다.

휘와 솔이 김포공항에 도착한 시간은 저녁쯤이었다. 며칠 만에 보는 변함없는 서울이 괜스레 반가웠다.

"그래도 나름 재미있는 여행 아니었냐?"

입국장 문을 나서며 휘가 솔에게 물었다. 솔은 그저 웃기만 할 뿐이었다. 갈 때와 달리 올 때 솔은 나름 기분이 좋아 보았다. 그걸 휘는 여행이 솔에게 꽤 보람된 일이었기 때문이라고 생각하기로 했다.

솔과 나란히 입국장을 나서던 휘는 무심히 앞을 쳐다보다가 놀라서 걸음을 멈추었다. 어떤 여자가 무시무시한 시선으로 자신을 쳐다보고 있었다. 모르는 여자였다. 하지만 그녀가 누구인지 알 수 있을 것 같았다. 솔이 여자였으면 꼭 저렇게 생기지 않았을까 생각될 정도로 솔과 많이 닮아 있었다. 분명 솔의 누나일 것이다.

여자는 끝까지 휘를 쏘아보며 두 사람의 앞으로 뚜벅뚜벅 걸어왔다. 휘는 천천히 선글라스를 벗고, 어떻게든 그녀와 좋은 첫인사를 나누고 싶었다. 하지만 그럴 수가 없었다.

찰싹!

별이 번쩍했다. 여자 손이 이렇게 맵다니. 죽을힘을 다해 때렸나 보다. 입 안에서 피 맛이 났다. 세상에 태어나서 맞아본 적도 드물었지만, 이렇게 아팠던 적은 처음이었다.

"또다시 내 동생 앞에 나타나면 당신 절대 가만 안 둬요."

경고도 손맛 못지않게 매웠다. 이런 식으로 경고를 하니 솔이 전화로 자신을 어떤 식으로 말했을지 대충 짐작이 됐다. 그녀는 분노에 사로잡혀 휘의 얼굴을 제대로 보려고 하지도 않았다.

"가자, 솔아!"

여자는 솔의 손을 잡고 그대로 걸어가 버렸고, 누나에게 끌려가며 솔이 마지막으로 휘에게 작별 인사를 했다.

"이걸로 죽을 때까지 저희 누나가 당신 좋아할 일은 없겠네요. 당신이 아무리 돈이 많아도, 외모가 돼도, 성격이 끝내줘도, 끈질겨도요."

반박할 말이 없었다. 그야말로 완벽한 솔의 방어였다. 누나에게 접근하려는 남자를 막는 게 아니라 그 남자에게 갈지도 모르는 누나의 마음을 막다니. 정말 악독한 놈이었다.

휘는 맞아서 빨갛게 손자국이 난 뺨을 손으로 쓸며 공항을 빠져나가는 남매의 뒷모습을 끝까지 쳐다보았다.

너 이 자식! 네 무덤을 네가 팠어! 그럼 난 죽을 때까지 널 쫓아가 주마!

휘는 다시 선글라스를 썼다. 입 안에서 싸하게 통증이 퍼져 나왔다. 하지만 이상할 정도로 기분이 나쁘지는 않았다. 맞을 짓을 했다고 스스로 인정하는 것이든가. 아니면 때린 여자가 너무 예뻐서든가. 아니, 전부 아니다. 그저 여행 중에 생긴 일이니까. 여행에서 생긴 일은 공항을 나서면 모두 잊는 것이다. 공항을 나온 휘는 그 길로 바로 휘 엔터테인먼트로 갔다.

"사장님."

떠날 때는 아무도 없었던 사장실에 승은이 그녀를 기다리고 있었다. 마치 언제나 그 자리에 있었던 것처럼. 반가움에 처음으로 그녀를 두 팔로 끌어안았다.

"나 말이지, 여 비서 진짜 좋아."

휘의 고백은 참 담백하다. 혹시 이 남자가 날 좋아하는 걸까? 라는 의구심조차 안 들게 깔끔하다. 그는 여 비서를 좋아하는 것이었다. 여승은이 아니라.

그래서 승은은 그의 고백에 담백하게 대답해 줄 수 있었다.

"저도 사장님 정말 좋아요."

"흠!"

뒤에서 웅의 기침 소리가 들려왔다. 휘가 돌아왔다는 소리를 듣고 만나러 온 길이었다. 휘는 승은을 안고 있던 팔을 풀고 못마땅한 표정을 짓고 있던 웅에게 다가가서 그도 껴안았다. 그리고 서럽다는 듯이 말했다.

"웅아, 나 여자한테 맞았다."

휘가 돌아왔다. 뺨에 여자한테 맞은 자국을 훈장처럼 달고, 휘가 돌아왔다.

그날 저녁은 휘가 돌아온 기념으로 다같이 먹기로 하였다.

집에서 만든 음식이 먹고 싶어, 라는 휘의 말에 따라 승은은 요리를 해야 했고, 웅은 자신의 집을 내놓아야 했다. 그리고 세 사람은 마트에 들러 장도 봐야 했다. 이래저래 번거로운 저녁이었지만, 할 수 없었다.

사장님이 하고 싶다는데, 부하직원이 따라줘야지.

백화점 마트에 도착하자마자 휘는 와인을 산다면서 와인 코너로 혼자 유유히 떠나 버렸다. 웅과 둘만 남게 되자 승은이 어색하게 웃으며 말했다.

"무사히 돌아오셔서 다행이에요."

"놀러갔던 거니까 당연히 무사하지. 그럼 오지 탐험이라도 간 줄 알았어?"

버릇이다. 남의 말에 이렇게 일일이 지적하는 거. 냉정하게 대꾸했다가 자신이 방금 말을 건넨 사람이 승은이라는 걸 깨닫곤 웅이 덧붙이듯이 말했다.

"뭐, 그래도 빨리 돌아와서 다행이야."

말을 하는데 노력을 한다는 거 웅에게는 대단한 일이었다. 그걸 승은도 아는지 소리 없이 웃었다.

카트를 밀며 넓은 식료품 매장을 걸어가면서 승은이 웅에게 물었다.

"사장님이랑은 중학교 때 처음 만나신 거예요?"

휘에게는 자주 물었었다. 두 사람에 대해서. 하지만 웅에게는 처음 묻는 일이었다.

"응."

"사장님은 중학교 때 어떠셨어요?"

"지금이랑 똑같아."

"그래도 뭔가 좀 다른 점이 있지 않아요?"

"아, 여자한테 뺨 맞고 다니지는 않았어."

휘는 웅에 대해서 한 시간이고 두 시간이고 끊임없이 이야기해 주는데, 웅은 참 짧다.

"그래도 사장님을 남달리 생각하시게 된 계기 같은 게 있으니까 지금까지 친구 하시는 거 아니세요?"

"계기?"

"네. 사장님 말씀이 실장님은 처음에 사장님 엄청 싫어했다고."

"휘랑 내 이야기 많이 해?"

"항상 해요."

"왜?"

"그야……."

사장님과 내가 당신을 엄청 좋아하니까.

"음, 어차피 난 처음부터 호감 느끼는 사람 없어. 가장 처음 그 사람의 단점부터 파악해 두니까."

그래서 승은에게도 그렇게 엄했나 보다. 문득 웅이 아직 자신의 요리 실력은 모른다는 생각이 벌컥 들었다.

"아! 저기, 실장님. 미리 실토하는 건데요."

"응?"

"저 요리 잘 못해요."

"그래도 밥은 확실히 할 줄 알지 않아?"

"네, 그야 밥이랑 된장국 정도는."

"그거면 됐어. 적어도 우리 어머니처럼 퐁퐁으로 씻은 밥 먹여서 아들 초죽음 만들 일은 없을 테니까."

"네? 퐁퐁이요? 정말 그걸로 쌀을 씻었다고요?"

그의 어머니에 대한 일화는 들을수록 승은을 놀라게 하고 있었다. 백설공주 계모로도 모자라 퐁퐁으로 쌀을 씻어 밥을 만든다니.

"그래, 세상에서 그렇게 기괴한 밥맛은 처음이었어."

퐁퐁밥을 먹여서 아들 119에 실려 가게 해놓고 어머니라는 사람이 하는 변명은 퐁퐁으로 씻어야 쌀이 깨끗해질 줄 알았단다. 그 무지함이 얼마나 두려웠던지. 웅은 아직도 그 밥맛이 생각난다는 듯 얼굴을 찌푸렸다.

웅이 다시 휘의 이야기로 돌아가 말을 이었다.

"휘가 좀 다르게 보였던 건 밴드 해산 이후였던 것 같아."

“밴드요?”

“몰라? 그 녀석 중학교 시절 밴드 만들어서 베이스 쳤었잖아.”

“정말요? 몰랐어요. 그런 이야기 사장님 한 번도 안 하셨는데.”

“뭐, 썩 좋은 기억만은 아닐 테니까.”

“왜요? 밴드가 인기없었어요?”

“아니, 휘 할아버지가 아시고 억지로 해산시켜 버리셨거든. 그리곤 그 후에도 또 뭉치지 못하게 나머지 멤버들을 전국으로 뿔뿔이 전학시켜 버렸지.”

“네? 그건 너무 심하셨다.”

“응. 하지만 휘도 만만치 않았어. 가출하고 학교를 결석하면서까지 전국으로 흩어진 친구들을 찾아나섰으니까.”

“정말요? 다시 밴드 만드시려고요?”

“아니, 사과한다고. 전국을 돌며 친구들을 찾아내서는 미안하다며 석고대죄하고 다녔어.”

휘는 사람 사이의 정이라는 걸 아는 사람이었다. 너무도 휘다운 행동에 가슴이 뭉클했다.

“그게 실장님한테 감동이었어요?”

“감동은 아니고, 그제야 그 녀석이 재벌집 자식이라는 걸 알았거든.”

“네?”

황당한 표정을 짓고 있는 승은의 얼굴을 재미있다는 듯이 쳐다보며 웅이 물었다.

“그래서 오늘 저녁은 밥이랑 된장국뿐이야? 그럼 재벌집 손자

화낼걸.”

“아뇨! 딴 것도 할 수 있어요.”

이렇게 스스럼없이 웅과 이야기를 나눈 건 처음인 것 같다. 이것도 휘의 힘인가? 아니면, 정말 웅과의 사이에 특별한 무언가가 생긴 건가?

그날 저녁은 정말 기분 좋은 시간이었다. 승은이 만든 단출한 요리를 웅과 휘가 진수성찬처럼 맛있게 먹어주었고, 웅과 휘의 대화 사이에서 승은은 계속 웃느라 밥도 제대로 먹을 수 없었다. 두 사람은 오래 알아온 시간 동안 추억도 많고 사건도 많았다.

집에 돌아오는 길은 웅이 승은을 집까지 태워다 주었다. 거의 집에 도착했을 때쯤 승은이 웅에게 말했다.

“다음에도 사장님이랑 같이 밥 먹어요.”

웅은 힐끔 승은을 쳐다보더니, 다시 앞을 응시하며 말했다.

“자주는 싫어.”

“네? 왜요?”

“난 둘만 먹는 게 좋아.”

그의 솔직한 말에 승은은 얼굴이 달아올랐다. 요즘 웅은 꼭 그녀의 애인처럼 굴었다. 하지만 자신의 옆에 있어달라고만 했지, 사귀자는 말을 한 적은 없었다.

아니, 옆에 있어달라는 말이 사귀자는 뜻이었을까?

“실장님.”

승은이 웅을 조심스럽게 불렀다. 웅이 차를 주차시키고 승은을 쳐다보았다. 승은은 자꾸만 좋아지는 그의 얼굴을 천천히 훑으며 물었다.

"우리 지금은 상사와 부하직원인 게 아닌 거죠?"

그의 눈매가 금세 깊어진다.

운전대를 잡고 있던 웅의 손이 올라와 승은의 얼굴을 조심스럽게 쓸고는 그녀의 긴 머리카락을 귓불 뒤로 넘겨주었다. 그의 내밀한 손길에 호흡이 차츰 흐트러졌다.

"난 휘가 당신 만지는 것도 싫어."

환하게 보이던 달이 그의 넓은 어깨에 가려 더 이상 보이지 않았다. 세상이 오직 웅으로 좁아지며 그의 입술이 그녀에게 다가왔다.

입술이 포개어지고 가슴과 가슴이 맞닿은 순간, 미세한 열이 온몸을 들쑤셨다. 신이 만들어주신 가장 고귀하고 아찔한 커뮤니케이션에서 두 사람은 언제나 잘 맞았다.

달칵! 혼곤한 정신 속에서 안전벨트 풀리는 소리가 들렸다. 그 소리가 이리도 아찔하게 들리게 될 줄이야.

웅이 두 손으로 강하게 끌어안자 승은도 고개를 더욱 젖히며 그를 깊게 받아들였다. 한번 시작된 스킨십에 그는 머뭇거림이 없었다. 벌려진 그녀의 입 안으로 그의 혀를 집어넣고 뜨거운 입김이 새어나오는 그녀의 안을 탐하였다. 그녀의 입 안을 자유로이 유영하던 그의 혀가 말캉한 그녀의 혀를 희롱하자 저절로 흐느낌이 새어나왔다.

밀려오는 웅의 무게가 그녀의 심장을 압박했다. 이대로 터져 버

릴 듯 모든 게 위험할 정도로 팽창했다. 그녀의 심장도, 그의 심장
도, 좁은 차 안의 온도조차.

웅이 그녀의 입술을 자유롭게 풀어주고 새하얀 그녀의 목을 더
듬는 순간에, 승은이 헐떡이는 숨을 간신히 몰아쉬었다. 하지만
곧 웅의 입술이 다시 다가와 그녀의 입술을 완전히 포개었다.

"하아."

미세한 틈 사이로 승은의 유혹적인 신음 소리가 새어나와 웅의
욕정을 자극하였다. 키스가 깊어지면서 아랫도리가 뜨거워져 왔
다. 더 이상 키스만으로 진정이 되지 않았다. 더 깊은 어떤 것을
바라며, 더 뜨거운 그것을 원하며 웅의 손이 승은의 블라우스 안
으로 성마르게 파고들어 갔다. 망설임도 없이 브래지어를 밀쳐 내
버리고 도톰한 처녀의 가슴을 사내의 손으로 머금었다. 금방이라
도 터져 버릴 듯한 그 아찔한 부드러움에 웅은 괴로운 신음을 뱉
어냈다. 승은도 마찬가지였다. 유두 끝이 아플 정도로 곤두서는지
라 그가 만지기만 했는데도 비명이 터져 나올 것 같아 입술을 질
끈 깨물었다.

사랑이 욕망으로 변한 것인지, 원래 욕망이었던 게 사랑의 탈을
쓴 건지 가늠이 안 될 정도로 두 사람은 서로를 탐함에 끝없이 빠
져들었다.

뜨겁다. 너무 뜨거워서 머리가 이상해져 버릴 것만 같았다.

"그…… 그만."

뜨거움에 겁을 먹은 승은이 먼저 물러나려고 했다. 웅은 쉬이
손을 물리지 못하며 거친 숨을 내쉬었다. 하지만 더 이상의 진전

은 없었다. 그도 겁이 나는 것이었다.
　승은이 또 자신 때문에 올까 봐.
　농밀한 어둠이 사내의 거친 숨을 집어삼켰다.

7. 어른의 연애

다음날 점심시간, 웅은 생각도 못한 손님들을 맞게 되었다. 어머니와 생일날 보았던 여자였다. 여자의 이름은 생일이 지났을 때 이미 기억에 남아 있지 않았다.

"같이 쇼핑 가는 길인데, 너랑 같이 점심 먹으면 좋을 것 같아서 들렀어. 괜찮지?"

아주 귀찮았다. 하지만 어머니 혼자가 아니었기에 웅은 괜찮다고 대답했다. 어머니가 남 앞에서 얼마나 고상을 떨고 싶어하는지 잘 알기에. 아마도 분명 그래서 저 여자를 데리고 온 것일 게다.

"명성에 비해 회사 건물은 작네요. 큰 곳으로 이사할 생각은 없으세요?"

대기업에서 근무하는 거 티내는 건지 여자가 처음 사무실에 들

어오자마자 꺼낸 이야기가 남의 회사 건물을 바꾸라 마라, 라는
이야기다. 그러나 웅은 괜찮다고 예의 바르게 대답해 주었다.

"우리 점심 뭐 사줄 거니?"

아무거나 가장 빨리 먹을 수 있는 걸로 골라야겠다.

"가시죠."

웅이 두 여자를 데리고 간 곳은 회사 근처에 있는 스테이크 전
문점이었다.

"레스토랑이 아니네."

음식이 풀코스로 나오는 정식 레스토랑이 아니라는 것이 불만
인지 어머니가 가게 안을 쭉 둘러보셨다.

"그래도 스테이크는 맛있어요. 드셔보세요."

"맛있어 봤자지."

라고 말씀하시며 메뉴판을 펴신다. 정말 상대방에 대한 배려가
조금도 없다. 문득 걱정이 밀려왔다. 어머니와 승은이 잘 지낼 수
있을까? 승은이 다정한 성격이니 그리 무리는 아니라고 생각되지
만, 그래도 승은이 참아내야 하는 부분이 많을 것이다.

"그런데 어떻게 엔터테인먼트 사업을 하시게 되신 거죠? 이쪽
에 관심이 있으셨어요?"

신영이 대화의 물꼬를 트기 위해 질문을 해왔다.

"대학교 다닐 때 한 친구를 스폰서 했었습니다."

"그러세요? 학생 신분에 대단하네요. 그래서 그 친구 분은 성공
하셨어요?"

"글쎄요."

웅이 애매모호한 말을 어머니가 끼어들어 이으셨다.

"죽었어요. 앨범 나오는 날. 그래서 있는 대로 돈만 들어가고 방송은 타지도 못했죠. 진짜 재수없는 인생이야. 하필 그날 죽을 게 뭐야. 그래도 앨범은 좀 팔렸지?"

어머니가 그렇게 아무렇지 않게 이야기하는 그 재수없는 인생이 바로 휘의 첫사랑 희란이었다. 사귄 적도, 서로 그런 표현을 한 적도 없지만, 휘는 아직까지도 그런 말을 한 적이 없지만, 옆에서 지켜보았던 웅은 알고 있었다.

휘가 그녀를 좋아했다는 걸.

스타가 되고 싶어 돈 많은 휘에게 접근했으나 결국은 그 꿈을 이루던 날 죽어간 못된 여자. 아직도 웅은 이해할 수 없다. 그 욕심 많은 여자를 휘가 왜 그렇게 마음에 들어했는지. 자신에게 없는 그 무궁무진한 욕심들이 신기했던 걸까? 그 질릴 것 같은 생명력이 놀라웠던 걸까? 아니면 그녀가 진정한 별이었기에 사랑한 걸까?

하여튼 웅이 절대 이해할 수 없는 것 중 하나에 휘의 여자 취향도 들어갔다.

"어머님이 참 좋으신 분이세요."

어머니가 잠깐 화장실에 간 사이에 신영이라는 여자가 한 말이다. 웅은 진심으로 이 여자 이상한 여자네, 라고 생각했다. 그게 아니라면 거짓말이라는 뜻이니까.

"그런데 외로움을 많이 타시는 것 같더라고요. 혼자 되신 지 오래됐다고 하시던데."

남의 이야기는 다 까발리면서 자신이 이혼한 건 사별한 걸로 바꿔놓다니. 어이없는 웃음이 나왔다.

"그렇죠, 오래되셨죠."

하지만 웃어 무엇 하리. 그게 다 내 허물인 걸.

"서 실장님은 결혼 안 하세요?"

결혼이라. 문득 승은의 얼굴이 떠오르기는 했지만, 승은과 결혼하고 싶은 건 아니었다. 부모님의 불행한 결혼생활을 옆에서 너무 질리게 봐서인지 웅은 결혼에 그리 낙관적인 생각을 가지고 있지는 않았다.

"아직 생각없습니다."

단호한 웅의 말에 신영은 잠시 놀란 표정을 하더니, 피식 웃으며 말했다.

"정말 제가 마음에 안 드시나 보군요."

이건 또 뭔 소리야?

"아쉽네요. 전 꽤 마음에 들었는데."

웅은 한 여자가 삽을 들었다 삽질을 하고, 제풀에 꺾여 그 삽을 내려놓을 때까지 그녀의 삽질에 대해 알지 못했다.

휘가 도저히 이해할 수 없는 것 중의 하나였다. 어떻게 웅은 그렇게 둔할 수 있을까 라는 거. 가슴이 안 따라주면 머리로 생각해도 알 것 같은데 말이다. 아마도 승은에 대한 욕정이 터져 나오지 않았다면 그녀에 대한 사랑을 깨닫는 데만도 천 년은 걸렸을 것이다. 정말 다행이었다. 남자라는 동물이 플라토닉 사랑보다 육체적 사랑을 더 선호한다는 게.

　화장실을 나오시던 어머니는 창밖에 걸어가는 낯익은 두 얼굴을 발견하곤 걸음을 멈추었다. 휘와 비서라는 그 여자였다. 나란히 걸어가며 스스럼없이 이야기를 나누고 있었다. 휘의 말에 여자는 즐겁다는 듯이 웃었다. 그리고 휘가 무슨 이야기를 한 건지 비서가 부끄러워하며 사장의 가슴을 손으로 때리기까지 했다. 전에 생일날 왔었을 때도 느낀 거지만 같이 걸어가는 모습이 아무리 봐도 그냥 사장과 비서 사이 같지는 않았다. 휘야 워낙에 그쪽으로 자유분방한 걸 알지만, 여자 쪽은 좀 문제가 달랐다.

　쯧쯧, 못 오를 나무를 좋아하고 있네.

　어머니는 승은이 안쓰럽고 한심하다는 듯이 혀를 차시며 웅과 신영이 있는 자리로 돌아가셨다.

　모두가 퇴근하고도 한참이 지난 시간 웅은 퇴근 준비를 하며 승은의 핸드폰으로 전화를 걸었다. 요즘은 집에 돌아갈 때 항상 승은을 집까지 태워다 주고 있었다. 마치 그게 하루의 일과처럼 되고 있었다. 서로의 집이 멀어 승은의 집까지 갔다가 집에 돌아가면 시간이 꽤 늦기는 했지만, 그렇다고 승은과 같이 퇴근하는 일을 그만두고 싶은 마음은 없었다.

　"나 나가. 엘리베이터 앞으로 나와."

　[아, 저 오늘 약속 있는데.]

　"약속? 무슨?"

　[제주도에서 친구가 올라왔대요. 그래서 만나려고.]

　승은의 친구 중 웅이 아는 사람은 아무도 없었다. 승은을 생각하면 그저 승은 그녀만을 생각했지, 그녀의 주위에 사람은 생각해 본 적이 없었다. 그래서 순간 굉장히 이상한 기분이 가슴을 쓸고 내려갔다.

"어떤 친구?"

우선 가장 궁금한 건 그 친구라는 게 남자인가 여자인가 하는 거였다.

[고등학교 때 친구예요.]

승은은 여자 고등학교를 나왔다. 피식 저도 모르게 웃음이 새어 나와 버렸다.

"그럼 약속 장소까지 태워다 줄까?"

[네? 아뇨. 괜찮아요. 이 근처에서 만나기로 했어요. 그냥 걸어 가면 돼요.]

"그래?"

무언가 이상한 오기가 생기고 있었다. 그녀는 빨리 전화를 끊고 제주도에서 왔다는 그 친구를 만나러 가야 하는데, 웅은 일부러 전화를 붙잡고 있으며 끊지 않았다.

"늦을 거 같아?"

[그런 건 아닌데, 친구가 우리 집에서 자고 가기로 했어요.]

"그 좁은 방에 두 명이 잘 수 있어?"

[저기, 세 명인데. 두 사람이 올라오거든요.]

"기인묘기라도 하겠다는 거야?"

[잘 수 있어요.]

승은이 토라진 듯 대꾸하자, 웅은 웃고 만다. 이제는 정말 사소

한 말에도 자주 웃게 된다.

끼익, 갑자기 닫혀 있던 사무실 문이 열렸다. 전화통화를 하던 웅은 놀라서 고개를 돌렸다. 문은 열려 있는데 들어온 사람은 아무도 없었다. 이상하게 생각되어 문가로 걸어가려는데, 부우웅, 작은 비행기 하나가 열심히 날아서 사무실 안으로 들어왔다. 웅은 정체 모를 장난감 비행기의 허락 받지 않은 출입을 어이없는 눈으로 쫓았다. 비행기는 웅의 바로 앞에서 멈추었다. 비행기 중앙에는 깃발이 끼워져 있었는데, 거기엔 이런 글씨가 적혀져 있었다.

〈데이트할래요?〉

웅은 그 글을 한참이나 내려다보다 문가로 걸어가 조금 열려 있는 문을 발로 퍽 걸어찼다. 곧 문밖에서 사람이 넘어지는 소리와 휘의 '윽' 소리가 들려왔다. 웅은 넘어진 휘를 무시하고 사무실을 나와 엘리베이터로 걸어가며 전화기 속의 승은에게 말했다.

"알았어. 내일 봐."

[네, 내일 봐요.]

승은과의 전화를 끊고 주차장으로 내려가기 위해 엘리베이터 단추를 누르는데, 모형 비행기가 날아와 웅의 등을 박았다.

오늘 승은이 만나기로 한 친구는 학교 다닐 때 굉장히 친한 친구들이었다. 그래서 학교 졸업하고도 간혹 연락하기도 했지만 대학에 다니느라, 그리고 서울에 올라와 일을 하느라 그동안 뜸했었다. 오랜만에 만나니 정다운 얼굴들이 너무 반가웠다.

"이야! 서울에서 보니 여승은 진짜 서울 아가씨 같은디?"

활발한 은지의 말에 승은은 그냥 웃고 만다. 사실 사투리만 고쳐졌다 뿐이지, 승은이 서울에 와서 변한 건 거의 없었다. 아니다. 엄청난 변화가 또 하나 있었다. 웅, 그가 그녀에게는 가장 큰 변화였다.

"그런데 전에 주연이 결혼식에서 봤던 그 엄청 화려한 남자 친구는 왜 안 데리고 왔어? 난 당연히 데리고 올 줄 알았는데."

"남자 친구 아니라니까. 사장님이라고 그랬잖아."

그날 결혼식장을 휘어잡았던 휘의 이야기를 또 다른 친구 선영이가 꺼내자 승은은 바로 아니라고 부정을 했다. 하지만 두 친구는 여전히 믿어주지 않았다.

"야! 사장이랑 비서 사이가 그렇게 가깝다는 게 말이 되냐? 사장님, 여비서 그러다가 자기야 된 거 아니었어? 그렇지?"

아무래도 휘는 범세계적인 연인인가 보다. 그냥 같이 있기만 해도 이렇게 애인이라는 오해를 받는다. 하긴 비서 친구 결혼식에 따라오는 사장님이라니, 쉽게 상상할 수 없는 범위이기는 했다.

그래서 내가 그렇게 따라오지 말라고 한 건데.

"나 사실은 만나는 사람 있어."

"뭐? 그럼 진짜 그 남자가 아니었다고? 아깝잖아! 지금 남자는 차버리고 사장님이랑 어찌해 보지."

두 친구는 절대 휘보다 괜찮을 리 없는 남자일 거라고 장담하는 것 같았다.

"아냐! 시, 아니, 그, 그 사람도 엄청 괜찮은 사람이야."

습관처럼 실장님이라고 하려다 바로 말을 바꾸었다. 이런 상황에 놓이니까 실장님이라는 호칭이 너무 어색했다. 만약 여기서 실장님이라고 한다면 꼭 직장상사와 바람난 불륜녀가 된 느낌이랄까.

"승은이 친구들이랑 안 만나봐?"

같은 시간 웅과 휘는 회사 근처 스테이크 전문점에서 같이 저녁을 먹고 있었다. 비록 모형 비행기는 반 토막이 났으나 그걸로 십오 년 우정이 두 동강 나지는 않았다.

"내가 왜?"

웅은 크게 스테이크를 썰어 입 안에 넣으면서 시큰둥하게 대답했다.

"왜라니, 친구라는 건 그 사람의 일부잖아. 승은이 네 친구인 날 아는 것처럼, 너도 그녀의 친구들을 알아야 점점 가까워지는 거잖아."

"됐어. 만나도 할 이야기도 없어."

"하긴 넌 첫인상 무지 안 좋지. 안 만나는 게 좋은 건지도."

와인을 마시던 웅이 고개를 들어 휘를 쏘아보았다. 그 말이 사실이라서 더 화가 났다. 그때 휘의 핸드폰이 울렸다. 밤만 되면 오분마다 한 번씩 울리는 게 휘의 핸드폰이었다. 휘가 긴 손가락을 뻗어 핸드폰을 집어 들었다. 그사이 웅은 빈 와인 잔을 들며 웨이터를 불렀다.

"여보세요? 어? 여 비서, 왜?"

휘가 전화를 하면서 승은을 부르자 웅이 눈살을 찌푸리며 고개를 돌렸다.

"아! 안녕하세요. 은지 씨? 알아요. 결혼식에서 승은이 옆 자리에 앉아 있었죠? 연두색 치마 입고 말이죠. 그럼 기억해요. 반가워요."

승은에 이어 이번엔 누군지도 모르는 여인의 이름을 부르며 휘는 반갑게 인사를 했다.

"어? 선영 씨? 네, 반가워요. 물론 기억하죠. 제가 한 번 본 사람 얼굴은 절대 안 잊어요. 파마머리 하고 입가에 점이 있었던 것 같은데. 맞죠? 아! 그런가요? 그럼 놓을까? 응, 그래."

그의 여자에 친구들과 정답게 통화를 하는 자신의 친구를 웅은 와인을 마시며 만감이 교차하는 눈으로 쳐다보았다. 내가 어쩌다 저런 인간과 아직까지 같이 지내고 있는 걸까?

신나게 떠들던 휘가 전화기를 웅에게 내밀었다.

"여 비서가 바꾸래."

그래도 자신을 기억해 줘서 고맙다고 해야 하나?

"왜?"

전화기를 받아 든 웅은 퉁명스럽게 말했다. 자신이 아니라 휘에게 전화를 한 승은에게도 조금 기분이 안 좋았기 때문이다. 전화기 저편에서 승은이 더듬거리며 말을 했다.

[저기, 우, 우.]

"우 뭐?"

[웅이 씨.]

웅은 순간 웅이라는 게 어떤 놈인가 생각했다. 그런데 알고 보니 자기 이름이다.

[나중에 전화할게요.]

"아! 응, 그래. 승은아."

어떻게 전화가 끊겼는지도 모르게 전화가 끊어졌다. 멍하니 그녀가 불러준 그 다정한 호칭에 취해 있는데, 휘가 빵을 찢어 먹으며 말했다.

"나도 이제부터 승은이라고 불러야지."

웅은 식탁 아래 있는 휘의 다리를 걷어차 버렸다. 승은의 'ㅅ' 자만 꺼내도 의절이다.

친구들은 주말 내내 승은의 집에 머물렀다. 오랜만에 서울에 올라온 것이기 때문에 승은이 이곳저곳 그녀들을 안내해 주며 놀러 다녀야 했다. 그래서 그 주는 한 번도 웅을 만날 수 없었다. 그렇게 쉬는 날이 모두 지나가고, 친구들이 돌아가는 시간이 될 때까지도 승은은 끝내 친구들에게 웅을 소개시켜 주지는 못했다.

내 친구들을 만나볼래요?

왜인지 그에게 이 말을 할 수가 없었다. 친구들이 웅을 어떻게 생각할까보다 그가 그녀의 친구들을 별로 좋아하지 않으면 어쩌나 걱정이 되었기 때문이다. 굉장히 조심스러운 것 같았다. 그에 대해 물어보는 것이 조심스러운 만큼 자신에 대해 보여주는 것도 조심스러웠다. 왜 이렇게 조심스러워지는 걸까? 골똘히 생각해 보니, 그건 웅과 자신이 어른이기 때문인 것 같았다. 그와 그녀는 어른의 연애를 하고 있는 것이다. 소녀였을 때 했던 연애보다는 조금 더 어려운 그런 만남.

친구들을 공항까지 바래도 주고 집에 돌아오니 벌써 밤이 늦어 있었다. 이 시간에 웅을 만나는 건 무리일 것 같았기에, 승은은 그냥 집으로 들어가기로 하였다. 막 현관문을 열쇠로 여는데, 하늘에서 하얀 어떤 것이 떨어져 내렸다.

설마 눈?

아직 10월이었다. 눈이 내리기에는 너무 일렀다. 아니겠지 단정하며 고개를 돌리는데, 또다시 하얀 눈 같은 것이 떨어져 내려왔다. 분명 눈이었다. 이미 사라져 버렸지만, 그건 분명 눈이었다.

멍하니 하늘을 올려다보던 승은은 가방을 뒤져 핸드폰을 꺼내 들었다.

"눈이 와요, 실장님!"

[…….]

승은의 외침에 전화기 안쪽에서는 잠시 말이 없었다.

"눈이요, 실장님! 지금 눈이 내리려고 해요."

[이 온도에 눈이 내리면 그건 미친 눈이야. 맞으면 죽어.]

웅은 안 믿었다.

"하지만 제가 이 눈으로 똑똑히 봤는데요."

[그래? 그럼 그 말을 믿고 지금 커튼을 걷겠어. 하지만 아무것도 안 보이면 승은이 날 속인 거야.]

"그, 그건……."

승은이 당황하는 사이 웅이 정말 커튼을 걷는 소리가 들려왔다.

[안 보이잖아. 왜 날 속인 거야?]

"그러니까, 펑펑 오는 게 아니라 한 송이였다고요. 하지만 분명 눈이었어요."

[난 못 봤어.]

괜히 전화했다. 승은은 그냥 어물쩡 잘 자라는 인사로 마무리를 하려고 했다.

[거기 가면 또 내릴까?]

웅은 승은의 말을 믿지 않았지만, 승은을 만나고 싶어했다. 승은은 그 사실이 10월에 눈을 본 것보다 더 설레었다.

"네, 그럴 것 같아요."

웅의 차가 집 앞에 온 건 사십 분 정도 지나서였다. 쭉 창밖을 쳐다보며 웅을 기다리고 있던 승은은 저 멀리 웅의 은색 세단이 보이자마자 빨간색 슬리퍼를 신고서 현관문을 열고 밖으로 나갔다.

"친구들은?"

승은이 차에 타자마자 웅이 물은 말이었다.

"갔어요. 아마 지금쯤 제주도에 있을 거예요."

웅은 더 이상 그녀의 친구들한테는 관심없는지 다른 질문은 하지 않았다. 대신 이 늦은 시간에 이곳까지 오게 한 그것에 대해 물었다.

"흠! 그래서 눈은?"

웅이 핸들 위에 팔을 괴며 차창 밖을 쳐다보았다. 웅의 질문에 승은은 순간 뜨끔했다. 더 이상 아무것도 내리지 않고 있었다. 아마 잘못 본 것이었나 보다. 아니면 눈과 비슷한 솜덩이였던가.

승은이 손을 뻗어 열심히 창밖을 쳐다보며 10월의 거짓말쟁이 눈을 기다리고 있는 웅의 옷깃을 잡아당겼다. 거짓말처럼 웅이 승은의 바로 옆으로 끌려왔다. 어느새 코앞에서 자신을 빤히 쳐다보는 웅의 시선에 얼굴이 달아올라 왔다.

"미안, 내가 잘못 봤나 봐요."

웅은 더 이상 묻지도 않았지만, 승은은 눈을 내리깔며 자진해서 사과를 했다.

"대신에……."

가까운 곳에서 그의 숨결이 느껴졌다. 따스한 그 숨결을 깊게 들이마신 다음 하고 싶은 말을 마저 했다.

"올해 첫눈…… 같이 봐요."

비록 지금 눈은 오고 있지 않지만, 자신만을 위한 그의 품이 너무 따스해서 행복했다. 자신을 안아주는 두 팔이 너무 든든해서 행복했다. 행복함에 미쳐 버릴 것 같다는 말을 저 까만 밤하늘에 하얀 눈 대신 새겨 넣는다.

"……고 싶어."

웅의 넓은 가슴에 포옥 안겨 있는데 머리 위에서 웅이 속삭였다. 승은은 고개를 들어 바로 위에 있는 웅의 얼굴을 쳐다보며 다시 물었다.

"네?"

그제야 보였다. 그의 눈이 괴로워하고 있다는 걸. 자신은 이렇게 행복한데 웅은 그렇지 못하다는 게 너무 충격이었다.

나랑 있는 게 행복하지 않아요?

그의 괴로움에 승은도 괴로워지고 있을 때 웅이 더 또렷이 말해주었다.

"당신과 자고 싶어."

승은은 한참이나 웅의 얼굴을 쳐다보며 아무 말도 할 수 없었다.

어른의 연애, 그건 결코 쉬운 소꿉놀이가 아니었다.

8. 그녀 위에 잠들다

늦은 밤이었다. 휘는 회사 소속 여가수 유진의 전화를 받고 호텔에 가는 중이었다. 호텔방에서 만난다고 해서 여가수와의 내연의 관계 그런 건 절대 아니었다. 그저 기자들의 눈을 피하기 가장 편한 곳이 호텔이기에 그곳에서 보는 것이었다.

휘는 호텔로 가는 길에 와인을 하나 샀다. 휘가 고른 와인은 '베라치노'였다. 조국인 이탈리아에선 인정받지 못해 결국 프랑스 국왕의 후원으로 신대륙 발견에 나선 탐험가의 이름을 딴 와인이다. 무언가 새로운 일을 시작하는 사람에게 줄 선물로 안성맞춤인 와인이었다. 지금 만나러 가는 유진은 슬럼프로 고생을 하다가 이번에 나온 6집 앨범이 반응을 얻으면서 제2의 전성기를 누리고 있는 친구였다. 그러니까 휘는 그녀를 마음껏 격려해 주고 싶었다.

앞으로는 모든 게 잘될 거라고.

회사 사장이 아니라 친구로서 격려해 줄 생각이었다. 유진과 같이 일을 한 게 벌써 팔 년이다. 휘 엔터테이먼트의 역사와 같은 시간이다. 그 시간 동안 쌓인 신뢰는 이제 충분히 유진을 친구라고 부를 수 있는 정도였다.

유진이 있는 호텔로 가는 휘의 발걸음에 경쾌함이 흘렀다.

휘의 잠적으로 중지되었던 2차 오디션이 웅의 강행으로 진행되게 되었다. 인물이 없다는 휘의 말에 웅이 한 말은 이것이었다.

신붓감을 찾는 일이 아니다.

그러니까 세상에서 가장 빛이 나는 단 하나의 존재를 찾는 일이 아니라는 것이다. 모인 사람들 중 가장 나은 사람을 뽑자는 것이었다. 규모가 큰 오디션인만큼 세간의 이목이 집중되어 있었다. 1차만 하고 그만둔다면 그만큼 파장도 클 것이고, 다음 오디션에도 불이익이라는 것이 웅의 주장이었다. 이미 시작을 했으니 무조건 끝까지 가는 거다.

"이번 주 내로 오디션은 재계할 겁니다. 1차 합격생들한테 모두 연락 취해서 오디션 날짜 알려주세요. 가능한 오디션 중 다른 일이 겹치지 않도록 미리미리 마무리하세요."

더 이상 휘의 의견 따위는 필요없었다. 무조건 강행이었다. 휘가 또 몇 마디를 투덜거렸지만, 모두들 알아서 무시해 주었다. 어차피 실권을 잡고 있는 건 휘가 아니라 웅이었으니까.

그런데 갑자기 여가수의 매니저를 맡고 있는 젊은 남자가 헐레

벌떡 회의실 문을 열며 뛰어들어 왔다. 회의실에 모여 있던 사람들의 시선이 한 번에 그에게 몰렸다.

"무슨 일이야?"

파랗게 질린 남자의 얼굴이 심상치 않아 보여, 회의를 방해한 것에 화내기보다 이렇게 들이닥친 이유를 물었다. 남자는 덜덜 떨며 이야기를 시작했다.

"유, 유, 유, 유…… 유진이가……."

유진, 그가 담당하고 있는 여자 가수였다.

"호텔방에서 자, 자살한 채 발견됐습니다. 그래서 경찰이, 그러니까……."

의자에 나른하게 기대 있던 휘가 남자의 말을 듣고 놀라서 벌떡 몸을 일으켰다. 왜냐하면 어젯밤 그녀를 마지막으로 만난 사람이 바로 휘였기 때문이다.

마치 영화 같은 죽음이라고 말할 수 있을 것 같다. 약을 먹은 유진은 죽은 모습조차 아름다웠다. 하지만 그렇다고 해서 자살이 미화될 수는 없었다.

죽은 그녀의 사체가 발견되고 몇 시간도 지나지 않아 텔레비전과 인터넷에서는 인기가수 유진의 죽음이 퍼져 나갔다. 그리고 사람들은 그녀가 자살을 해야 했던 이유를 궁금해하기 시작했다.

남자가 배신을 했다. 우울증이다. 카드빚 때문이다. 강간을 당했다. 마약을 했다.

여러 가지 추측들이 난무했지만, 모든 것은 그저 추측일 뿐이었다. 그녀는 유서 한 장 남기지 않았으며, 자신의 블러그에도 자살과 관련된 글은 단 하나도 남기지 않았다. 그야말로 길을 가다가 갑자기 떨어져 내리는 소나기 같은 일이었다.

그래서 모든 초점은 그녀가 마지막으로 만났던 사람인 황보휘에게 쏠렸다. 경찰은 유진의 죽음과 관련해서 휘에게 많은 질문을 했으나, 휘는 단 한 마디도 하지 않았다. 경찰들이 무수한 질문들을 할 동안 휘는 쭉 경찰이 취조 내내 피우고 있던 담배 연기만을 쳐다보고 있었다.

[어디야?]

"경찰서예요. 사장님이……."

승은이 휘를 따라 경찰서에 갔다는 말에 웅이 혀를 찼다.

[기자들 많잖아. 깔려 죽고 싶어!]

"하지만 사장님이……."

[괜찮으니까 돌아와.]

"하지만 사장님이……."

[사장님이 뭘! 넌 그 녀석이 지옥에 가면 거기도 쫓아갈 거야?]

달칵! 승은은 그대로 전화를 끊어버렸다. 지금은 화를 내는 웅에게 뭐라고 할 말이 없었다. 전화를 끊고 잔뜩 몸을 웅크린 채 또 나오지 않는 휘를 기다렸다. 무슨 말이 이렇게 긴지 기다리고 기다려도 휘는 나오지 않았다. 결국 승은의 앞에 휘보다 먼저 모습을 나타낸 건 웅이었다.

"회사에 가 있어. 휘는 내가 알아서 할 테니까."

오랜 시간 기다리며 웅크리고 앉아 있던 승은이 힘겹게 일어나다 휘청했다. 그녀가 넘어지지 않게 웅은 손을 뻗어 승은의 허리를 붙잡아주었다. 승은은 웅의 팔에 기대 깊게 한숨을 내쉬었다.

"사장님의 그런 얼굴 처음 봤어요. 꼭 자기 때문에 그런 일이 생긴 거라고 생각하는 것 같아 불안해요. 설마 사장님한테까지 무슨 일이 있지는 않겠죠?"

승은의 걱정스런 말에 웅은 아무런 말도 할 수 없었다. 저 어두운 곳에서 걸어나온 휘가 어떤 행동을 할지 대략 짐작이 되었기 때문이다. 하지만 짐작이 된다고 해서 그를 막을 힘이 웅에게는 없었다. 막아선다면 그대로 죽어버리는 것이 바로 황보휘라는 인간이었으니까.

휘가 경찰서에서 나온 건 어둠이 짙게 깔린 저녁이었다. 경찰서 밖에서 그가 나오기만을 기다리고 있던 기자들이 한꺼번에 휘에게 몰려들어 마이크와 카메라를 들이밀었다.

"유진이 마지막에 만난 사람이라고 알고 있는데, 그날 밤 그녀와 만나서 무슨 이야기를 했습니까? 두 사람은 연인 사이입니까?"

"한말씀만 해주십시오. 평소 유진에 대해 어떻게 생각하고 있었습니까?"

매스컴은 유진의 죽음 위에 화려한 스캔들로 화장을 시키려는지 모두 다 황보휘와 유진의 관계에 대해 물어왔다. 기자들에게 둘러싸여 한 발자국도 나가지 못하는 휘에게 거침없이 다가온 사람이 있었다. 웅이었다. 웅은 멍하니 서 있는 휘의 팔을 붙잡고서 기자들을 헤치고 앞으로 나아가기 시작했다.

불빛들이 끝까지 두 사람의 뒤를 쫓아왔다. 그 따가운 빛에 질

식할 것만 같았다. 웅은 휘가 차에 탈 때까지 그 잔인한 빛들에게
휘를 보호해 주었다.

"집으로 갈 거야?"

휘를 차에 태우고 도로 위를 달리며 웅이 물었다. 휘는 간결하
게 대답했다.

"장례식장."

"거기도 기자들 천지일 거야."

"그래도 가."

웅은 짧게 한숨을 내쉰 뒤, 차를 돌려 병원으로 향했다.

"잠깐 여기서 기다려. 영안실 분위기 좀 보고 올게."

병원에 도착해서 웅은 휘에게 일층 로비에서 기다리라고 말하
고, 먼저 영안실 쪽으로 갔다. 웅을 기다리는 동안 휘는 로비에 열
맞춰져 있는 의자 중 하나에 앉아 멍하니 앞만 보고 있었다.

"죽을 때까지 나를 기억해 줘."

사람들이 그렇게나 궁금해하는 유진의 마지막 말이었다. 오늘
하루 종일 휘는 그 말을 되새기고 있었다. 너무 밝은 표정으로 그
말을 해 설마 그녀가 그런 생각을 가지고 있는 줄은 꿈에도 몰랐
었다. 새 앨범이 반응이 너무 좋아 축하주나 한잔하자고 만난 것
이었고, 정말 즐겁게 축하주를 마셨다. 그리고 웃으면서 헤어졌
다.

그런데 죽었다고? 거짓말이지?

숨이 턱 막혀왔다. 무언가 목구멍에 막혀 제대로 숨을 쉴 수가 없었다. 휘는 손으로 목을 움켜잡고 점점 괴로운 표정을 지으며 앞으로 쓰러져 갔다.

“이봐요! 괜찮아요?”

지나가던 여자가 물어왔다. 의자에 쓰러져 누운 휘가 위태로워 보였나 보다. 휘는 눈만 들어 자신에게 다가오는 그녀를 쳐다보았다.

분명 다시 만날 거라고 생각했지만, 하필 이 순간 만나다니. 그녀였다. 솔의 누나. 너무 무서워서 꿈에까지 나왔던 그녀.

“어? 당신!”

그녀도 휘를 알아보고 단번에 얼굴을 찌푸렸다. 하지만 이번에는 뺨을 때리지는 않았다. 차라리 그랬으면 정신이 번쩍 들지도 모르는데.

“왜 그래요? 몸이 불편해요?”

목소리가 퉁명스럽기는 하지만 그래도 걱정을 해준다. 휘가 대답이 없자 그녀는 조금 더 가까이 다가와 조심스럽게 휘를 살폈다.

“의사라도 불러줘요?”

휘는 희미한 시선으로 진지한 그녀를 쳐다보며 힘겹게 말했다.

“나 한 대만 때려줄래요?”

그녀가 이제 휘를 미친 인간 쳐다보듯이 쳐다보았다. 처음엔 하나뿐인 동생을 멋대로 납치하고, 두 번째는 밑도 끝도 없이 때려

달라고 하니, 분명 휘가 감당할 수 없을 정도로 이상한 인간이라고 생각하고 있을 것이다.

휘는 손을 뻗어 그녀의 손가락 끝을 붙잡고 다시 부탁했다.

"있는 힘껏 딱 한 대만."

누가 자신에게 벌을 내려줬으면 좋겠다. 유진의 죽음조차 알아채지 못하고 웃으며 그녀를 보냈던 천치 같은 자신에게.

웅의 도움으로 휘는 조용히 영안실에서 마지막 유진의 모습을 볼 수 있었다. 사진 속의 활짝 웃는 유진의 사진을 보니, 그녀의 죽음이 또 거짓처럼 느껴져 왔다.

유진은 휘가 단독적으로 발굴한 신인이었다. 첫 등장부터 그 화려한 외모와 매력적인 목소리로 많은 인기를 끌었지만, 3집부터 슬럼프가 와 점점 인기가 떨어졌었다. 그리고 이번에 나온 앨범이 6집. 1집에는 못 미치지만 굉장히 좋은 반응이었었다. 모두가 제2의 전성기라고 하였다. 그래서 그녀도 다시 행복해하는 것 같았는데, 이렇게 죽어버렸다.

"나 때문이겠지?"

그녀의 영정 사진을 멍하니 쳐다보며 휘가 하는 말에 웅은 바로 부정을 했다.

"아냐."

그 누구의 잘못도 아니었다. 그저 그녀가 나약했을 뿐이었다. 또다시 빛이 사라져 버릴지도 모른다는 불안감에 다시 찾아온 찬란한 빛 속에서 섣부르게 마침표를 찍어버렸다. 그럼 그녀는 영원히 빛나는 스타로 사람들의 기억 속에 남을 테니까.

차라리 은퇴를 하지, 왜 목숨을 버린 걸까?

웅은 솔직히 자살까지 가버린 그 진정한 내면을 이해할 수 없었다. 그는 휘만큼 자신들이 만들어내는 별들과 친하지 않았으니까.

"난 도대체 뭘 하고 있는 거지?"

휘는 쉽사리 괴로움에서 빠져나오지 못했다. 아마도 꽤 오랫동안 지금 빠져 있는 늪에서 빠져나오지 못할 거라는 걸 웅은 알았다. 이건 위로한다고 되는 일이 아니었다. 또 다른 별을 찾아야 했다. 유진이란 나약한 별의 존재조차 잊게 해줄 만큼 화려하고 커다란 그런 별을.

며칠 뒤, 휘 엔터테인먼트는 또 다른 사건으로 발칵 뒤집혔다.

"사장님이 사표 냈다며! 그게 정말이야?"

"그렇다니까. 서 실장님이 전화로 하는 얘기 내가 똑똑히 들었다니까."

휘가 사표를 냈다.

그가 떠나면 절대 안 되게 회사 이름도 휘 엔터테인먼트로 지었는데 그가 떠난다고 한다. 며칠 동안 휘의 모습이 보이지 않아 떠들썩한 기사가 사그라질 때까지 몸을 숨기고 있는 줄 알았는데, 그게 아니었던 것이다. 휘의 사표 소식이 알려지자 하루 종일 회사는 폭풍을 만난 배처럼 사정없이 흔들렸다.

"그런데 사장이 사표 내면 사장 비서는 어떻게 되는 거야?"

이야기는 승은에 관한 것까지 퍼져 갔다.

“사장이 사표 냈으니까, 당연히 비서도 잘리는 거 아냐?”

“야! 그래도 실장 애인이잖아.”

“그럼 실장님 비서로 들어가나?”

이야기는 완전히 코미디로 흘러가고 있었다.

“왜 안 붙잡으셨어요!”

승은은 휘가 사표를 낸 것에 대해 웅에게 화를 내었다. 그가 그대로 사표를 받았기 때문에 휘가 나간 거라고 생각했기 때문이다.

“자신의 의지였어.”

휘의 사표에 대해 너무도 담담한 태도를 보이는 웅이 승은은 도저히 이해가 되지 않았다.

“이 회사는 사장님이 없으면 절대로 안 돼요!”

“걱정 마. 망하지는 않을 테니까.”

아마도 주식 값은 떨어지겠지만.

“전 정말 실장님을 이해할 수가 없어요!”

승은은 처음으로 웅에게 버럭 화를 내버렸다.

가장 절친한 친구잖은가! 그 친구가 지금 절망에 빠져 모든 걸 내팽개치고 있는데, 어떻게 이리 냉정하게 방관만 하고 있단 말인가!

웅은 휘를 붙잡지 않는 게 휘를 위로하는 거라고 생각했기에 그런 것이었다. 하지만 그걸 설명해 주지 않으니 승은의 눈으로 보기에는 웅이 휘의 일을 모른 척하는 걸로만 보였다.

승은은 웅의 태도가 도저히 참을 수 없어 웅의 손에 잡고 있던 펜을 억지로 빼앗아서 아무 종이에 ‘사직서’라고 휘갈겨 썼다.

"저도 나갈 거예요! 사장님 없는 회사 하루도 나오고 싶지 않아
요!"

웅은 승은이 홧김에 휘갈겨 쓴 사직서를 말없이 내려다보았다.
어이없게도 이 순간 자신이 그녀를 얼마나 사랑하나 느낄 수 있었
다. 이렇게 무책임하게 회사를 나가 버리겠다고 나오는데 화가 나
지 않는 걸 보니 말이다.

웅은 그녀가 아무렇게나 휘갈겨 쓴 사직서 종이를 들어서는 두
쪽으로 찢어버리며 말했다.

"헛소리 말고 가서 사장실 청소나 해."

하지만 승은은 웅의 말을 무시하고 그 길로 바로 회사를 뛰쳐나
와 버렸다. 이 정도까지 되면 애인으로서 화를 내야 할 처지였다.
그녀는 자신이 아니라 다른 남자를 찾아 뛰쳐나간 것이니까. 그러
나 이 순간에도 웅은 화를 낼 수가 없었다. 왜냐하면 불행하게도
그녀가 찾아간 남자가 죽을 때까지 함께할 자신의 친구였으니까.
이젠 사장에, 사장 비서까지 뛰쳐나간 빈 사무실을 그가 지켜야
하는 처지가 되었다.

이렇게 되면 가장 불쌍한 건 웅인 건가?

휘가 전화를 받지 않았다. 휘를 찾아 회사를 뛰쳐나온 승은은
휘와 연락이 되지 않자 한 발자국도 움직일 수가 없었다.

도대체 어딜 가서 찾지? 집에 있을까?

웅에게 부탁한다면 그는 분명 쉽게 찾을 수 있을 것 같았지만,
지금은 웅에게 부탁하고 싶지 않았다. 휘가 그런 괴로운 일로 상

심하고 사표까지 쓰고 회사를 나가 버렸는데, 회사에 틀어박혀 평
소와 다름없이 일을 하는 그가 승은은 도저히 이해가 되지 않았
다.

　회사 동료이기 전에 친구잖아.

　승은은 방법이 없이 휘에게 문자를 찍었다. 전화는 안 받아도
문자라면 혹시나 받을지도 모르니까.

　〈저도 사표 썼어요.〉

　휘의 답장이 온 건 한 시간이나 지난 뒤였다.

　〈그래서 웅이랑 결혼할 거야?〉

　어이없는 문자였다. 이런 순간에도 농담이 나온단 말인가.

　〈아뇨, 사장님이랑 같이할 거예요. 전 사장님의 비서잖아요.〉

　두 번째 문자를 보내고, 얼마 안 있어 휘의 전화가 왔다. 다행히
그의 목소리는 평소와 같았다. 다행히 버틸 수 있기는 한가 보다.

　[나도 여 비서가 사표 썼다면 같이 썼을 거야.]

　정말 세상에 이런 상사가 어디 있을까? 상사가 꼭 애인 같다.
애인은 꼭 상사 같고 말이다. 이 웃기는 현실에 승은은 상황과 어
울리지 않는 웃음이 나왔다.

“어디세요?”

[세상의 끝.]

“설마, 해외예요?”

그사이 외국으로 가버렸다고 해도 휘라면 가능할 것도 같았다.

[아니, 술집 이름이야. 세상의 끝.]

술집 이름 한번…… 시니컬하다.

술집 위치를 물으니 휘도 모른다고 하며 바텐더를 바꿔주었다. 아마 오늘 처음 가본 술집인 것 같았다. 승은은 바텐더의 설명을 듣고 휘를 만나기 위해 세상의 끝으로 갔다. 중간에 웅의 전화가 걸려왔지만, 받지 않았다.

웅은 좀 더 걱정이라는 걸 할 필요가 있었다.

세상의 끝에 위치하지는 않았지만 강남의 끝에 위치한 술집이었다. 술집 안에 들어가니 손님은 달랑 휘 한 명뿐이었다. 휘는 바텐더와 이야기를 하다가 술집에 들어온 승은을 보고 손을 흔들었다. 승은이 가까이 다가오자 휘는 그녀의 손을 잡아 올리며 바텐더에게 흔들어주었다.

“우리 비서. 내 말대로 귀엽죠?”

과묵하게 생긴 바텐더는 웃고 만다. 승은은 쑥스러워서 고개를 푹 숙였다.

“여 비서, 뭐 마실래? 아! 이제 둘 다 사표 썼으니까 그냥 말 틀까?”

“네?”

"내 이름은 씨 자 붙이면 이상하니까 그냥 휘라고 불러."

"그래도 어떻게 그렇게 불러요."

"괜찮아. 열여덟 먹은 녀석들도 막 내 이름 부르는데, 승은이 못 부를 게 뭐야. 원래 내 이름이 막 부르라고 외자야."

그런 말도 안 되는 소리를 하며 휘는 금세 술 한 잔을 비워냈다. 말하는 걸 보면 괜찮은 것도 같은데, 괜찮지 않으니까 사표를 쓴 것이다.

"……저기, 사장님. 왜 사표까지 쓰신 거예요?"

승은의 조심스런 질문에 휘가 한숨을 폭 내쉬었다.

"휘라고 부르라니까."

아무리 그래도 그건 힘들었다. 만약 그렇게 부른다면 어쩐지 웅에게 허락을 받아야 할 것 같은 마음이 들었다. 우물쭈물하며 아무 말도 하지 못하는 승은을 바라보던 휘는 피식 웃으며 바텐더가 다시 가득 채워준 보드카를 입으로 가져갔다.

"그냥."

사표를 쓴 이유가 그냥이란다. 휘는 항상 모든 걸 너무 쉽게 이야기한다. 그래서 항상 모든 걸 쉽게 생각하는 줄 알았는데, 아마도 그런 게 아니었나 보다.

"잠시 쉬고 싶었어."

"그럼 휴직계를 내시지, 꼭 사표까지 쓸 필요는 없잖아요."

"그럼 웅이 날 기다릴 테니까. 그러지 않았으면 했어. 무리해서 나에게 맞춰주는 건 지금까지로도 충분해."

"그럼 당분간 여행이라도 다니실 거예요?"

“아니, 좋아하는 술이나 엄청 마시면서 살려고.”

“그, 그런! 술로 해결하려는 건 안 좋아요.”

걱정스럽게 말하는 승은에게 휘가 빙긋 웃으며 말했다.

“승은이 내 술집에 온 첫 손님이야. 무슨 술로 줄까? 난 화이트 러시안을 추천해. 우유가 들어가서 부드럽거든. 승은에게 딱이다.”

“네?”

승은은 놀라서 다시 횅하니 비어 있는 술집 안을 둘러보았다.

“사장님 술집이라니요? 그럼 여기가 설마⋯⋯.”

“응, 방금 내가 샀어.”

이렇게 즉흥적일 수가.

“아, 승은도 사표 내서 백수지? 여기서 일할래? 술 마음껏 마셔도 되고, 나오고 싶을 때 나오고, 들어가고 싶을 때 들어가도 돼. 어때? 할래?”

또다시 자신에게 일자리를 제안하는 휘를 승은은 멍하니 쳐다만 보았다. 그런 승은에게 휘가 부드럽게 웃으며 말했다.

“난 여기 있을 거야. 그러니까 걱정하지 마.”

그의 부드러움이 애잔하게 느껴지는 날이었다.

어째서 슬퍼도 웃는 걸까?

장난칠 때, 기쁠 때, 평소에 잘 웃는 휘는 굉장히 행복한 사람 같았는데, 지금 이 순간까지도 웃고 있는 휘는 어쩐지⋯⋯ 불쌍했다.

휘와 헤어지고 집으로 돌아오니 밤이 깊어 있었다. 그런데 현관문 앞에 피우다 만 담배꽁초가 바닥에 지저분하게 떨어져 있었다. 승은은 작게 중얼거렸다.

"나 보라고 일부러 버리고 갔구나."

웅이 왔다 갔었나 보다. 그럼 끝까지 기다리다 만나고 가지, 그냥 포기하고 가버리니. 오히려 안 만나러 온 것보다 더 욕을 먹는다. 승은은 바닥에 쭈그려 앉아 웅이 버리고 간 담배꽁초들을 주워 들고 집 안으로 들어갔다.

웅에게 전화를 할까 하다가 차라리 내일 직접 만나 휘에 대해서도 말하는 게 좋을 것 같아서 씻자마자 그대로 잠자리에 들었다. 그리고 평소처럼 금방 잠이 들었다.

달칵 달칵.

그 소리가 들린 건 깊은 잠에 들었다가 잠시 잠깐 깨어났을 때였다. 졸린 눈으로 어둠을 응시하던 승은은 계속해서 들리는 소리에 온 정신이 예민해지기 시작했다. 달칵달칵. 이 소리는 문 쪽에서 났다. 꼭 누군가 문을 열려고 하는 것 같았다. 승은은 겁을 먹고 벌떡 일어나 앉았다. 그리고 어둠 속에서 멀리 어렴풋이 보이는 현관문을 응시했다. 집이 원룸 형식이기에 승은이 자고 있는 곳과 현관은 바로 연결되어 있었다. 오래된 집이라 현관문에 잠금쇠도 없었다. 열쇠만 따면 바로 열 수 있는 문이었다.

달칵 달칵.

날카로워진 신경 속에 소리는 점점 커지는 것만 같았다. 분명 누군가 지금 문밖에 있는 것이다. 그 생각만으로도 승은은 온몸에 소름이 돋아났다.

그러고 보니 예전의 그 도둑은 경찰이 잡았을까?

어쩐지 동일범일 것 같았다. 아무것도 훔치지 못하고 그냥 간 게 억울해 또 온 것이다. 승은은 후들후들 떨리는 손을 뻗어 핸드폰을 잡았다. 번호를 누르는데 손가락이 덜덜 떨려왔다.

[여보세요?]

전화를 받은 웅의 목소리는 잔뜩 잠에 취해 있었다. 그의 목소리를 듣자마자 참고 있던 울음이 터져 나왔다.

"흐어엉! 실장님! 살려주세요!"

그러고 보니 전에 도둑이 들었을 때는 휘에게 전화를 했었다. 하지만 오늘은 너무도 당연하단 듯이 웅에게 했다.

[꼼짝 말고 있어! 내가 지금 갈게!]

그가 달려온다고 한다. 어쩐지 지금 이 순간에서야 그가 자신의 애인이라는 게 정말 실감이 났다.

이불을 푹 뒤집어쓰고 웅을 기다리고 있는데, 문밖에서 옆집 문소리와 여자의 목소리가 들려왔다.

"아이! 자기! 왜 옆집 문을 열고 있어! 내가 정말 미쳐! 또 술 마셨지!"

"어? 여기가 우리 집이 아니었어?"

그리고 곧 술 취한 남자의 목소리가 들려오며 문이 달칵거리는 소리는 멈추었다. 남자가 질질 끌려가는 소리와 여자의 투덜거리는 소리는 문이 닫히는 소리와 함께 사라졌다. 겁에 질려 잔뜩 웅크리고 있던 승은은 순간 어이가 없어서 딸국질이 올라왔다.

딸국! 실장님한테 살려달라고 했는데! 지금 날 구해주려고 달려오고 있는데! 난 이제 어떡하냔 말이야!

사십 분이나 걸리는 거리를 웅은 단 십오 분 만에 달려왔다. 겨울이 다 되어가는 서늘한 날씨에도 불구하고 땀범벅을 한 웅의 얼굴을 올려다보며 승은은 차라리 다시 훔치러 오지 않는 그 이름 모를 도둑 씨가 원망스러웠다.

"그러니까 옆집 남자가 착각한 거였다고?"

감정없이 흘러나오는 웅의 질문에 승은은 초라하게 고개를 끄덕였다.

쾅!

승은의 고갯짓을 보자마자 웅은 발로 옆집 문을 있는 힘껏 걷어차 버렸다. 그 엄청난 소리에 승은은 도둑이 들었다고 착각했던 때보다 더 놀라 버렸다. 없던 애도 떨어져 나가는 것 같았다.

"죄, 죄송해요."

정말 미안한 마음을 담고 사과를 해보지만, 이 말에 웅의 화가 풀릴 것 같지는 않았다. 웅은 거칠게 앞머리를 손으로 쓸어 올리더니 비장하게 말했다.

"나 오늘 여기서 자고 갈 거야."

"네?"

놀랄 일은 생기고, 또 생기고, 그리고 또 생기며 승은을 죽이려 하고 있었다.

"그럼 이 새벽에 또 운전해서 그 먼 길을 돌아가라고?"

이제 가서 눈 좀 붙이려고 하면 아침이었다.

"하, 하지만 저희 집은 방도 하나고, 이불도 하나고…….'

승은이 말을 다 끝내기도 전에 웅은 조금 열려 있던 문을 활짝 열고 승은의 집 안으로 들어왔다. 승은은 현관문에 매달려 마지막 말을 뱉어냈다.

"베개도 하난데."

작은 방 안에 웅이 들어오자마자 마치 움직일 공간은 전혀 없는 것처럼 꽉 찬 느낌이었다. 승은이 어디에 몸을 둬야 할지 몰라 갈 팡질팡하며 현관에서 맴돌 동안, 웅은 벌써 승은이 자고 있던 이불 위에 털썩 앉아서 자신의 영역을 확실히 확보하고 있었다.

"뭐 해? 도둑 오나 보초라도 서게?"

아직도 현관 앞에 서 있는 승은을 쳐다보며 웅이 물었다. 승은은 정말 답답해 미칠 것 같았다.

당신이 거기 앉아 있는데 어떻게 들어가냔 말이에요!

"우리 집 근처로 이사해."

끝까지 움직이지 않는 승은을 보며 웅이 꺼낸 말이었다. 그녀를 걱정해서 한 말이란 걸 알기에 승은은 얼굴이 붉어지고 마음이 따뜻해져 왔다.

"우리 집이면 더 좋고."

하지만 이 말은 정말 철렁했다.

"하지만 우, 우린 데이트도 안 했는데…….'

동거를 할 수 없는 이유가 데이트라는 말에 웅이 바로 물어왔다.

"그럼 데이트하면 나랑 같이 살 거야?"

“그런 말이 아니잖아요!”

데이트하고, 청혼 받고, 결혼하고. 그러면 같이 사는 게 당연하지만, 지금은 그런 게 아니니까 승은은 도저히 대답이 안 나오는 것이었다.

시무룩한 승은을 향해 웅이 손을 뻗었다.

“이리 와.”

승은은 웅이 내민 손을 바라보기만 하였다. 분명 그녀가 좋아하는 남자의 손이지만, 또 어쩐지 무섭기도 한 손이었다.

“아무 짓도 안 해. 와.”

꼭 어르고 달래는 말 같다.

승은은 천천히 웅이 있는 곳으로 걸어갔다. 그의 앞까지 걸어가는 동안 승은은 자신이 점점 작아지는 느낌이었다. 이 시간과 공간을 지배하는 건 웅이고, 자신은 영락없이 그의 지배를 받아야 하는 나약한 존재가 되어버린 느낌이었다. 웅을 부른 건 그녀 자신인데 말이다.

자신의 앞에 선 승은을 웅은 빤히 올려다보았다. 마치 자신의 것을 쳐다보는 그런 시선으로. 승은은 그의 시선만으로도 온몸이 마비가 되는 것 같았다.

“하여튼 이 집은 안 돼. 이사해.”

“하지만 서울은 집값이 비싼데.”

“내가 내 여자 집도 못해줄 만큼 가난해 보여?”

내 여자라는 웅의 말에 심장이 두 배로 커져서 그대로 몸 밖으로 터져 나오는 줄 알았다.

"실장님이 집 해주는 건 싫어요."

하지만 집은 다른 문제였다. 이건 그의 여자이냐 아니냐의 문제가 아니었다. 자신은 그에게 그만큼 해줄 수 없을 게 뻔한데, 그에게서만 받는 건 싫었다. 아마도 그라고 해도 빚을 진 기분이 들 것이다.

"승은이 여기 계속 사는 건 내가 싫어. 그래서 어떻게 할 건데?"

승은과 웅의 입장이 팽팽하게 부딪쳤다. 이 순간 승은의 머릿속에 생각나는 사람이 있었다.

"사장님한테 물어볼까요?"

"차라리 동전 던지기를 하자 그래!"

승은이 입에서 또 휘가 튀어나오자 웅이 성을 내며 말했다. 투덜투덜, 매일 휘만 찾지라고 웅이 투덜대기 시작했다. 질투를 하는 것이다. 그의 가장 친한 친구에게.

그 모습이 또 참을 수 없이 사랑스럽다. 승은은 두 팔을 뻗어 웅의 목을 끌어안고 그의 넓은 어깨에 얼굴을 묻었다.

"와줘서 고마워요."

웅이 이를 세우며 드러난 그녀의 목을 깨물었다. 생경한 통증과 함께 짜릿한 전율이 금세 머리끝까지 치달아왔다. 순간을 참지 못하고 낯선 신음 소리가 입 밖으로 새어나왔다. 웅이 고개를 들어 그녀의 입술을 찾았다. 자신을 향해 열려져 있는 그의 입술에 승은은 조심스럽게 자신의 입술을 가져다 댔다. 입술이 닿는 순간만 가지의 감정이 한꺼번에 터져 나온다.

그의 손이 깊게 패인 등줄기를 타고 올라와 그녀의 몸을 옭아매며 자신에게로 끌어당겼다. 순식간에 그는 그녀의 위로 올라와 그녀의 안 깊숙이 혀를 집어넣었다. 숨이 막혀왔지만, 멈춘다면 더 참을 수 없어질 것이 분명했다. 그래서 승은은 턱을 치켜들어 밀려오는 그를 온전히 받아냈다. 탁한 신음 소리가 입 안으로 같이 스며들어 왔다.

아마도 그는 멈출 수 없을 것이다.

점점 더 거칠어지는 그의 숨소리를 들으며, 점점 더 힘이 들어가는 그의 손을 느끼며, 점점 더 아랫배를 짓눌러 오는 단단한 그의 몸을 느끼며 그렇게 생각했지만 그만이라고 말할 수는 없었다. 이건 선택의 문제가 아니었다. 선택이라는 말을 쓰기에 너무도 마음이 많이 얽혀 있었다. 그를 상처 입힐 바에는 차라리 그에게 자신을 주고 말리라. 그런 생각이 그녀의 머릿속을 지배했다.

치마 속으로 침입해 들어오는 그의 손에 뜨거움을 느끼며 승은은 조용히 눈을 감았다.

딩동 딩동!

빌어먹을 초인종, 아마도 그가 그렇게 말한 것 같다. 초인종이 울렸고, 그는 화를 냈고, 승은은 방문자가 누구인지 궁금했다. 설마 도둑이 초인종을 누르고 들어오지는 않을 테니까.

"경찰입니다. 옆집에서 누군가 문을 부술 것처럼 행패를 부렸다고 신고가 들어왔는데, 잠시 협조 좀 부탁드립니다."

목소리를 들어보니 분명 웅과 싸운 적이 있는 그 경찰이었다. 웅도 그렇게 느꼈는지 분위기가 점점 험악해졌다. 승은은 불안한 눈으로 웅을 내려다보았다.

설마 또 싸우려는 건 아니겠지?

"정말 엄청났다니까요. 문을 열자마자 경찰한테 화를 버럭 내는데, 그대로 그 경찰이 실장님 수갑 채우고 잡아가는 거 아닌가 했어요. 그리고 그 경찰은 나랑 실장님이 같이 있는 거 보고 왜 회사 상사랑 이 밤에 같이 있냐고 따지는데, 거기에 실장님이 더 화를 내며 경찰 멱살을 붙잡은 거예요. 도둑이나 똑바로 잡지, 왜 그딴 걸 궁금해하냐면서. 하! 실장님 말리느라 죽는 줄 알았어요. 아무래도 그 경찰과 실장님이 궁합이 안 좋은가 봐요. 만날 때마다 안 좋은 일만 생기니 말이에요."

승은이 한숨을 내쉬며 길게 이어가는 어젯밤 이야기를 휘는 그저 웃으며 들었다. 승은은 오늘 자석에 이끌리듯 휘가 있는 세상의 끝으로 왔다. 아무래도 이 술집에 취직을 하라는 자기최면인가 보다.

"그래서 이사할 거야?"

휘의 질문에 승은은 작게 한숨을 내쉬었다.

"돈이 없어요."

"돈 없어도 이사할 집 있잖아."

"실장님 집은 안 돼요! 우린 결혼한 사이도 아니란 말이에요."

"아니, 웅이 집 말고."

웅의 집이 아니고, 돈도 없이 이사할 수 있는 집이 있다는 휘의 말을 승은은 정확하게 이해할 수 없었다.

"네? 그게 어딘데요?"

휘가 손가락 하나를 들어 올리며 말했다.

"우선 회사 오피스텔."

"하지만 거긴 회사 소속 연예인들을 위한 곳이잖아요. 그리고 전 이젠 사표 써서 회사 직원도 아닌데……."

승은은 내켜하지 않았다. 자신이 지금 거기 들어갈 조건도 안 될뿐더러 연예인들하고 같이 산다니, 생각만 해도 살 떨렸다.

휘는 바로 두 번째 손가락을 들어 올리며 간단히 대답했다.

"그럼 웅이 어머니 집. 웅의 집이랑 가깝고, 돈도 필요없고, 그렇다고 웅과 동거하는 것도 아니고. 딱이잖아."

승은은 도저히 받아들일 수 없다는 눈으로 휘를 올려다보았다.

어떻게 그런 생각을? 지금 나보고 결혼도 하기 전에 시집살이를 하란 말씀이에요?

그건 웅의 집에서 사는 것보다, 그의 돈으로 집을 구하는 것보다 더 최악의 일이었다. 그렇게 생각했건만…….

"골라."

웅이 내민 비싸 보이는 여러 집 사진들을 보니 슬금슬금 휘의 그 말이 계속 떠오르고 있었다. 승은은 휘가 내민 집 카달로그들을 슬그머니 밀어내며 말했다.

"저기, 실장님. 제가 살 집이니까, 집은 제가 알아볼게요."

"그래서 또 지금 살고 있는 집이랑 똑같은 집 구한다고?"

"하, 하지만! 지금 살고 있는 그 집이 지금의 제 사정에 적당한 집이에요."

"내가 싫다잖아!"

웅이 싫다는 마음은 충분히 이해했다. 하지만 그렇다고 모든 걸 웅의 말대로 따라갈 수는 없는 문제였다. 이건 아주 민감한 문제였다. 이 순간 웅을 만족시키고 승은을 만족시킬 집은 아무리 생각해도 휘가 말한 웅의 어머니 집뿐이었다.

그래서 어떻게 들어가라고? 가정부로 취직이라도 하란 말인가?

"내가 소개시켜 줄게."

다시 휘에게 말했을 때, 이번에도 휘는 아주 쉽게 대답했다.

"내 비서라며 하고 갈 곳이 없어서 그런다고 하면 어머니도 흔쾌히 받아주실 거야. 화려한 걸 좋아해서 잘 티는 안 나지만 외로움을 많이 타시는 분이니까."

"하지만 그럼 실장님과 저의 관계는?"

"사실대로 말하면 죽을 정도로 괴롭힘당할 테고, 그냥 속이면 편하게 살 수 있을 거야. 어느 쪽이든 여 비서 좋을 대로 해."

그러니까 남의 심각한 문제를 그렇게 쉽게 말하지 말아주세요.

휘는 언제든 마음 정하면 자신에게 말하라고 했다. 웅의 어머니 집에 같이 가준다면서. 하지만 그건 정말 대단한 결심이 아니면 쉽게 결정할 수 없는 문제였다.

결국 며칠을 아무런 결정도 내리지 못하고 있는데, 웅이 불쑥 집 계약서를 들고 찾아왔다. 승은이 안 한다고 할 게 뻔하기에 자기 멋대로 집을 사 온 것이다. 승은은 하얀 종이 위의 글들을 보며 정말 기절하는 줄 알았다.

어른의 연애라지만 이건 너무 심하다고!

"받아."

웅은 마치 같이 살자고 조르지 않는 걸 다행으로 알라는 듯이 집문서를 내밀었다. 승은은 집문서에서 가능한 멀리 떨어지며 말했다.

"저기, 실장님. 저 집 구했어요."

"뭐? 어디?"

승은이 집을 구했다는 말에 웅이 눈을 치켜떴다. 도저히 믿을 수 없었기 때문이다. 승은은 주륵 식은땀이 흐르는 걸 느끼며 대답했다.

"실장님 어머니 댁이요."

이건 절대 올바른 선택이 아니라, 어쩔 수 없이 밀려들어 가 버린 것이었다. 승은은 이제 될 대로 되라는 마음이었다.

그래, 좋은 쪽으로 생각하자. 그저 조금 까다로운 하숙집 들어간다고 생각하자고.

"뭐? 그게 무슨 개뼈다귀 같은 소리야! 너 또 휘한테 상담한 거지?"

이 얼토당토않은 선택은 분명 휘한테 나온 거라고 확신하며 웅이 화를 냈다.

"어머머! 불쌍해라. 어쩌다 그렇게 됐어?"

갈 곳이 없다는 휘의 말을 듣고 웅의 어머니가 손에 들고 있던 커피잔을 우아하게 내려놓으며 꺼낸 말이었다. 그 말을 듣고 승은은 어쩐지 자신이 갈 곳도 없고 돈도 없고 의지할 사람도 없는 아주 불쌍한 처지가 되어버린 기분이 들어 그대로 이 집을 나가 버리고 싶었지만, 그럴 처지가 아니었기에 그냥 그렇게 됐다고 힘없이 대답했다.

"제주도 토박이라서 서울에 아는 친구도, 친척도 없거든요. 그래서 부탁드리는 겁니다. 들어주실 거죠?"

휘의 말에 어머니는 쾌활하게 웃으며 말했다.

"뭐 어려운 부탁이라고 거절하겠니. 이 집이야 남는 게 방인데. 걱정 말아요, 아가씨. 내가 받아줄 테니까."

정말이지 웅이 그렇게 이사하라고 몰아붙이지만 않았어도 이렇게 집 없는 불쌍한 인생 취급은 안 받을 텐데.

승은은 살짝 웅이 원망스러워졌다.

"저기, 매달 집세는 드릴게요."

"집세? 됐어. 구두 값도 안 되는 돈 받아서 뭐 하겠어."

구, 구두 값?

웅의 어머니와 만난 지 이제 겨우 오 분이었다. 하지만 승은은 벌써부터 식은땀이 주르륵 흘러내렸다. 우아하게 몸을 돌리며 따라오라고 빨간 매니큐어 칠한 손가락을 까닥이는 웅의 어머니의 뒷모습을 쳐다보며 승은은 심한 갈등을 했다.

차라리 은행 대출을 해서라도 집을 구할까?

"난 이만 갈게."

휘가 자신만 두고 그대로 돌아가려고 하자 승은이 반사적으로 휘의 옷자락을 붙잡았다. 휘가 손을 뻗어 자신의 옷을 붙잡은 승은의 손길을 부드럽게 떼어냈다.

"걱정하지 마. 여 비서가 사랑하는 웅을 낳아주신 분이야. 뭘 두려워하는 거야?”

거짓말 같게도 휘의 그 말에 무겁게 부담이 쌓여가던 마음이 순식간에 가벼워졌다. 결국 휘를 보내고 승은은 웅의 어머니와 둘만 남게 되었다. 어머니는 빈방들을 보여주며 아무 방이나 고르라고 하였다.

“저기, 이층에는 빈방이 없나요?”

일층만 구경시켜 주고 끝이 났기에 승은이 조심스럽게 물었다. 승은의 질문에 웅의 어머니가 짧게 한숨을 내쉬며 말했다.

“우리 아들이 쓰던 곳이야. 뭐, 지금은 비어 있지만.”

웅이 어릴 때의 흔적이 고스란히 남아 있을 이층을 승은은 신기한 눈으로 올려다보았다. 언제 아무도 없을 때 꼭 한번 올라가 봐야겠다는 다짐이 조용히 마음속 깊은 곳에 자리 잡았다.

“전 이 방을 쓸게요.”

현관문에서 가장 가까운 곳을 골랐다. 그래야 나가고 들어올 때 편할 것 같았기 때문이다. 그 방 바로 위가 웅이 잠을 자던 방이 있는 곳이라는 걸 승은은 알지 못했다.

웅의 어머니는 첫날이고 하니까 같이 저녁을 먹자고 했다. 승은을 위해 특별히 김 회장댁 사모님과의 약속을 취소했다며 있는 대로 부담을 팍팍 주었다.

“손이 참 작네.”

식사를 하는 승은을 물끄러미 보시던 어머니가 꺼낸 말이었다. 조심스럽게 반찬을 집어먹던 승은은 자신의 손을 내려다보았다.

그런가?

"발도 작지? 몇 밀리?"

"230㎜이요."

왜 어머니가 그런 걸 묻는지 이유도 모른 채 승은은 작게 대답했다.

"난 키 작고 손 작고 발 작은 여자들이 부럽더라. 난 키가 커서 발도 크거든. 그게 제일 싫어. 가끔 너무 맘에 드는 구두가 있어도 치수가 없어서 못 살 때에는 발을 아예 잘라내 버리고 싶다니까."

정말 처절할 정도로 애처로운 신발에 대한 애착이었다. 승은은 어머니의 말씀을 들으며 먹고 있던 생선살을 겨우 삼켰다.

딩동! 힘겹게 저녁 식사를 하고 있는데, 초인종이 울렸다. 부엌에 계시던 가정부 아줌마가 현관으로 걸어가 인터폰을 받더니, 꾹 버튼을 눌러 현관문을 열어준 후 식당에 들릴 정도의 목소리로 말했다.

"아드님 오셨습니다, 사모님."

컥! 승은은 그대로 밥알에 질식해 죽는 줄 알았다.

"어머! 내가 찾지도 않았는데, 애가 웬일로 집에 왔지? 별일이네."

승은은 이 순간 어머니에게 아들이 혹시 두 명이 아니냐고 묻고 싶었다. 하지만 아마도 그럴 리는 없을 것 같았다. 그건 곧 현관문을 열고 들어오는 웅이 증명해 주었다.

"웬일이니?"

어머니의 질문에 웅은 식탁 끝에서 벌컥벌컥 물을 마시고 있는 승은을 쳐다보며 말했다.

"지나다 들렀어요."

"지나기는 매일 지나잖아. 그러면서도 단 한 번을 안 들렀으면서."

"그래서요? 그냥 가라고요?"

"누가 그렇대! 넌 정말 꼭 그런 식으로 정없게 말해야겠어!"

삭막한 모자의 대화를 들으면서 승은은 배가 부를 때까지 물을 마셨다. 이제는 밥알이 아니라 물에 질식할 것 같았다.

"아 참. 휘 비서 아가씨, 너도 얼굴 정도는 알지?"

얼굴만 알다 뿐인가. 입술도 알고, 허리도 알고, 가슴도 알고, 그리고 앞으로 나머지까지 모조리 알아갈 계획인 여자인데.

웅은 승은을 똑바로 쳐다보며 어머니에게 물었다.

"네, 압니다. 그런데 왜 여기 있는 거죠?"

"휘가 부탁했어. 제주도가 고향이라서 서울에 아는 사람이 없다잖니. 그래서 우리 집에 당분간 살 거야. 어차피 넌 오지도 않는 집이니 상관없지?"

"오늘 자고 갈 거예요."

어머니도 이번엔 정말 놀랐는지 짙게 마스카라를 칠한 눈을 크게 뜨시며 웅을 한참이나 쳐다보았다. 웅이 이 집을 나가고 잠을 자고 가겠다고 한 건 이번이 처음이기 때문이었다. 가끔 명절이나 생일 때 집에 들러도 항상 밤이 되면 자신이 혼자 사는 집으로 돌아갔던 것이다.

그리고 승은은 지금 당장 휘에게 전화를 걸고 싶었다.

실장님이 날 따라 들어온다는 소리는 없었잖아요! 어쩌란 말이에요!

깊은 밤이 되었을 때, 승은은 굳게 닫힌 웅 어머니의 방문을 확인하고 또 확인한 뒤 이층으로 올라갔다. 다행히 웅은 이층 베란다에서 담배를 피우고 있었다. 어쩐지 승은이 올라올 줄 알고 내내 거기서 기다린 느낌이었다.

"저기, 실장님."

승은의 부름에 웅은 고개만 조금 돌리고 승은을 쳐다보았다.

"왜? 내가 여기서 자고 간다고 하니까 여기서도 나가려고?"

비꼬는 말투, 화가 났나 보다.

"나 실장님 피해서 여기 온 거 아니에요."

"그래서 내가 사준 집은 싫고, 여기로 들어온 거야?"

"제발 제 마음도 이해해 주세요. 그건 너무 부담이란 말이에요. 집이 생일선물도 아니고."

"나한테는 선물이었어!"

웅은 반도 다 안 피운 담배를 이층 난간 밖으로 던져 버렸다.

"여자한테 처음 사준 선물이었고."

더 이상 뭐라고 할 말이 없었다. 너무 비싸서 받을 수 없다는 말이 나오지가 않았다. 승은은 발소리도 내지 않고 웅에게 다가가 그의 등을 껴안았다. 시원한 스킨향이 진하게 배어 있는 그의 셔츠에 코를 박고 속삭였다.

"난 비싼 선물보다 싼 선물이 더 좋아요."

"가난뱅이답네."

"그래서 싫어졌어요?"

웅이 승은의 손을 붙잡고 입을 맞추었다. 말도 안 돼. 그녀의 얼굴이 아니라, 그녀의 손에 대고 그렇게 속삭였다. 손끝에 그의 뜨거움이 달라붙어 쉬이 떨어지지 않았다. 참을 수 없는 떨림에 승은은 웅의 등 깊이 얼굴을 묻었다.

"우리 데이트해요, 실장님."

죽어도 그가 데이트하자고 할 때까지 기다리려고 했는데, 결국 참지 못하고 승은이 먼저 말했다. 비싼 집은 떡하니 사주면서, 같이 자자고도 하면서, 데이트하자는 소리는 죽어도 안 하는 걸 보니, 아무래도 웅의 언어에는 데이트라는 단어가 입력이 안 되어 있는 것 같았다.

웅이 승은의 손을 끌어당겨 자신의 앞에 세웠다.

"데이트?"

"네. 같이 거리도 걷고, 길 가다 싼 선물도 사고, 맛있는 집 가서 밥도 먹고, 그런 거요."

말을 하는 동안 웅의 입술이 다가와 고양이처럼 승은의 드러난 쇄골을 핥았다.

"재미없을 것 같아."

승은의 몸은 마음껏 만지면서 한다는 말은 이랬다.

"나 잘 거예요. 안녕히 주무세요, 실장님."

승은이 달라붙는 웅을 밀어내고 베란다 밖으로 걸어나가려고 했다. 그런데 웅의 손이 승은을 붙잡고 다시 자신에게 끌어당겼다.

“할게. 하면 되잖아.”

빠져나가려고 하면 자꾸 붙잡아서 키스하고 더듬고, 밀어내면 다시 다가와서 쓰다듬고 입 맞추고. 마치 자신이 없으면 못 살 것처럼 굴면서 왜 좋아한다는 말은 안 해주는 건지.

가끔은 그의 키스보다 그가 속삭이는 소리를 미친 듯이 듣고 싶다.

좋아한다고. 날 너무 사랑한다고.

"웅은 분명 잠자리에서만 사랑한다고 할 거야."

푸웁! 휘의 말에 승은은 마시고 있던 주스를 그대로 뱉어내 버렸다. 그리고 절대로 믿고 싶지 않다는 눈으로 휘를 쳐다보며 따졌다.

"그럼 뭐예요! 같이 자지 않으면 그런 말도 못 듣는다고요?"

"아니면 말해달라고 조르든지."

"그런 건 의미없어요! 실장님이 자연스럽게 해주는 말이 듣고 싶다고요."

"그럼 자야겠네."

역시나 휘도 남자였나 보다. 이런 이야기에서는 대화가 되지 않았다. 휘와 대화를 하는 동안 이렇게 큰 심리적 공황을 느끼기는 처음이었다. 승은은 주스를 밀어내고 바텐더에게 술을 주문했다.

"아무래도 저도 서울에서 여자 친구를 사귀어야겠어요. 사장님 이랑 이야기하기 답답해."

"아이, 왜 이러시나! 내가 사랑하는 거 다 알면서."

휘가 가까이 다가와 승은의 어깨를 툭 치며 다정하게 장난을 쳤다. 승은은 옆으로 어깨를 쑥 뺐다. 자신을 놀리는 거라는 걸 다 느꼈기 때문이다.

그런데 살갑게 장난을 치던 휘가 놀란 표정으로 술집 문 쪽을 쳐다보았다. 덩달아 승은도 그쪽을 쳐다보았다. 굉장히 예쁜 여자가 문가에 서 있었다. 회사에서 예쁘고 화려한 여자 연예인을 자주 봤지만, 일반인 중에 저렇게 예쁜 여자는 처음이었다. 아니, 예쁘다는 말은 이상하게 안 어울렸다. 그저 그녀를 본 느낌만을 그대로 이야기하자면 지독하다고 느낄 만큼 아름다운 여자였다. 머리끝부터 발끝까지 그녀가 만들어내는 모든 선이 너무 고와 절로 한숨이 나왔다. 그런데 그 아름다운 여자의 청아한 눈은 웬일인지 꽤 싸늘했다. 그것도 휘를 똑바로 쳐다보며 말이다. 하지만 곧 시선은 휘를 비켜 다른 곳으로 흘러가 버렸다. 한 치의 미련도 주지 않은 채 차갑게 끊어내듯이.

"아는…… 분이세요?"

승은이 조심스럽게 휘에게 물었다. 아무래도 심상치 않는 시선의 교류가 서로 아는 분위기 같았기 때문이다. 휘는 한 남자가 앉아 있는 좌석으로 걸어가는 그녀를 시선으로 쫓다 그냥 고개를 돌리며 꼭 휘가 아닌 다른 사람이 말하는 것처럼 말했다.

"아니, 몰라."

도대체 그의 마음에 어떤 변화가 일어나고 있는 걸까? 마치 전혀 알지 못했던 휘의 또 다른 모습을 본 듯해 승은은 한참이나 아무 말도 할 수 없었다.

"웅의 어머니랑 같이 사는 건 어때?"

어느새 휘가 평소의 휘로 돌아와 승은에게 물었다. 승은은 피식 웃으며 대답했다.

"어머님이 굉장한 착각을 하고 계세요."

"응? 착각?"

"네, 내가 사장님을 엄청나게 짝사랑해서 서울에 남아 있다고 생각하세요."

어쩌다 그런 남자를 사랑하게 됐어라며 혀를 쯧쯧 찼다. 사실이 아니지만, 어머니에게 이렇게 물어보고 말았었다.

왜 휘를 사랑하면 안 되냐고.

그랬더니 어머니는 아주 확신에 찬 목소리로 말씀하셨다.

그 애는 태생이 바람이야. 절대 한 여자랑 잘될 수 없어.

조금은 이해가 될 것도 같고, 조금은 부정도 하고 싶은 그런 말이었다. 이렇게 다정한데, 그리고 이렇게 아름다운 사람인데 아주 소중한 한 사람과 사랑하는 게 안 된다니 그건 좀 안타깝고 슬펐다.

"사장님, 첫사랑이 있으세요?"

조심스럽게 휘에게 물었다. 그런데 휘가 아주아주 슬프게 웃었다. 승은은 손을 뻗어 술잔을 붙잡고만 있는 휘의 팔을 슬며시 감쌌다. 휘가 고개를 들어 승은을 쳐다보며 다시 활짝 웃어주었다. 처음 면접증이 없어 쩔쩔맸던 승은에게 웃어주었던 그 따뜻한 미소였다. 매일 웅에게 혼나던 그녀에게 기운 내라며 웃어주던 그 기운 넘치는 미소였다.

이런 말 하면 분명 웅은 화내겠지만요, 전 웅 실장님을 만난 것보다 사장님 만난 걸 더 많이 감사했어요. 그리고 저 말고 아주 많은 사람들이 그렇게 생각할 거예요. 아마 슬프게 마지막 길을 가버렸던 유진 씨도 끝까지 그렇게 생각했을 거예요.

당신을 만나서 정말 행복했다고…….

"너 죽을병 걸렸니?"

저녁을 먹는 아들에게 어머니라는 사람이 건넨 말이다. 웅은 기가 막혀 대꾸도 하지 않았다.

"안 그러면 왜 이렇게 자주 오는데?"

부르기 전에는 절대 오지도 않던 웅이 요즘 자꾸 집에 들르는 게 이상하신 것이다. 그러면서도 자신과 승은의 사이를 의심하지는 않았다. 웅은 그게 더 신기했다.

우리 어머니 머리가 이토록이나 돌이었나?

"승은은 또 휘네 술집에서 늦나 보네. 휴! 내가 그렇게 충고를 했는데도 소용이 없다. 휘는 절대 안 된다고 했는데 말이야."

아니군. 휘가 있었군.

웅은 깍두기를 와삭 씹어 먹었다. 완벽한 방패막이었지만 썩 달갑지도, 고맙지도 않았다.

"그런데 휘도 없는데, 그 엔터테인먼트인가 뭔가는 언제까지 할 거야? 어차피 주식 값도 계속 떨어지는 것 같은데, 그냥 다른 사람한테 넘기지 그래? 원래 네 관심 분야도 아니잖아."

와삭, 웅은 계속해서 깍두기만 씹어 먹었다.

"그러곤 폼나는 회사를 차려. 펀드나 건설, 그런 거 말이야. 나 솔직히 내 아들이 엔터테인먼트 사 실장이라는 거 쪽팔려. 아무리 돈을 많이 벌어도 결국 딴따라 뒷바라지잖아. 안 그래?"

와삭와삭! 도대체 이 여자는 언제 오는 거야! 나한테 언제까지 이 말도 안 되는 소리를 듣고 있으라는 거야!

"다녀왔습니다."

다행히 지쳐서 뛰쳐나가기 전에 승은이 돌아왔다.

"어, 왔어? 저녁은?"

"먹고 왔어요. 어?"

식탁에 앉아 있는 웅을 본 승은이 적잖이 놀란 표정을 지었다. 웅은 마지막 남은 깍두기를 입에 집어넣었다.

아무리 어머니 앞이라도 좀 반가워하라고! 애인이잖아!

"자주 오시네요, 실장님."

허! 아주 오지 말라고 면박을 주네. 네가 제일 심해!

휘가 '세상의 끝'이란 술집에 기거하며 사람들에게 술을 팔고 그들의 이야기를 들어준 지도 벌써 한 달이 되어가고 있었다. 술집에는 아주 다양한 사람들이 왔다. 실연당한 사람, 짝사랑에 마음 애달아하는 사람, 병이 든 가족 때문에 힘들어하는 사람, 자신이 가야 할 길을 제대로 찾지 못해 방황하는 사람. 술집 이름이 '세상의 끝'이라서 그런지, 그저 웃고 떠들기 위해 술집을 찾는 사람은 그리 많지가 않았다. 그래서 휘가 이 술집을 선택한 거라는 걸 승은은 아주 나중에야 알았다.

들어주지 못한 유진의 괴로운 마음에 빚을 타인을 통해 갚는 것이다. 이 조용한 술집을 지키며 휘는 매일매일 위로를 바라며 찾아드는 손님들을 맞아주었다. 그리고 돌아가는 손님들에게 이런 부탁 하는 걸 잊지 않았다.

행복해지면 절대 이 술집을 찾지 말라고.

하지만 얄궂은 손님들은 행복해져도 찾아왔다. 휘를 만나기 위해. 그의 곁에는 그렇게 끝없이 사람들이 몰려들었다.

그날 가게 문을 열고 들어선 손님은 조금 특별한 손님이었다. 왜냐하면 교복을 입고 있는 소년이었기 때문이다. 이제 막 가게 문을 열어 간단하게 가게 안을 청소하고 있던 휘는 가게 안으로 들어오는 소년을 보고 환하게 웃었다.

"이솔!"

아마도 소년의 이름인 듯했다. 옆에 있던 승은은 한탄했다.

얼굴은 동화 속 왕자님인데, 이름은 완전 70년대 아저씨네.

승은도 분명 한 번 본 적이 있는 소년이었다. 그저 우연히 거리에서 부딪친 것뿐이지만, 인상적인 소년의 인상 때문에 마치 어제 일처럼 선명하게 기억하고 있었다. 그리고 그게 바로 별의 특성을 가지고 있는 사람들의 특징이었다. 한 번 보면 절대로 잊혀지지 않고 각인된다는 거.

“설마 우연?”

휘가 묻자 소년은 가볍게 고개를 꺾었다.

“그냥 술 한잔하고 싶어서요. 아무거나 한 잔 주세요.”

“안 돼! 너 미성년자잖아! 사장님! 쟤 미성년자예요! 저거 교복
이라고요.”

갑자기 나서서 미성년자는 절대금주라고 외치는 승은을 솔이
신기한 생물 보듯이 바라보며 휘에게 물었다.

“누구?”

“아, 내 비서.”

“하! 술집 사장한테도 비서가 있어요?”

솔은 바에 마련된 의자에 자연스럽게 앉으며 말을 마무리했다.

“참 재미있게들 사시네요.”

휘는 사이다를 잔에 따라서 솔에게 내밀었다.

“나 여기 있는 거 어떻게 알았어?”

공항에서 헤어지고 처음 보는 건데도 솔은 전혀 어색함없이 휘
를 올려다보았다. 솔은 처음 만났을 때부터 그랬다. 다짜고짜 자
신을 붙잡아 세우는 휘를 보고도 전혀 놀라지 않고 지금의 저 시
선으로 쳐다보았었다.

“당신이 죽은 가수 애인이라는 건 방송 보고 알았고, 당신이 회
사 그만둔 건 폭락 중인 당신 회사 주식 보고 알았고, 당신이 여기
있는 건……”

솔은 정말 흥미롭다는 표정을 두 눈에 가득 담고 휘를 말간이
쳐다보았다.

"신기하게도 우리 누나한테 들었어요."

쟤 누나가 누굴까?

승은은 순간 그게 정말 궁금해졌지만 묻지는 않았다. 어쩐지 소년이 외모만큼이나 범상치 않아 보였기 때문이다.

"술 주세요. 전 술 마시러 왔어요."

휘가 따라준 사이다 잔을 밀어내며 솔이 말했다.

"우리 집에서 술 마시려면 이유가 있어야 해. 이유가 뭔데?"

"성적 떨어졌어요."

"그래? 몇 등 했는데?"

"전교 2등이요."

그래서 뭐야? 매일 전교 1등만 했다는 소리인가? 쟤는 정말 진담으로 저걸 걱정이라고 말하는 걸까?

그런데 휘가 전교 2등 했다는 소년을 위로하기 위해 잔에 술을 따르기 시작하자 승은이 놀라서 휘의 손에 들린 술병을 억지로 빼앗았다. 그리고 휘와 소년 둘 다 술집 밖으로 쫓아내 버렸다.

웅이 더 이상 어머님 댁에 오지 않았다. 너무 자주 온다는 자신의 말을 듣고 마음이 상해 그런 거라는 걸 승은은 조금 시간이 지나서야 깨달았다. 그가 토라졌다는 건 그가 자신을 사랑하는 일만큼이나 낯선 일이었다.

먼저 웅에게 전화를 걸었지만 그는 받지 않았다. 그러나 승은은 아무래도 휘가 빠진 회사를 웅이 혼자 꾸려 나가려니 바쁜 거라고 생각하곤 우선 전화를 끊었다.

그런데 나중에 여러 번 전화를 걸어도 웅이 전화를 받지 않자, 부끄러운 마음도 참아내며 회사로 전화를 걸었는데, 뜻밖의 말을 듣게 되었다.

"저기, 실장님이 전화를 받지 않는데, 혹시 회의 중이신가요?"

[실장님 오늘 몸이 안 좋으셔서 일찍 퇴근하셨는데. 몰랐어, 승은 씨?]

웅이 몸이 아파서 일찍 돌아갔다는 말에 심장이 쿵 내려앉았다. 그런데도 자신한테 전화도 하지 않았다는 사실에는 등골이 싸늘해졌다.

난 도둑 드니까 제일 먼저 당신한테 전화했는데, 당신은 왜 안 그러는 건데요!

심란한 마음을 달래며 웅의 집에 갔는데, 경비 아저씨는 승은이 기억나지 않는다면서 문도 열어주지 않았다. 그럼 집에 있는 웅에게 전화해 확인해 보라고 했는데, 웅은 집의 인터폰조차도 안 받았다. 경비 아저씨는 다음에 오라며 승은을 내몰았다. 웅은 지금 아파서 죽어가고 있는지도 모르는데 다음에 오라니. 말도 안 되는 소리였다.

"당장 열어줘요! 내 애인 비명횡사하면 당신이 책임질 거예요!"

승은은 세상에 태어나서 처음으로 남을 협박해 봤다. 하지만 씨알도 안 먹혔다. 오히려 경찰을 부른단다. 결국 어쩔 수 없이 휘에게 전화를 했다.

[웅이 아프다고? 설마. 그 녀석은 일 년에 딱 한 번만 골골거리는데. 그런데 저번에 이미 아팠잖아.]

“사장님 때문에 힘들게 일하다가 아픈 거잖아요!”

휘에게까지 버럭 화를 내버렸다. 그러자 휘가 소심해져서는 경비 아저씨 바꿔달랜다.

그렇게 겨우 웅의 집 앞에 도착한 승은은 열심히 웅의 집 초인종을 눌렀다. 그런데 웅은 끈질기게 문을 안 열었다. 너무 불안해져 승은은 알지도 못하는 비밀번호를 생각나는 대로 누르기 시작했다.

1564.

비밀번호는 의외로 쉬웠다. 웅의 전화번호 뒷자리였다. 문이 열리는 소리를 들으니 어쩐지 승은은 허무해졌다.

어쨌든 문을 열고 들어가자마자 승은은 웅의 침실로 달려갔다. 웅은 침대에서 죽은 듯이 자고 있었다. 승은은 웅이 자고 있는 침대 곁으로 서둘러 달려가 웅의 이마에 손을 얹었다.

그런데 열이 없었다. 두 번째로 허무해지는 순간이었다.

왜 열이 없지?

승은은 있는 힘껏 웅을 흔들어 깨웠다.

“실장님! 실장님, 일어나 보세요!”

아무리 전화를 해도 받지 않더니, 몸을 흔들어 깨우니 그제야 웅은 눈을 떴다. 마치 약에라도 취한 듯 멍한 눈으로 승은을 올려다보았다. 승은은 걱정과 원망이 섞인 목소리로 말했다.

“왜 전화도 안 받아서 사람 걱정시켜요. 어디가 아픈 거예요?”

“안 아파.”

깊게 잠들었었는지 목소리가 잠겨 있었다.

"네? 안 아프다고요? 하지만 회사에 전화하니까……."

"졸려서 자러 간다고 할 수 없어서 거짓말한 거야."

"네?"

놀라는 승은의 허리를 낚아채더니 한 번에 자신의 옆 자리에 눕혔다.

"나 지금은 잘 거야. 그러니까 가지 말고 기다려."

그 말만 하곤 또 눈을 감고 잠이 들었다. 꼭 약이라도 먹은 것처럼 금세 잠에 빠져들었다. 승은은 어이도 없고 신기해서 잠든 웅의 얼굴을 빤히 쳐다보았다.

도대체 얼마나 잠을 못 잤기에 이러는 건지.

"회사일이 그렇게 힘들었어요?"

물어보지만 잠든 웅은 대답도 없었다.

"아니면 내가 당신 서운하게 해서 홧김에 일만 했나?"

이번에도 역시 승은의 질문은 어둠만이 잡아먹어 버렸다.

승은은 조심스럽게 침대에서 일어나 부엌으로 갔다. 그리고 피곤에 지친 얼굴로 잠든 웅이 깨어나면 먹을 수 있게 부엌에서 간단하게 밥과 반찬을 만들어 놓았다. 다시 침실에 돌아오니, 여전히 웅은 죽은 듯이 자고 있었다. 꼭 겨울잠 자는 곰처럼 봄이 되기 전에는 절대 눈을 뜨지 않을 것 같은 착각마저 일었다.

더 이상 할 일이 없었기에 그의 옆에 누워 잠이 든 그의 얼굴을 쳐다보기만 했다. 손가락을 들어 너무 높아서 찔릴 것 같은 콧날을 쓸었다. 모진 말도 서슴지 않고 하는 그의 정직한 입매도 조심스럽게 만졌다. 그리고 도저히 떠질 것 같지 않은 눈가도 쓸며 주문을 외웠다.

전부 다 내 거.

그러다 같이 잠이 들었나 보다. 눈을 뜨니 깊은 밤이었다. 놀라서 시계를 보니, 벌써 밤 열두 시가 다 되어가고 있었다. 승은을 시간을 보고 그만 가야겠다는 생각에 몸을 일으키려고 하였다. 하지만 자신의 허리를 감싸 안고 있는 웅의 손이 그녀를 풀어주지 않았다. 승은이 있는 힘을 줘도 팔이 안 풀리자 결국 포기하고 웅을 흔들어 깨웠다.

"실장님, 저 가요. 이 팔 좀 풀어줘요."

그런데 자고 있는 줄 알았던 웅의 손에 힘이 더 들어갔다.

"가지 마."

"아, 안 돼요. 밤이 너무 깊었어요."

승은은 어떻게 해서든 웅의 품에서 벗어나려고 애를 썼다. 하지만 웅이 자진해서 팔을 풀어주지 않는 한 어림도 없었다.

안달하는 승은과 달리 웅은 그녀를 갈망하는 깊은 시선으로 승은을 쳐다보기만 하였다.

그의 시선에 완전히 갇혀 버린 기분이었다. 웅에게서 벗어나려는 승은의 팔에서 힘이 빠져나갔다. 하지만 마음만은 여전히 여길 나가야 한다며 아우성치고 있었다.

"어머니 기다리셔요."

"나도 안 기다리는 어머니가 널 왜 기다려?"

"버스 끊겨요."

"그냥 자고 가."

뭐 하나 먹히는 말이 없다. 웅의 입술이 다가와 승은의 머리카락에 가려진 목을 찾아내어 깊게 찍어 누르더니 천천히 아래로 내려왔다. 너무도 자연스러워서 떨림조차 따스했다.

하지만 웅의 손이 옷깃을 헤집고 들어와 여린 살결을 애무하는 순간, 승은은 다시 한 번 더 웅을 밀어냈다.

"나 진짜 가야 해요."

"왜?"

절대로 용납할 수 없는 눈으로 쳐다보며 왜라고 묻는 웅의 질문에 승은은 바로 대답을 할 수가 없었다. 당신이 무서워서. 그리고 앞으로 일어날 일들이 너무 무서워서 도망치고 싶다는 말을 입 밖으로 꺼낼 수가 없었다.

"실장님이 지금 날 사랑하는 게 아니라 꼬시는 것 같아서."

그녀의 말에 웅이 상처받은 표정을 지었다. 하지만 오빠 못 믿어? 라는 사탕발림 같은 말을 하지는 않았다. 과묵한 웅은 무조건 승은이 자신을 받아주어야만 한다는 단호한 시선으로 그녀를 굴복시키려고 한다. 그는 여자를 꼬시는 이 순간에도 참 '웅'스럽다.

"꼬시면 안 되나. 어차피 우리 사귀는 거잖아."

정말 꼬시는 거 같다. 사랑해 라는 말이 그렇게 어려운 걸까?

"사랑한다 말해줘요."

사랑을 부탁했다. 너무 두려워서.

하지만 웅이 승은에게 준 건 사랑이 아니라 키스였다.

숨 막히는 키스였다. 밀려오는 그의 무게만큼이나 그의 입술도 무거웠다. 그를 받아들이기 위해 벌려진 입술 사이로 웅의 혀가 거침없이 뚫고 들어가 그녀의 안을 휘저었다. 단 몇 초의 키스만으로도 승은은 숨차게 헐떡였다. 몇 번의 키스를 나누었지만, 이렇게 절박한 키스는 처음이었다. 승은은 곧 그의 키스에 중독되어 키스를 되돌렸다. 이제 그에게서 벗어나는 건 불가능했다. 마치 자신의 몸이 그의 것인 듯 그의 뜻대로 움직이고 있었다.

웅의 손이 단추를 하나를 풀고 승은의 블라우스 안으로 파고들어 왔다. 망설임도 없이 브래지어를 밀쳐 내고 강하게 여린 가슴을 움켜잡는 그의 손길에 승은은 아찔한 현기증을 느꼈다.

웅은 잠시 벗겨진 옷 사이로 드러난 그녀의 작은 가슴을 황홀한 시선으로 내려다보았다. 봉긋하게 솟은 가슴 위의 분홍빛 유두가 이렇게도 사랑스럽다니.

승은이 부끄러움에 손으로 가슴을 가리려고 하자 그녀의 손을 붙잡고 고개를 내려 그녀의 복숭앗빛 가슴을 입 안에 머금었다. 물기 가득한 그의 혀가 꼿꼿하게 선 유두를 건드리자, 참을 수 없는 전율이 온몸을 관통하면서 그녀의 아랫부분이 뜨겁게 젖어 들어갔다. 생경한 체험, 무서움과 함께 낯선 쾌락이 밀려왔다. 발가락의 핏줄까지 달아오르는 기분이었다.

웅의 입술이 승은의 작은 몸을 탐닉하고 있을 때, 그의 두 손은 그녀를 가리고 있는 옷들을 하나하나 벗겨내었다. 블라우스가 단추와 함께 벗겨져 나가고, 브래지어가 바닥으로 던져지고, 이제 웅의 손은 승은의 치마 밑으로 파고들어 왔다. 부드러운 허벅지를 커다란 손으로 쓰다듬으니 나른함이 몰려왔다. 격렬함을 잠재한 부드러움은 더욱 치명적인 것이었다. 그의 손은 점점 더 아무도 건드린 적이 없는 그녀만의 영역으로 다가갔다. 그의 손에 드디어 부드러운 천의 느낌이 전해져 왔다. 그리고 그 밑에 살아 숨 쉬는 그녀의 은밀한 수풀도.

팬티 조각을 움켜잡은 웅은 기적처럼 잠시 멈추고서 승은의 두 눈을 쳐다보았다. 어쩐지 그녀는 울고 있었다. 무서워서일 수도 있고, 흥분 때문일 수도 있다. 웅은 떨고 있는 승은의 뺨에 키스하며 다시 고백했다.

"사랑해."

그 말은 모든 것의 시작이었다. 번뇌의 시작이었고, 아픔의 시작이었고, 기다림의 시작이었고, 쾌락의 시작이었고, 열망의 시작이었다. 그의 손가락이 성스런 수풀을 지나 누구도 침범해 본 적 없는 여린 그녀의 성역 안으로 파고들어 갔다. 그를 갈망하며 젖어 있던 그녀의 안이 웅의 손가락을 빈틈없이 조여오자 웅은 그대로 이성이 날아가는 기분이었다. 이대로 승은에게 잡아먹혀 버린대도 상관없을 정도로 그녀를 원했다.

여자를 안는 건 쉬운 일이었다. 하지만 사랑하는 여자를 안는 일은 쾌락과 함께 고통이 동반했다. 낯설고도 힘든 체험. 자신의 욕망에 헐떡이면서도 그녀가 힘들까 걱정이었다.

산산이 부셔 버리고 싶은 욕망을 참아내며 그녀를 적셔갔다.

"흐읍!"

승은은 몸을 관통하는 낯선 희열에 몸을 활처럼 휘며 신음을 뱉어냈다. 웅을 붙잡고 있던 팔에 너무 힘이 들어가 그의 팔에 새빨

갖게 그녀의 손자국이 남았다. 마치 낙인처럼.

승은의 몸부림에 분홍빛 가슴이 아찔하게 흔들리며 웅의 시선을 괴롭혔다. 웅은 그녀의 가슴을 다시 입 안에 머금었다. 꼿꼿하게 선 유두를 잘근 깨물자 승은은 쾌락과 괴로움에 헐떡이며 그의 팔을 잡고 있는 손에 더욱더 힘을 주었다. 그녀의 벗은 다리가 들리며 그의 몸을 결박해 왔다.

웅은 그녀의 안을 적시던 손가락을 빼고 마지막 남은 치마와 팬티를 모두 벗겨냈다. 그제야 삼각의 탐스러운 음모가 웅의 눈에 들어왔다. 그사이로 붉게 부풀어 오른 성역이 웅을 어지럽게 했다. 웅이 너무 노골적으로 자신의 그곳을 보고 있자, 승은은 본능적으로 다리를 움츠렸다.

그제야 웅도 자신의 옷을 벗기 시작했다. 이미 발가벗은 몸으로 그의 아래 지배당하고 있던 승은은 서서히 드러나는 그의 몸이 너무 신비로워 넋을 잃고 쳐다보고 말았다. 남자의 벗은 몸을 보는 건 그가 처음이었다. 남자와 여자가 이렇게 다르다는 걸 눈으로 알기 전에 감각이 먼저 알았다. 군살 하나 없이 탄탄한 그의 구릿빛 피부에 그녀의 몸이 뜨거워져 왔다. 부끄러워서다. 그녀는 무조건 부끄러워서라고 단정했다. 그러나 그런 생각과 달리 그녀의 시선은 옷을 벗는 웅의 손길을 노골적으로 쫓고 있었다. 하지만 그가 팬티까지 벗었을 때는 본능적으로 고개를 돌리고 말았다.

또 겁이 덜컥 나기 시작했다. 자신에게 앞으로 벌어질 일들의 두려움이 몰려오기 시작했다. 승은이 미처 두려움을 떨쳐 내지 못했을 때 웅의 손이 다가와 돌려진 승은의 얼굴을 자신에게로 돌려

놓았다. 두려움에 떠는 승은의 눈을 읽고 웅이 말했다.

"제발 그만두라고 하지 마."

애원 따위는 그에게 어울리지 않았다. 그가 그녀를 지배하고 있으면서 그는 꼭 그녀가 칼을 쥐고 있는 것처럼 말했다.

두려웠다, 그에게 안기는 게. 하지만 그보다 더 두려운 건 거부했을 때 그가 받을 배신감.

"키스해 줘요."

승은은 부드러운 키스를 요구했다. 그러면 두려움이 조금은 덜어질 것 같았다. 웅의 입술이 다가와 승은의 입술을 지그시 눌렀다. 그녀의 아랫입술을 깨물고 벌려진 그 안으로 혀를 집어넣어 부드러운 살을 쓰다듬었다. 그녀의 입에서 흐느낌이 새어나왔다.

웅의 손이 그녀의 허벅지를 벌리려고 하였다. 하지만 겁을 먹은 그녀의 두 다리는 쉽게 열리지 않았다. 사랑으로도 쉬이 이길 수 없는 게 있다. 순결에 대한 강인한 방어막이다. 그게 깨지면 모든 것이 변할 것 같은 두려움에 승은의 두 다리는 쉽게 벌어지지 않았다. 이미 웅은 한계에 도달했기에 참을성이 바닥나 있었다. 강압적이게 나갈 생각은 전혀 없었는데, 손에 힘을 주어 억지로 두 다리를 벌려 버렸다. 그리고 그 사이에 자리를 잡았다. 그녀의 입구에 닿은 딱딱한 무언가의 느낌에 승은의 눈이 공포로 인해 굳어졌다. 그의 것이 그녀의 여린 살을 짓누르는가 싶더니 서서히 그녀의 안으로 진입해 들어오기 시작했다. 그녀의 안을 꽉 채우고도 남는 그 거대한 압박감에 승은은 숨까지 멈추었다.

멀어지려는 승은을 막기 위해 웅의 두 손이 그녀의 작은 엉덩이

를 잡고 자신에게 밀착시켰다. 생살이 찢기는 고통이 밀려오기 시
작하자 승은은 피가 나도록 입술을 깨물며 터져 나오는 비명 소리
를 삼켰다.

충분히 젖었다고 생각했는데도 그녀의 안은 너무 좁았다. 아직
한참이나 남은 것 같은데도 쉽게 들어가지지 않았다. 그러나 힘든
만큼 쾌락도 컸다. 그를 옥죄듯이 감싸오는 그녀의 안은 그의 정
복욕을 더욱더 부채질했다. 안으로, 더 안으로. 결국 웅은 그녀의
끝까지 닿을 수 있었다.

"아아악!"

처음으로 누군가를 자신의 안에 받아들인 승은은 고통을 참지
못하고 비명을 질렀다. 웅은 그녀의 깊은 곳까지 침입해 들어간
후 죽음보다 짙은 숨을 토해냈다.

……결국 너를 안았다.

사랑은 마음일지 몰라도 섹스는 육체이다. 아무리 사랑이 깊다
고 해도, 아픔은 아픔인 것이다. 아무리 내 자식을 사랑한다고 해
도, 그 자식을 잉태하는 과정이 너무도 고통스럽듯.

그런 모든 걸 창조해 내신 신은 위대한 것인가, 심술쟁이인가.

고통을 감내하면서까지 사랑을 끌어안은 다음날, 아침이 썩 유
쾌하지 않았다. 눈을 뜨자마자 느껴지는 게 다리 가운데에서 느껴
지는 통증이었으니까. 승은은 저도 모르게 온 얼굴을 찌푸렸다.

"괜찮아?"

자신을 어루만지는 웅의 목소리가 들려와서야 그가 팔을 괴고

자신을 내려다보고 있다는 걸 알았다. 자신과 마찬가지로 아무것도 입지 않고 있는 그를 보니 자신들이 어젯밤 무슨 짓을 한 건지 더 또렷이 의식되었다.

"아파 죽는 줄 알았어요."

아마도 그는 전혀 안 아프고 너무 좋기만 했을 것이기에, 그에게 버럭 화를 내고 말았다.

"괜찮아. 다음엔 안 아플 거야."

웅의 말에 승은의 두 눈은 충격으로 굳어졌다.

"또 하자고요? 날 죽이려는 거예요?"

"안 죽어. 좋아질 거야."

"절대 안 좋아져요. 실장님이 날 죽이려는 줄 알았다니까요."

"이제 안 아플 거라니까."

"절대 싫어요! 다시 하자고 하면 절교야!"

승은은 머리끝까지 이불을 뒤집어쓰며 아이처럼 생떼를 썼다.

얇은 이불 위로 웅의 팔이 그녀의 몸을 껴안는 게 느껴졌다. 웅은 승은을 껴안고 아무 말도 하지 않았다. 승은은 이불을 내리고 웅의 얼굴을 올려다보았다. 웅은 그녀를 껴안은 채 다시 잠을 자고 있는 듯 눈을 감고 있었다. 승은은 두 팔을 뻗어 그의 벗은 가슴을 끌어안았다. 그의 맨살에 짓눌려 오는 그녀의 가슴과 그녀의 보드라운 음모가 그를 괴롭게 하고 있다는 것도 인식하지 못한 채, 그를 끌어안고 편안하게 눈을 감았다.

승은은 섹스보다 다 벗고서 끌어안은 이 맨살의 감촉이 더 좋았다.

그날 웅은 승은을 휘의 술집까지 차로 태워다 주었다. 원래는 가지 말고 그냥 집에 있으라고 했지만, 승은이 간다고 고집을 부려 마지못해 데려다 준 것이었다.

"정말 괜찮아? 그냥 집에 가지 그래."

휘의 술집 앞에 도착해서도 웅은 계속 그렇게 말했다.

누구 때문에 내가 아픈 건데!

라고 쏘아주려다가 그만두었다.

"괜찮아요. 갈게요."

웅의 차에서 내리고 술집으로 힘들게 걸어가는데, 승은의 핸드폰이 울렸다. 놀랍게도 제주도에 계신 어머니셨다. 정말 가끔 전화하시는데, 어떻게 오늘 전화를 한 걸까?

승은은 어머니의 전화번호를 보고 순간 숨이 멎는 줄 알았다. 자신이 어젯밤에 벌인 짓을 알고 전화를 하신 거라고 지레 겁이 났다.

"여, 여보세요."

겨우 전화를 받고 입을 열었다.

[잘살아 있네. 왜 전화를 안 하냐? 어디 몸 아픈 건 아니지?]

전화를 받자마자 어머니는 몸 아픈 거 아니냐고 걱정부터 하셨다. 아팠지만 승은은 결코 아프다고 말할 수 없었다. 그리고 자신이 어젯밤 한 일에 대해서도 말할 수 없었다.

참을 수 없는 죄책감.

"미안해, 엄마."

결국 승은은 울먹이며 어머니에게 사과를 했다.

[응? 무사 미안한데?]

"엉엉. 정말 미안해. 미안해, 엄마."

영문을 몰라 되묻기만 하는 어머니에게 승은은 기어코 눈물을 쏟아내며 계속 미안하다고 사과했다. 저 멀리 울면서 주저앉는 승은을 보고 놀란 웅이 달려오고 있었다.

[승은아! 무사 울엄시냐? 진짜 어디 아프냐?]

미안해요. 그 사람 생각만 하고 부모님 생각은 하지 못한 날 용서해 주세요.

"뮤지컬 보러 갈래?"

갑자기 웅의 어머니가 뮤지컬을 같이 보러 가자고 하셨다. 이상한 일이었다. 제주도 어머니는 갑자기 전화를 하시고, 웅의 어머니는 같이 놀러가자 하시고. 정말 무얼 알고 이러시는 게 아닌 가 마음이 불안해졌다.

"뮤지컬이요? 저 한 번도 본 적 없는데."

"그럴 것 같더라. 제주도에서는 뮤지컬 안 하지? 그런 곳에서 어떻게 사나 몰라."

승은은 웃고 만다. 자신과 어머니가 달라도 너무 다르다는 걸 어머니는 아주 자주 각인시켜 주셨다.

웅의 어머니는 뮤지컬을 보러 가기 전에 승은에게 옷과 구두까지 사주셨다.

"안 사주셔도 돼요. 저 옷 필요없어요."

"내가 못 봐주겠어서 그래. 매일 그 옷이 그 옷. 볼 때마다 답답해! 나랑 같이 살 거면 그냥 입어!”

그렇게까지 말하니 안 입을 수가 없었다. 웅의 어머니가 골라주신 분홍 원피스를 입고 나오니, 어머니가 만족한 듯 가볍게 박수를 치셨다.

“역시 몸집이 작아서 잘 어울리네. 어때?”

승은을 거울 앞에 세우시며 물으셨다. 승은은 거울 속의 자신을 쳐다보다 조금 고개를 올려 어머니의 얼굴을 쳐다보았다.

만약 내가 자기 아들이랑 사귀는 걸 알아도 이렇게 잘해주실까?

차마 겁이 나서 살짝 물어볼 수도 없는 일이었다. 어머니는 나쁜 분은 아니나 굉장히 사치스러우신 분이셨다. 만나는 사람들도 돈 많고, 학력 좋고, 집안도 좋은 사람들뿐이셨다. 분명 며느리 삼을 사람은 그런 사람들 중 가장 으뜸인 여자를 고르실 분이셨다. 그런 분 앞에서 내가 당신 아들 애인이라는 말은 차마 나오지 않았다.

친절하게 승은에게 전화를 준 어머니, 친절하게 승은에게 옷을 사주시는 웅의 어머니, 그렇게 어머니들은 친절함으로 승은에게 철저히 벌을 내려주시고 계셨다.

“실장님 아버지는 어떻게 되신 거예요?”

웅의 어머니가 혼자 사시게 된 건 굉장히 오래됐다는 걸 어렴풋이 느꼈는데, 그 아버지가 죽은 건지, 아니면 이혼을 한 건지 몰라 휘에게 물어보았다.

“아! 지금 외국에 있어.”

"돌아오세요?"

"아니, 죽을 때까지 거기서 살 거야. 자신의 가족들과 함께."

"아! 그럼……."

"응. 이혼했어. 웅이 중학교 때. 그래서 웅이 우리 학교로 전학 온 거였어."

"실장님 부모님, 서로 같이 있을 때 불행했나요?"

"웅의 말에 따르면, 두 사람이 한 일 중 가장 멍청한 일이 결혼이고, 가장 현명한 일이 이혼이라고 그러더라."

결혼이 멍청한 짓이라니. 그런…….

그에게 마음도 주고, 몸도 주었다. 그래서 휘가 전해준 그 말이 더 불안하게 느껴져 왔다. 그리고 승은은 웅과 잔 일에 대해 휘에게 끝까지 말하지 못했다. 그에게는 모든 걸 말할 수 있을 줄 알았는데, 그렇지 못한 것도 있었다.

이제야 드디어 웅이 원하는 대로 휘에게서 멀어지고 완전히 웅의 것이 되어가는 것이었다.

요즘 웅은 승은을 꼭 자신의 집으로 불렀다. 왜 굳이 집으로 부르는지 알면서도 승은은 그의 집으로 가고 있었다. 처음의 결계가 깨어지고 나니, 이제는 그가 자신을 원하지 않게 될까 봐 두려웠다. 그래서 또 안으면 절교라는 말이 무색하게 그에게 쉽게 두 번째도 몸을 허락했었다. 다행인 건 정말 처음보다는 덜 아팠다는 것이다. 섹스는 하면 할수록 아픔보다 쾌락이 더 컸다. 그 쾌락은, 그 기분은 꼭 누군가가 쳐 놓은 덫에 살금살금 걸어 들어가는 느낌이었다. 아마 웅에게 이런 말을 하면 자신이 사냥꾼이냐며 버럭 화를 내겠지만.

오늘도 웅은 승은을 집으로 불렀다. 그런데 자신이 불러놓고, 자신이 늦었다. 언제 들어오냐고 전화를 걸어보니 웅은 생각지도 못한 말을 했다.

[먼저 자.]

"늦으세요?"

[응. 그러니까 기다리지 말고 자.]

그냥 어머니 댁에 돌아간다고 할 수도 있었다. 하지만 그럼 여기까지 웅을 만나러 온 자신이 초라해지는 것 같아 그냥 남기로 했다.

얼굴만 보고 돌아가자.

생각은 그렇지만 분명 보면 또 같이 잘 거고, 그럼 금세 아침일 것이다.

승은은 침실로 돌아와 넓은 침대에 혼자 누웠다. 오늘 밤은 푹 자보자고 눈을 감는데, 어쩐 일인지 잠이 오지가 않았다. 말똥말똥, 정신은 점점 더 선명해졌다. 그세 웅의 옆에서 자는 일이 익숙해졌는지 허전한 옆이 너무 신경 쓰였다.

결국 승은은 일어나서 거실로 나가 텔레비전을 켰다. 처음 보는 드라마가 하고 있기에, 그냥 열심히 봤다. 그런데 텔레비전이 예전처럼 재미가 없었다. 승은은 오 분에 한 번씩 벽에 걸린 시계를 쳐다보았다.

웅이 너무 늦었다. 늦는다고 말은 했지만, 그래도 너무 늦다.

깜박 잠이 든 것 같았다. 눈을 떠보니, 분명 거실에서 텔레비전을 보고 있었는데 침실 침대에 누워 있었다. 아마도 웅이 옮겨주었을 거라는 생각에 승은은 발딱 일어나 침실을 나갔다.

"실장님!"

하지만 웅이 있을 거라는 예상과 달리 집 안은 어둠에 휩싸여 있었다.

설마 들어왔다 또 나간 거야?

승은은 베란다로 달려가 밖으로 머리를 내밀고 웅의 차를 찾았다. 웅의 차가 세워져 있었다. 웅이 돌아온 것이다. 승은은 거실로 다시 돌아와 전화기를 들어 올렸다.

"여보세요? 실장님, 지금 어디세요?"

[어? 일어났어?]

"네. 집에 오신 거 아니셨어요?"

[맞아. 갈게.]

"어디신데요?"

[100까지만 세고 있어. 다 세면 내가 도착할 거야.]

"네? 도대체 어디신데요?"

하지만 웅은 먼저 전화를 끊어버린 뒤였다. 승은은 할 수 없이 현관으로 걸어가 털썩 주저앉았다. 무릎을 세워서 끌어안고 웅의 말대로 수를 세기 시작했다.

"하나, 둘, 셋, 넷……."

쿡! 웅은 웃음을 삼키며 자신의 말대로 하고 있는 승은의 뒷모습을 쳐다보았다. 작게 웅크린 등이 당장 달려가서 놀래켜 주고 싶을 만큼 순진해 보인다. 웅은 베란다에서 담배를 피우고 있었다. 그런데 실장님이라고 부르는 승은의 소리를 듣고, 커다란 화초 뒤에 숨어버린 것이다. 웅이 담배 피우는 걸 승은이 싫어하기 때문이다.

웅은 승은이 싫어하는 담배를 끝까지 피우며 이제 막 30까지 세고 있는 승은의 귀여운 뒷모습을 즐겁게 구경하였다.

"……구십팔, 구십구."

"백!"

백과 함께 나타나 자신을 뒤에서 끌어안은 웅의 손길에 승은은 정말 깜짝 놀랐다. 당연히 초인종 누르며 현관문 열고 들어올 줄 알았지, 뒤에서 나올 줄은 생각도 못했기 때문이다.

"실장님! 어디 계셨던 거예요?"

"날 왜 그렇게 열심히 찾은 건데?"

"제가 먼저 물었어요. 어디 계셨던 거냐고요?"

"내가 보고 싶었던 거지?"

정곡을 찌르는 웅의 질문에 승은은 무안한 듯 어깨를 움츠렸다.

웅이 한 팔은 승은의 다리 밑으로, 한 팔은 겨드랑이 밑으로 집어넣고 그녀를 번쩍 안아 올렸다. 승은이 자연스럽게 그의 목에 팔을 둘렀다. 그리고 그의 입술에 키스를 하려는데, 그가 피하며 그녀의 목에 입술을 찍었다. 그리고 그대로 둘만의 침실로 들어갔다.

"벗겨줘."

승은을 침대에 내려놓은 웅이 자신의 옷을 벗겨줄 걸 요구했다.

승은은 손을 들어 웅의 와이셔츠 단추를 하나하나 풀기 시작했다. 승은이 옷을 벗겨주는 동안 웅은 승은의 머리카락에 얼굴을 묻고 그녀의 냄새를 마음껏 맡았다. 말할 수 없이 편안한 이 느낌, 그 편안함만큼 위험성도 컸다. 만약 누군가 함부로 빼앗아가려고 한다면 살인 충동까지 느낄 것 같았다. 와이셔츠를 벗긴 승은이 이제는 바지의 혁대를 풀고 있었다.

기다림을 참지 못한 웅의 입술은 이미 드러난 승은의 하얀 목을 더듬고 있었다. 웅의 손이 승은의 치마 안으로 들어가 매끄러운 승은의 허벅지를 쓰다듬었다. 그런데 자꾸 걸리는 치맛자락이 영 불편했다. 그래서 치마를 끌어 내려서 벗겨 버리고는 바닥에 던져 버렸다. 승은은 순식간에 속옷 차림이 되어버렸다. 이 색정적인 생활 속에 속옷 스타일이 바뀔 만도 한데, 승은의 속옷은 언제나 평범했다. 어차피 벗기는 똑같으니까 상관은 없긴 했다.

웅은 팬티 아래 숨겨진 그녀의 은밀한 곳을 꾹 눌렀다. 이미 젖어들었는지 팬티가 축축했다. 팬티도 한 번에 벗겨내 버리고, 탐스러운 털로 뒤덮인 그녀의 둔덕 안으로 손가락을 집어넣었다.

승은이 신음 소리를 참는 느낌이 고스란히 전해져 왔다. 그녀는 자신의 내는 신음 소리를 너무 부끄러워했다. 그러면 그럴수록 웅은 그녀의 말초적인 소리가 듣고 싶었다. 일부러 그녀의 안을 휘저어댔다. 결국 그녀가 참지 못하고 웅의 어깨에 머리를 묻고 짙은 신음을 뱉어내었다. 뜨거운 호흡이 그의 맨살에 닿자마자 파열했다.

웅이 주는 농밀한 자극을 참을 수 없던 승은의 몸이 분홍빛으로 물들어 파드닥거렸다. 출렁이는 가슴이 터질 듯이 부풀어 오르고, 흑단 같은 머릿결이 실크 시트 위에 파도치듯 넘실거렸다.

웅은 누워 있는 승은을 일으켜 앉았다. 이미 힘이 다했는지 승은은 흐느적거렸다. 하지만 웅은 이제야 시작이었다. 탐스러운 그녀의 엉덩이를 단단히 움켜잡았다. 그리고 손가락을 갈라진 그녀의 엉덩이 틈으로 밀어 넣었다. 은밀한 곳을 파고들어 온 자극에 승은은 놀라서 눈을 번쩍 떴다. 웅은 이미 붉게 달아오른 그녀의 젖은 꽃잎을 불끈 솟아 있는 그의 불기둥 위에 맞추고는 그대로 그녀를 자신의 위에 앉혔다. 순식간에 그녀의 안으로 그가 빨려들 듯이 들어갔다. 가슴이 들썩이고, 세상이 들썩였다. 무한대의 세상이 그를 꽉 조여오는 승은의 안으로 완벽하게 좁혀졌다.

더 이상 지구는 없었다. 우주도 없었다. 오직 승은과 웅만이 존재할 뿐이었다.

그의 것이 그녀의 가장 예민한 안을 건드리자, 승은도 웅도 희열을 참지 못하고 고개를 크게 꺾었다. 웅을 받아들인 승은은 농밀한 신음을 뱉어내며 웅을 껴안았다. 웅의 손이 승은의 작고 탱탱한 엉덩이를 움켜잡았다. 그리고 그녀의 안으로 더욱더 파고들어 왔다. 커다란 그가 그녀의 안에서 살아 숨 쉬는 듯 움직였다. 들어왔다 나갔다를 반복하며 그녀를 몰아쳤다. 그의 아래에서 휘몰아쳐 오던 그를 온전히 받기만 하던 때보다 더 농밀하게 그가 밀려 들어와 그녀를 완전히 채워갔다. 살과 살이 부딪치는 질퍽한 소리가 아찔하게 청각을 자극하고, 진한 정사의 향이 미미한 후각을 괴롭혔다.

승은은 주체할 수 없는 쾌락의 늪에 빠져 계속해서 엉덩이를 들썩였다. 이건 마약보다도 독한 환락이었다. 몸이 섹스에 길들여지는 건지 나날이 감각이 살아났다. 몸 안의 감각이 폭발할 듯이 아우성쳐 댔다. 승은은 두 팔을 들어 웅의 목을 휘감았다. 그리고 움직임에 더욱 힘을 실었다. 사그라질 줄 모르는 거대한 그의 불기둥이 가장 깊숙한 안을 때릴 때마다 머리가 핑 돌 정도로 어지러웠다.

웅이 입 틈새에서 참을 수 없는 열을 뱉어내는 신음 소리가 터져 나왔다. 그도 미칠 것 같은 것이다. 승은의 안에서 헤어나올 수 없는 것이다. 웅을 껴안은 승은의 손에 더욱더 힘이 들어가면서 두 사람을 막아선 틈은 완전히 사라져 버렸다. 엉켜 있는 그림자가 꼭 둘이 아니라 하나같다. 말캉한 승은의 가슴이 웅의 가슴에 짓뭉개지며 심장 소리가 파열했다. 가슴과 가슴의 마찰 속에서도 불꽃이 피어올랐다. 웅은 황홀한 눈으로 신음하는 승은의 얼굴을 쳐다보았다. 그에게 완전히 자신을 맡기고 그로 인해 미쳐 가는 그녀의 모습은 너무도 아름다웠다. 현기증날 정도로 아찔했다.

더 이상 참을 수 없는 곳까지 휘몰아쳐 간 순간, 웅은 자신의 모든 것을 그녀의 안에 쏟아내었다. 그의 뜨거움이 승은의 안을 가득 채웠다. 그가 자신의 안에서 빠져나가는 걸 느끼고 승은은 힘없이 웅의 넓은 가슴 위로 쓰러졌다.

"씻을래?"

웅이 땀에 젖은 승은의 벗은 등을 손으로 부드럽게 쓸어 내리며 물었다. 승은이 힘없이 고개를 끄덕였다.

"왜 이렇게 힘이 없어? 설마 아팠던 거야?"

오늘따라 맥을 못 추는 승은이 걱정되어 웅이 물었다. 승은은 고개를 가로저었다. 승은이 계속 말을 하지 않고 고갯짓으로만 대답하자, 웅이 그녀의 얼굴을 붙잡아 눈을 맞췄다.

"뭐야? 왜 그래?"

걱정스럽게 묻는 웅을 쳐다보던 승은이 갑자기 눈물을 뚝뚝 흘리기 시작했다. 웅의 두 눈이 놀라움에 커졌다.

"왜 울어! 정말 무슨 일이야?"

"흐흑, 이제는 사랑보다 섹스가 더 좋은 거죠?"

"뭐?"

이게 무슨 밑도 끝도 없는 소리란 말인가! 내가 너무 밝혔다는 소리야?

"오늘은 하면서 한 번도 키스해 주지 않았잖아요."

키스, 사랑에서 가장 로맨틱한 표현 방식. 하지만 섹스에서는 옵션 취급을 받기도 하는 것. 웅은 그제야 승은의 말뜻을 깨달았다. 웅이 키스를 안 한 이유는 담배 냄새 때문이었다. 웅이 담배 피운 것을 승은이 알면 분명 이 밤 내내 잔소리만 듣다가 끝날 게 뻔한 것이었다. 그런데 고작 그 담배 때문에 승은을 울렸다는 사실에 죄책감이 사정없이 밀려왔다.

그날 밤 웅이 깨달은 건 담배와 섹스는 결코 공생할 수 없다는 것이다. 담배를 피우든 섹스를 하든 둘 중의 하나다. 그래서 웅이 생각해 낸 방법은 담배를 피우고 양치질하기였다.

“승은, 잠 못 잤어?”

며칠째 얼굴이 까칠한 채 비실비실거리는 승은에게 결국 휘가 묻고 말았다. 휘는 그저 걱정되어 물은 건데, 승은은 그가 마치 자신과 웅의 은밀한 침실 생활을 엿본 것만 같아 얼굴이 붉어졌다.

“아, 아뇨.”

“아니긴, 얼굴이 반쪽이거든.”

휘가 승은에게 가까이 다가와 정말 걱정된다는 얼굴로 말했다. 승은은 얼굴이 토마토가 되어서 그대로 화장실로 뛰어가 버렸다.

승은의 손에 의해 쾅 닫히는 화장실 문을 쳐다보던 휘는 바로 핸드폰을 꺼내 들어 웅에게 전화를 했다.

[무슨 일이야?]

간만에 전화한 친구한테 한다는 말이 이렇다. 웅은 정말 변한 게 없는 것 같지만, 승은이 변했다.

“네 친구로서는 축하한다만 승은의 사장으로서 한마디 한다.”

[하지 마.]

“들어, 이 자식아.”

전화기 반대편에서 웅이 욕을 하든 말든 휘는 한마디 하고 끊었다.

“이 나쁜 놈, 출장이나 가.”

아무리 생각해도 웅을 출장 보낼 수 있는 인물은 자신뿐이었다. 휘는 회사에 사표를 쓴 후 처음으로 심각하게 복직에 대해 고민했다.

승은은 화장실에서 찬물 세수를 하며 붉어진 얼굴을 식히고 있었다. 젖은 얼굴로 고개를 들어 거울을 보는데, 승은이 보기에도 많이 피곤해 보였다.

하긴 매일 밤 무리를 하기는 했다. 새벽까지 섹스를 하다가 겨우 몇 시간 눈 붙이는 게 요즘 승은과 웅의 생활이었다. 어떨 때는 자고 일어나자마자 한 적도 있었다. 신혼부부도 아니면서 신혼부부보다 더 무리한 생활을 하고 있었다.

"하지만 실장님은 평소랑 똑같은데……."

곰 같은 체력의 웅과 연약한 승은은 비교 자체가 안 되었다. 승은은 영양제라도 사먹어야겠다고 생각하며 발걸음을 돌리는데, 갑자기 머리가 핑하며 천장이 흔들렸다.

"어? 지진인가?"

하지만 무너진 건 땅이 아니라, 승은이었다.

화장실에서 쓰러진 승은은 여자 손님에게 발견되어 바로 병원으로 실려갔다. 의사의 진단은 간단명료했다.

"과로입니다."

휘는 그럴 줄 알았다는 듯이 고개까지 끄덕이고, 웅은 승은의 옆에서 떨어질 줄을 몰랐다. 웅이 너무 심각한 얼굴로 환자를 쳐다보고 있자, 의사가 웃으면서 말했다.

"아! 너무 걱정하지 마세요. 지금은 자고 있는 것뿐이니까. 얼마 동안 잠을 제대로 못 잔 것 같더라고요. 며칠 동안 자지 못한 잠 푹 자고 잘 먹으면 금방……."

의사는 안심하라는 뜻에서 말한 건데, 웅이 잡아 죽일 것 같은

눈으로 자신을 노려보고 있자, 그만 끝까지 말을 끝마치지 못했
다.

의사가 도망치듯이 자리를 뜨고, 승은의 침상에는 웅과 휘만이
남았다. 휘가 웅의 어깨를 두드리며 위로했다.

"마음껏 자책하고, 그리고 마음껏 사랑도 줘라. 그럼 되는 거
야."

웅은 자고 있는 승은의 얼굴을 쳐다보다 괴로운 듯이 말했다.

"내가 너무한 건가?"

"오랫동안 잠자고 있던 곰의 정력이 깨어났는데, 이 정도는 약
과지 뭐. 그래도 살아는 있잖아."

휘의 농담에 웅은 이젠 휘를 죽일 듯이 쳐다보았다. 그래도 휘
는 의사처럼 도망가지 않았다. 오히려 의젓한 형처럼 충고를 했
다.

"승은을 사랑한다면 참는 것도 배워."

웅은 아직도 깨어나지 못하는 승은의 손을 조심스럽게 감싸 안
았다. 부서질 것처럼 하얀 그녀의 피부가 그를 겁나게 하였다.

아프지 마. 네가 아프면 난 죽을 것 같아.

승은이 깨어난 건 다음날 아침이었다. 그동안 못 잤던 잠을 푹
자서인지 눈을 뜬 승은은 한결 나아 보여 웅을 더욱 죄책감에 빠
져들게 했다.

"어머나! 세상에! 며칠 집에도 안 들어오더니, 도대체 무슨 일을
하고 다녔기에 과로로 병원이야. 막노동이라도 했어?"

응의 전화를 받고 응의 어머니가 점심때쯤 병원까지 오셨다. 어머니의 말에 승은은 아무 말도 할 수가 없었다. 그저 고개를 푹 숙이며 사과를 했다.

"죄송해요."

"나한테 미안할 건 또 뭐야. 그래서 언제 퇴원해도 된대?"

"내일은 나가도 된대요."

"아픈 김에 그냥 며칠 병원에서 푹 쉴래? 난 병원 문병 오는 거 꽤 좋드라."

당신 문병 올 기회 만들려고 승은보고 입원을 하라니, 참 생각이 독특하신 분이다.

"아뇨. 사장님 술집도 가봐야 하고. 그냥 내일 퇴원할게요."

"그래? 그럼 그러든지."

"저기, 그런데 사장님이랑…… 실장님은?"

눈을 뜬 승은이 유일하게 본 사람은 응의 어머니가 다였다. 처음에 응의 얼굴이 안 보여서 얼마나 실망을 했는지. 그리고 조금 원망도 들었다. 내가 누구 때문에 쓰러졌는데 하면서.

"잠깐 나갔어. 왜? 아, 휘 때문에 그렇구나. 잠깐 기다려. 내가 불러올게."

그게 아니라 응이었지만, 어쨌든 휘가 오면 응도 올 테니까 승은은 아무 말도 하지 않았다.

어머니가 휘와 응을 부르러 가고 조금 시간이 흘렀을 때, 병실 문을 열고 들어온 건 응 혼자뿐이었다. 승은이 놀라며 물었다.

"어머니랑 사장님은요?"

"휘가 데이트하자며 모시고 갔어."

고맙다고 해야 하나. 대단하다고 해야 하나.

"몸은…… 괜찮아?"

웅이 문가에 서서 다가오지 않으며 조심스럽게 물었다.

"네, 괜찮아요. 그냥 잠시 현기증이 난 것뿐이에요."

병실 안에는 잠시 정적만 흘렀다. 먼저 입을 연 건 승은이었다.

"실장님, 거기 계속 서 계실 거예요?"

웅이 너무 멀리 떨어져 다가오지 않는 게 자꾸 걸렸다. 승은의 말에도 웅은 가까이 다가오지 않았다.

"미안."

이렇게 의기소침한 웅의 목소리는 처음이었다.

"내가 널 아프게 했어."

그건 틀린 말이 아니지만, 그래도 자신과 제대로 눈도 못 마주치는 그의 모습은 싫었다.

"미안한 거 알면."

승은의 강한 어투에 놀라 웅이 고개를 들어 그녀를 쳐다보았다. 승은이 그를 향해 손을 내밀고 있었다.

"가까이 와요."

그제야 웅은 천천히 승은에게 다가갔다. 승은은 자신이 웅에게 휘둘린다고 생각하고 있지만 그렇지 않았다. 웅은 그녀의 한 마디 한 마디에 몸과 마음이 지배당하고 있었다.

"웨딩드레스를 보고 싶어."

병원을 나온 웅의 어머니가 하신 말씀이셨다. 평소 범상치 않은 분이라고는 느꼈지만 나이 오십 줄에 웨딩드레스가 뜬금없이 왜 보고 싶을까 휘는 정말 궁금했다.

"가시죠, 마담."

하지만 무례하게 그런 걸 물을 정도로 휘는 얄팍한 신사가 아니었다. 매력적인 미소를 지으며 어머니를 유명 웨딩샵으로 모시고 갔다.

강남에 있는 〈마리끄〉는 상류층들이 주로 찾는 유명 웨딩샵이었다. 예약이 되어 있지 않으면 함부로 옷도 구경할 수 없지만, '황보' 라는 성은 어떤 곳에서든 환영을 받는 프리미엄이었다. 촌스러운 성이기는 하지만 이럴 때는 꽤 유용하다.

어머니의 손을 붙잡고 마리끄의 문을 열고 들어가려던 휘는 샵 안에 서 있는 낯익은 얼굴을 발견하고 놀라서 멈추어 섰다.

이걸로 세 번이었다. 우연이 세 번이면 운명이라고 하던가.

하지만 세 번째 우연은 조금 우울했다.

그녀가 웃고 있다. 절대 웃는 일이 없을 거라고 생각했던 그녀가 웨딩드레스를 입고 있는 신부를 보며 가식적인 미소를 온 얼굴에 담고 있다. 필사적으로 공부에 매달리는 솔과 마찬가지로 무얼 얻기 위해 웃기도 싫으면서 웃는 것인지. 그녀의 미소가 너무 아름다워 더 씁쓸했다.

"안 들어가?"

같이 있던 어머니가 물었다. 휘가 고개를 돌리며 말했다.

"다른 곳으로 가죠."

운명으로 변할 수 있는 세 번째 우연을 휘의 손으로 버려 버렸다. 이걸 후회하게 될지, 아닐지는 아직 알 수 없었다.

"**실**장님이 데이트하재요."

퇴원을 한 승은은 다행히도 아주 행복해 보였다. 웅이 먼저 데이트를 하자고 했단다. 얼마나 미안했으면 그 지루한 나들이를 하자고 먼저 제안을 했을꼬 생각하니 휘는 웅이 슬슬 불쌍해지기 시작했다. 녀석은 태생이 곰이라 절대 남들이 웃고 떠드는 일을 즐거워할 수 없는 체질이었다.

"정말? 언제?"

"일요일이요. 그래서 그날은 못 나올 것 같아요. 죄송해요."

승은은 상당히 설레어하는 것 같았다.

"아니, 괜찮아. 어차피 손님도 별로 없는데 뭐. 그래서 데이트하러 어디로 가는 건데?"

"사람 많은 곳이요."

분명 웅이 그렇게 말했을 것이다. 사람 많은 곳으로 가자고. 휘는 키득키득 웃으며 와인을 들이켰다.

사람 사이가 굉장히 재미있다는 걸 휘는 두 사람을 보며 느끼고 있었다. '잘했어, 여 비서' 한마디 듣자고 아등바등하던 때가 엊그제 같은데 이젠 연인 향이 풀풀 나고 있었다.

이래서 사람 사는 게 재미있다고 하는 거겠지?

재미있다고 키득키득 웃지만, 마음 한편으로는 깊은 쓸쓸함을 느끼는 휘였다. 서서히 두 사람의 사이에 있던 자신의 자리가 작아지는 게 느껴졌다. 그걸 막지 못하고 그냥 지켜보아야 한다는 게 조금은 서글펐다.

특별함이라.

과연 자신에게도 이 두 사람처럼 특별한 사람이 생길지 잠시 생각하다 피식 웃고 만다.

상상불가능이었다.

"승은이 보기에 어느 여자가 괜찮아 보여?"

그날 저녁 웅의 어머니가 승은의 앞에 여자들 사진을 쭉 펼쳐 주며 승은에게 물었다. 모델 선발대회도 아니고 모두 예쁜 여자들 뿐이었다. 승은이 사진들을 쭉 훑어보며 물었다.

"이게 뭐예요?"

"아! 우리 아들 맞선 후보 사진."

승은의 두 눈이 순식간에 충격으로 얼어붙었다.

뭐? 뭐라고?

"어서 하나 골라봐. 다들 조건들이 비슷해서 그냥 제일 예쁜 애로 고르려고 하는데 내가 보기에는 너무 비슷비슷하게 생겨서 말이야. 우리나라 성형 기술은 너무 독창성이 없어. 칼만 대면 다들 똑같이 생긴 복제 미인이 되니. 쯧쯧. 그래서 난 성형은 무조건 해외에서 하자는 주의야. 내 코 좀 봐. 전혀 수술한 거 안 같지? 그렇지?"

자신의 코를 손으로 집어 올리며 승은에게 묻던 어머니는 승은의 표정이 심상치 않자 놀라며 물었다.

"너 왜 또 얼굴에 핏기가 없니? 아파? 병원 갈래?"

승은은 목이 메어 대답을 할 수가 없었다. 어머니에게 너무하다고 할 수도 없었다. 왜냐하면 웅과 사귀고 있는 사실을 숨기고 있는 승은이 더 나쁜 것이니까.

데이트하기로 한 일요일은 날씨가 화창했다.

[집 앞이야. 나와.]

만나기로 약속한 시간에 정확히 웅이 집까지 차를 몰고 와 승은에게 전화를 했다. 하지만 웅의 전화를 받은 승은은 멍하기만 하였다.

"네? 왜요?"

[왜요라니. 오늘 데이트하기로 했잖아.]

"아! 그랬지."

승은이 마치 까맣게 잊고 있었다는 듯이 말하자 웅은 어이가 없었다.

일 분이라도 늦으면 절교라고 말한 게 그대였답니다.

[뭐야? 설마 준비도 안 하고 있었던 거야?]

"자, 잠시만요. 금방 씻고, 옷 입고."

[뭐? 씻지도 않았다고? 그럼 다음에 하든지.]

"아뇨! 오늘 갈 수 있어요. 기다려요."

웅이 짧게 한숨을 내쉬며 물었다.

[어머니는?]

"글쎄요, 나가셨나?"

웅은 그대로 전화를 끊어버렸다. 그리고 오 분도 지나지 않아 현관 벨소리가 들렸다. 승은은 침대에서 일어나 후다닥 욕실로 들어갔다. 대충 씻고 나와서 옷장 앞에 섰다. 데이트 날 입으려고 맨 앞에 뽑아두었던 하얀 원피스를 재빨리 빼내 몸을 쑥 집어넣었다. 시간이 급하니까, 화장은 생략이었다. 어차피 웅은 화장을 해도 안 해도 구분도 못할 것이 분명하다. 그래서 급하게 옷만 입고 나가려는데, 뒤에 지퍼가 올라가지 않았다. 아무래도 젖은 머리카락이 걸려 꼼짝도 안 하는 것 같았다.

몇 분이나 움직이지 않는 지퍼와 씨름하고 있는데 커다란 손이 다가와 승은의 손을 치워내며 지퍼에 걸린 젖은 머리카락을 빼주었다. 고개를 드니 웅이 자신의 바로 뒤에 서 있었다. 거울을 통해 방긋 웃어주는데, 웅이 이렇게 물어왔다.

"그런데 속옷은 안 입어?"

그제야 자신이 맨몸에 원피스만 달랑 걸친 걸 깨달은 승은은 놀라서 가슴을 두 손으로 끌어안았다. 이미 웅은 그 작고 귀여운 가슴에 낙인까지 찍었는데 말이다. 웅이 깊게 웃으며 승은의 하얀 목에 키스했다.

오늘은 여기까지만.

승은이 옷을 다 입고 바로 두 사람은 집을 나와 웅의 차에 탔다. 웅이 차의 시동을 걸며 승은에게 물었다.

"어디로 갈까?"

웅의 질문에 승은은 소심하게 대답했다.

"아무 데나. 실장님 가시고 싶은 곳으로 가요."

"나 가고 싶은 곳 없어. 그래서 다시 집으로 들어가자고?"

웅은 항상 이런 식이다. 그래서 몇 번이 데이트도 번번이 밥만 먹고 끝나기 일쑤였다. 이러면서 어떻게 자신과 사귀는 건지 이해가 안 되었다.

설마 키스랑 섹스 때문에?

승은은 잠시 원망스런 눈으로 웅을 쳐다보았다. 웅의 어머니가 맞선녀들 사진을 보여준 뒤 승은은 오늘까지 제대로 잠을 못 잤다. 병원에서 퇴원하고 한참이 지났는데도 까칠한 승은의 얼굴을 보며 웅이 걱정이 되어 물었다.

"그런데 안색이 왜 그리 안 좋아? 어디 아파?"

"괜찮아요. 그럼 편하게 영화나 보러 가요."

"영화? 그래, 알았어."

웅은 차를 출발시켰다.

그러나 영화관으로 가는 길, 승은은 평소답지 않게 너무 조용했다.

"왜 그래? 정말 어디 아픈 거 아냐?"

운전을 하던 웅이 한 팔을 뻗어 승은의 이마를 짚었다. 열이 없다는 걸 알고 더 불안해졌다. 그럼 무슨 일이 있다는 뜻이니까. 그런데 승은은 웅의 손을 잡아 내리며 아무 일 없다고 웃으며 말했다.

"내가 무슨 일 있는 게 뻔한 얼굴을 하고 있는데, 내가 아무 일 없다고 말하면 당신은 어떨 거 같아?"

응답지 않은 섬세한 말에 승은은 진짜 웃고 말았다. 그러다 다시 시무룩해졌다. 시시각각 변하는 승은의 얼굴을 웅이 빤히 쳐다보자 승은이 마지못해 입을 열었다.

"어머니가 사진들을 보여주셨어요."

"무슨 사진?"

"실장님 맞선녀들."

승은의 말에 웅이 바로 욕을 뱉어냈다.

"벌써 노망이 났나! 맞선은 무슨 맞선!"

"그렇게 말하지 마세요. 실장님도 벌써 서른하나예요. 당연히 결혼을 생각할 나이인데."

"난 결혼 안 해! 그런 족쇄 채우는 짓 절대 사양이야!"

웅의 말에 승은의 얼굴은 그대로 굳어버렸다. 말을 꺼낸 웅도 순간 아차 싶은 마음으로 고개를 돌려 승은을 쳐다보았다. 승은은 덜덜 떨리는 손으로 차 문고리를 잡으며 말했다.

"지, 집에 갈래요."

자신이 엄청난 말실수했다는 걸 깨달은 웅은 되는 대로 말을 지껄이며 사과하기 시작했다.

"승은아, 그게, 내 말은 너랑 잠깐 만나는 사이라는 게 아니라……."

"집에 갈래요! 차 세워요!"

승은이 달리는 차에서 차 문을 열자 웅이 놀라서 차를 세웠다.

"승은아!"

차가 서자마자 승은이 뛰어내려 달려나가자 웅이 놀라서 쫓아내렸다. 하지만 웅이 달려갔을 때 승은은 이미 택시를 타고 떠나 버린 뒤였다.

멀리 달려가는 택시를 눈으로 쫓으며 웅은 거칠게 한 손으로 앞머리를 쓸어 올렸다.

"어머, 왜 이렇게 빨리 들어와?"

가정부 아줌마의 말도 무시하고 승은은 그대로 자신의 방으로 들어가 문을 잠가 버렸다. 그리고 그대로 침대 위로 쓰러졌다.

"난 결혼 안 해."

웅의 말이 칼이 되어 가슴을 잔인하게 난도질해 버렸다.

그런 마음을 가지고 있었으면서, 어떻게 날 안을 수 있지. 어떻게 그럴 수 있느냔 말이야!

참담하고 초라하고 구역질이 올라왔다.

쾅쾅!

"승은아, 문 좀 열어봐! 여승은!"

곧바로 자신을 쫓아 집으로 온 웅이 승은의 방문을 두드렸다. 하지만 승은은 베개에 얼굴을 묻은 채 움직이지 않았다.

"승은아, 우리 이야기 좀 하자. 네가 오해한 거야."

오해는 무슨 오해! 자기가 자기 입으로 결혼 안 한다고 말했으면서!

"그래, 나 아직 결혼하고 싶은 마음 없어. 하지만 너랑 헤어지고 싶은 마음도 절대 없어!"

그게 뭐야! 그럼 나랑은 평생 연애만 하겠다는 거야?

이제 화까지 난 승은은 문으로 걸어가 방문을 벌컥 열었다. 문밖에 서 있는 웅을 쏘아보며 물었다.

"도대체 날 안으면서 무슨 생각을 한 거예요? 그저 유희였어요? 그런 거예요?"

이곳이 웅의 어머니 집이라는 것도 잊고 승은은 위험한 질문을 던졌다. 만약 이 순간 어머니가 돌아오신다면 모든 것이 산산조각 날 것이었다.

승은의 거친 질문에 웅도 화가 난 표정으로 대답했다.

"그런 거 아냐!"

"그런 거라면 차라리 더 예쁘고 더 몸매 좋은 여자를 고르지 왜 하필 나예요!"

"그만 해! 그런 거 아니라고 했잖아!"

"사랑한단 말도 안 믿어! 결국 당신은 잠자리에서밖에 말하지 않잖아!"

“젠장! 그럼 결혼하든지!”

홧김에 던진 웅의 청혼에 승은은 더 충격받은 눈으로 그를 쳐다보며 뒷걸음질쳤다. 또르륵, 승은의 눈에서 굵은 눈물이 소리도 없어 떨어져 내렸다.

승은은 옷장으로 달려가 성급한 손길로 옷가방을 꺼내서는 가방을 열고 보이는 옷을 아무렇게나 집어넣기 시작했다. 웅이 놀라서 다가왔다.

“뭐 하는 거야?”

승은이 대답도 안 하고 계속 가방에 옷들을 집어넣자 웅이 손을 뻗어 강제로 승은의 두 손을 붙잡고 멈추게 하였다.

“그만 해! 감정적으로 이러지 마!”

웅에게 벗어나려고 승은이 몸부림쳤지만 승은이 웅의 힘을 이겨낼 수는 없었다. 결국 제풀에 지쳐 웅의 가슴 위로 무너졌다.

“흐흑, 난 정말 사랑하는데…….”

“나도 사랑해.”

흐느끼는 승은을 끌어안으며 웅이 진심으로 말했다.

“도대체 그게 무슨 말도 안 되는 소리야!”

어머니의 앙칼진 목소리가 끼어들자, 껴안고 있던 두 사람은 놀라서 고개를 돌렸다. 문가에 화려하게 차려입고 있는 웅의 어머니가 두 사람을 도끼눈을 뜨고 쳐다보고 있었다.

“승은이 너! 너 아주 앙큼하구나. 휘가 안 될 것 같으니까, 다음엔 내 아들이었니?”

“그런 거 아니에요. 말 함부로 하지 마세요!”

웅의 말에 어머니는 더 역정을 내셨다.

"너 도대체 저 계집애가 무슨 약을 먹였기에 그렇게 홀라당 넘어갔어? 미쳤니? 돌았어?"

"처음부터 내 여자였어요! 휘는 아무 상관 없습니다."

"닥쳐, 이 멍청한 놈아! 여자 보는 눈이 그렇게 없어! 그리고 너! 넌 당장 내 집에서 나가! 꼴도 보기 싫으니까 당장 나가!"

어머니가 너무 화를 내셔서 승은은 뭐라고 한 마디도 꺼낼 수 없었다. 웅도 더 이상 어머니와 대화가 안 된다고 생각했는지 승은의 손을 붙잡고 같이 방을 나섰다. 웅이 승은을 데리고 나가자 어머니가 더 화를 내셨다.

"야, 이 자식아! 넌 남아! 같이 가면 나랑 아주 인연 끊을 줄 알아!"

하지만 웅은 멈추지도 않고 그대로 승은을 데리고 집에서 나와 버렸다. 그리고 승은을 자신의 차에 태운 다음 자신이 사는 오피스텔로 향했다.

차 안에서 승은은 한마디 말도 못한 채 벌벌 떨기만 하였다. 오늘 하루 종일 충격적인 말을 너무 많이 들어 정신을 차릴 수가 없었다. 차라리 이게 꿈이었으면 했다. 결혼하지 않는다는 웅의 말도, 앙큼한 계집애라고 욕하던 웅의 어머니 말씀도 모두 꿈이었으면 했지만. 이 지독한 꿈은 시간이 흐를수록 현실감만 더 깊어질 뿐이었다.

"다 왔어. 내려."

차는 어느새 웅의 오피스텔에 도착해 있었다. 하지만 승은은 차

좌석에서 꼼작도 하지 않았다. 웅의 손이 올라와 부드럽게 승은이 뺨을 쓸었다.

"승은아, 괜찮아. 여긴 내 집이야."

하지만 승은의 두 눈은 웅을 제대로 보지 않았다. 넋을 잃은 승은을 괴로운 표정으로 쳐다보던 웅은 승은의 겨드랑이 밑으로 한 팔을 집어넣고 승은의 다리에도 팔을 집어넣은 다음 그녀를 한 번에 안아 들었다. 웅은 승은을 안고서 뚜벅뚜벅 엘리베이터로 걸어 갔다.

집으로 들어온 웅은 승은을 침대 위에 앉혀두고 욕실로 들어가 욕조에 뜨거운 물을 받았다. 아무래도 따뜻하게 목욕을 하면 좀 마음이 가라앉을 거라고 생각했기 때문이다.

물을 받고 다시 침실로 돌아온 웅은 침대 앞으로 걸어가 승은의 옆에 앉았다.

"목욕하자. 그럼 기분이 조금 풀릴 거야."

승은은 아무런 대답이 없었다. 그래도 웅은 손을 들어 긴 승은의 머리를 목 위로 쓸어 올린 다음 하얀 원피스의 지퍼를 내렸다. 그리고 어깨에 걸린 원피스 자락을 벗겨냈다. 바로 그녀의 하얀 맨살과 브래지어가 드러났다. 웅은 등으로 손을 가져가 브래지어의 버클도 풀었다. 브래지어가 힘없이 떨어져 나가자 그녀의 가슴이 드러났다. 웅은 승은을 자리에서 일으켜 세우고는 그녀의 몸에 걸쳐져 있는 원피스를 벗겨내고, 다시 그녀를 쳐다보았다.

"내가 정말 다 벗겨? 안 부끄러워?"

팬티만 입고서 선 그녀는 웅을 쳐다보며 굵은 눈물을 뚝뚝 흘렸다.

"이대로 죽을 것 같아."

죽을 것 같다는 승은을 웅이 두 손으로 끌어안았다.

"안 돼. 넌 내 옆에 있어야 해."

"흐흐흑. 어떻게 해. 나 이제 어떻게 해."

그녀를 상처 입힌 게 자신인지, 아니면 어머니인지 알 수가 없었다. 하지만 겁이 나서 진실을 물어볼 수도 없었다.

웅의 큰 손이 그녀의 고개를 돌렸다. 그리고 그녀의 입술을 애타게 찾아들어 왔다.

그녀의 젖은 입술, 그녀는 안타까운 만큼 육감적이었다.

그의 키스를 받으며 승은은 본능적으로 눈을 감고 말았다. 그리고 키스는 아프고 뜨거웠다. 웅은 그녀를 찾아 더 깊숙이 밀고 들어왔다. 끈적하게 엉키는 혀에서 아찔한 전율이 그녀를 울게 했다.

승은은 결국 두 팔을 들어 그의 목을 휘감았다. 두 손에 감겨오는 부드러운 그의 머리카락이 그녀를 두 번 울게 했다.

웅은 작은 그녀의 몸을 안고 침대에 눕혔다. 그리고 그녀가 입고 있던 마지막 옷자락을 벗겨내 버렸다. 순식간에 그녀는 그의 앞에서 나신이 되었다. 수없이 안았지만 여전히 그의 앞에서 순수한 그녀의 몸. 그녀의 탐스러운 젖가슴도, 부드러운 허리도, 아찔한 검은 둔덕도, 모든 것이 처음 그대로였다.

웅은 입술을 내려 그녀의 분홍빛 젖가슴을 머금었다. 터질 것 같은 그녀의 달콤함이 순식간에 그를 중독시켰다. 혀를 들어 꼿꼿하게 선 유두를 쓸었다. 그러자 승은이 참지 못하고 신음 소리를 뱉어내었다. 그녀가 허리를 활처럼 휘며 더욱 그의 입술에 그녀를 가져다 댔다. 웅의 손이 그녀의 몸을 쓸어 내리며 점점 밑으로 내려갔다. 까끌까끌한 털이 그의 손에 감겨왔다. 그리고 곧 끈적끈적한 액을 흘리는 그녀의 은밀한 입술이 만져졌다. 그녀는 삽시간에 그에게 젖어들고 있었다. 그녀도 그를 원하고 있는 것이다. 이것이 부정할 수 없는 증거였다. 그녀가 그 없이는 살 수 없다는 증거.

그가 그녀의 안으로 파고들어 오는 순간 승은은 터져 나오는 비명을 안으로 삼키며 시트를 두 손으로 부여잡았다. 뜨거운 열정이 그녀의 안을 불태우기 시작했다. 웅은 한 치의 망설임도 없이 그녀의 안으로 밀고 들어왔다. 완벽하게 하나가 된 두 사람. 더 이상 고통도, 번뇌도, 이별도 없을 것 같았다. 이 순간만은 말이다.

"사랑해."

자신 때문에 아파하는 승은에게 사랑을 맹세한다. 지금 그가 해줄 수는 있는 건 그것뿐이었기에. 웅의 고백에 승은은 깊게 눈을 감았다.

사랑해.

그 말만을 믿고 그를 받아들였었다. 하지만 그보다 더 근본적인 건 그녀가 그를 사랑하기에 그를 받아들인 것이었다.

그가 움직일 때마다 그녀의 세상도 같이 흔들렸다. 승은은 혼탁한 시선으로 정신없이 흔들리는 창밖의 하늘을 쳐다보았다. 하늘이 너무 푸르러, 그에게 안긴 자신이 한없이 부끄러웠다.

우린 서로 좋아서 하나가 된 것이다. 그런데 마치 자신만 피해본 식으로 생각한다는 건 웅에 대한 모욕이었다. 내가 이렇게 이기적인 여자였나. 그의 품 안에서 이렇게 흥분하면서 그저 노리개였냐고 화를 내다니.

"승은아, 승은아."

그가 열에 들뜬 목소리로 애타게 승은을 불렀다. 하지만 승은은 터져 나오는 비명을 참아내느라 대답을 할 수 없었다. 질끈, 피가 나도록 입술을 깨물었다.

"사랑해."

그가 그녀의 안으로 깊게 파고들어 오며 사랑을 갈구했다. 터질 것 같은 전율에 승은은 정신이 혼미해졌다.

제발! 그냥 이대로 시간이 정지해 버렸으면.

"난 그녀를 사랑해."

웅은 술잔을 앞에 두고 맹세하듯이 말했다. 그의 말을 유일하게 듣고 있던 사람인 휘도 고개를 끄덕이며 긍정했다.

"음, 내가 보기에도 그런 것 같아."

웅은 보드카를 한입에 털어 넣었다. 그리고 소리 나게 탁자 위에 내려놓고는 괴롭다는 듯이 말했다.

"하지만 여전히 결혼은 모르겠어."

"음, 그건 역시 어려운 문제지."

이번에도 휘는 크게 고개를 끄덕였다. 휘에게 있어서도 결혼은 그리 좋은 일이 아니었다. 지금까지 휘가 봐온 결혼은 모두 집안끼리의 명예와 재력을 키우기 위한 도구였을 뿐이었다. 두 사람의 사랑은 전혀 결혼의 선택사항이 아니었다.

하지만 그건 재벌가의 결혼만 그런 건 아니었다. 근본적으로 결혼은 남자와 여자의 만남보다 더 깊이 나아가 집안과 집안의 만남이었다. 그런 점에서 웅과 승은도 그걸 피해갈 수는 없었다. 웅의 여왕님 같은 어머니가 버티고 있는 한 더더욱 말이다.

"우선 중요한 건 말이야."

휘가 잘 들으라고 웅의 얼굴을 잡아 자신에게 고정시켰다.

"너희 어머니부터 해결해. 화나셨다면서. 네 어머니 화나면 물불 안 가리잖아. 당장 가서 만나. 그리고 승은에게까지 영향 가지 않게 잘 해결해."

휘의 충고를 듣고 웅은 두통이 올라왔다. 어머니와의 싸움은 언제나 두통거리, 그 이상도 그 이하도 아니었다. 아무리 자기가 잘못했어도 무조건 상대방이 잘못했다고 우기는 사람이랑 싸움을 한다는 건 정말 피곤한 일이었다.

"기가 막혀서! 얼마나 대단한 수준이기에 물어다 주는 여자마다 차버리나 했더니, 겨우 그거였어?"

자신을 찾아온 아들에게 어머니가 꺼낸 첫 마디였다. 웅은 심하게 뒷골이 당겨오는 걸 느꼈지만 우선 참았다.

"제 일입니다. 그러니까 혹여 승은이 만나서 이상한 소리 할 생각 마세요."

"내가 그 애 만나면 어쩔 건데?"

"어머니!"

"그래서 뭐야! 둘이 결혼이라도 하겠다는 거야?"

"만약 제가 결혼을 한다면, 그 여자는 승은입니다."

아뇨, 아직은 생각 없습니다라고 말할 수는 없었다. 아직 확신이 없을 뿐이지, 이 말은 정말 진심이었다. 승은이 아닌 다른 여자와 같은 집 같은 침실을 쓰며 평생 사는 건 결코 생각할 수가 없었다.

"난 절대 용납 못해."

"아마 아버지가 이혼 서류 내미셨을 때도 그 말씀 하셨었죠? 그래서 지금 어떻게 됐죠?"

순간 싸늘한 통증이 얼굴을 가로질러 갔다. 따끔거림을 느꼈을 때, 어머니가 자신의 손톱으로 웅의 얼굴을 긁어버린 걸 알게 되었다. 웅이 아프고 어이없음에 버럭 소리 질렀다.

"미쳤어요!"

그리고 기억 속에 이혼 서류를 내밀었던 아버지도 어머니의 손톱에 얼굴을 긁혔을 때 이 말을 했었다.

다시는 기억하고 싶지 않은 그 시절로 돌아가고 있는 것인가? 돌아버리겠네.

웅은 더 이상 어머니랑 이야기하고 싶은 마음이 싹 사라져 그대로 집으로 돌아왔다. 승은은 부엌에서 저녁을 만들어놓고 기다리고 있었다.

웅에게 문을 열어주던 승은은 잘생긴 웅의 얼굴에 4차선으로

난 손톱자국을 보고 놀라서 말을 멈추었다.

"얼굴 왜 그래요?"

웅은 아무 말도 못하고 얼굴을 돌렸다. 승은은 우선 구급상자를 찾아 방 안으로 뛰어들어 갔다. 그리고 상자를 갖고 나와서는 웅을 잡아끌고 소파 위에 앉혔다.

소독약을 꺼내 약솜에 묻힌 다음 웅의 얼굴에 가져다 댔다.

"손톱에 긁힌 것 같은데, 누가 이런 거예요?"

"내가 이런 꼴 당하고도 고소할 수 없는 사람."

어머니라는 소리였다. 성격이 만만하지 않다는 건 알았지만 설마 아들 얼굴에 4차선 도로까지 만들어놓을 줄은 몰랐다. 순간 승은은 자신이 어머니를 만나면 어떤 꼴을 당할지 겁이 났다. 그런 승은의 마음을 알았는지, 웅이 진지한 표정으로 충고했다.

"그러니까 내가 진심으로 충고하는 건데, 절대 혼자서 우리 어머니 만나지 마. 알았지?"

정말 웃을 수도, 울 수도 없는 문제였다. 승은이 소독약 묻은 솜을 상처에 가져다 대자 따끔거리는지 웅이 얼굴을 찌푸렸다.

"어머니가 웃으며 찾아와도 절대 문도 열어주지 마."

늑대와 일곱 마리의 어린 양도 아니고, 도대체 어떻게 돌아가는 건지.

"내일쯤 어머니 만날 생각이었어요."

"그래? 하지만 지금 내 얼굴 보니까 포기되지?"

"아뇨, 그래도 만날 거예요."

"뭐? 왜!"

"오해는 풀고 싶어요. 날 아주 나쁜 여자로 알고 계시잖아요."

휘를 좋아하다 안 되니까 자기 아들이나 꼬신 아주 헤픈 여자로 낙인찍혀 있었다.

"어차피 말해도 안 들어. 우리 어머니는 자기 듣고 싶은 말만 듣는 사람이야. 사람 미치게 하는 능력이 있는 사람이라고."

웅이 어머니에 대해 너무 심하게 말하니, 승은은 오히려 어머니가 불쌍하고 웅이 못되게 느껴졌다.

"어차피 자기도 무책임하면서."

"뭐?"

결혼 같은 거 할 생각 없었다면 처음부터 알려주는 게 좋았다. 그랬다면 그를 받아들이면서 모든 걸 그에게 주지는 않았을 테니까. 이미 돌이킬 수 없게 되었다. 그가 결혼 생각이 없다고 해도 그와 헤어질 수 없다. 그렇다고 결혼하자고 조를 수도 없다. 지금은 그저 이 순간만을 생각하며 살아갈 수밖에 없었다. 그와 함께하고 있는 이 시간만을. 안 그러면 머리가 이상해져 버릴 테니까.

[호호호호, 우리 잠깐 만나서 할 이야기가 있지 않겠니?]

웅의 말이 반쯤은 맞았다. 어머니는 웃으면서 찾아오지는 않으셨지만, 웃으면서 전화는 하셨다.

"네, 제가 찾아뵙겠습니다. 지금 집 앞이에요."

어머니 집 앞에서 어머니의 전화를 받은 승은은 담담하게 대답했다. 그런 승은의 말에 웃으면서 말하던 어머니가 삽시간에 가시혀를 세우며 화를 내셨다.

[뭐? 내 집 앞이라고? 하! 이제 보니 너 굉장한 애구나. 어떻게 내가 부르기도 전에 날 만나러 와? 내가 그렇게 만만하게 보였니? 너한테 잘해주니까 내가 핫바지로 보였어?]

"들어가서 뵐게요."

어머니가 뭐라고 외치는 소리를 그냥 무시하고 전화를 끊었다. 그리고 높다란 어머니의 저택을 올려다보았다. 이 커다랗고 웅장한 집이 꼭 웅 같다. 그녀가 사랑하는, 그리고 그녀가 싸워 이기기도 해야 하는.

딩동, 초인종을 누르는 손가락이 미세하게 떨려왔다.

어머니는 승은을 보자마자 손톱을 세우며 화를 내셨다. 다행히 승은의 얼굴을 할퀴지는 않으셨다. 승은은 어머니의 분노를 처음부터 끝까지 모두 듣고 있다가, 어머니가 말하다 지쳐서 잠시 쉬신 틈에 자신의 말을 했다.

"처음부터 끝까지 저한텐 실장님뿐이었어요."

"그딴 거짓말을 내가 믿을 것 같아! 내 아들은 꿩 대신 닭이잖아!"

"실장님하고라면 결혼도 할 수 있어요."

"누가 시켜줄 것 같아!"

"네, 실장님도 싫대요."

앙칼지게 쏘아붙이던 어머니는 승은의 말에 놀라 잠시 말없이 그녀를 쳐다만 보았다.

"웅이 싫다고 했다고?"

"결혼 생각은 없대요."

어머니는 전에 웅이 찾아왔을 때 한 말을 기억해 보았다.

그러고 보니 승은과 결혼한다고 한 게 아니라, 결혼한다면 승은이라고 했다. 그게 이런 뜻이었나?

"그래서 뭐야? 연애만 하다 헤어질 사이라는 거야?"

어머니의 질문에 승은은 눈물이 핑 돌았다. 그런 사이로 끝나고 싶지 않았기 때문이다. 죽을 때까지 함께하고 싶었다. 그의 아이도 낳고 싶었다.

"애가 어디서 우는 거야! 그만 뚝 그치지 못해!"

"흐흑! 하지만 나오는 걸 어떻게 해요!"

"그러게 누가 내 아들 만나래!"

어머니는 티슈박스에서 티슈를 거칠게 뽑아서 승은에게 던져 주었다.

결국 승은을 슬프게 한 건 화를 내는 어머니보다 결혼 생각이 없다는 웅이었던 것이다. 하지만 지금 그녀는 그의 곁에 있다. 사랑이라는 이유로.

과연 사랑이 버틸 수 있는 범위는 어디까지인 걸까?

어머니를 만나고 돌아온 승은은 웅을 위해 저녁을 만들었다. 어쩔 수 없는 상황에 웅의 집으로 들어온 건데, 그 뒤로 쭉 이곳에서 지내고 있다. 과연 이대로 계속 그의 집에서 지내야 하는 건지, 새로운 거처를 구해야 하는 건지 아직은 판단이 서지 않았다.

저녁을 다 만들어도 웅이 돌아오지 않자 승은은 소파에 앉아 텔레비전을 틀었다. 그러고 보니 이곳에 오고는 한 번도 휘의 술집에 가지 못했다. 내일은 한번 가봐야지 생각하다 소파에서 잠이 들었다.

꿈을 잠깐 꿨는데, 제주도 집이었다. 어머니랑 아버지랑 같이 저녁을 먹는 꿈이었다. 아무래도 배가 고팠나 보다. 잠이 깬 건 머리카락을 만지작거리는 손길 때문이었다. 눈을 뜨니 웅이 바로 앞에 있었다.

"기다리고 있었으면 전화를 하지."

그의 목소리는 다정하다. 처음 만났을 때 말끝마다 화를 내고 명령을 내렸던 그는 이제 생각할 수조차 없다. 이렇게 다정한데 언젠가 저 입으로 '네가 지겨워졌어'라고 말하게 되는 걸까?

"왜 그래? 졸려?"

승은이 눈만 뜬 채 움직이지 않자 웅이 걱정하며 물었다. 승은이 두 손을 뻗어 그에게 내밀었다. 그리고 말했다.

"안아줘요."

웅은 좀 놀란 눈으로 그녀를 내려다보았다. 승은이 먼저 안아달라고 말한 건 처음이었다. 항상 자신이 먼저 안달하여 그녀에게 다가가 그녀의 옷을 벗기고 그녀의 몸을 탐했었다. 그래서 그녀가 조금 그를 짐승처럼 여긴다는 것도 느꼈지만 어쩔 수 없었다. 태생이 감성보다는 본능이 우선으로 생겨먹었으니까.

웅은 그녀의 두 팔을 자신의 목에 감으며 그녀의 몸을 조심스럽게 끌어안았다. 그리고 오른손으로 그녀의 옷을 벗기기 시작했다. 웅이 옷을 벗기기 편하게 승은은 두 손을 올려주었다. 그가 그녀의 티셔츠를 벗겨주자, 이젠 그녀가 그의 옷을 벗겨주었다. 툭 툭,

꼼꼼하게 잠겨진 그의 와이셔츠 단추를 하나하나 풀었다. 그의 단추를 풀며 속으로 빌었다.

제발 당신의 단추를 풀어주는 여자가 나 하나뿐이길.

밀려오는 그를 끌어안았다. 몽환적이고 아름다운 보랏빛이 퍼져 갔다. 승은은 웅의 품 안에서 헐떡이며 그 매혹적인 보랏빛에 빠져들어 갔다.

웅의 손이 올라와 그녀의 말랑한 가슴을 감싸 안았다. 붉은 가슴 위에 솟은 유두를 잡고 장난스럽게 잡아당기기도 하였다. 승은은 고개를 더욱 젖혀 그의 키스를 받았다. 아릿해지는 의식 속에 그의 존재만이 점점 뚜렷해졌다.

웅의 손은 부드러운 악기를 연주하듯 그녀의 아름다운 몸을 쓰다듬었다. 가슴을 애무하던 손이 천천히 허리를 타고 배 아래로 내려가 언제나 그를 애타게 하는 무성한 수풀 너머로 진입해 들어갔다. 승은은 뜨거워지는 몸을 주체할 수 없어 크게 몸을 떨었다.

웅이 승은의 손을 잡고서 자신의 그곳으로 가져갔다. 그의 것은 벌써 팽팽하게 일어나 그녀를 갈구하고 있었다.

"만져 줘."

승은은 조심스럽게 그의 은밀한 부분을 쓰다듬었다. 그녀의 손길에 그건 마치 살아 있는 생물처럼 꿈틀거렸다. 키득, 그녀는 웃었고, 으윽, 웅은 희열에 신음을 뱉어냈다.

그가 그녀의 안으로 들어서기 전, 그녀가 그의 입술에 키스하며 속삭였다.

"사랑해요."

나도 미칠 듯이 동감이야.

웅은 더 이상 참지 않았다. 그녀의 다리를 벌렸다. 그를 기다리며 헐떡이는 그녀의 붉은 욕망이 그를 사로잡았다. 그녀의 작고 동그란 엉덩이를 두 손으로 강하게 잡고, 자신의 중심에 가까이 가져다 댔다. 그녀의 몸이 활처럼 휘며 젖가슴이 출렁거렸다. 부풀어 오른 붉은 살이 귀두를 감싸 안자, 웅은 한 번에 그녀의 안으로 파고들어 갔다. 두 사람이 하나가 된 순간, 그도 그녀도 흥분을 참지 못하고 몸을 떨었다. 그리고 곧 아득한 곳으로의 항해는 시작되었다.

웅이 허리를 움직이자 세상이 흔들리기 시작했다. 밀려오는 농밀한 감각의 파도에 승은은 미친 듯이 빠져들어 갔다. 다리 사이 은밀한 곳에 불이 피어올라 뜨거웠다. 그가 지른 불이었다. 그가 그녀의 안에 있었다. 그가 그녀의 것이었다. 그녀가 그를 가진 것이다. 그 형용할 수 없는 만족감에 온몸이 떨려왔다.

모든 것이 흔들렸다. 그녀의 마음도, 그녀의 가슴도, 땀에 젖은 그의 몸도, 세상도, 모든 것이 금방 무너질 듯이 좌표도 없이 흔들렸다.

웅은 그녀의 두 다리를 들어 올려 그의 어깨 위에 올려놓았다. 그리고 더욱 깊이 들어갔다. 흔들흔들, 웅의 움직임에 맞추어 승은의 다리가 야한 움직임을 그리며 흔들거렸다. 승은은 웅에게 모든 것을 내맡긴 채 농염한 신음과 같이 끝없이 웅의 이름을 불러 댔다. 그가 그녀의 모든 의미였기에 끝없이 그를 불렀다. 그 부름에 답하여 웅은 격렬하게 그녀의 안으로 파고들어 왔다. 온몸이 땀에 젖어 들어가고, 몸 밖으로 터져 나올 것처럼 피가 들끓어도 두 사람은 멈출 수가 없었다. 공간 속의 공기가 모두 산화되어 사라져 버리고, 기형적으로 커진 사랑만이 가득 찼다. 사랑이 욕망으로, 욕망이 또 사랑으로, 그리고 또 사랑이 욕망으로.

헉헉, 두 사람의 농밀한 신음 소리가 거실 안을 가득 채웠다. 살내음이 엉켜들어 가고, 마음이 뒤섞였다. 그가 그녀의 안에 밀려왔다 빠져나가며 피어오른 불꽃에 승은은 점점 더 타 들어갔다. 그라는 불씨를 만나 한 줌의 재도 남기지 않고 완전연소를 해나갔다.

웅이 그녀의 안 가장 깊숙한 곳에 들어온 순간, 세상의 끝에서 두 사람은 절정에 다다랐다. 사정이 끝난 뒤에도 두 사람은 껴안은 채 떨어지지 않았다. 아직도 두 사람은 하나로 결합되어 있었다. 지금 이 순간은 서로에 대한 완벽한 충족감에 둘 다 행복의 절정에 흠뻑 빠져 있었다.

"저녁 먹을래요?"

폭풍 같은 정사가 끝나면 언제나 나른한 나태가 찾아온다. 두 사람은 발가벗고 누워 서로의 머리카락만 만지작거리고 있었다. 승은이 물었지만, 웅은 대답도 없이 그녀의 가는 머리카락만 손가락에 돌돌 말았다.

"배 안 고파요?"

"……고파."

"그럼 먹어요."

승은은 밥을 먹자고 한 건데, 웅이 그녀의 목덜미를 덥석 물었다. 승은이 간지러워서 까르르 웃고 말았다.

"소파 너무 좁아. 큰 걸로 바꿀까?"

쿡쿡쿡, 웅의 말에 승은은 또 웃고 말았다. 하지만 딱히 웃긴 말이라고 할 수만은 없었다. 둘이 눕기에 확실히 좁긴 좁았다.

하지만 두 사람은 끝까지 넓은 침대로 가지 않고 소파에서 잠이 들었다. 깊은 밤 웅의 가슴 위에서 잠이 들었던 승은이 눈을 떴다. 웅은 좋은 꿈을 꾸는지 편안한 얼굴이었다.

잠자는 웅의 얼굴을 바라보던 승은은 손가락을 들어 웅의 왼쪽 가슴 위에 작게 글을 썼다.

사랑해요.

그의 심장 위에 그녀의 마음을 새겼다. 절대로 지워지지 않게. 그리고 망설이다 몇 자를 더 적었다.

……날 버리지 마요.

11. 제주도 슬픈 밤

세상의 끝이다. 오랜만에 솔이 또 찾아왔다. 스카웃하러 다닐 때는 잘도 피해 다니더니 공짜로 먹을 걸 준다니까 가끔 찾아왔다. 결국 이 녀석은 대박보다는 공짜를 좋아하는 대머리 종족이었던 것이다.

"여기 아르바이트생 안 쓰나요?"

솔의 질문에 휘는 활짝 웃으며 물었다.

"왜? 네 누나 소개시켜 주려고?"

"아니, 제가 하려고요."

가식적인 휘의 미소를 쳐다보며 무뚝뚝하게 솔이 대답했다. 휘가 바로 미소를 거두었다.

"네가? 공부할 시간도 빠듯하지 않냐?"

그래서 나의 스카웃도 거절했으면서. 짜샤! 너만 들어왔어도 내가 사표까지 안 썼어.

"어차피 이 가게 장사도 잘 안 되니까. 시간이 남아돌 것 같아서."

휘는 씨익 웃으며 우유를 따라서 솔에게 내밀었다. 솔은 우유는 쳐다도 안 보면서 가게 안을 둘러보았다.

"그런데 그 귀여운 누나는 어디 갔어요?"

승은을 찾는 솔의 말에 휘가 능글스럽게 웃으며 물었다.

"에? 너도 귀여운 스타일이냐?"

"네. 안 되나요?"

바로 이어지는 솔의 긍정에 휘가 재미없다는 듯이 말했다.

"자식! 신비주의 콘셉트는 그렇게 바로 긍정하면 안 돼!"

"누가 신비주의인데요?"

휘는 잔에 자신이 마실 보드카를 따르며 말했다.

"흠! 너는 말이야, 사랑은 하지만 결혼은 원하지 않는 남자 어떻게 생각해?"

승은을 찾기에 문득 생각나서 물어본 말이었다. 그런데 이제 겨우 열여덟 살인 녀석이 이렇게 대답해 왔다.

"편하겠네요."

그 시니컬한 대답에 휘가 모든 걸 알았다는 듯이 솔을 쳐다보았다.

"너희 부모님도 이혼했냐?"

"아뇨, 어머니가 첩이었습니다."

"아, 미안."

생각도 못해본 심각한 대답이 튀어나오자 휘는 저도 모르게 사과하며 솔의 앞에 놓아준 우유를 자신의 보드카와 바꾸어주었다. 솔은 바로 보드카를 들어 올려 입에 가져갔다. 그리고 술을 다 마시자마자 사실을 실토했다.

"농담이었습니다."

이 녀석은 슬픈 녀석인가, 복잡한 녀석인가, 암울한 녀석인가, 그래도 조금은 행복한 녀석인가. 휘는 아직도 판단이 서지 않았다.

웅의 어머니가 웅의 집으로 승은의 모든 짐을 보내주셨다. 그래도 조금은 마음이 풀리신 거라고 생각했는데, 짐을 풀어보니, 어머니가 승은에게 사주었던 옷이 갈기갈기 찢어져 있었다. 아마도 나 이렇게 분노하고 있다는 걸 보여주려고 일부러 짐을 보내주셨나 보다.

정말 독특한 방법으로 자신의 마음을 표현하시는 분이셨다. 웅에게는 손톱, 그리고 승은에게는 찢어진 옷으로 말이다.

그런 소포를 받아서인지, 오늘은 회사로 웅을 찾아가고 싶었다. 그의 도시락을 싸들고서 꼭 나들이 가듯이. 우린 그래도 행복하다는 걸 과시하듯이 말이다. 그래서 부랴부랴 도시락을 싸고서 웅에게 연락도 없이 회사로 향했다.

휘 엔터테인먼트.

정말 오랜만에 회사 건물을 보니 반가운 마음이 먼저 들었다.

비록 지금 저 안에 휘도 없고, 자신의 자리도 없지만, 즐거운 기운
이 너무도 많았던 곳이니까. 휘가 없어도 웅과 나머지 사람들이
열심히 회사를 꾸려 나가고 있다고 했다. 휘 때문에 중단되었던
오디션도 끝까지 진행해 신인도 뽑았다고 했다.

"안녕하세요."

반가운 경비 아저씨에게 인사하고 엘리베이터를 타려는데, 누
군가 다급하게 뛰어와서 타느라 승은의 어깨를 쳤다.

"아! 죄송합니다."

이제 막 이십대 초반으로 보이는 남자는 바로 승은에게 사과했
다. 그런데 사과를 하는 남자의 얼굴이 낯익다. 남자도 그렇게 생
각했나 보다. 사과하다 말고 승은의 얼굴을 뚫어지게 쳐다보았다.
잠시 서로를 민망할 정도로 쳐다보던 두 사람은 동시에 서로를 손
가락으로 가리켰다.

"아! 로미오!"

"아! 줄리엣!"

오디션에서 승은의 허리를 무자비하게 꺾었던 솔몬이었다.

"그럼 이번 오디션에 붙었단 게 당신이었어요?"

엘리베이터를 타고 올라가는 짧은 시간 두 사람은 꽤 많은 이야
기를 나누었다.

"네. 유일한 합격자라고 할까. 하하하하."

여전히 자신감이 넘치는 모습이었다.

"축하해요."

"아! 제가 감사하죠. 누나가 제 합격에 큰 몫을 했으니까."

"내가 뭐 한 게 있다고."

"왜요? 기억 안 나세요. 바로 이 허리 꺾기."

라고 말하며 솔몬은 갑자기 승은의 허리를 붙잡고 뒤로 젖혔다. 또다시 밀려오는 허리의 통증에 승은은 짧게 비명을 질렀다. 그리고 그 순간 삼층 엘리베이터 문이 열리고, 그 앞에 웅이 서 있었다.

무표정하게 엘리베이터 앞에 서 있던 웅은 엘리베이터 안에서 외간 남자의 손에 허리가 꺾인 승은을 발견하고 그대로 표정이 험악해졌다. 승은은 자기 힘으로 일어나지도 못한 채 그 자세 그대로 웅에게 인사를 해야 했다.

"도, 도시락 가져왔는데……."

쾅!

웅은 자신이 화가 났다는 걸 책상 위에 있는 힘껏 서류를 던져넣으면서 표현했다. 웅의 손에 거의 질질 끌려 웅의 사무실로 온 승은은 문가에서 한 발자국도 앞으로 나가지 못하면서 들고 온 도시락만 붙들고 있었다.

"저기, 점심시간 좀 지났는데, 벌써 점심 먹었어요?"

"생각없어."

웅은 담배를 꺼내 물며 그렇게 말했다. 승은이 담배 피우는 걸 싫어한다는 걸 뻔히 알면서 말이다. 승은은 그제야 웅에게 다가가 웅이 입에 물린 담배를 가로챘다.

"다, 담배는 싫어요."

화난 시선으로 자신을 올려다보는 웅에게 승은이 작은 소리로 항의했다.

"지금 내 기분이 너무 유쾌해서 그걸 피우려는 것 같아?"

안다, 다른 남자에게 허리를 내맡기고 있던 자신의 경솔한 행동에 화를 내고 있다는 걸. 그가 화를 내는 이유를 알기에 그의 짜증에도 무섭거나 화가 나지 않았다. 오히려 가슴이 찌릿해 왔다. 승은은 잠시 회사라는 걸 잊고 그의 무릎 위에 앉았다. 그리고 그의 어깨에 두 손을 올려놓으며 말했다.

"미안해요."

그의 목을 끌어안고 자신에게 끌어당겼다.

"하지만 담배는 정말 싫어요. 차라리 날 괴롭혀요."

언제 이렇게 변해 버린 걸까? 괴롭혀 달라니. 웅의 앞에서 점점 요염 떠는 여자로 변하고 있었다. 하지만 그가 자신을 원하게 된다면 상관없었다. 자신 때문에 안달 못하게 된다면 오히려 쾌감이 몰려왔다.

웅의 입술이 다가와 그녀의 입술을 이로 깨물었다. 그리고 바로 혀를 밀어 넣어왔다. 성난 사자처럼 그녀의 안을 헤집었다. 격렬하게 키스하는 그 때문에 승은은 곧 숨이 차 올라와 헐떡였다.

웅이 그녀의 손을 붙잡고 자신의 바지 속에 집어넣었다. 승은은 그 안에서 꿈틀대고 있는 그의 남성을 한 손에 가득 쥐었다. 그리고 그가 원하는 대로 손을 움직였다. 순식간에 그의 남성은 단단해졌다. 손 안에서 느껴지는 그의 생명력에 그녀도 금세 젖어 들어왔다. 온몸이 그의 모든 걸 기억하고 있었다. 그가 쓰다듬던 손길도, 그가 빨아대던 입술의 감촉도, 그가 몸을 안으로 들어오던 그 거대한 충족감도.

손이 축축했다. 단단하게 커졌던 그의 물건이 다시 말랑말랑해져 가는 게 느껴졌다. 웅이 열에 들떠 쉰 목소리로 승은의 귀에 속삭였다.

"지금 당장 집에 가서 내가 돌아갈 때까지 얌전히 기다려."

문득 그런 우스운 생각이 들었다. 그와 잠자리는 수없이 많이 했지만, 그와 영화관에 가서 영화를 끝까지 제대로 본 적은 단 한 번도 없다고. 웅은 항상 중간에 졸던가, 아니면 전화를 받는다고 밖으로 나가 버렸었다. 정말 이렇게 데이트를 재미없다고 생각하는 남자도 드물 것이다.

결혼도 싫다. 데이트도 재미없다. 하지만 섹스는 좋다. 당신이란 남자, 참 알기 쉬우면서도 어려워.

"여행 가지 않을래요?"

웅과 나란히 누운 잠자리에서 승은이 조심스럽게 웅에게 물었다.

"여행?"

"응. 서울 말고 멀리."

승은의 말에 웅은 생각을 하는 듯이 잠시 아무 말도 없었다.

"회사 때문에 오래 걸리는 곳은 안 되는데."

골치 아픈 회사 일이 많은지 회사라고 하며 웅이 얼굴을 찌푸렸다.

"그럼 1박 2일로 가면 되잖아요. 토요일 일요일로 해서요. 응? 그럼 갈 거예요?"

승은이 너무 간절히 쳐다보기에 웅은 안 된다고 할 수가 없었다.

"그래, 가자."

"정말이죠? 가는 거예요. 진짜예요!"

웅의 대답에 승은이 활짝 웃었다. 웅이 깊게 패인 그녀의 볼우물을 손가락으로 꾹 누르며 물었다.

"그런데 어디로 갈 거야?"

"제주도."

"뭐?"

다른 사람한테는 그저 관광지일 뿐이지만, 승은에게는 고향이었다. 그 말은 곧…….

"설마 당신 집에 간다고?"

긴장하며 묻는 웅을 잠시 말없는 시선으로 쳐다보던 승은이 활짝 웃으며 말했다.

"아니, 호텔에 묵어요. 이번에 내려가는 건 우리 집에 비밀. 나도 그냥 편하게 당신이랑 놀다가 오고 싶어."

집에 안 간다니까 부담이 덜기는 하지만 제주도까지 가서 집에 안 간다는 것도 좀 이상했다. 웅은 승은의 얼굴을 손으로 쓰다듬으며 물었다.

"혹시 기분 안 좋아?"

"으응, 좋아요. 당신이 나랑 같이 여행 간다고 했잖아."

승은은 고개를 가로저으며 더 크게 웃었다. 그런데 그 미소에 조금은 어색함이 묻어나와 웅은 가슴이 서늘해졌다.

……설마 나랑 있으면서 참고 지나가는 게 많아지는 거야?

다음날, 웅은 휘의 술집에 찾아갔다. 숭은이 그런 것처럼 무언가 상담할 일이 생기면 생각나는 사람은 역시 휘였으니까.

"제주도?"

"그래, 제주도."

"자기 고향에 여행을 가자고 했다고?"

"그래."

"재미있는 발상이네."

"승은이 너한테 여행 가는 거 말했어?"

"아니, 너한테 처음 들어. 그리고 요즘……."

"요즘 뭐?"

"승은이 여기 안 와."

"뭐? 그럼 뭐 하는데?"

"뭐 하다니. 네 집에서 산다면서. 하루 종일 그 집에 있겠지."

웅은 이제야 처음 알았다는 듯이 놀란 표정을 지었다.

"몰랐어. 난 당연히 여기로 오는 줄 알았는데."

"아무래도 올 수가 없나 보지."

"왜?"

"이젠 내가 그저 네 친구로만 보이니까."

"뭐?"

"좋은 뜻으로 말하면 널 아주 많이 사랑한다는 거고, 조금 걱정스런 뜻으로 말하면……."

휘는 반 박자 쉬더니 짧게 한숨을 내쉬며 말했다.

"그 때문에 늘어나는 걱정도 많다는 거겠지."

"무슨 걱정? 난 너처럼 바람도 안 피워!"

"이보쇼! 난 애인이 없어서 바람피운다는 말이 성립이 안 되거든. 하지만 너희는 다르잖아. 이제는 같이 살면서 끝까지 가버렸잖아. 그건 결국 결혼만 안 했다뿐이지, 부부와 같은 거야. 하지만 너희 두 사람 결혼한 건 아니잖아. 그래서 승은이 무슨 생각을 가지겠어?"

웅이 심각하게 고민하더니 입을 열었다.

"모르겠어."

휘가 깊게 한숨을 내쉬며 말했다.

"너의 유일한 장점은 절대 바람피울 일이 없다는 것뿐이지 않나 싶다."

"비꼬지 말고! 뭐? 뭐가 문제인데?"

"프러포즈해! 그럼 만사 오케이라고, 이 곰탱아!"

프러포즈라는 말에 웅의 얼굴이 눈에 띄게 경직되었다. 그런 웅에게 가까이 다가가며 휘가 조심스럽게 물었다.

"도대체 근본적으로 뭐가 두려운 거냐?"

웅은 아직도 조금 남아 있는 자신의 어머니가 긁어놓은 상처를 손으로 쓸며 말했다.

"승은이 우리 어머니처럼 변할까 봐."

남들은 비웃을지 몰라도, 휘는 절대 그러지 않았다.

"그럴 가망성이 얼마나 된다고 생각해?"

"넌 그럼 우리 아버지가 우리 어머니랑 연애결혼 했다는 건 믿겨지냐?"

"에? 진짜야? 중매 아니었어?"

100% 순수 연애였다. 하지만 결혼 생활 내내 매일 싸우다가 결국 마지막까지 치열하게 싸우며 헤어지셨다. 그리고 지금 웅의 어머니는 자신의 아들 얼굴에 손톱자국이나 남기면서 사신다. 결혼은 환상이 아니라, 현실이라는 걸 정말 제대로 보여주는 본보기였다.

"난 그래서 차라리 지금이 낫다고 생각했어. 얽매이는 것 없이 자유롭게 같이 있는 이 시간이 좋다고 생각했는데."

결혼을 안 한다고 해서 승은을 못 보는 것도, 헤어지는 것도 아니었다. 그래서 웅은 가능한 복잡미묘한 결혼에 대해서는 지금 생각하고 싶지 않았다.

"열렬히 사랑했던 커플들도 결혼만 하면 왜 변하는 걸까?"

웅의 진지한 질문에 휘가 단순명료하게 해답을 내렸다.

"서류가 끼어서 그래. 혼인 서류. 이혼 서류. 서류 들어간 일은 다 그래."

완전 제멋대로 해석이다.

"나의 이기심인 거야?"

"결국 그것도 각자의 생각인 거지. 결혼을 하고 싶다는 승은의 생각도, 자유로운 지금을 유지하려는 너의 마음도, 사람이란 다 자신의 마음이 가장 중요한 법이니까. 그러니까 너희들은 이미 현실 안에 서 있는 거야. 결혼 서약서에 도장만 안 찍었을 뿐이지.”

웅은 심각하게 생각에 빠져들었다. 그런 웅의 어깨를 두드리며 휘가 말했다.

“제주도 가서 찬찬히 생각해 봐. 너와 여 비서의 현실에 대해서 말이야.”

그날 집에 돌아오니 승은은 제주도 가는 짐을 챙기다 잠이 들어 있었다. 웅은 자고 있는 승은의 얼굴을 물끄러미 쳐다보았다.

내가 결혼한다 그러면 우리 어머니가 네 얼굴도 손톱으로 긁어버릴 거야. 그래도 정말 나랑 결혼하고 싶은 거야?

제주도 가는 비행기 안에서 승은은 쉴 새 없이 말을 했다. 자신이 다녔던 학교, 자신이 사는 마을, 그리고 자신이 물에 빠진 적 있는 바닷가에 대해서도.

“내가 관광객들은 절대로 가보지 못하는 곳으로 다 안내해 줄게요. 재미있겠죠?”

웅은 승은을 끌어당겨 자신의 어깨에 기대게 했다.

“그래, 재미있는 곳은 비행기 내려서 다 가보고. 우선 좀 자. 어제도 별로 못 잤잖아.”

승은은 웅의 어깨에 머리를 기대서도 자지 않고 계속 종알거렸다.

“우린 소풍 가면 무조건 바닷가였어요. 널린 게 바다였으니까. 서울에만 산 실장님은 소풍 때 바다 간 적 없죠?”

“그래, 없어.”

“아! 지금 가면 감귤나무에 감귤 엄청 많겠다. 우리 그것도 따러 가요. 밤에 몰래 가서 엄청 따오는 거야.”

“도둑질은 사양이야.”

“도둑이 아니라 서리. 아무도 서리를 도둑이라고 그러지 않아요.”

“나 잠들었어.”

웅이 눈을 감고 더 이상 아무 말도 안 하자, 승은도 눈을 감았다. 웅과 처음으로 가는 여행이었다. 설렌다. 행복했다. 꼭 신혼여행 가는 기분이었다.

웅은 회사 일로 재작년에 제주도에 왔을 때 이후 처음으로 제주도에 온 것이었다. 몇 년이 흘렀지만, 제주도는 그리 변한 것이 없어 보였다. 겨울에 와서 그런 거겠지만, 여름에 왔던 그때와 달리 지독히 춥다는 게 다르다면 달랐다.

웅은 미리 불러두었던 렌터카에 승은을 태우고, 호텔 예약을 해두었던 중문으로 향했다. 도시보다는 탁 트인 바다가 보이는 호텔이 좋아 일부러 하얏트 호텔로 잡았다. 바닷가가 보이는 언덕에 자리 잡은 호텔은 창밖으로 보이는 풍경이 그대로 한 폭의 그림이었다.

“제주도에 오래 살았지만, 호텔에 들어와 보는 건 처음이에요.”

그건 당연한 말이었다. 어차피 자려고 묵는 호텔. 뻔히 집이 있는데 뭐 하러 이 비싼 호텔에 묵겠는가.

승은은 호텔방을 이리저리 둘러보다 욕실을 보고 행복한 비명을 질렀다.

"세상에! 로맨틱해. 꼭 공주님 욕조 같아요."

승은을 기분 좋게 하려고 일부러 신혼부부들이 자주 묵는다는 방으로 예약했다. 그래서 분위기가 더 로맨틱한 것이었다. 다행히 승은은 굉장히 좋아했다.

"씻을래?"

"지금요? 그럼 관광은?"

"따뜻한 물에 씻고 나가지 뭐."

욕실 안을 쳐다보던 승은이 크게 고개를 끄덕였다.

"응, 그럴래."

"나랑 같이 씻는 거야."

"네?"

"보면 몰라. 이 인용 욕조잖아."

물론 두 사람이 들어가도 충분할 정도로 넓었다. 승은은 불만 가득한 눈으로 웅을 쳐다보았다.

"설마 나랑 같이 씻으려고 일부로 큰 욕조 있는 방을 구한 거예요?"

그냥 승은 좋아하라고 구한 방이었다.

"왜? 그럼 안 돼?"

"점점 엉큼해져."

그러나 웅이 단번에 승은을 들어 안고 욕실로 걸어갔다.

"까악! 옷 먼저 벗고요."

따뜻한 물에 몸을 담그니 정말 기분이 좋아졌다. 웅은 샤워용

스펀지에 물을 적셔 계속 승은의 등과 어깨를 닦아주었다. 자신의 몸을 씻겨주는 그의 손길도 굉장히 좋았다.

웅이 젖어서 등에 달라붙은 그녀의 머리카락들을 손으로 떼어 내 어깨 앞으로 넘겨주었다. 그리고 그녀의 어깨에 깊게 입술을 눌렀다. 한 손이 목 앞으로 다가와 툭 튀어나온 그녀의 쇄골을 쓰다듬었다.

"살 빠졌어?"

"조금."

그녀의 턱을 손으로 잡고 자신을 향해 들어 올리며 웅이 말했다.

"더 빠지지 마."

물에 젖은 웅은 굉장히 섹시했다. 물기에 번들거리는 그의 입술을 손으로 쓰다듬었다. 결국 참고 있던 웅을 승은이 자극한 것이었다. 곧 그의 입술이 내려와 그녀의 입술을 빨아들였다. 승은은 조용히 눈을 감고 그의 입술을 느꼈다. 차갑고도 뜨거웠다. 강렬하지만 부드럽기도 했다. 승은이 먼저 그의 입 안으로 자신의 혀를 집어넣었다. 그의 혀를 붙잡고 빨아들였다. 키스는 피보다 진한 맛이었다.

찰랑, 두 사람의 움직임이 심해지며 욕조에 가득 채워져 있던 물이 넘실대기 시작했다. 그녀의 몸을 굶주린 맹수처럼 헤매고 다니던 웅의 손이 그녀의 가슴을 손으로 감싸고 주무르기 시작하자 분홍빛 유두가 금세 빳빳하게 고개를 들었다. 웅이 손가락으로 유두 끝을 붙잡고 비틀고 잡아당겼다. 키스를 하던 승은은 정신이 아득해지는 감각을 느끼며 고개를 크게 꺾었다. 웅이 집요하게 그녀의 턱을 붙잡고 다시 입을 맞추어왔다. 헐떡이는 그녀의 숨소리까지 모두 빨아들였다.

엉덩이 바로 뒤에서 벌써 딱딱하게 일어선 그의 물건이 느껴졌다. 그의 손이 엉덩이 쪽으로 내려와 은밀하게 벌어진 틈 사이로 들어오더니, 그녀의 젖어 있는 음부를 쓰다듬었다.

그녀의 몸은 이미 키스를 하기 시작했을 때부터 젖어 있었다. 웅은 그녀의 등 뒤에서 서서히 들어오기 시작했다. 마치 습격을 당한 듯한 그의 진입에 승은은 처음에 놀랐다가 곧 그녀의 내밀한 곳을 꽉 채워오는 그 때문에 아찔하면서도 성급한 쾌락이 거친 호흡이 되어 터져 나왔다. 이 순간부터 더 이상 그녀의 몸은 그녀의 것이 아니었다.

그는 그녀의 팔을 뒤로 잡아 빼고 허리를 움직이기 시작했다. 그의 움직임만으로는 부족했다. 승은도 같이 허리를 움직였다. 두 사람의 거친 움직임에 물은 요동치기 시작했다. 승은은 어느새 욕조에 쓰러져 자신에게 밀려오는 웅을 온전히 받아내고 있었다. 가슴이 욕조에 짓눌려 차가운 냉기에 떨려왔지만 지금은 그것마저 짜릿했다.

물은 점점 식어갔지만, 두 사람의 열기는 미칠 듯이 타 올라갔다. 창밖에서는 순백의 눈이 내리기 시작했다. 하지만 승은은 자신에게 끊임없이 몰아쳐 오는 그 때문에 첫눈이 오는지도 알지 못했다. 웅이 그녀의 안에 사정하며 사랑한다 외쳤다. 이 순간은 언제나 현실인지 환상인지 구분이 안 될 정도로 황홀하며 아득했다.

"이럴 줄 알았어. 너무 늦었잖아요."

결국 욕조에서 시간을 너무 많이 버리는 바람에 호텔방에서 나오니 벌써 늦은 오후가 되고 있었다. 토라진 승은에게 웅이 변명하듯이 말했다.

"대신 밤늦게까지 돌아다니면 되잖아."

그 말에야 승은이 겨우 웃으며 웅의 팔에 팔짱을 끼었다.

"그 말 후회하지 말아요."

벌써 후회되고 있었지만, 어쨌든 승은이 좋아하니 그저 웃기만 하였다. 그런데 나란히 호텔을 나서는 두 사람을 주시하는 한 아줌마가 있었다.

"저거 분명 승은이가 맞는 거 같은데."

제주도는 넓은 곳이지만, 그곳에 사는 사람들은 서로가 친척인 경우가 굉장히 많았다. 결국 어디를 가든 아는 사람이 있는 곳이 제주도였다. 승은과 한동네에 살던 아주머니가 호텔에서 일하고 있었던 것이다. 승은은 자신을 열심히 살피고 있는 비상한 아줌마가 있다는 것도 눈치 채지 못한 채 웅이 운전하는 렌트카에 올라탔다.

"눈이 오는 줄도 몰랐어."

승은은 창밖으로 손을 뻗어 내리는 눈을 손으로 받았다.

"첫눈 같이 보자고 했잖아요. 조금만 늦었어도 하마터면 못 볼 뻔했어."

"첫눈 올 때 같이 있었던 게 중요한 거 아니었어?"

“자기 좋을 대로 말하지.”

승은은 마음이 토라진 척 창밖으로 고개를 돌렸다. 하지만 곧 환호성을 지르며 창밖으로 손을 뻗었다.

“아! 저기가 내가 빠져 죽을 뻔했던 바닷가예요! 저기 가요!”

처음부터 목적지는 정하지 않았다. 그저 승은이 가고 싶다는 곳으로 웅이 차를 운전해 갔다. 그런데 처음 가는 곳이 빠져 죽을 뻔한 바닷가라니. 설마 다 이런 식은 아니겠지?

겨울 바닷가는 고요하다 못해 적막하였다.

“바닷가 오랜만에 오는 거예요?”

“응.”

“나 진짜 재미있어요. 당신은요?”

“추운 바닷가 걷는 일이 재미있는 일이야?”

“당신이랑 같이 있어서 재미있다고요.”

“음, 그런 경우는 그냥 행복하다는 단어 하나로 통일하자. 이거 저거 섞이면 헷갈려.”

국어 공부 하는 것도 아니고 뭘 통일해!

승은은 그 자리에 서서 파도가 밀려오는 모래 위에 글자를 적었다.

〈바보 웅.〉

하지만 곧 글씨는 파도에 밀려 사라졌다. 웅이 그 옆에다 발 글씨로 적었다.

<추워!>

　자연은 공평했다. 그 썰렁한 말도 같이 씻겨갔다. 승은이 춥다고 투덜대는 웅의 등을 작은 손으로 두드렸다.

　바닷가를 나와 다음으로 들른 곳은 승은이 다니던 고등학교였다. 외따로 떨어진 곳에 마치 성처럼 우뚝 솟아 있는 학교는 굉장히 인상적이었다. 게다가 학교 앞에도 여지없이 바다가 펼쳐져 있었다. 그래서 그런지 꼭 무인도에 떨어진 학교 같았다.

　"나 이래 봬도 공부 잘했어요."

　승은의 자랑에 웅은 피식 웃고 말았다. 외국어가 아니라 표준어 마스터하던 비서 시절을 생각하면 전혀 공감이 안 갔다.

　"수영도 잘했어요. 학교에서 수영 수업이 있었거든요."

　집단 해녀 수업이라도 받는 건가?

　"내가 처음에 서울을 육지라고 말하니까 사장님이 내가 바다 속에서 온 줄 알았대요. 재밌죠?"

　갑자기 살을 에는 듯한 차가운 바람이 불어왔다. 바람 많은 제주도라고 하지만 겨울의 칼바람은 살인적인 수준이었다. 웅은 긴 코트를 벌려서 그 안에 승은을 넣었다.

　춥지 말라고 자신을 품어준 웅을 올려다보며 승은이 싱긋 웃었다. 아기처럼 순수하다. 그리고 동시에 여인처럼 사랑스럽다.

　"근데 실장님이랑 지내다 보니 내가 진짜 인어공주가 되는 것 같아."

"응? 무슨 뜻이야?"

실장님이 다른 여자한테 가버리면 물거품이 되어 사라져 버릴지도 몰라요.

"아! 회 먹고 싶다고? 먹으러 갈까?"

웅은 참 답답하면서 사랑스러운 사람이다.

몇 군데 둘러보지도 않았는데 시간은 금세 밤이 되었다. 겨울이라서 저녁 다섯 시만 되어도 깜깜해졌다. 오늘처럼 아쉬운 하루는 정말 오랜만이었다. 만약 겨울바람이 매서워지지 않았다면 밤새 제주도 구석구석을 돌아다니고픈 그런 날이었다.

승은과 웅이 호텔로 돌아온 건 밤 열 시가 넘어서였다. 너무 열심히 돌아다녀 피곤한 몸을 이끌며 호텔 로비로 들어서는데 호텔 직원이 곤혹을 겪고 있었다.

"아줌마, 여기서 이러시면 안 됩니다! 제발 돌아가세요."

"아! 글쎄, 내 딸이 여기 있는 걸 이 사람이 똑똑히 봤다고 했수당! 얼른 숙박자 명단 내놓읍써! 내가 확인만 하면 간다고 하지 안우꽝."

보라색 몸빼 바지를 입은 아줌마의 입에서 나오는 말에는 순박함과 고집이 범벅되어 있었다. 호텔 직원은 억지로 끌어내고 싶은 마음을 꾹 참는 듯 미간이 찌푸려졌다 펴지기를 여러 차례였다.

"그러니까 그렇게 일방적으로 달라고 해서 보여 드릴 수 있는 게 아닙니다. 그리고 분명히 말씀드렸지만 숙박자 명단에는 여승은 씨가 없고요."

호텔에서 청소 일을 하고 있는 아줌마가 냉큼 끼어들어 말했다.

"그러니까 내가 이 눈으로 남자랑 같이 있는 거 똑똑히 봤수다."

보라색 몸뻬 바지 입은 아줌마 옆에 서 있던 아저씨가 버럭 화를 내며 그 말을 부정했다.

"남자는 무슨 남자! 승은이 개가 무사 남자랑 호텔에 묵는데! 말이 되는 소리를 합써!"

일부러 달려가서 노부부에게 그들의 딸에 대해 알려주었던 아줌마는 억울하다는 표정을 얼굴에 담으며 끝까지 봤다고 주장했다.

"진짜 봤수다. 왜 내 말을 못 믿엄수광."

승은의 어머니와 아버지였다. 자신의 부모님을 보자마자 승은의 얼굴에 파리하게 핏기가 사라졌다. 팔짱을 꼈던 손을 빼내며 겁먹은 듯 뒷걸음질치기 시작했다.

웅은 지방 사투리가 가득한 말로 승은을 찾는 그녀의 부모님을 쳐다보며 아는 척을 해야 하나 잠시 난감함이 몰려왔다. 그런데 순간 옆에 있던 승은의 온기가 사라져 버린 느낌이 들었다. 놀라서 고개를 돌리는데, 어느새 승은이 저 멀리 도망가고 있었다. 승은을 소리 높여 부르려던 웅은 승은을 찾고 있는 부모님이 바로 앞에 있다는 걸 깨닫고 바로 입을 닫고 승은의 뒤를 쫓아 달려갔다.

쏴아아아아아아!

승은이 정신없이 달려간 곳은 호텔 앞에 있는 바다였다. 승은이 그대로 바다 속으로 뛰어드는 게 아닌가 걱정이 되었던 웅은 그제야 승은의 이름을 소리 높여 불렀다.

"승은아! 멈춰! 여승은!"

승은은 그 소리가 아니라 모래에 발이 걸려 넘어져 버렸다. 차가운 바닷물이 순식간에 그녀의 손과 다리를 적셔왔다. 급하게 그녀의 곁으로 달려온 웅은 쓰러진 그녀의 몸을 일으켜 세워주려고 하였다.

탁!

하지만 거친 손길이 그의 손을 쳐내었다.

"다 당신 때문이에요!"

경기 일으키듯이 승은이 울면서 소리치는 말에 놀라 웅은 입을 열 수가 없었다. 놀라고 조금은 너무하다는 눈으로 그녀를 쳐다만 볼 뿐이었다. 웅은 언제나 그녀에게 성실했다. 사랑한다는 말은 진심이었다. 하지만 승은은 웅을 맹렬하게 비난해 왔다.

"당신 때문에 내가 얼굴 들고 우리 엄마아빠를 당당히 볼 수가 없어! 난 이제 우리 부모님한테 죄인이 됐단 말이에요! 다 당신 때문이야!"

"승은아."

아파 죽을 것처럼 소리치는 승은의 모습에 충격을 받아 웅은 힘없이 승은의 이름을 부르는 것밖에 할 수 없었다.

그제야 왜 승은이 그렇게 결혼에 집착했는지 깨달았기 때문이다. 웅이 그의 부모님 때문에 결혼을 꺼리듯, 승은은 그녀의 부모님 때문에 결혼을 원했던 것이다. 그렇지 않고서는 모든 걸 줘버린 그를 떳떳이 그녀의 부모님에게 소개시킬 수가 없었으니까.

승은은 모래바닥에 얼굴을 묻고 한참이나 흐느꼈다. 살을 파고 들어 오는 겨울바람도 너무 시렸지만, 그녀도 그도 그 자리에서 움직이지 않았다. 아니, 움직일 수가 없었다.

승은이 눈물이 다 마를 때까지 울고 그대로 지쳐서 쓰러질 때까지 웅은 그녀의 옆에서 멍하니 바다만 쳐다보고 서 있었다. 그녀가 괴로워하며 우는 동안 웅은 생각을 했다. 휘가 생각해 보라던 그와 그녀의 현실을.

그렇게 괴롭고도 지루할 정도로 긴 겨울밤이 지나고 어김없이 날이 밝았다. 새벽이 되어서야 두 사람은 호텔방으로 돌아왔다. 하지만 둘 다 잠을 자지는 못했다. 방으로 돌아온 승은은 그대로 욕실로 들어가 한참을 나오지 않았다. 하지만 웅은 승은을 그대로 내버려 둔 채 소파에 말없이 앉아 있었다. 욕실에서 승은이 나온 건 한 시간이나 지나서였다.

"미안해요."

승은은 새하얗게 밤을 새우고, 퉁퉁 부은 눈으로 웅의 앞에 서서 사과를 했다.

"당신한테 그렇게 말하면 안 되는데. 내가 잘못했어요."

승은의 사과에 웅은 아무 말도 하지 않았다. 자비라고는 없는 석고상처럼 미동도 없는 웅 때문에 승은의 두 눈에 불안감으로 금세 물기가 차 올랐다.

"나한테 화 많이 났어요?"

나약하게 떨리는 목소리가 그녀가 지금 얼마나 겁먹었는지 말해주고 있었다. 어제는 그녀의 부모님 때문에 겁먹고, 오늘은 말이 없는 웅 때문에 겁을 먹고 있었다. 웅은 눈물도 많고 마음도 여린 그녀를 한참이나 쳐다보다 결심한 듯이 말했다.

"……집으로 돌아가 있어."

"네? 집이라뇨? 어디……?"

"당신 부모님이 사시는 집."

웅의 말에 승은은 부들부들 떨다 그대로 바닥에 주저앉았다.

"지금 나랑 헤어지겠다는 거예요?"

"그런 거 아냐."

"그럼 왜 나 혼자만 여기 남으라고 해요! 이제 내가 싫어져서 버리고 혼자 가버리겠다는 거잖아!"

"버리고 가는 거 아냐!"

"버리고 갈 거잖아!"

"좀 나를 믿어!"

"허엉! 날 버리려는 거잖아!"

"기다리라고!"

"뭘 기다리라는 거야!"

"청혼하러 올게!"

웅의 외침에 놀라 승은은 할 말을 잃어버렸다.

"네?"

설마 자신이 잘못 들었나 해서 웅을 쳐다보며 다시 물었다. 웅은 승은에게 다가와 그녀의 앞에 무릎을 세우고 앉았다. 그리고 쓰러진 그녀의 팔을 붙잡고 일으켜 세워주고서 말했다.

"어머니 설득하고 돌아와서 정식으로 청혼할게."

"진짜요?"

승은은 믿을 수 없다는 눈으로 웅을 쳐다보며 물었다.

"그래, 진짜로."

"진짜 나랑 결혼할 거예요?"

"그래. 그러니까 내가 돌아올 때까지……."

기운이 없어 제대로 서 있지도 못했던 승은이 갑자기 팔을 뻗어 웅을 끌어안고 키스를 퍼부었다. 정말 정신없는 키스였다. 여기저기 있는 대로 입술을 부벼댔다.

"자, 잠깐만. 우선 내 말 끝까지 들어. 그러니까 지금 당장이 아니라."

휘청하며 그대로 승은과 함께 침대 위로 쓰러졌다. 침대 위에 넘어지고도 승은은 키스를 멈추지 않았다. 온 얼굴에 그녀가 만든 열꽃이 피어났다. 그녀는 너무 행복해서 미쳐 버린 사람처럼 키스를 멈추지 않았다. 꼭 열 명의 여자가 덤벼드는 기세였다.

이렇게 좋아하는 걸 보니 그녀는 완전히 잊고 있나 보다. 그의 어머니 손톱이 얼마나 매서운지.

강남의 끝에 있는 '세상의 끝'이다.

"어머! 세상에 정말 남자가 어떻게 이리 고울까? 피부 매끈한 것 좀 봐. 몇 살?"

오늘도 어김없이 여자 손님에게 추파를 당한 솔은 참지 못하고 휘에게 따졌다.

"이 가게 분명 장사 안 되지 않았나요?"

"그랬지."

"그런데 왜 제가 알바 시작한 뒤로 이렇게 사람이 넘쳐 나는 거죠?"

"너 때문이잖아."

"네?"

"내가 그랬잖니. 너한테는 마성의 매력이 숨 쉬고 있다고."

"언제 그랬는데요?"

"네가 수학문제 풀 때."

솔은 바로 앞치마를 던져 버리고 수학문제 풀러 가기 위해 가방을 둘러멨다. 인사도 없이 문으로 걸어가는 솔에게 휘가 말했다.

"공부 열심히 하고 내일 보자."

"안 와요."

"그래? 그럼 꿈에서 보자."

끝까지 능글맞게 말을 받아치는 휘를 솔은 졌다는 표정으로 쳐다보았다. 그런 솔에게 휘가 다정하게 웃으며 작별 인사를 했다.

"또 보자."

진심이었다. 그런데 솔이 까칠한 톤으로 휘의 작별 인사를 받아쳐 왔다.

"도대체 그런 말로 몇 명의 여자나 홀린 겁니까?"

"그저 작별 인사일 뿐이야. 그리고 네가 여자냐? 왜 예민하게 굴어?"

"만약 우리 누나 만났을 때 그렇게 굴면 나한테 죽어요."

술잔을 닦던 휘의 손이 뚝 멈추었다. 고개를 드니 이미 솔은 술집을 나가고 없었다.

문득 솔의 누나에게 자신이 무슨 말을 했었나 휘는 떠올려 보았다.

있는 힘껏 때려주세요.

그 말뿐이었었다. 아마 이젠 휘만 보면 미친놈인 줄 알고 도망갈 게 분명했다. 휘는 다시 술잔을 닦기 시작했다. 술잔에 비친 휘의 얼굴이 그답지 않게 무표정했다.

뽀득뽀득.

술잔이 아프다며 비명을 질러댔다.

어머니가 사시는 집 앞에 선 웅은 깊은 한숨을 내쉬며 높다란 이층 집을 올려다보았다. 승은에게는 기다리라고 꼭 허락 받고 돌아온다고 큰소리쳤지만, 사실 어머니와 대화할 걸 생각하면 대문 앞에서부터 몸이 굳어졌다.

그의 어머니이지만 웅은 정말 어머니가 감당이 안 되었다. 그건 기억조차 남아 있지 않는 아기 때부터 그랬다. 분명했다.

"벌써 헤어진 거니? 생각보다 빠르네."

집에 들어선 아들을 보고 어머니가 꺼낸 첫 마디였다. 웅이 이 집에 올 때는 그녀와 헤어질 때뿐이라고 혼자 멋대로 정했나 보다. 웅은 절대 어머니에게 가까이 다가가지 않은 채 문가에 서서 말했다.

"저 결혼할 겁니다."

"그래? 그래서 내가 미리 맞선녀들 뽑아두었잖니. 너도 이제 정신 좀 차렸나 보구나."

거의 빈정거림이었다.

"승은이와 할 겁니다."

소파에 누워 우아하게 매니큐어를 바르고 있던 어머니는 승은의 이름이 나오자마자 깜짝 놀란 듯 눈을 치켜뜨고 웅을 쳐다보았

다. 하지만 웅의 눈에 보이는 건 매니큐어 칠해진 날카로운 손톱
뿐이었다.

저렇게 매일 다듬고 뭘 발라대니 그렇게 맹수 같지.

"그런 헛소리나 할 거면 당장 내 집에서 나가."

"아뇨, 어머니가 허락하실 때까지 저 여기서 살 겁니다."

아마 한 번 나가면 죽어도 돌아오기 싫어질 테니까. 될 때까지
버텨볼 생각이었다.

"결혼 허락해 주세요."

가장 처음 날아온 건 전화기였다. 그래도 다행히 맞지는 않았
다.

웅이 어머니와 싸우고 있는 동안, 승은은 자신의 고향집에 돌아
가 있었다.

"세상에! 그 여편네가 널 호텔에서 봤다고 헛소리를 하는 바람
에 그 밤에 호텔 가서 난리도 아니었다."

어머니는 승은을 보자마자 어젯밤 호텔에서 있었던 일을 말씀
하시며 혀를 차셨다. 하지만 끝까지 승은이 호텔에 있었을 거라고
는 생각하지 않으셨다. 그런 일이 있고 바로 뒷날 나타났으니, 의
심할 만한데 승은의 부모님은 그러지 않으셨다. 승은이 아니라고
하면 그 말 그대로 믿어주셨다.

승은은 잠시 거짓말을 하고 웅을 기다리기로 했다. 그가 반지를
사 들고 다시 돌아와 부모님 앞에서 당당하게 자신과 결혼하고 싶
다고 말하면 그때 모든 걸 사실대로 말할 생각이었다. 그러면 되
었다. 그런 희망찬 생각으로 가득 차 그 순간 승은은 전혀 알아채

지 못하고 있었다. 기다림이란 게 생각했던 것보다 더 혹독하리란 것을.

승은이 없는 서울에서 어머니와 전쟁을 치르는 동안 웅은 휘의 술집을 자주 찾았다.

"얼굴이 나날이 화려해진다."

하루하루 반창고가 늘어가는 웅의 얼굴을 휘는 신기한 듯이 쳐다보았다. 웅은 속이 타는지 술을 벌컥벌컥 들이키고는 말했다.

"옛날에 아버지랑 어머니가 했던 그 한심한 싸움을 지금 나랑 어머니가 다시 되풀이하고 있어. 돌아버릴 것 같아."

"그래도 승은이랑 결혼할 거지?"

휘의 질문에 웅은 진지한 표정으로 바로 대답했다.

"당연하지."

그의 대답은 소년처럼 정직했다.

"신기하단 말이야. 무슨 일이 있었기에 제주도 갔다 오자마자 바로 결혼하겠다고 덤비기 시작하냐? 혹시 승은의 옛 남자라도 만났어?"

웅이 쓸데없는 소리를 하는 휘를 쏘아보다 한숨을 쉬며 말했다.

"결혼보다 더 끔찍하게 싫은 게 있더라고."

"그게 뭔데?"

"승은이가 나 때문에 죄인처럼 사는 거."

아직도 바닷가에서 울던 승은을 생각하면 마음이 아팠다. 그녀만 생각하느라 그녀의 부모님까지 생각하지는 못했던 자신의 안

일함에 화도 났다.

"흠! 무슨 소리인지 정확하게 모르겠지만, 하여튼 사랑의 승리라는 소리냐?"

웅은 휘의 머리를 손으로 한 대 쳤다. 화가 나서가 아니라 부끄러워서였다.

"그러니까 너 이제 회사로 돌아와."

웅은 부탁도 통보처럼 했다.

"난 어머니랑 싸우는 것만으로도 벅차서 이제 회사가 감당 안 돼. 너 안 돌아오면 그냥 팔아버릴 거야."

휘는 웅의 앞에 놓인 술잔을 자신이 집어 단숨에 들이켰다. 그리고 활짝 웃으며 말했다.

"뭐, 술도 마음껏 마셨으니까. 그만 돌아가 볼까?"

휘가 회사로 복귀하면서 세상의 끝은 휴업에 들어갔다. 하지만 그가 다시 힘들어지면 또 이곳을 찾을 것이었다. '세상의 끝'은 그런 사람들을 위한 곳이었으니까.

술집 문을 닫고 회사로 돌아가기 전에 휘는 솔을 찾아갔다. 아무래도 솔에게 말을 해줘야 할 것 같았기 때문이다. 혹시라도 다시 찾아왔을 때 굳게 닫힌 가게 문 때문에 실망하지 않게 말이다. 미성년자인 그를 받아주는 유일한 술집이었으니까.

방학이라 학교에서는 볼 수 없을 것이기에, 집 근처로 찾아갔다. 집까지 찾아갈까 하다가 아무래도 따귀 때리는 누나를 먼저 만날까 염려가 되어 우선 집 근처에서 기다리기로 했다. 재수가 좋으면 마주치겠지 하는 마음으로 말이다. 여자를 만날 때도 휘가 이러지 않았다는 걸 솔은 필히 알아야 했다.

겨울이라 그런지 기다리는 동안 눈이 내렸다. 그리고 운명이 아닌지 솔은 만날 수 없고 밤만 하염없이 깊어졌다. 그냥 돌아가야겠다고 생각하는데, 그때 버스 정류장에 버스가 멈추며 솔의 누나가 내렸다. 아름다운 여자라서 내리는 여러 사람들 중 유독 그녀만 눈에 띄었다. 밤하늘처럼 새카만 머리카락에 눈처럼 하얀 피부가 꼭 백설공주 같다. 차의 시동을 켜려던 휘는 잠시 멈칫하고 그녀를 쳐다보았다. 굉장히 늦은 퇴근이었다.

설마 매일 이 시간에 돌아오나?

솔의 누나는 버스에서 내려 깊게 한숨을 내쉬더니 가방에서 운동화를 꺼내었다. 그리고 신고 있던 하이힐을 벗고 운동화로 갈아 신었다. 그제야 조금 표정이 편해졌다. 그녀는 눈이 내리는 것도 모르는지 앞만 보고 걸어가며 휘의 차도 지나쳤다. 이렇게 초라한 동네에 어울리지 않는 고급 스포츠카에 눈을 돌릴 만도 한데 그러지 않았다. 그녀의 발이 멈추어 선 곳은 슈퍼 앞이었다.

아줌마! 호빵 두 개 주세요.

라고 말했던 것 같다. 그녀가 손가락 두 개를 들어 올리고 하얀 입김을 뿜어내며 뭐라고 하니, 아줌마가 집게로 호빵 두 개를 꺼내 봉지에 넣는 걸 보니 말이다. 그녀는 봉지 안에 담겨진 따스한 호빵 두 개를 보며 처음으로 빙긋 웃었다.

호빵 두 개, 그녀와 솔의 몫이다.

그제야 깨달았다. 그들에게 가족이라고 말할 수 있는 사람이 두 사람뿐이라는 걸. 그리고 아무도 없다는 걸.

휘는 그녀가 검은 봉지를 달랑달랑 흔들며 좁은 골목길 어둠 속으로 사라질 때까지 그녀의 뒷모습을 계속 눈으로 쫓았다. 그리고 그제야 의심이 들었다.

내가 기다린 건 도대체 누구지?

제주도이다.

승은은 제주도에 남아 있는 친구를 만났다. 서울에서도 본 적이 있는 선영이었다. 그리고 나머지 친구들도 차차 만나갈 생각이었다. 웅을 기다리는 동안 시간은 많을 테니까.

"정말 아예 내려온 거냐?"

친구 선영의 질문에 승은은 그냥 웃기만 하였다.

"애인 있다고 했잖아. 헤어져시냐?"

그 질문에도 승은은 웃고 있기만 할 뿐이었다.

"야! 말을 해! 왜 웃기만 하는데. 너 설마 충격으로 어떻게 된 거 아니지?"

"그런 거 아냐."

벙어리처럼 입을 꾹 다물고 그를 기다려야 했지만, 아직은 괜찮았다. 그가 꼭 돌아온다고 했으니까. 믿음은 그 어떤 것보다 강한 원동력이었다. 기다리라는 그의 말은 그가 그녀의 가장 내밀한 곳까지 들어와서 사랑한다 말했던 것보다 더 큰 힘을 주었다.

좋은 소식만 듣고 싶어서 일부러 전화도 하지 않고 있다. 그쪽에서도 마찬가지인지 웅도 전화를 하지 않았다.

웅이 그녀를 남기고 떠난 지 벌써 열흘째였다. 앞으로 얼마나 걸릴지는 모르겠지만, 웅은 꼭 돌아올 거다. 그 믿음 하나로 승은은 웅을 기다리고 있었다.

그리고 서울이다.

웅은 여전히 어머니 때문에 미쳐 가는 중이었다. 그의 어머니는 생각했던 것보다 더 독종이셨다. 아무래도 아버지와 매일 싸우시다 이혼하고 몇 십 년 휴식기를 취하셨더니, 그동안 힘만 축척해 두신 것 같았다.

"말로 하세요! 밖에 나가서는 없는 교양도 떠시는 분이 집에서는 왜 이렇게 험악해요!"

승은의 이야기만 꺼내면 인정사정없이 집 안의 물건을 다 깨부수는 어머니에게 웅이 버럭 화를 내며 외쳤다.

"이 망할 자식! 당장 내 집에서 나가!"

"정말 저랑 인연 끊으실 거예요! 아버지랑 이혼 도장 찍은 것처럼 저랑도 그렇게 도장 찍어야 그만두실 거냐고요!"

와장창!

어항이 깨지며 바닥에 살려고 발버둥 치는 물고기들이 파닥이기 시작했다. 웅은 어머니를 상대하는 것에 한계를 느끼고 뒤로 물러섰다.

"회사 갈 거예요. 오늘은 안 돌아올 거니까. 내일 이야기해요."

"돌아오지 마! 평생 이 집엔 얼씬도 하지 마! 이놈아!"

소리치는 어머니의 말과 무언가 깨지고 부서지는 소리를 들을 때마다 회의가 밀려왔다. 정말 이러면서까지 결혼을 해야 하는 건가?

승은이 저기 서 있는 어머니처럼 소리치고 깡패처럼 아무거나 집어 던지는 것을 볼 바에는 차라리 그냥 바닷가에서 울게 두는 게 더 좋을 것 같다는 생각마저 들고 있었다.

승은을 제주도에 두고 온 건 정말 잘한 일이었다. 만약 이 난장판에 그녀가 있었다면 그녀는 결혼이고 뭐고 그대로 평생 그를 떠나 버렸을 테니까.

"안 들어가?"

늦은 밤까지 사무실을 지키고 있는 웅에게 퇴근하던 휘가 물었다.

"안 들어가. 여기서 밤샐 거야."

웅의 잔뜩 지친 목소리만 듣고도 왜 그가 집에 돌아가고 싶어하지 않는지 알아챈 휘가 피식 웃고 말았다.

"벌써 지친 거야?"

"그래, 한계야. 도대체 이런 미친 짓을 우리 아버지는 어떻게 십오 년 동안이나 하면서 살았을지 생각하면 존경하고 싶다. 이젠 우리 어머니 버리고 새 살림 차린 거 박수라도 쳐주고 싶다. 브라보!"

라면서 힘없이 박수까지 치는 퍼포먼스를 보여준다.

"하지만 말이야. 난 너희 어머니 꽤 괜찮은 분이라고 생각해."

"뭐?"

온 집 안을 쑥대밭으로 만들어놓은 꼴을 보고도 네가 그런 말을 할 테냐! 이건 사랑과 전쟁이 아니라 어머니와 전쟁이다. 너무 치열해서 치가 떨렸다.

"그래도 승은을 찾아가서 네 주제를 알라며, 결혼 절대 안 된다고 험한 말을 하지는 않잖아."

"그저 제주도까지 찾아가기 귀찮은 거 아닐까?"

"전화도 있잖아."

"아! 전화!"

그제야 웅이 화들짝 놀라며 휘를 쳐다보았다.

"설마 승은한테 전화했을까?"

휘는 고개를 가로저었다.

"안 했을 거야."

"난 했을 것 같아! 나한테 하는 짓을 보면 하고도 남을 분이야."

라고 말하며 웅은 황급하게 전화기를 들어 올려 승은의 전화번호를 눌렀다.

"너희 어머니가 너한테 심하게 구는 건 말이야……."

휘가 어느새 다가와 전화기의 쿡 버튼을 누르며 웅의 전화를 멋대로 끊어버렸다. 화난 시선으로 올려다보는 웅에게 씽긋 웃으며 말했다.

"네가 너무 아버지를 닮았기 때문이 아닐까?"

"그럼 내가 우리 아버지 닮지! 누굴 닮아!"

"요점을 피해 가고 있네. 바로 그런 점도 네 아버지를 분명 닮았을 거라고 난 생각한다."

"도대체 나보고 어쩌라는 거야!"

버럭 화를 내는 웅에게 휘가 손을 흔들며 사무실을 걸어나갔다.

"어쩌긴. 결혼 허락 받고 반지 사 들고 제주도 가야지."

“어떻게 말이야!”

“열심히!”

휘는 얄밉게 그 말만 남겨두고 가버렸다. 웅은 그대로 의자에 길게 몸을 눕히고 창밖에 내리는 지겨운 눈을 쳐다보았다.

지독하게도 승은이 보고 싶었다. 그녀의 목소리가 그립고, 그녀의 향기가 그립고, 그녀의 입술이 그립고, 그녀의 몸이 그리웠다.

그녀와의 헤어짐은 마약보다 더 심한 금단증상을 가져오고 있었다.

하아, 그녀의 신음 소리가 달뜨게 흘러나와 공기를 뜨겁게 달구었다. 웅은 오른손으로 그녀의 벗은 몸을 쓸어 내렸다. 미칠 것 같은 부드러움. 벌려진 다리 사이로 붉게 부풀어 오른 그녀의 여성에 자신을 밀어 넣었다. 그녀의 하얀 다리가 올라와 그의 허리를 휘감았다. 아찔한 결박. 그가 그녀의 안으로 파고든 순간, 그녀는 흥분에 몸을 떨며 고개를 크게 꺾었다. 그녀의 분홍빛 가슴이 출렁이며 그의 눈을 어지럽혔다.

그녀를 그리워하며 사무실에서 새우잠이 든 밤, 그녀를 안는 꿈을 꿨다.

개꿈보다 더 서러운 꿈이었다.

제주도이다.

새벽같이 일어난 어머니가 아직도 잠들어 있는 승은을 억지로 깨우셨다.

"집에만 있으면 뭐 하냐! 밭에 나와서 미깡이나 따!"

제주도에 있는 동안 승은은 그렇게 지겹게 생각했던 귤따기를 또 하게 되었다. 보라색 몸뻬 바지 입고, 다 낡은 점퍼를 위에 걸치고 부모님을 따라 과수원으로 가면서 죽을 때까지 이 꼴은 웅에게 보이기 싫다고 생각했다.

"꼭지 남지 않게 깔끔하게 따!"

"알고 있어요. 내가 이걸 몇 년이나 땄는데."

승은은 어머니의 작은 충고에도 투덜거리며 귤을 땄다. 하늘을 올려다보니, 오늘은 눈이 오지 않으려는지 파랬다.

웅은 지금 뭐 하고 있으려나.

이제는 슬슬 전화도 오지 않는 그에게 조바심이 나기 시작했다. 그래도 전화라도 한 통 주면 조금 마음이 편할 것 같았다.

그냥 내가 먼저 걸까?

이런저런 고민을 하며 귤을 따는데 손끝에서 굉장한 통증이 느껴졌다. 놀라서 보니 전정가위로 자신의 손끝을 잘라내 버린 것이었다. 피가 철철 흘러넘치는 걸 보니 절로 현기증이 올라왔다. 승은은 그대로 흙바닥에 주저앉았다. 가까운 곳에서 귤을 따던 어머니가 가장 먼저 달려와 피가 흐르는 손을 보고 놀라서서 목에 두른 수건을 서둘러 빼시고는 승은의 손에 돌돌 마셨다. 그리고 무슨 생각을 하다가 이랬냐며 승은을 혼내셨다. 어질어질 현기증이 올라와 승은은 아무 말도 할 수가 없었다.

거의 이십 년 가까운 세월 귤을 따면서 귤 따는 가위에 다친 건 이번이 처음이었다.

서울이다.

웅의 어머니가 기어코 병원에까지 입원하셨다. 무언가 기력이 떨어져서나 화병이 나신 게 아니라 그저 꾀병이라는 걸 웅은 알았다.

"환자복이 그렇게 입고 싶으셨어요?"

환자복 입고 누워 있는 자신에게 처음부터 그런 싹퉁바가지없는 말만 꺼내는 아들을 어머니는 매섭게 노려보셨다. 하지만 옆에 간호사가 있어 차마 무언가를 집어 던지지는 못하셨다.

"저야 좋네요. 주위에 사람들도 많으니, 설마 어머니가 절 죽이기야 하시겠어요?"

링거병을 바꾸던 간호사는 살벌한 웅의 말에 놀랐는지 어깨를 움찔했다. 간호사가 서둘러 나가자마자 어머니는 옆에 있는 과일 바구니를 통째로 웅에게 던졌다.

"네 병간호 필요없으니까, 당장 나가!"

먹음직스럽던 과일들이 바닥에 떨어지며 한순간에 쓰레기가 되어버렸다. 이런 식이다. 무언가 대화를 해보려고 하면 그 모든 말들을 어머니는 바로 쓰레기로 만들어 버리셨다.

웅은 한숨을 내쉬며 말했다.

"어머니, 이제 제발 그만 하세요. 제가 어머니 말에 네, 라고 할 착한 아들 아닌 거 아시면서 왜 그렇게 고집이세요. 승은이 돈 있는 집 딸이 아닌 게 그렇게 싫으신 거예요? 지금도 돈이라면 죽을 때까지 쓸 만큼 넘치게 가지고 계시잖아요. 그런데 뭘 더 그렇게 바라시는데요.”

“네, 네가 지금 날 가르치려 들어! 그러는 넌! 지금이야 사랑이네 어쩌네 하면서 평생 행복하게 해줄 것처럼 굴다가, 나중에는 싫증났다며 그 애 버릴 거잖아!”

이제는 자기 멋대로 남의 인생 시나리오를 최악으로 짜자 웅은 기가 막혀서 버럭 소리 질렀다.

“안 그래요!”

“넌 분명 그래! 이 나쁜 놈아!”

“전 아버지가 아니에요! 그리고 아버지가 왜 어머니를 싫어하셨다고 생각하세요. 매일 그렇게 싸움만 거시니까 싫다고 하신 거잖아요! 어머니가 자초한 일이었어요!”

“내가 네 아버지랑 왜 싸웠는데!”

어머니는 손에 잡히는 대로 웅에게 던지기 시작하셨다. 항상 있는 일이었다. 아버지와 싸울 때도 이러셨고, 웅과 싸우는 내내 이러셨다. 하지만 후두둑 떨어지는 눈물은 처음이었다.

웅은 자신이 무슨 잘못을 했는지 몰라 놀라서 굵은 눈물을 흘리는 어머니를 쳐다보았다.

“넌 아무것도 몰라! 내가 왜 네 아버지랑 그렇게 싸웠는데!”

사실 싸웠다는 사실만 알지, 어머니 아버지가 왜 매일 싸우는지 그 이유는 정확하게 알지 못했다. 그리고 별로 알고 싶지도 않았기 때문에 두 분이 싸우기 시작하시면 항상 그대로 집을 나와 버렸었다.

"내가 왜 네 아버지랑 매일 싸웠는데!"

서러워서 침대에 몸을 웅크리고 우시는 어머니를 보고서야 웅은 얼핏 짐작이 가는 이유가 있었다. 아버지는 이혼하고 바로 외국으로 떠난 뒤 새살림을 차리셨으니까.

설마 그 여자가 이혼도 하기 전에 만나던 여자였던 거야?

웅은 아무것도 묻지 못하고 그대로 어머니의 병실을 나왔다.

"넌 분명 그래!"

어머니의 고함 소리가 머릿속에 메아리쳤다. 그리고 분명 어머니는 속으로 그렇게도 외쳤을 것이다.

……네 아버지처럼.

차를 몰고 병원을 나와 도로를 달렸다. 딱히 목적지가 있는 건 아니었다. 회사에도 가기 싫고, 텅 빈 집에도 돌아가고 싶지 않았다. 정신을 차려보니 공항 쪽으로 달려가고 있었다.

이런! 아직 허락도 받지 못했는데, 가서 어쩌자는 거야.

그냥 차를 돌려야 하는데, 그래지지가 않았다. 멀리서라도 승은의 얼굴을 보고 싶었다. 그녀의 웃는 얼굴을 보고 모든 게 괜찮다는 걸 확인하고 싶었다.

그래, 그냥 그녀 모르게 얼굴만 보고 오자.

그리고 돌아서서 서울로 올 수 있을지 자신이 들지 않았지만, 우선 가보기로 했다. 그녀가 있는 제주도로.

승은을 만난다는 생각에 웅은 차의 속도를 높였다. 벌써 못 본

지 한 달이 다 되어가고 있었다. 그녀를 볼 수 있다고 생각한 순간 미치도록 그리움이 밀려왔다. 그리움은 조바심이 되어 액셀을 밟는 발에 계속해서 위험한 힘을 실어주었다.

계기판의 속도가 120㎞ 정도 나왔을 때, 갑자기 차 앞으로 어린애 한 명이 뛰어들어 왔다. 천진하게 웃으며 차 앞에 나타난 어린애를 발견하고 웅은 소스라치게 놀랐다. 본능적으로 웅은 그대로 핸들을 꺾었다.

쾅! 무섭게 부딪치는 소리와 온몸으로 퍼지는 통증. 그리고 의식은 사라졌다. 무거운 암흑으로 빠지기 전 승은의 얼굴이 보였지만, 금세 사라져 버렸다.

입 안에서 진한 피 맛이 느껴졌다.

혼곤한 의식 속으로 희미하게 누군가의 목소리가 흘러들어 온 건 시간도 존재하지 않는 어느 찰나였다.

"흐흐흑! 웅아! 이 녀석아! 눈 좀 떠봐!"

어쩐 일인지 어머니의 흐느끼는 소리가 희미하게 들려왔다.

"엄마가 잘못했어! 결혼 허락할 테니까! 제발 눈 좀 떠!"

아! 이제야 겨우 허락했네. 그럼 나 이제 제주도 가도 되는 거지.

반지도 사고, 꽃도 사서 공항으로 가야 하는데, 웅은 손가락 하나 움직일 수 없었다. 눈도 떠지지가 않았다. 시간도 공간도 존재조차 의미없는 무서운 곳에 홀로 버려져 있었다.

어머니, 승은아, 휘야, 너무 춥다……

포르말린 냄새가 진하게 배어나오는 병원 복도에서 휘는 핸드
폰 속의 이름만 뚫어지게 쳐다보고 있었다.

〈여 비서.〉

승은에게 전화를 해 웅이 사고가 났다는 걸 알려야 하는데, 그
럴 수가 없었다. 분명 슬퍼할 승은도 걱정이 되었지만, 더 걱정인
건 웅이었다. 그가 과연 승은에게 이 소식을 알리는 걸 좋아할지
확신이 서지 않았다.
휘는 눈을 질끈 감고서 핸드폰 폴더를 닫아버렸다. 우선 웅이
깨어난 뒤로 미루기로 했다. 그래도 늦지 않는다면서 스스로를 다
독였다.
사고가 난 지 꼬박 하루가 지나고 있었다. 다섯 시간의 수술을
마친 웅은 아직도 깨어나고 있지 않았다. 의사의 말로는 내출혈이
심했지만, 다행히 수술이 잘되어 생명에는 지장이 없다고 한다.
하지만 다리를 심하게 다쳤다고 했다. 대퇴부간부골절이라고 한
다. 그래서 며칠 뒤 도수 정복 및 금속 내고정술을 시행해야 한단
다. 너무 어려운 말이라 알아들을 수 없다고 하니, 다리에 철사와
핀을 박는 수술이란다.
웅의 다리에 철사를 박는다는 소리에 어머니는 그대로 기절하
셨다. 어머니가 기절하신 뒤에야 의사가 덧붙여 말했다. 나중에
다 나으면 핀제거술을 할 수도 있다고. 휘는 왜 그걸 늦게 말하냐
고 의사랑 멱살 붙잡고 싸우다 이렇게 나와 핸드폰을 붙잡고 있는

것이었다.

　결국 승은과 통화도 못하고 담배나 피우려고 주머니를 뒤지는데, 손에 묻은 피가 그제야 눈에 들어왔다. 웅의 피였다. 휘는 자신의 손에 묻는 친구의 피를 뚫어지게 내려다보다 꾹 주먹을 쥐었다.

　안 죽는다잖아. 그럼 된 거야.

　"도대체 회사도 아니고, 집도 아니고, 어딜 가려고 거길 달리고 있었던 건지."

　온몸에 붕대를 감고 깨어나지 않는 웅을 쳐다보며 어머니가 한숨처럼 뱉어내셨다. 옆 자리에 앉아 있던 휘가 담담하게 말했다.

　"공항에 가던 길이었겠죠."

　승은에게 가던 길이었을 거다. 휘는 그렇게 믿고 있었다.

　"그러니까 여자 때문에 이 꼴이 되었다고?"

　"그런 거죠."

　"내가 돈다. 내가 정말 미치고 돌고 말지."

　어머니는 힘이 다 떨어진 주먹을 들고 자신의 가슴을 치셨다. 너무 우셔서 눈물도 마르셨는지 이젠 울지도 않으셨다. 웅의 어머니를 참 오랫동안 보아왔지만, 이렇게 초라한 모습은 처음 보는 휘였다. 결국 그녀도 한 아들의 어머니였던 것이다.

　"걱정 마세요. 괜찮아질 테니까."

　휘의 말에도 어머니는 자신의 가슴을 맨주먹으로 계속 때리셨다.

　그렇게 아들을 몰아붙였던 자신을 탓하면서, 그렇게 바보 같은 이유로 이 꼴이 된 웅을 욕하면서.

웅이 깨어난 건 사고가 나고 이틀이 넘어가는 늦은 밤이었다. 수술 후 통증 때문인지 웅은 깨어나자마자 무척이나 괴로워했다. 홀로 웅의 병상을 지키고 있던 휘는 신음하는 웅에게 바로 달려와 걱정스러운 목소리로 물었다.

"웅아, 괜찮아? 의사 부를까? 못 참겠어?"

한참을 통증과 싸우던 웅은 힘겹게 휘를 쳐다보며 물었다.

"아이는?"

"아이?"

"그래, 아이가 내 차 앞에 뛰어들었어."

"그런 거였어? 나는 바로 병원으로 달려와서 아이 이야기는 못 들었어. 하지만 너랑 같이 병원에 실려온 아이는 없어. 그러니까 괜찮을 거야. 네가 사고 난 줄도 모르고 자기 집으로 갔나 보다."

휘의 말에 웅은 다행이라는 듯이 웃다가 다시 얼굴을 찌푸렸다. 무언가 움직일 때마다 아픈가 보다.

"나 얼마나 다친 거야?"

몸을 움직일 수 없는 걸 보니 꽤 크게 다친 거라고 생각이 들었다. 웅의 조심스런 질문에 휘가 웃으면서 말했다.

"괜찮아. 안 죽는데."

"그래, 나도 눈을 떠서 네 면상 보고 있으니까 안 죽는 건 알아. 부상 말이야. 설마 어디 못 쓰게 되는 건 아니지?"

휘는 세차게 고개를 흔들었다.

"아, 아냐! 그런 거 절대 아냐."

"거짓말이면 넌 나한테 죽어."

"거짓말 아냐! 단지."

"단지?"

"그냥 단지."

"단지 뭐?"

버럭, 머뭇거리는 휘에게 웅이 환자답지 않게 소리쳤다. 정말 죽지 않고 살아난 것이다. 그리고 그대로 침상에서도 벌떡 일어나 휘의 멱살이라도 잡을 것 같았는데, 다행인지 불행인지 그러지는 못했다.

"시간이 조금 걸린다는 것뿐이지. 다행이지?"

시간이 걸린다는 말에 웅의 얼굴이 굳어졌다.

"얼마나?"

"너야 황소 같은 체력이니까, 금방 될 거야."

"얼마나 걸리는데!"

버럭 소리 지르는 웅의 고함에 휘는 어쩔 수 없이 말해줄 수밖에 없었다.

"그게, 그러니까 일 년 정도."

웅은 절망이라는 듯이 베개에 머리를 깊게 묻고 눈을 다시 감아 버렸다.

"여 비서한테 전화해서 부를까?"

"하지 마!"

조심스럽게 묻는 휘의 말에 웅이 버럭 외쳤다.

"그럼 언제 하려고?"

웅은 휘를 외면하며 고개를 돌려 버렸다. 휘가 염려스런 목소리로 물었다.

"너 설마 다 나을 때까지 안 할 생각은 아니겠지?"

"그래, 그때까지 안 해."

"웅아, 그건 별로 좋은 생각이 아닌 것 같다. 결혼 허락 받으러 간 녀석이 그렇게 오랫동안 연락을 안 하면 승은이는 네가 변심한 줄 알 거야."

"승은이라고 부르지 마, 이 자식아!"

밤새 그의 병상을 지켜준 친구에게 웅이 성난 목소리로 외쳤다. 마치 휘가 그를 다치게 한 것처럼.

하지만 휘는 야박하다고 할 수도 없었다. 이 순간 가장 괴로운 건 웅 자신일 테니까.

달칵.

결국 휘는 웅의 병실을 나올 수밖에 없었다. 웅이 혼자 있고 싶다고 고집을 부렸다. 웅의 병실을 나오고 창밖을 보니 하늘은 별도 없이 까맣기만 했다. 정말 답답해 보이는 하늘이었다. 그 답답한 하늘 위에 손톱만큼 박혀 있는 달이 왜 그리 불쌍하게 보이는지.

한참이나 초라해 보이는 달을 쳐다보던 휘는 그대로 병원을 나와 차를 몰고 어딘가로 향했다. 휘가 차를 세운 곳은 청담에 있는 웨딩컨설턴트였다. 회사 이름은 '뷰티웨딩'이었다.

휘는 잠시 들어가는 걸 망설이기라도 하듯 바로크풍 간판을 올려다보다 한참 만에야 걸음을 떼어 문을 열고 안으로 들어갔다.

늦은 밤이었지만, 회사 문은 열려 있었다. 그 안에 남아 있는 사람은 한 명뿐이었다. 무언가를 열심히 찾는지 카테고리 서류철들을 잔뜩 쌓아놓고 뒤적이고 있었다. 휘는 유리문을 통해 열심히 일하는 그녀를 쳐다보다 문을 열고 안으로 들어갔다.

달랑!

문소리가 들리자 일을 하던 그녀가 반사적으로 고개를 들었다. 문가에 서 있는 휘를 보고 길게 뻗은 그녀의 눈매가 눈에 띄게 위로 올라갔다. 나쁜 듯으로 하면 휘가 거슬린다는 뜻이다. 그리고 좋은 뜻으로 하면 휘를 잊지 않았다는 것이다.

"죄송합니다. 저희는 미리 예약을 해놓으셔야 하거든요."

화내지 않고 차분하게 흘러나오는 그녀의 목소리는 참 청아했다. 비록 내용은 당장 꺼지라는 뜻이었지만.

"몰랐습니다. 죄송하지만 그냥 짧게 상담해 주시면 안 될까요?"

휘의 간청에 그녀는 잠시 아무 말도 없이 그를 살피듯 쳐다보았다. 누군가의 시선에 이렇게 긴장해 보기는 처음인 것 같았다. 휘는 흘러나오는 숨을 다시 안으로 삼켰다.

"본인이 결혼하시는 건가요?"

"아뇨, 제 친구와 제 비서가요."

"보통 비서는 자기 상사랑 결혼하지 않나요?"

"아, 그런가요?"

조금 쓸데없는 사담을 나눈 사이 마음이 많이 편안해져 있었다. 무너지는 웅 때문에 상처받은 마음이 많이 사라져 있었다.

그녀가 일어서며 말했다.

"죄송하지만 시간이 너무 늦어서……."

죄송하지만으로 시작되는 말에 휘는 성급하게 좌절했다.

역시 솔이 말이 맞을지도. 저 여자는 평생 날 자기 동생 납치범으로밖에 안 볼 거야.

"오 분밖에 시간을 내드릴 수 없어요."

의기소침하게 고개를 돌리던 휘는 놀라서 다시 그녀를 쳐다보았다.

"네?"

"상담이요. 오 분 드린다고요. 이쪽으로 오세요."

몸을 돌리고 상담실인 듯한 곳으로 걸어가는 그녀의 뒷모습을 휘는 멍하니 쳐다보았다.

아! 엉덩이 정말 끝내준다! 가 아니라! 쓸데없는 생각 집어치워! 웅과 승은 때문에 온 거잖아!

휘는 세차게 머리를 흔들며 그녀의 뒤를 따라갔다.

상담실이라는 곳은 다른 곳의 회의실과 다르게 편안한 휴게실처럼 보였다. 안락하고 고풍스런 소파와 낮은 탁자가 구비되어 있었다. 아마도 분위기를 따지는 웨딩사업이기 때문인 것 같았다.

〈웨딩플래너 이국화.〉

그녀가 내민 명함에 있는 이름이었다. 이름이 국화였다. 솔도 그렇고, 참 부모님 작명 센스 한번 촌스러웠다.

"상담 안 하세요?"

휘가 아무 말도 없이 자신의 명함만 쳐다보고 있자 국화가 탁자를 톡톡 치며 물었다. 그제야 휘가 고개를 들고 습관처럼 빙긋 웃다가 바로 웃음을 거두었다. 다른 여자한테 하는 것처럼 누나한테 그러면 죽는다는 솔의 말이 문득 생각났기 때문이다.

휘가 웃다가 만 게 못마땅했는지 국화가 휘를 짧게 째려본 뒤 수첩에 적을 준비를 하며 물었다.

"결혼식은 언제죠?"

"글쎄요."

"네?"

"지금 친구가 병원에 입원해 있고, 비서는 제주도에 있거든요. 여 비서는 웅이 금방 결혼 허락 받아서 돌아올 줄 알고 기다리고 있는데, 사고로 다치는 바람에 더 오랜 시간을 기다리게 됐어요. 그래서 그 시간 동안 두 사람이 굉장히 힘들 것 같아서, 제가 그 시간이 흐른 뒤에 배로 행복할 수 있게 정말 멋진 결혼식을 준비하고 싶어서……."

이렇게 찾아오게 된 거죠. 당신을.

마지막 말은 그냥 안으로 삼켰다. 휘의 말을 끝까지 듣고 있던 국화가 한번 헛웃음을 뱉어내더니 물어왔다.

"그러니까 결혼식은 안 할지도 모르고."

"아뇨, 꼭 할 겁니다."

"그러니까 언제 할지도 모르는 거잖아요!"

"그렇죠."

“지금 신랑이란 사람은 병원에 누워 있고.”

“많이 다쳤어요. 그것보다 마음에 상처가 더 커서 걱정이에요.”

“누가 물어봤어요! 내 말 끊지 말아요!”

“원래 상담을 이렇게 험악하게 하세요? 전에 보니까 웃기만 하던데.”

“뭐라는 거예요!”

“아뇨, 계속 말씀하세요.”

“그리고 신부는 제주도 촌구석에 박혀 있고.”

“제주도가 얼마나 아름다운데, 그걸 촌구석이라고 해요. 안 가봤어요?”

“지금 나랑 장난하자는 거예요?”

탁! 탁자를 손으로 거칠게 때리며 벌떡 일어난 국화 때문에 휘는 깜짝 놀라서 몸을 뒤로 뺐다.

“네? 장난이라뇨?”

“우린 월급쟁이가 아니라 계약 단위로 벌어먹고 사는 직업이에요. 결혼식이 있어야 돈이 들어온다고요! 그런데 잡히지도 않은 결혼식을 가져다주면 도대체 난 언제 돈을 벌란 말이에요! 결혼식 잡히거든 그때 와요! 당장 나가세요!”

손가락으로 문을 찌르듯이 가리키며 휘에게 추방 명령을 내렸다. 그래도 휘는 일어나지 못하고 상처받은 표정으로 그녀를 올려다보며 말했다.

“냉정도 해라.”

“나가라고요!”

“정말 냉정하네.”

“내 손으로 끌어내요!”

“진짜 냉정하네.”

“나가요! 나 퇴근해야 해요!”

일어나지 않는 휘의 팔을 억지로 잡아끌던 국화는 갑자기 자신을 끌어당기는 힘에 의해 그대로 휘의 품으로 쓰러졌다.

휘는 냉정한 그녀를 끌어안고 하소연했다.

“제발 좀 봐달라고요. 내 친구가 아프단 말이에요.”

상처받은 웅은 휘가 위로할 수 있었다. 하지만 상처받은 웅 때문에 상처받은 휘는 누가 위로해 준단 말인가. 결국 그녀를 끌어안고서야 휘는 인정했다. 자기 자신에게 위로가 필요해서 그녀를 찾아온 거라는 걸.

그녀의 숨결이 목 언저리를 간질였다. 굉장히 따뜻했다.

웅은 몇 주 동안 침상에서 움직이지 않았다. 지금 움직이면 오히려 치료 기간이 더 길어진다는 의사의 말을 듣고 아예 산책도 하려고 하지 않았다.

하루 종일 창밖만 쳐다보고 있는 웅의 모습은 보는 사람을 더 답답하게 만들었다.

“병실에만 있으니까 답답하지 않아?”

휘가 사과를 깎아주며 조심스럽게 웅에게 물었다. 웅은 창밖만 쳐다볼 뿐 아무런 대꾸도 하지 않았다. 차라리 재활치료라도 하면 열심히 할 텐데. 사 개월에서 길게는 육 개월 정도는 무리해서 깁스한 다리를 사용하면 더 안 좋단다. 그러니까 재활치료는 깁스를 푼 후 시작되는 것이었다. 지금으로서는 그 시간을 기다리는 것도 버거웠다.

"먹어. 비타민을 보충해야 몸에 좋지."

과일을 꼭 새색시처럼 토끼 모양으로 깎아서 내놓았으나 웅은 입에도 대지 않았다.

"이럴 거면 차라리 승은한테……."

휘의 말에 웅이 그제야 사나운 시선으로 휘를 쳐다보았다. 날이 선 웅의 시선을 온몸으로 느끼며 휘가 조심스럽게 말을 다시 했다.

"아니, 그러니까 여 비서한테 연락을……."

"하면 넌 나한테 죽어!"

웅은 화를 내지만, 사실은 겁이 나는 것이다. 나약한 자신의 모습에 승은이 실망하지 않을까 겁이 나고, 자신의 망가진 모습 때문에 승은이 눈물이라도 흘릴지 않을까 겁이 나는 것이다. 그저 항상 강인한 모습만 보여주고 싶은 남자의 어리석은 오기라고 하더라도, 그래도 조금은 애틋한 어리석음 아닌가?

휘는 결국 한숨만 내쉬며 자신이 깎은 사과를 자신이 먹었다.

띠리리리 띠리리리, 휘의 핸드폰이 울렸다. 오 분에 한 번 꼴로 울리는 핸드폰이니 그저 생각없이 꺼내 드는데, 액정에 떡하니 찍힌 '여 비서'를 보고 사과에 목이 막혀 죽은 백설공주 꼴 날 뻔했다.

전화는 계속 울리고 휘는 갑자기 죽을 것처럼 캑캑거리자 웅이 이상한 시선으로 쳐다보았다. 휘는 손으로 액정을 가리고 겨우 웃으며 의자에서 일어났다.

"우리 꼰대. 밖에서 받고 올게."

후다닥 병실을 빠져나와 복도 구석으로 뛰어간 휘는 한 번 크게 심호흡을 하고 그제야 전화를 받았다.

"여보세요?"

[사장님, 흐흐흐흑.]

받자마자 승은은 휘를 부르며 울기 시작했다.

그래, 기다리기 힘들었겠지. 자기가 장원 급제하고 꼭 돌아온다는 이 도령을 애타게 기다리는 성춘향이라고 생각하며 더 힘들었겠지.

여기다 웅의 사고 소식을 들으면 그대로 까무러칠지도 몰랐다.

"여 비서, 울지 말고."

[실장님이, 흐흑, 실장님이 안 와요.]

가고 싶어도 못 가는 꼴이었지만, 사실대로 말할 수가 없었다.

[저 그냥 기다리려고 했는데, 그래도 믿으면서 기다리려고 했는데…….]

"그래, 웅을 믿어야지. 조금 시간이 걸리겠지만 웅이 갈 테니까."

[저 지금 서울이에요.]

"뭐!"

휘는 병원이라는 것도 잊고 버럭 소리를 질렀다. 지나가던 환자들이 놀라서 휘청했고, 간호사가 병원이니까 조용하라고 주위를 주었다. 휘는 폴더를 손으로 막고 죄송하다고 연신 사과했다.

[연락도 안 되고, 너무 견딜 수 없어서 만나러 왔어요. 실장님, 지금 어디 계세요?]

휘는 엉덩이에 불붙은 망아지처럼 복도를 서성이기 시작했다.

"웅이? 그야 회사에 있겠지."

되는 대로 말을 꺼냈지만 전혀 먹히지 않았다.

[회사에 전화하니까 출근 안 하신 지 꽤 됐데요. 그 말 듣고 올라온 건데. 설마 무슨 사고 생긴 건 아니죠?]

회사에 웅의 사고 소식을 안 알린 건 천만다행한 일이었다. 만약 거기 전화했다가 알았다면 승은은 충격에 배신감까지 느꼈을 것이다.

"아! 그래? 그럼 또 어머니랑 싸우고 있나?"

[사장님도 모르시는 거예요?]

"응? 아냐! 내가 왜 웅이에 대해 몰라. 웅이랑 연락해 볼게. 내가, 내가 해볼 테니까 여 비서는, 그래, 여 비서는 웅의 오피스텔로 가 있어. 알았지?"

[그럼 그쪽으로 실장님 보내주시는 거예요?]

"그래, 그럴게. 그러니까 꼭 오피스텔에 있어."

[네.]

힘겹게 승은과의 통화를 끝내고 휘는 잠시 멍하니 그 자리에 서 있었다. 그리고 이 사태를 수습해 줄 구세주를 찾아 달려나갔다.

"뭐?"

집에서 웅에게 먹일 음식을 준비 중이셨던 웅의 어머니는 난데 없이 찾아와 휘가 한 말에 어이없는 표정을 지으셨다.

"그러니까 승은이 지금 웅의 오피스텔에 있다고요. 웅을 만나 러 왔는데, 웅은 다 나을 때까지 절대 여 비서 만나려고 하지 않을 거예요. 그러니까 어머니가 가서서, 내 아들하고는 절대 결혼 못 시킨다면서 승은에게 엄포를 놓으세요. 그리고 웅을 만나지 못하 게 하면 승은도 어쩔 수 없을 거예요. 어머니 반대야 이미 웅의 얼 굴에 난 손톱자국으로 충분히 예상했으니까 그렇게 놀라거나 충 격받지는 않을 거고요. 그 뒤는 제가 알아서 승은이 위로할게요."

"내가 왜 그래야 하는데?"

"두 사람 결혼 허락하신다면서요!"

비협조적인 어머니의 태도에 휘가 버럭 소리를 질렀다. 웅이 어 머니와 이야기만 하면 버럭 소리 지르는 기분을 이제야 좀 이해할 수 있을 것 같았다.

"그때야 내 아들 죽는 줄 알고 될 대로 돼라였지. 하지만 살아났 잖아."

"그래서 이제는 결혼시키기 싫으시다고요?"

"당연한 거 아냐?"

너무도 뻔뻔하게 대답하는 어머니에게 휘가 버럭 소리를 질렀 다.

"그럼 제가 웅이랑 결혼합니다!"

"뭐라고! 이 자식아! 너 돌았어!"

"네! 어머니가 여 비서 일 안 도와주면, 웅이랑 저 그냥 손 붙잡

고 금단의 강을 확 넘어버릴 거예요! 그래서 어쩌실 겁니까! 도와
줄 거예요, 말 거예요!"

어머니는 말싸움에서 처음으로 기가 밀려 아무 말도 할 수가 없
었다. 웅도, 웅의 아버지도 그녀를 이렇게 몰아붙이지는 못했었
다.

역시나 황보휘! 대단한 사장님이었다.

오랜만에 오는 웅의 오피스텔은 여전했다. 그런데 그동안 아무
도 사용하지 않았는지 여기저기 먼지가 쌓여 있었다. 한동안 웅과
둘이 살았던 공간을 바라보던 승은은 청소함으로 가 청소기와 걸
레를 꺼내 들었다. 그와의 아름다운 시간이 있는 이곳을 먼지들에
게 내어줄 수는 없었다.

위이잉.

청소기가 돌아가기 시작하면서 승은은 오직 청소에만 열중했
다. 그동안은 웅을 기다리면서 느꼈던 괴로움과 불안함도 조금은
잊어버릴 수 있었다. 웅과 같이 앉아서 밥을 먹었던 식탁도 깨끗
하게 닦고, 웅과 함께 앉아서 텔레비전을 보고, 몇 번은 잠도 잔
적이 있었던 하얀 소파의 먼지도 깨끗하게 털어냈다. 그리고 웅과
가장 많은 시간을 보낸 침대에서 침대보도 걷어내어 욕조에 담가
서 발로 밟아가며 깨끗하게 빨았다.

딩동.

몇 시간을 청소만 하고 있을 때, 웅의 오피스텔 초인종이 울렸
다. 웅일 거라는 생각에 승은은 놀라서 고개를 번쩍 쳐들었다. 가

숨이 세차게 뛰기 시작했다. 현관으로 걸어가는 발걸음이 두근거림을 참지 못하고 떨려왔다.

하지만 인터폰에 비친 웅의 어머니에 얼굴을 확인한 순간, 승은은 그대로 자리에 주저앉고 말았다. 실망감보다 불안감이 더 컸다. 이대로 웅을 평생 보지 못할지도 모른다는 그런 불안감에 다리에 힘이 빠져 버린 것이다.

승은이 문을 열어주지 않자 어머니는 결국 자기 손으로 문을 열고서 욕을 하며 들어오셨다.

"도대체가 있는 걸 뻔히 아는데 무시하는 것도 아니고 왜 안 열어줘!"

거실로 들어오시던 어머니는 바닥에 주저앉아 있는 승은을 보고 놀라서 멈추어 섰다.

"너 거기서 뭐 해!"

웅이처럼 다리 다쳤냐는 말을 간신히 도로 집어넣었다. 승은은 생기 없는 눈으로 고개를 들어 어머니를 쳐다보았다.

"실장님인 줄 알았는데, 어머니셔서."

어머니는 기가 막힌다는 듯이 헛웃음을 지으셨다.

"너 지금 내 앞에서 내 아들 애인이라고 유세하는 거야? 너 말이지, 네 입으로 뭐라 그랬어! 연애만 하고 헤어진다며! 그런데 결혼이라니! 이거 사기 아니야? 너 그때부터 내 아들 잡아먹으려고 생각했으면서 그런 소리 한 거지? 어쩜 그렇게 순진한 얼굴을 하고 이렇게 몇 번이나 사람을 속이니? 나 진짜 너한테 질린다, 질려!"

웅의 어머니가 그 긴 험담을 할 동안 아무 말도 없던 승은이 끝에 가서 툭 물어보았다.

"실장님 어디 있어요?"

"너 그 애 못 만나! 내가 두 눈 시퍼렇게 뜨고 있는 동안에는 니 둘 절대 결혼 못해!"

"제가 언제 결혼 이야기했어요. 실장님이요. 실장님 어디 있냐고요. 얼굴만 보게 해주세요."

금세 눈물을 쏟아내며 마치 어미 찾는 병아리처럼 웅을 찾는 승은을 보니 어머니의 마음에도 조금 애잔함이 묻어나왔다. 하지만 이건 가르쳐 주고 싶어도 가르쳐 줄 수가 없는 문제였다.

"내 말 못 들었어! 내가 있는 한 이제 너 내 아들 못 만나! 절대 안 돼."

아무리 바람난 남편한테는 소리 지르고 때리고 화를 냈어도, 남편이 바람난 여자를 찾아간 적은 없는 어머니였다. 여자는 여자를 적으로 삼는 순간 영원히 마녀로 낙인찍히는 거니까.

승은에게 소리 지르며 어머니는 자기 자신이 너무 초라하게 느껴졌다. 자신도 누군가에게 보살핌받고 싶고, 사랑받는 여자이고 싶은데, 항상 이렇게 악역만 해야 하는 자신의 인생이 참…… 처량했다.

"어머니, 왜 여기 계세요!"

그때 꼭 연극의 한 장면처럼 휘가 등장하였다. 휘는 어머니를 설득하며 집 밖으로 모시고 나갔다. 그리고 현관문을 닫자마자 붙잡고 있던 어머니를 놓아드렸다.

휘는 십 년 감수했다는 표정으로 안도하며 어머니에게 감사의 뜻을 표했다.

"하! 고맙습니다."

"그래, 고마워야지. 날 마녀로 만들어놨으니까."

어쩐지 오늘따라 센티멘탈하게 들리는 어머니의 말에 휘는 이런 부탁을 드린 게 조금 미안해졌다. 하지만 어쩔 수 없었다. 지금 이 순간 이 역할을 해줄 사람은 그녀뿐이었으니까.

"병원으로 가실 거예요?"

"그래, 미우나 고우나 내 아들. 굶어 죽지는 않게 해야지."

라고 말씀하시며 어머니는 자줏빛 숄을 휘날리시며 당당한 태도로 복도를 걸어가셨다. 어머니가 엘리베이터를 타고 사라질 때까지 쳐다보고 있던 휘는 짧게 한숨을 내쉬고서 승은이 울고 있는 집 안으로 다시 들어갔다.

"왜 이렇게 서럽게 울어? 어머니 독하신 거 이제 알았어?"

울고 있는 승은에게 손수건을 내밀며 다독였다. 하지만 승은은 손수건을 받지 않으며 휘에게도 똑같은 질문을 했다.

"실장님 어디 계세요?"

"그게 말이야. 아무래도 어머니가 어디로 보내 버린 것 같아. 연락이 안 되네."

"어머니가요?"

"그래, 여 비서도 방금 봤지만, 굉장한 기세였잖아. 뭔 짓이든 할 분이야."

죄송합니다, 어머니.

"그럼 저 실장님 어떻게 만나요!"

승은의 말에 휘는 주위를 둘러보다 방으로 뛰어가 앨범 하나를 꺼내왔다. 그리고 가장 최근에 찍은 웅의 사진을 꺼내며 말했다.

"우선 사진으로 만족하면 안 될까?"

"흐어어엉엉!"

승은은 이제 아예 대성통곡을 하기 시작했다. 웅의 사진 앞에서 이렇게 서럽게 우니 꼭 장례식 분위기였다. 휘는 서둘러 사진을 치워 버리고 우는 승은을 안아 일으켰다.

"여 비서! 이렇게 약하게 굴면 안 돼! 지금 웅을 구해줄 사람은 승은뿐이야."

"흐흑, 네?"

"생각을 해봐! 웅이 어머니 때문에 자취를 감춘 건 결국 결혼 허락을 못 받아냈다는 소리잖아. 안 그래?"

어머니가 죽어도 결혼 허락 안 해준 게 이렇게 유용하게 쓰일 줄이야. 누가 상상이나 했을까.

"그, 그렇죠."

"그래서 웅이 결혼 허락 못 받았다고 여 비서 웅이랑 결혼 안 할 거야?"

"아뇨, 할 거예요. 꼭 해야 돼요."

"그래, 그러니까 이제 웅이 실패한 일 여 비서가 도전해 봐."

"네?"

"결혼 허락 말이야. 승은이 어머니에게서 받아내. 그럼 어머니도 여 비서랑 웅이랑 만나게 해줄 거야. 안 그래?"

뚝뚝 우박만한 눈물을 흘리던 승은은 아무 말도 못하고 휘를 쳐다보다 굳게 결심을 한 듯 크게 고개를 끄덕였다.

"네, 사장님."

아! 얘는 이럴 때마저 귀엽네. 파이팅, 여 비서!

"뭐?"

휘의 말을 침상에서 들은 웅은 경악스런 표정을 지었다. 승은이 서울에 왔다는 것도 놀랄 일이지만, 그 다음 말은 더 황당하기 그지없었다.

"어쩔 수 없었다고. 넌 절대 승은한테 연락하지 말라고 하지. 승은은 너 만나겠다고 생떼를 쓰지. 내가 어쩌냐! 그래서 어머니한테 떠넘겼지."

"그, 그냥 제주도에서 기다리라고 말해!"

웅의 말에 휘는 한숨을 내쉬었다.

"그럼 넌 그 침대에서 다 낫길 기다리며 승은이, 아니, 여 비서 만날 날 기다리는 거 편하냐?"

그 말에 웅은 인상을 썼다. 사실 기다리는 일은 전혀 안 편했다. 하루하루가 죽을 맛이었다.

"제주도에서 아무것도 안 하면서 널 기다릴 바에야. 차라리 어머니한테 들들 볶이는 게 더 마음 편할 거야. 그리고 어머니는 여자한테까지 손찌검하지는 않으시니까 걱정하지 말고. 넌 어떻게 나보다 더 네 어머니에 대해 모르냐."

"그래서 지금 승은이는?"

"너희 집으로 갔을 거야. 아! 그리고 이건……."

휘가 주머니에서 핸드폰을 꺼내더니 아까 승은을 찍은 사진을 보여주었다.

"파이팅의 의미로 찍은 사진."

웅은 몇 개월 만에 보는 승은의 얼굴을 사진으로나마 보자 할 말을 잃고 멍하니 그녀의 사진만 들여다보았다. 승은은 주먹을 꽉 쥐고 그 작은 입술도 앙다물고서 앞을 노려보고 있었다. 살이 많이 빠진 것 같았다. 빠지면 안 된다고 했는데,

"귀엽지?"

"응."

"사랑스럽지?"

"응."

"나도 그렇게 생각해."

"죽고 싶어!"

승은이 그를 만나기 위해 서울에 왔다. 그 사실이 병상에 누워 있는 웅에게 힘을 주었다. 그날부터 웅은 어떻게든 치료 시기를 단축시키고자 의사들을 들들 볶기 시작했다.

내가 뭘 해야 빨리 나을 수 있느냐.

그냥 지금은 안정이 최고입니다.

죽고 싶냐.

뭐 대충 그런 말들이 오가며 웅은 자신의 몸을 돌보기 시작했다. 그리고 승은은 어머니의 집으로 다시 들어갔다. 어머니는 돌아온 승은을 모질게 내쫓지는 않으셨다. 하지만 그렇다고 절대로

잘 대해주는 것도 아니었다. 휘가 가끔 찾아가서 보면 완전히 팥쥐 엄마와 콩쥐였다.

그렇게 그들의 시간은 아직 겨울이었지만, 세상의 시간은 겨울을 지나 파릇한 새싹이 돋아나는 봄이 오고 있었다.

"너라면 분명 대스타감이라니까. 정말 안 할 거야?"

휘 엔터테인먼트에 복귀한 휘는 다시 솔을 쫓아다니며 연예인 하지 않겠냐며 살랑살랑 바람을 넣고 다녔다. 솔을 만나는 일은 절세가인을 희롱하는 것보다 더 설레는 일이었지만, 이제 고3이 되는 솔은 더더욱 공부에 매진하며 휘를 본체만체하였다.

"그냥 술집이나 하지 왜 또 기어들어 갔어요?"

"술집은 돈이 안 되잖아."

도서관에 나란히 앉아서 두 남자가 하는 이야기가 술집과 경제에 대한 것이었다.

"저 곧 모의고사예요. 방해하지 말고 시험 끝나면 오세요."

"킥! 그래도 오지 말라고는 안 하네."

"오지 말래도 올 거 뻔히 아니까."

솔은 모든 걸 초월한 듯도 했고, 아니면 모든 걸 체념한 듯도 하였다. 정말 어려운 녀석이다. 휘는 창밖으로 고개를 돌려 이제 푸른 새싹이 돋아나는 나무들을 쳐다보았다.

"봄인데 좋은 일 없냐?"

"아! 하나 있어요."

"뭔데?"

“우리 누나 결혼해요.”

유리창을 통해 경직되는 휘의 표정이 솔에게 모두 보였다. 휘는 더 이상 귀찮게 아무것도 묻지 않았고, 솔은 여유롭게 공부를 계속했다. 그리고 십 분 정도 지났을까.

“농담이지?”

“네.”

휘는 이제야 판단을 내렸다. 이솔, 이 녀석은 위험한 녀석이다.

어머니가 집에 손님들을 초대하신다며 승은에게 요리를 시키셨다. 요즘은 항상 이런 식이다. 꼭 집에서 하지 않아도 되는 일을 집으로 끌어들여 승은의 일을 늘려주셨다. 덕분에 승은은 요리솜씨가 아주 많이 늘었다.

“좀 빨리 빨리 못하니, 손님들 올 시간 다 되어가.”

어머니는 거실에서 손톱을 다듬으시며 부엌에서 아줌마와 같이 요리하는 승은을 닦달하셨다. 승은이 감자를 깎다 말고 소리쳤다.

“네, 다 되어가요.”

같이 음식을 준비하시던 아줌마는 팥쥐 시어머니에 콩쥐 며느리라고 혀를 차셨다.

저녁에 집으로 온 손님들은 모두 어머니처럼 부티가 몸에 배어 있는 사람들뿐이었다. 어머니가 손님들을 맞을 동안 승은은 준비한 음식들을 테이블에 가져다 놓았다.

“어머! 못 보던 얼굴이네. 새로운 가정부?”

승은을 보고 한 부인이 이렇게 말하자, 놀란 승은이 들고 있던 음식 접시를 그대로 든 채 멍하니 자신을 가정부라고 말한 아줌마를 쳐다보았다.

그, 그렇게밖에 안 보이는 걸까?

"아! 있어. 우리 아들한테 목매는 애."

어머니의 낭랑한 일침에 그제야 정신이 번쩍 들었다. 승은은 접시를 테이블에 내려놓고 얼른 몸을 일으켜 세우고 꾸벅 고개를 숙여 인사했다.

"에? 그럼 며느리 후보야?"

"그거야 내가 허락해야 되는 거지. 됐어. 들어가 봐, 승은."

승은이 뒤돌아서는데, 어머니가 친구들에게 떠드는 목소리가 들려왔다.

"우리 아들 아니면 죽겠다고 하는데, 정말 미치겠다니까."

승은은 쓰게 한 번 웃고 이층으로 올라갔다. 웅이 쓰던 방이 있는 곳이었다. 승은이 이곳으로 다시 들어온 뒤 웅이 이 집에 들른 적은 한 번도 없었다. 어머니에게 물어봐도 돌아오는 대답은 넌 절대 안 돼뿐이고, 너무 답답해 휘에게 물어보면 아마 결혼하고 싶으면 돈 왕창 벌어오라고 협박하고서 외국으로 보내 버렸나 봐라고 대답했다. 결국 이쪽도 저쪽도 승은에게 웅을 데려다 주지 않았다. 모든 게 그대로인데 웅만 없었다.

승은은 웅이 썼던 침대에 지친 몸을 눕혔다. 희미하게 배어 있는 웅의 냄새가 포근하게 그녀를 감싸왔다. 미약하지만 꼭 그에게 안긴 느낌이 좋아 자주 이 침대에 누웠다.

진짜 결혼 허락 받으려고 외국에 돈 왕창 벌러 간 거예요? 그럼 나한테 말이라도 하고 가지. 전화라도 한 통 하지. 나 이제 결혼 때문에 조급해하지 않아요. 그냥 내 옆에만 있어주면 되니까 돌아오면 안 돼요. 제발 돌아와요.

……보고 싶어 미칠 것 같아.

"승은은?"

요즘 웅이 가장 자주 묻는 말이 이 말이었다.

그럼 휘는 어머니의 집에서 고생하고 있던 승은의 모습을 조금은 미화해서 말해주었다.

어머니가 조금은 괴롭히시더라. 하지만 승은이 워낙 귀여우니, 조금은 예뻐도 해주시더라. 둘이 보면 정말 시어머니와 며느리 같다. 그런데 왜 결혼 허락은 안 해주시나 모르겠다. 너희 어머니 참 못됐다.

뭐, 그런 식이었다.

처음 다리에 하고 있던 깁스를 풀던 날, 자신의 다리를 사슬처럼 압박하고 있던 석고 덩어리들이 떨어지자마자 웅은 의사에게 물었다.

"이제 걸을 수 있나요?"

"재활치료를 꾸준히 하시면 가능하십니다."

"얼마나요? 한 달이면 충분합니까?"

"그건 좀. 재활이라는 게 조급해하시면 오히려 더 안 좋습니다. 마음을 편히 가지세요."

내 여자가 콩쥐처럼 구박받으면서 날 기다리고 있는데, 뭘 어떻게 편하게 가져!

라고 소리치려는 웅의 입을 휘가 황급히 막으며 의사에게 고맙다고 인사했다. 깁스를 처음 푼 날 웅은 정확히 삼십 번 넘어졌다. 그리고 삼십 번 욕을 하며 힘겹게 몸을 일으켜 또 넘어질 걸음을 떼었다. 결국 처음부터 너무 무리를 해 나아가던 뼈가 더 떨어져 버렸다.

시간은 너무 빨리 흘러 버리고, 다리는 서러울 정도로 움직이지 않고, 그녀는 미치도록 그리웠다. 그대로 죽어버릴 것 같았지만, 인간의 생명은 질기고도 질긴 것이었다. 가슴이 답답해 미칠 것 같아도, 그 고통이 제풀에 지쳐 사그라질 때까지 버티고 버틸 뿐이었다.

의사에게 꼼짝없이 침대에 누워 있으라는 명령을 받은 웅은 손으로 얼굴을 가린 채 몇 시간이고 꼼작도 하지 않았다.

괜찮아 라고 물어보려던 휘는 몇 번이나 말을 하려다 입을 닫았다. 아니라고 대답할 게 뻔했기 때문이다.

"어디 가세요?"

외출하는 어머니에게 승은이 물었다. 웅이 입원한 병원에 가기 위해 나가는 길이었던 어머니는 승은의 질문에 빤히 그녀의 얼굴을 쳐다보았다. 참 신기하게도 자신이 병원에 갈 때만 저런 질문을 했다.

"내가 일일이 너한테 보고하고 다녀야 하니!"

또 언제나처럼 쏘아주고 만다. 쌀쌀맞은 어머니의 말에 승은은 곧 고개를 숙이며 풀이 죽는다. 처음엔 그러지 않았는데, 요즘은 무슨 말만 하면 저런다. 아마도 기다림에 지치는가 보다. 그럼 그 냥 제주도 내려가 버리지. 그러지도 않는다.

징한 것들.

콩쥐 승은에게 있는 대로 일을 시키고 집을 나왔다. 세상의 공 기가 조금 더워져 있었다. 벌써 봄이 가고 있나 보다.

짜증나는 날씨.

어머니는 우아하게 걸어가며 세상의 모든 것에 대해 불평을 늘 어놓았다.

병원에 와보니, 웅의 병실은 텅 비어 있었다. 재활치료 중인가 했더니, 그것도 아니란다. 그럼 언제부터 안 보였냐고 물어보니, 휘가 온 뒤였단다. 이제 이 병원엔 휘를 모르는 사람이 없었다. 아 주 친한 사람인 것처럼 간호사가 휘의 이름을 꺼내놓자 어머니는 바로 헛웃음이 나왔다.

"안녕하세요. 웅이 친구 황보휘입니다."

웅이 친구라고 처음 집까지 데리고 온 녀석이 휘였다. 대뜸 그 녀를 보자마자 환하게 웃으며 자기를 소개하는데, 이놈 여자 여럿 울리겠다는 걸 대번에 짐작했다. 하지만 휘가 여자를 울린 적은 없었다. 왜냐하면 제대로 사귄 적이 한 번도 없었으니까. 그냥 항 상 여러 여자들과 즐겁게 놀기만 하였다.

그런 나폴대는 녀석이 자신의 무뚝뚝한 아들과 친구가 됐다는 게 어머니는 처음에 그저 신기하기만 하였다. 진작에 갈라놓았어 야 했는데, 그럼 웅이 엔터테인먼트인가 하는 사업을 하는 일도 없었을 테고, 승은이를 만나는 일도 없었을 것이다. 그러니까 이렇게 사고가 나는 일도 없었을 것이다.

어머니는 단번에 모든 잘못을 휘에게 돌려 버렸다. 그랬더니 마음이 조금 편해졌다.

어머니가 웅과 휘를 찾아낸 것은 병원 옥상 구석이었다. 하루빨리 나아야 한다면서 바락대던 그녀의 아들은 지금 하나뿐인 친구와 함께 술을 마시고 있었다.

잘하는 짓이다.

어머니는 멀찍이 떨어져서 두 녀석이 술 마시는 모습을 쳐다보았다.

"내가 최고로 멋있는 결혼식 준비해 준다니까."

내가 허락도 안 했는데, 무슨 결혼!

휘의 술주정에 어머니는 속으로 버럭 화를 내었다. 휘의 말에 웅은 그저 씁쓸하게 웃고만 있다. 그녀의 아들은 크게 웃는 법이 없었다. 아니, 제대로 웃는 법을 알지를 못했다. 그게 참 못마땅한데 그녀 역시 제대로 웃는 법을 알지 못하니 가르쳐 줄 수도 없었다. 그녀의 아들에게 웃는 법을 가르쳐 준 건 휘뿐이었다. 그리고 다음이 승은이었다. 그녀가 제일 못마땅해하는 두 사람이 그녀의 아들에게 가장 중요한 걸 가르쳐 주었다.

그걸 부정할 수는 없었다. 아무리 어머니가 땡깡쟁이라도 그것만은 부정할 수 없었다.

"결혼식장은 명동성당! 내가 하느님을 꼬셔서라도 예약 잡는다."

아름다운 명동성당에서 결혼식이 열리는 건 일 년에 단 한 번뿐이다. 그리고 그것도 예약이 아니라 추첨이었다. 왜냐하면 신은 모든 인간 앞에 평등하니까.

"여 비서 웨딩드레스도 내가 제일 야한 걸로 딱 골라줄게."

사내 녀석들이란!

"반지는 손가락이 부러질 정도로 무거운 다이아 반지보다 심플한 게 좋아. 그래야 평생 끼고 살 수 있지."

흠! 그래도 오 캐럿 다이아는 되어야지.

"신혼여행은 일 년으로 잡고 지구를 한 바퀴 도는 거야. 영국, 프랑스, 네델란드, 호주, 캐나다, 이탈리아, 가보고 싶은 곳 다가."

신혼여행 한 번 하고 알거지 되겠네.

"아기는 한 다섯 명 정도 낳아. 그래야 북적거리고 재미나지."

아기 낳는 게 쉬운 줄 알아. 저거 하나 낳는 것도 죽는 줄 알았어!

"그리고 죽을 때까지 함께 있는 거야. 승은이랑 네 새끼들이랑 그리고 네 어머니랑."

웅은 끝내 아무런 말도 하지 않으며 술만 마셨다. 그리고 휘는 바닥에 너희들이 살 집이라며 집을 그리고 시작했다. 서걱서걱, 휘의 손에 들린 분필 굴러가는 소리만 들려왔다. 도대체 저 분필은 어디서 났을꼬.

웅이 휘가 그린 집이 맘에 들지 않는지, 한쪽을 발로 슥슥 지운다. 휘가 풍차를 그려놓은 부분이었다.

문득 자신의 남편이 짐을 챙겨 들고 집에서 영원히 나가던 날 웅이 그녀에게, 그리고 남편에게 했던 말이 떠올랐다.

"이혼 도장 찍을 때 제 생각은 하셨어요?"

그 말이 어찌나 아프게 들려오던지.

하지 못했었다. 남편도 자신도 아들이 있다는 걸 까맣게 잊어버리고 있었다. 그리고 그게 지금까지 웅에게 미안했다.

어머니는 몸을 돌려 옥상 문으로 걸어갔다. 지난날이 서럽고 부끄러워 지금 아들의 곁에 갈 수가 없었다.

너는 제발 나 같은 부모는 되지 마라.

웅은 이제 휠체어가 없어도 목발을 짚고 걸을 수 있었다. 이 정도 되면 승은에게 가봐도 되지 않냐고 휘가 말했지만, 웅은 목발 없이 걸을 때까지 안 된다고 고집을 부렸다.

무리없이 재활치료의 효과를 높이는 데는 수영이 좋다고 해서, 웅은 요즘 수영장에서 살았다. 거침없이 물살을 가르는 그를 보면 정말 멀쩡한 사람 같다. 그리고 아마 이제 조금만 있으면 분명 물 밖에서도 멀쩡하게 걸을 수 있게 될 것이 분명했다.

짧게 말해 일 년이라고 생각했는데, 구 개월 정도면 완치가 가능해 보였다. 언제나 말했지만, 웅은 정말 곰 같은 체력의 소유자였다.

"그만 해. 오늘 충분히 무리했어. 그러다 붙었던 뼈 다시 떨어진다!"

철썩! 충고하는 휘에게 웅이 물세례를 퍼부었다.

수영장 물 밖으로 나온 웅은 목발을 짚고 천천히 휘가 앉아 있는 의자로 걸어왔다. 자신의 두 다리가 아니라 무언가에 의지해 걷는 그를 보는 건 아직도 실감이 안 나기는 한다. 그런데 승은은 오죽할까 싶다.

"내 생각에는 말이야. 네가 전화는 해도 괜찮을 것 같다."

"뭐? 전화?"

수건으로 물기를 닦는 웅에게 휘가 핸드폰을 건네며 한 말이었다.

"그래, 외국에 있는데, 돈 왕창 벌고 있다. 조금만 기다려라. 금방 간다. 정도는 말해도 되지 않아?"

웅은 갈등이 되는 눈으로 휘가 내민 핸드폰을 내려다보았다.

"네 목소리에 너 아프다는 게 묻어나는 건 아니잖아. 안 그래?"

웅의 손이 천천히 핸드폰으로 뻗어왔다. 결국 하고 싶은데 참고 있었다는 소리이다. 너무 참는 것에 익숙해져 자신이 너무 지나치게 참고 있다는 것도 인식하지 못하고 꾹꾹 참는 것이다. 진정 곰만이 할 수 있는 인내였다.

웅은 한참 만에야 겨우 승은의 전화번호를 눌렀다.

띠리리리 띠리리리.

뚝뚝, 자신의 머리에서 떨어지는 물방울을 멍하니 쳐다보며 신호음을 들었다.

[여보세요? 사장님, 웬일이세요?]

웅은 너무 놀라서 핸드폰을 휘에게 던져 버렸다. 휘가 왜 그러냐고 하니까 웅이 휘의 핸드폰을 열심히 손가락으로 가리켰다. 그제야 휘도 승은의 핸드폰에 찍혔을 자신의 발신번호를 생각해 냈다.

이런! 십오 년 지기, 아니, 이제는 십육 년 지기 친구 둘이 앉아서 바보짓을 하고 있었다.

"아! 여 비서. 그냥 잘 지내나 궁금해서. 잘 지내지?"

[그냥 그렇죠 뭐.]

"여 비서, 내가 말이야. 갑자기 여 비서의 노래가 너무 듣고 싶어서 전화했어."

[네?]

"여 비서가 혼자 청소하면서 잘 부르던 그 노래 말이야. 나 지금 듣고 싶은데, 좀 불러주라."

[갑자기 왜요?]

"응, 그 노래가 나의 정신적 지주였거든."

[농담이시죠?]

"하여튼 좀 듣고 싶다니까. 불러줘."

전화기 저편에서 승은이 내키지 않는 듯 몇 마디 투덜거리다가 노래를 부르기 시작했다. 그제야 휘가 전화를 웅에게 넘겨주었다. 웅은 들킬세라 입을 손으로 막고 전화를 귀에 가져다 댔다.

[외로워도 슬퍼도 나는 안 울어. 참고 참고 참지. 울긴 왜 울어. 근데 사장님, 끝까지 다 불러요?]

너무도 그리운 목소리가 전화기 저편에서 흘러나오고 있었다. 웅의 눈가가 금세 젖어 들어갔다.

[나 사실 별로 노래 안 부르고 싶어요. 실장님 내놓으라고요. 왜

다들 숨기기만 하고 못 만나게 하는 건데요! 어느 나라로 간 것인
지만이라도 가르쳐 줘야 하는 거 아니에요.]

승은아.

그녀의 이름을 불러보지만 소리가 되어 나오지는 못했다.

[진짜 다들 너무해! 그냥 얼굴만 보겠다는데. 왜 못 보게 하느냔
말이에요.]

승은아.

웅은 그대로 벌떡 일어났다가 자신을 지탱해 주지 못하는 다리
때문에 그대로 무너져 내렸다. 넘어지는 웅을 보고 놀란 휘가 황
급히 손을 뻗어 그를 붙잡았다.

"아! 여 비서, 내가 나중에 걸게. 끊어."

웅의 손에서 핸드폰을 뺏어 들고 대충 얼버무린 뒤 끊어버렸다.
그리고 다시 일어나려고 하는 웅을 힘겹게 붙잡았다.

"의사 말 못 들었어! 너무 무리하면 더 다친다잖아! 좀 참아!"

"못 참아! 이 망할 다리! 좀 서란 말이야!"

"낫고 있잖아! 금방 괜찮아질 거라고!"

"지금 당장 만나고 싶다고! 지금 당장 달려가고 싶단 말이야!"

그래도 참으라는 말밖에 휘는 할 말이 없었다.

"얼마 안 남았어. 이제 조금만 기다리면 된다고!"

웅을 붙잡고 할 수 있는 일이 기다리라는 말을 하는 것밖에 없
다는 게 휘는 분했다. 친구로서 좀 더 무언가를 해줘야 했다. 그런
데 그럴 수 없다는 게 쓰라렸다.

시간은 여전히 더뎠고, 그리움은 이미 터져 버려 잔인하게 상처

만을 남긴다.

"제발 조금만 더 참아."

그래도 할 수 있는 말은 참으라는 말뿐이다.

"도대체 우리 아들 어디가 좋은 거야?"

혼자서 와인을 마시던 어머니는 볼이 빨갛게 물들 정도로 취하셔서는 빨래를 개고 있는 승은에게 물었다.

빨래를 개던 승은이 조금 어색해하며 물었다.

"왜 갑자기 그런 걸 물으세요?"

"그야, 난 당연히 휘인 줄 알았거든. 여자들이란 다 그렇거든. 우리 아들처럼 무뚝뚝하고 멋대가리없는 녀석보다 휘처럼 다정하고 모든 걸 다 해줄 것 같은 그런 남자를 더 좋아한다고. 지금까지 다 그랬어. 휘랑 우리 아들이랑 아는 여자 중에 휘보다 우리 아들 좋다고 한 여자는 한 명도 없었어! 그런데 넌! 넌 왜 우리 아들이야? 돌았어? 미쳤어?"

정말 취하셨나 보다. 혀도 꼬이고 말도 막 튀어나온다.

"저도 처음엔 실장님 무서웠어요. 매일 혼내시기만 하니까."

"그렇지, 그렇게 나와야지. 무서워서 사귀는 거였군. 그렇지?"

"하지만 가끔씩 보여주는 다정함이 너무 좋았어요."

"그럼 가끔 좋아하지. 왜 쭉 좋아하는 건데?"

"그게 그 가끔을 너무 너무 좋아하다 보니까. 어느새 저도 모르게 빠져 있더라고요. 사랑이란 게 그런 거 같아요. 빠져드는 순간보다 깊게 빠진 다음에야 아! 이게 사랑이구나 라고 알게 되는 거요."

"그래서 비극이 시작되는 거지. 시작되는 순간 알면, 상대가 영 아니올시다면 갈아치우고 새 상대 찾고 하는데, 이미 빠져 버린 뒤에 깨달으니까 땅 치고 후회해도 결국 같이 구정물 속으로 들어가는 거야."

"어머니, 술 그만 드세요. 취하셨어요."

승은이 어머니의 손에 들린 술잔을 빼앗으려고 하자 어머니는 힘으로 승은을 밀쳐 버렸다. 힘에 밀려 승은은 반대편 소파에 쓰러져 버렸다. 어머니가 승은을 삿대질로 가리키며 말했다.

"그럼 내가 안 취하게 됐어! 금지옥엽 내 아들을 너 같은 촌녀한테 빼앗기게 되었는데, 호호거리겠냐고! 술이나 마시겠냐고!"

"그야 술이 좀 더 땅기겠죠."

"그래! 기분 개떡이야! 술 가져와!"

"그만 드세요."

"가져오라면 가져와!"

술에 취해 자기 몸도 제대로 못 가누는 어머니를 쳐다보는 승은의 눈가가 촉촉하게 젖어들었다.

결혼…… 허락해 주셔서 고마워요.

비록 술주정이었다고 잡아떼면 아무 소용 없지만, 그래도 취중 진담이라고 하니까. 그 어떤 마음보다 진실된 주정 허락이었다.

그렇게 승은이 웅과의 결혼을 허락 받은 날 밤, 웅에게서 전화가 걸려왔다.

[잘 지냈어?]

눈물이 목에 걸려 대답이 안 나왔다.

[여보세요? 승은아?]

"결혼 허락 받고 돌아온다고 했잖아요! 그런데 어디 있는 거예요! 바보! 거짓말쟁이!"

그럴 마음이 전혀 없었는데 버럭 화부터 내버렸다.

[미안.]

"당연히 미안해야죠! 내가 얼마나 기다렸는데, 기다리다 죽는 줄 알았는데."

[응, 정말 미안.]

웅의 사과를 두 번이나 들으니 그제야 좀 진정이 되었다.

"언제 와요?"

[곧 갈게.]

"곧 언제?"

[여름 지날 때쯤.]

"그게 뭐가 곧이야! 거짓말쟁이!"

[아직 돈 왕창 못 벌어서.]

"흐흑! 돈 필요없단 말이에요! 어머니도 결혼 허락하셨어! 그러니까 그냥 돌아와요. 안 그러면 나 딴 남자랑 결혼할 거야."

[내가 돌아가면 제주도 가서 너희 부모님께 인사드리자.]

"언제! 여름 다 지나서!"

[그래, 승은이 나한테 달라고 말할게.]

"흐흑! 언제 말이야! 가을 되면 말이야!"

[결혼식은 휘가 멋지게 준비해 준대. 좋겠지?]

"흐흑! 언제 말이야! 나 또 한 살 더 먹으면!"

[사랑해.]

사랑해, 할 말 없을 때 끝내주게 먹혀주는 그런 말이다.

웅이 기다리라고 했으니까, 승은은 기다릴 수밖에 없었다. 봄은 생각보다 빨리 지나갔다. 하지만 여름은 지겹도록 오래 그녀의 곁에 머물렀다.

저녁 여덟 시가 되도 지지 않는 해가 지겨워 어머니랑 같이 술을 마신 것도 여러 번이었다. 이 여름이 지나면 웅이 돌아온다고 했는데, 여름은 아직 승은이 곁에 진득하니 붙어서 떨어지지 않았다.

"외로워도 슬퍼도 나는 안 울어. 참고 참고 참지. 울긴 왜 울어."

낮에는 더워서 긴해가 아직도 남아 있는 저녁에 이불빨래를 하고 있었다. 마당에 큰 대야를 가져다 놓고 물을 가득 담은 다음 여름 내 먼지가 잔뜩 묻어 있는 이불을 담가 놓고 열심히 밟았다. 스커트는 젖지 않게 한껏 들어 올린 후 허벅지쯤에서 꽉 묶어두었다. 맨다리가 다 드러났지만 아무도 보는 사람이 없으니까 괜찮았다.

붉은 해가 자기도 지쳤는지 높은 빌딩 사이에 힘겹게 걸쳐져 있다. 승은은 따가운 해를 보며 미간을 찌푸렸다.

"뭘 봐! 빨랑 들어가."

해에게 욕을 해보지만 씨도 안 먹힌다.

어머니랑 오래 지내서 그런지 매사에 불만투성이인 어머니의 말투가 입에 붙었다. 웅이 보면 기겁할 거라는 것도 인식하지 못한 채 승은은 투덜거리며 빨래를 시원하게 밟았다.

딩동, 초인종 소리가 울렸다. 집 안에 계시는 어머니가 받으실 테니 신경 쓰지 않으며, 이젠 두 발로 꾹꾹 뛰면서 빨래를 눌러주었다. 차가운 물이 기분 좋게 다리를 휘감아왔다.

벌컥!

갑자기 어머니가 황급히 현관문을 열고 나오셨다. 승은이 놀라서 고개를 들어 어머니를 쳐다보았다.

"왜 그러세요?"

덜컹!

승은의 뒤에서 육중한 대문이 열렸다. 어머니의 시선과 승은의 시선이 동시에 열린 대문을 밀치고 들어오는 남자에게 쏠렸다.

뚜벅뚜벅.

그였다. 웅이 천천히 그녀에게 걸어오고 있었다. 승은은 믿을 수 없다는 눈으로 가까이 다가오는 웅을 쳐다보았다. 그리고 혹시나 자신이 환영을 보고 있는 게 아닌가 눈을 깜박여 보았다. 하지만 감았다 뜰 때마다 보이는 건 역시 웅이었다.

아직 여름도 다 안 지났는데.

그는 다리를 조금 절고 있었지만, 그를 만난 기쁨에 승은은 눈치 채지 못하고 있었다. 승은은 허겁지겁 빨래 빨던 대야에서 나와서 웅에게 달려갔다.

그가 지금 이곳까지 걸어오는데 얼마나 많은 괴로움을 참아내고 인내했는지 알지 못한 채 그저 그가 돌아왔다는 행복에 취해 그에게 달려갔다.

몸보다 먼저 마음이 달려가 그에게 안겼다. 그리고 뒤 늦게 도착한 작은 몸도 그에게 안겼다. 그녀를 감싸오는 익숙한 팔의 감촉. 이 포근함. 정말 웅이었다. 승은은 그를 놓칠세라 더 꽉 그의 목을 끌어안았다.

바로 머리 위에서 그의 목소리가 들려왔다.

"다녀왔어."

그가, 그가 돌아왔다.

"결혼하자."

웅이 반지를 꺼내어서 승은에게 내밀며 한 말이었다.

승은이 웅을 올려다보며 수줍게 웃었다. 이 순간은 정말 행복했다. 마치 세상에서 그와 그녀가 가장 행복한 사람들인 것처럼.

승은이 반지를 끼워달라는 뜻으로 손을 내밀었다. 그런데 웅은 끼워달라는 반지는 안 끼워주고 질문을 했다.

"그래서 앞으로 날 뭐라고 부를 건데?"

"실장님?"

"넌 회사 상사랑 평생 살 거야?"

대번에 웅의 얼굴에 실망한 기색이 가득했다. 승은이 웅의 얼굴을 쳐다보다 도저히 얼굴을 마주하고는 말할 수 없어서 옷깃을 끌어당겨 얼굴을 묻고 작게 말했다.

"……서방님."

“응? 뭐라고?”

웅이 승은의 얼굴에 가까이 얼굴을 가져다 대며 짓궂게 또 물어왔다. 승은은 말 잘 듣는 색시가 되어 작게 또 웅을 불렀다.

“……서방님.”

웅이 그제야 승은의 손에 반지를 끼워주었다. 자신의 손가락에서 반짝이는 반지를 보니 어쩐지 눈물이 날 것 같았다.

“까악!”

갑자기 웅이 그녀를 번쩍 들어 안았기에 승은이 놀라서 비명을 질렀다. 웅은 승은을 안고 그대로 침대 위에 쓰러졌다. 사라락! 승은이 입은 치마가 아슬아슬한 소리를 내며 침대 위에 꽃처럼 펼쳐졌다. 그녀는 이제 웅이 꺾어야 할 한 떨기 꽃이었다.

“그럼 이제는 합방할 차례.”

정말 오랜만에 돌아왔으니까 승은이 만든 밥도 먹고, 어머니랑 같이 이야기도 하고, 자신과도 그동안 쌓인 이야기를 먼저 해야 하는데 웅은 가장 먼저 승은부터 안고 싶단다. 하지만 절대 싫지 않았기에 그저 슬쩍 발만 뺄 뿐이었다.

“처음도 아닌데…….”

“내가 서방님 되고는 처음이잖아. 그러니까 첫날밤.”

첫날밤이라는 말에 승은이 두 손으로 수줍은 얼굴을 가리고 입만 웃었다. 웅은 사랑스런 신부의 입술에 키스하며 그녀의 옷을 벗겼다. 손이 급해지기 시작했다. 인내는 쓰고 열매는 달다는데, 그 열매의 껍질 벗기는 인내는 남아 있지 않았다. 그래서 웅은 승은이 입고 있는 원피스를 북 찢어버렸다.

승은은 울상을 지었다.

"내가 좋아하는 옷인데."

하지만 웅은 그저 재미있다는 듯이 웃으며 찢어진 옷자락을 집어 던져 버리고는 그녀의 고운 가슴을 찾아들어 갔다. 하얀 브래지어를 들추자 드디어 봉긋한 그녀의 가슴이 눈에 들어왔다. 그 사랑스런 가슴을 내려다보며 웅은 회심의 미소를 지었다.

이제 꽃을 딸 시간이었다.

막 그녀의 탐스러운 가슴에 입을 가져다 대는데, 노크도 없이 벌컥, 방문이 열렸다.

"둘 다 당장 내려와! 대청소야!"

어머니였다. 승은은 놀라서 두 손으로 벗은 가슴을 가렸고, 웅은 성난 표정으로 어머니를 쏘아보았다. 두 사람이 무엇을 하는 중인지 뻔히 알면서 일부러 방해를 하신 것이다. 자신의 어머니가 자기 할 말만 하고 문을 쾅 닫고 나가 버리자 웅이 화를 내며 몸을 세웠다.

"저 심술쟁이 할멈."

"화내지 마세요, 실장님."

승은이 놀라서 웅의 몸을 붙잡으며 달랬는데, 실장님이라는 소리에 웅의 매서운 시선이 바로 승은에게 향했다. 놀란 승은이 작게 덧붙였다.

"……서방님."

승은은 웅이 찢어낸 옷을 완전히 벗어버리고 간편한 옷으로 갈아입은 다음 싫다는 웅을 데리고 아래층으로 내려갔다. 어머니는 늦게 내려온다고 성을 내기 시작해서 승은과 웅에게 이것저것 시키기 시작했다.

"승은이는 욕실이랑 베란다 청소해. 그리고 너는 네가 쓰는 서재 청소해."

자신이 뻔히 죽다 살아온 몸이라는 걸 알면서도 청소를 시키는 어머니를 웅이 못마땅한 눈으로 쳐다보았다.

"이 밤에 무슨 청소예요. 내일 해도 되잖아요. 아니, 도우미 아줌마가 매일 하잖아요."

"내가 더러워서 못 자겠어! 온 집 안이 먼지투성이라서 숨도 못 쉬겠다고."

억지일 게 뻔한 말이었다. 승은은 화를 내려는 웅을 말리며 웃으면서 말했다.

"네, 지금 청소 시작할게요. 어머니는 방에 들어가서 쉬세요."

"아니, 난 감독관이야! 너희들이 대충대충 할 게 뻔한데 어떻게 그냥 들어가!"

결혼을 하면 어머니의 집에서 살기로 하였다. 이제부터는 이 동화 속에 나오는 듯한 커다란 집에서 팥쥐 같은 시어머니와 곰 같은 남편과 같이 평생을 사는 것이다. 그리고 조금 시간이 흐른 뒤에는 토끼 같은 자식들도 같이 살게 되겠지.

그리고 오래오래 행복하게 살 것이다. 마지막 그 순간까지 행복하게 당신을 사랑했노라고 말할 수 있게.

[**결**혼식 때문에 상담하고 싶은데요.]

전화기 속에서 들려오는 남자의 말에 국화는 입술을 꾹 눌렀다. 얼마 동안 볼 수가 없어서 이제는 평생 보지 않을 줄 알았는데, 결혼식 때문에 웨딩플래너인 자신을 찾을 줄이야.

"그러세요? 축하드립니다."

[네, 고맙습니다. 언제 가면 될까요?]

국화는 의식적으로 수첩의 스케줄표를 확인하였다. 내일도 시간이 되었지만 일부러 다른 날을 찾았다.

"일요일 괜찮으신가요?"

[네, 그럼 그때 신부랑 같이 찾아가겠습니다.]

남자는 할 말만 하고 그대로 전화를 끊었다. 황당했던 지난날들의 만남들을 떠올렸을 때 너무 평범해서 이상한 전화였다.

결혼을 한다고?

자신의 결혼일 수도 있고, 그때 말했던 친구의 결혼일 수도 있다. 국화는 수첩에 그와의 상담 약속을 적어 넣었다.

〈황보휘.〉

그의 이름을 적어 넣는데 손끝이 미세하게 떨렸다.

그녀는 아직도 그날 밤 그가 끌어안았던 그 체온을 기억하고 있었다.

따귀를 때려줬어야 했는데…….

뷰티 웨딩.

휘를 따라 결혼 컨설턴트 회사를 찾아온 승은은 휘와 함께 보라색의 화려한 간판을 한참이나 올려다보았다.

"사장님이 아는 분이 계세요?"

"응, 한 명."

"전에 다른 가족 분 결혼식 맡아주신 거예요?"

"아니."

"그럼 어떻게 아셨어요?"

"내가 그 여자 동생을 납치했거든."

"네? 제정신이세요?"

승은이 놀라든 말든 휘는 먼저 결혼 컨설턴트 안으로 들어갔다.

사장님, 승은이 그를 애타게 부르며 쫓아갔다. 그녀는 단지 즐거운 결혼식을 부탁하기 위해 온 것인데, 어쩐지 너무 크나큰 불안감이 밀려오고 있었다.

휘와 승은이 회사 안으로 들어가자 회사 안에 있던 사람들의 시선이 일제히 두 사람에게 몰렸다. 정확히는 휘에게 몰렸다. 그래도 오늘은 평소처럼 튀는 의상이 아니라 무난하게 슈트를 입고 있는데도 그래도 튀나 보다. 휘는 사람들의 시선을 무시하고 자신이 만나러 온 사람을 찾아 열심히 두리번거렸다.

그때 상담실 문이 열리며 국화가 나왔다. 정말 오랜만이었다. 휘의 얼굴에 미소가 번졌다. 휘가 웃는 걸 거의 매일 보아온 승은이지만, 지금 미소는 조금 묘했다. 뭐라고 해야 하느냐 하면, 좀 위험해 보이는 미소랄까.

스크랩북을 뒤적이며 나오던 국화는 문가에 서 있는 휘를 보고 걸음을 멈추었다. 잠시 휘와 국화의 말없는 시선이 공중에서 얽혀 들었다. 그 순간만은 꼭 두 사람만 이 공간 안에 존재하는 것 같았다.

저기, 그러니까 오늘의 신부는 저인데요.

승은은 이렇게 말하고 싶은 걸 참았다. 국화가 두 사람의 곁으로 걸어와 웃으며 인사했다.

"기다리고 있었습니다. 여승은 신부님 맞으시죠?"

예약은 휘가 했었다. 승은이 어색하게 웃으며 국화에게 인사했다. 이제 보니 한 번 본 적이 있는 여자였다. 아름다움이란 그런 건가 보다. 한 번 보면 쉽게 잊혀지지 않는다. 참 오래전의 일인데 승은은 술집 문가에 서서 휘를 쳐다보던 그녀를 또렷이 기억하고 있었다.

오늘의 그녀는 그때와는 달리 부드러워 보인다. 아니, 친절해 보인다고 해야 하나.

"결혼식은 3월입니다."

휘는 아주 자랑스럽게 결혼식 날짜를 말했다. 옆 자리에 앉아 있던 3월의 신부 승은은 휘의 얼굴과 웨딩플래너라는 여자의 얼굴을 열심히 번갈아 쳐다보았다.

그녀의 이름은 이국화라고 했다. 솔직히 너무 아름다운 외모와 어울리지 않는 촌스런 이름이라 놀랐다.

본명이 이국화예요?

라고 대놓고 물었다고 휘에게 야단을 맞았다. 실례라나 뭐라나. 하여튼 휘에게 야단맞기는 처음이었기에 승은은 또 놀랍다는 눈으로 휘를 쳐다보았었다.

"축하드려요."

국화는 우선 승은에게 결혼축하 인사를 했다. 승은이 씨익 웃으며 고맙다고 말했다.

"그리고 신랑 분도 축하드립니다."

휘를 보며 국화가 신랑이라고 했다. 그 말에 승은이 펄쩍 뛰었다.

"아뇨! 사장님은 그냥 사장님이세요. 제 신랑은 따로 있는데."

아! 승은의 말에 국화는 자신이 실수했다는 걸 깨달았다. 승은에게 미안하다고 사과했다. 하지만 휘에게까지 사과하지는 않았다. 자신이 신랑이 아니라는 걸 안 가르쳐 준 게 꼭 일부러 그런 것 같았으니까.

"그럼 신랑 분은 언제 오시나요?"

"안 옵니다."

승은에게 물은 건데 대답을 한 건 휘였다. 국화가 이해할 수 없다는 눈으로 휘를 쳐다보았다.

"네? 안 오다뇨?"

"그 녀석이 워낙 이런 걸 싫어해서요. 알아서 하래요. 그래서 제가 알아서 한다고 했습니다. 아마 예복 맞출 때나 웨딩 사진 찍을 때는 볼 수 있을 겁니다."

국화는 그런 남자랑 왜 결혼하려고 하느냐는 눈으로 승은을 쳐다보았다. 승은은 그저 웃기만 할 뿐이었다. 드디어 웅이랑 결혼을 하는 것이다. 마냥 좋기만 했다. 옆에서 휘가 뭔 소리를 해대든 좋았다.

"아! 가끔 저희 어머니도 오실 거예요. 좀 무서운 분이시지만, 좋은 분이세요."

"그렇지. 자기 아들 얼굴을 손톱으로 긁어놓는 것만 빼면 참 좋은 분이셔."

"하지만 저한테는 한 번도 안 그러셨어요."

"응, 여자한테까지 그러면 정말 마녀로 변한다고 무서워하시거든."

국화는 두 사람의 만담 같은 이야기를 말없이 듣다가 수첩을 탁

소리 나게 접었다. 그제야 휘와 승은이 국화에게 집중하였다.

국화가 영업용 미소를 승은에게 지어주며 말했다.

"신부님 점심 사 드릴 테니 같이 나가세요. 그리고 결혼식에 대해 차근히 이야기를 나누죠."

그리고 휘를 돌아보며 말했다.

"사실 신부님만 계시면 결혼식 진행은 충분하거든요. 신랑 대리인까지는 필요없을 것 같습니다. 그런 게 신랑 대리인 분도 좋으시겠죠?"

휘를 적대하고 있다.

그런 오라가 승은에게까지 느껴졌다. 휘를 싫어하는 사람을 처음 보는 승은은 놀랍다는 눈으로 여자를 쳐다보았다.

진짜 사장님이 동생 납치했던 거야? 그래서 저러나.

"제가 꼭 두 사람에게 해주고 싶었던 결혼식입니다. 그런데 제가 지켜보면 안 되는 건가요?"

휘의 질문은 그 어느 때보다 경건했다.

휘의 질문에 국화는 자신이 부끄러워졌다. 웨딩플래너로서 자신을 찾아온 사람한테 너무 사적인 감정을 집어넣고 말해 버렸다. 입술을 깨물며 자신의 부끄러운 행동을 자책했다.

"아뇨, 그럼 같이 가시죠."

세 사람이 점심을 먹으러 간 곳은 근처 레스토랑이었다. 휘가 한 팔에 하나씩 의자를 잡고서 빼주며 두 여자를 쳐다보았다.

승은은 싱긋 웃으며 휘가 빼준 의자에 앉았고, 국화는 적응 안 된다는 듯이 휘와 자신을 위한 의자를 쳐다만 보았다.

"앉아요."

그제야 국화는 걸어가서 휘가 붙잡고 있는 의자에 앉았다. 그리고 고맙다는 인사를 하기 위해 고개를 들어 그를 올려다보는데, 휘가 다정한 눈으로 그녀를 내려다보고 있었다.

문득 추운 겨울날 밤 느닷없이 찾아왔던 휘가 생각났다. 갑자기 그녀를 끌어안았던 그의 체취도. 국화는 하려던 인사도 하지 않고 그냥 고개를 내렸다. 그리고 마음속에 똑같은 대답을 내놓았다.

분명 바람둥이야.

"그런데 결혼식은 육 개월이나 남았는데, 벌써부터 준비하는 건가요?"

승은의 질문에 국화가 간단히 대답했다.

"결혼식에는 예약을 해야 하는 것들이 많으니까요. 예식장도 그렇고, 웨딩촬영에, 드레스 가봉까지. 모두가 미리 예약을 해놓고서 일정에 맞추어가는 거예요. 육 개월은 넉넉한 시간이고, 삼 개월 정도 됐을 때부터 준비해도 상관은 없어요."

"아뇨, 지금부터 준비할 겁니다. 육 개월 동안 잘 부탁드려요."

휘의 말이었다. 국화도 잘 부탁한다며 예의 바르게 인사했다.

그리 오래 지나지 않아 에피타이저로 수프가 나왔다. 깔끔한 감자 수프가 입맛을 돋우었다.

"아! 혹시 머리끈 있으세요?"

수프를 먹기 전 국화가 승은에게 물었다.

"네? 머리끈이요?"

“네, 먹을 때는 불편해서 묶는데, 오늘은 놓고 왔나 보네요.”

국화가 자신의 긴 생머리를 가리키며 말했다. 질끈 하나로 묶기에는 너무 아까울 정도로 탐스럽다.

“미안해요. 저도 없는데.”

“아뇨, 안 가지고 온 제 실수죠. 상관하지 말고 드세요.”

국화가 그냥 먹으려고 하자 휘가 말했다.

“왜 나한테는 안 물어봐요?”

그야 당신은 남자니까 당연히 없을 테니까.

휘가 일어나서 국화의 뒤로 걸어갔다. 국화가 놀라서 고개를 돌렸다.

“뭐 하시려고요!”

휘는 그녀의 어깨를 잡고 앞을 보게 했다. 그리고 그녀의 귀에 입을 가까이 가져가서 속삭였다.

“믿음을 가져요. 도와주려는 거니까.”

국화는 난감한 눈으로 앞에 앉은 승은을 쳐다보았다. 그만두라고 하고 싶은데, 자신의 고객이 될 승은과 친한 사람이다. 함부로 뿌리칠 수는 없는 노릇이었다. 승은은 마치 주말 드라마를 감상하듯이 자기 몫의 요리를 우물우물 먹으며 두 사람을 쳐다보고 있었다.

참 속 편해 보이는 모습이었다.

갑자기 목에 닿은 휘의 손길에 국화는 움찔했다. 휘는 그녀의 머리카락을 조심스럽게 손에 모으더니 목 위로 잡아 올려 돌돌 말기 시작했다. 그리고 그 끝에 자신이 꽂고 있던 기다란 넥타이핀을 빼서 살짝 꽂았다. 찰랑거리던 국화의 머리가 넥타이핀 하나로 묶인 건 순식간이었다. 머리카락이 사라지니 목 뒤가 서늘해졌다.

짝짝짝.

보고 있던 승은이 박수를 쳤다.

"너무 예뻐요. 꼭 새신부가 머리 올린 것 같애."

하지만 국화는 아무 말도 할 수 없었다. 여전히 그녀의 어깨 위에 올려진 휘의 손가락이 그녀의 가는 목을 쓰다듬고 있어서.

이 바람둥이!

"도대체 왜 저죠?"

승은이 웅을 만나러 간다며 혼자 가버리고 휘가 국화를 회사까지 차로 바래다주는데, 국화가 한 말이었다.

"당신들처럼 돈 많은 부류는 좀 더 유명한 웨딩플래너를 찾아가야 하는 거 아닌가요?"

솔직하게 물었다. 안 그러면 나중에 더 복잡해질 것 같았으니까.

"제가 아는 웨딩플래너는 당신 한 명인데요."

능구렁이처럼 넘어가는 휘의 대답에 국화가 딱딱하게 대답했다.

"그럼 제가 아주 유명한 분으로 소개시켜 드릴까요? 바꿔 드려요?"

어느새 차는 국화의 회사 앞에 멈추어 서 있었다. 하지만 국화는 휘의 대답을 듣기 전에는 내리지 않으려는지 휘를 쏘아보고 있었다.

휘는 한 손으로 이마를 짚고 무언가 골똘히 생각에 빠진 얼굴로 국화를 쳐다보았다. 그 솔직한 시선이 국화는 부담스러웠다. 마치 자신의 마음을 모두 들여다보는 듯한 시선이었다.

"역시 솔이 말이 맞나 보네요."

휘가 갑자기 자신의 동생 이름을 꺼내자 국화의 표정이 눈에 띄게 굳어졌다.

"당신 설마! 아직도 내 동생 만나요?"

"가끔. 걔도 당신처럼 항상 그렇죠. 왜 왔냐, 그만 좀 오지, 이젠 안 보는 게 좋지 않겠냐. 남매가 정말 날 싫어해."

쓸쓸하게 웃으며 꺼내는 휘의 말에 국화는 입을 다물었다. 따귀 한 대를 올려야 되는 순간인데 어쩐지 그럴 수가 없었다.

"그래도 난 좋아해요."

휘가 싱긋 웃었다. 솔은 절대 누나 앞에서 그렇게 웃지 말라고 했지만.

"솔이도."

나이답지 않은 그 진중함도. 가끔 상처를 주는 그 가시 같은 말들도 모두 포함해서.

"그리고 당신도."

아마도 따귀를 맞은 그 순간부터. 역시 웅의 말대로 여자 취향이 좀 유별난지도.

아무런 말도 없는 국화에게 휘가 웃으며 부탁했다.

"세상에서 가장 행복한 결혼식으로 부탁드려요."

그리고 조금 더 욕심을 부리자면, 봄의 결혼식장에 종이 울렸을 때 부디 당신이 조금은 날 좋아하게 됐기를…….

"사장님이 웨딩플래너를 좋아하는 것 같았어요."

승은은 오늘 휘와 함께 국화를 만났던 일을 웅에게 말하며 휘가 국화를 좋아하는 것 같다고 말했다. 웅은 대수롭지 않게 받아들였다.

"그 녀석은 모든 여자를 좋아해."

"네, 저도 알아요. 그런데 그런 거 말고요. 조금은 특별하게요."

"어떻게 특별하게?"

"그러니까 당신이 날 좋아하는 것처럼."

"말도 안 돼."

휘를 뼛속까지 안다고 자부하는 웅은 고개까지 가로저으며 부정했다. 하지만 그 장면을 직접 목격하고 느끼기기까지 한 승은은 믿었다.

휘에게도 드디어 특별한 인연이 시작되었다는 걸. 어쩌면 웅과 그녀가 결혼할 때 휘는 그녀에게 프러포즈를 하게 될지도 모른다.

"그런데 결혼식 너무 늦지 않아? 그냥 이번 달 내로 해버릴까?"

"이번 달 내로요? 이제 십 일 정도밖에 안 남았는데?"

"무슨 상관이야. 예식장 가서 결혼서약 하는 데 삼십 분이면 충분하잖아."

승은이 잠시 생각하다 웃으며 말했다.

"그냥 3월에 해요."

맘에 안 든다는 표정을 짓고 있는 웅의 뺨에 키스하며 아이 달래듯 말했다.

"우리도 사장님한테 조금은 보답을 해줘야죠."

"그러니까 우리 결혼식 늦추는 게 왜 그 녀석 좋은 일인데."

그를 참 많이 사랑하지만 이 곰 같은 이해력은 언제나 근심거리이다. 부디 우리 딸이 이런 걸 닮으면 안 되는데.

그녀는 챔피언 수정본을 기자님에게 보내드리고 이렇게 작가 후기를 씁니다.

『그녀는 챔피언』이 처음 탄생했을 때는 웅, 휘, 승은, 국화 거기다 솔까지 이렇게 다섯 명의 이야기였습니다. 그 상태에서 제목을 정했기에 웅과 승은만 나오는 이 이야기에서는 『그녀는 챔피언』이라는 제목이 똑 떨어지지 않을 수도 있습니다. 의역하기 나름이네요. 연재를 하면서 이 네 명, 아니, 다섯 명을 한 편의 소설을 쓰기에는 너무 넘친다는 느낌을 지울 수가 없었죠. 그래서 과감하게 샴쌍둥이 수술을 하듯 두 커플의 이야기를 잘라냈습니다. 그리고 먼저 나오게 되는 게 웅과 승은의 이야기였습니다. 두 사람의 이야기가 휘와 국화의 이야기보다 더 중요해서가 아니라 이야기의 진행상 두 사람의 이야기가 먼저였거든요.

아마도 연재글을 읽고 또 책으로 이 글을 모두 읽으신 분들은 제 뜻을 이해하실 거라고 생각합니다. 뭐, 이해 못하신다고 해도 전혀 이 책을 읽는 데는 무리가 없습니다.

곰 같은 웅, 바람 같은 휘, 푸르른 솔. 어떻게 이 소설의 남자들은 모두 외자 이름입니다. 휘가 글 속에서 말하죠. 막 부르라고 외자라고. 그렇다기보다는 더 정감 가라고 그렇게 지은 듯하네요. 우리가 가까운 사람들 애칭을 부르듯 그들의 이름을 부르게 되니까요. 저도 누가 저를 현숙이라고 불러주는 것보다 쑥이라고 불러주는 게 더 좋습니다.

그리고 사실 처음에 승은의 제주도 사투리가 조금 억세게 읽히는 감이 있는데, 이게 들을 때는 그리 강하지 않은데, 글로 쓰니 꽤 심하더군요. 가장 많이 쓰는 사투리가 '~광', '~디'같은 어미죠. 이건 저도 처음 육지 올라왔을 때 많이 썼던 것 같은데, 이제는 완전히 사라졌습니다. 제가 처음에 대학 친구들과 이야기할 때 육지 올라왔다는 말을 하니 재미있다고 웃던데, 전 솔직히 그 말이 왜 웃긴지 이해를 못했었습니다. 오랜 습관에 대한 습성이죠.
아마도 이 소설을 독자님들이 읽고 계실 때 저는 제주도에서 귤 따고 있을 듯하네요.

누가 그런 서평을 남겨주셨더라고요. 제 글이 어른들이 읽는 동화 같은 느낌이라고. 그 말이 정말 좋았습니다. 그리고 아마 이 글이 제가 지금까지 쓴 글 중 가장 동화 같은 느낌이 강하지 않나 싶네요. 곰 같은 남자와 소심한 여자와 그리고 덤으로 바람 같은 사장님이 나오는 동화 같은 이야기. 아마도 현실적인 비서 이야기를 바라시는 분들은 살짝 피해가시는 게 좋을 듯싶습니다.

승은과 웅의 이야기는 이렇게 마무리되었고, 이제 휘와 국화의 이야기가 남았네요.

제목-지상에서의 마지막 스캔들

"우리 결혼하죠."

한 여자에게 청혼을 했다.

그건 나에게 혁명이었다.

우선은 제목과 간단한 카피 문구, 그리고 전체적인 시놉만 정해놓은 상태입니다. 하지만 다음 작품이 휘와 국화의 이야기가 아니라『향모란정인』이라는 판타지 사극으로 뵙겠습니다. 지금 혼자서 열심히 쓰고 있답니다.

아! 그리고 저 필명으로 바꾸었습니다. '이현숙'에서 이제는 '리연'입니다. 인터넷 아이디와 출판 저자 이름으로 '리연'을 보시면 청어람에서 '이현숙'이라는 이름을 썼던 작가라고 생각해 주세요.

고마운 분들이 있기에 지금의 제가 있는 것 같습니다. 제 책을 꾸준히 읽어주시는 독자님들, 그리고 책으로 나올 수 있게끔 도와주신 청어람 편집부 여러분, 또 그래도 딸을 믿어주시는(믿어주시는 거 맞죠?) 우리 어머니.

믿음에 배신하지 않는 노력하는 쑥이 되도록 항상 노력하겠습니다.

—리연.

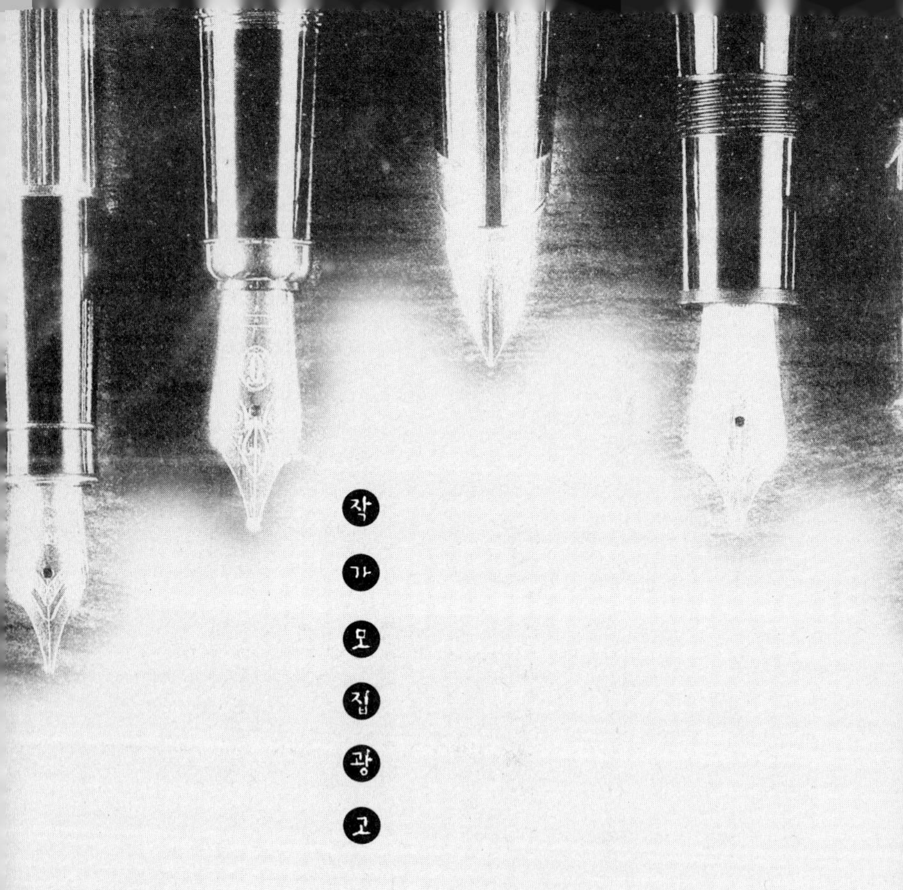

작
가
모
집
광
고